长江少儿科普馆

中国少儿科普经典 小品文名家精选 **高端编委会**
XIAOPINWENMINGJIAJINGXUAN

Changjiang
Children's
Encyclopedia
长江少儿科普馆
中国孩子与科学亲密接触的殿堂

中国少儿科普经典 小品文名家精选
XIAOPINWENMINGJIAJINGXUAN

科学家故事
100篇

董仁威 著

长江出版传媒 | 长江少年儿童出版社

中国科学小品文的辉煌足迹

——主编寄语（代序）

一

即将付梓的"中国少儿科普经典·小品文名家精选"（分为三辑，每辑十册，计划三年推出），以其别样的风采与历史的厚重展示在广大读者面前。

应该说，这是一种积累；

应该说，这是一种成果；

应该说，这是一种历史；

应该说，这是一种力量。

因为在这之前，纵观中国百余年的出版史，还从未有过这么多的科学小品文作者济济一堂，还从未有过这么多部作品汇集一起，自然，也就还从未有过如此辉煌的科学小品文集。

二

小品文以其精、短、小、美之特色，形成了多种表象。

如戏剧小品，

如文艺小品，

如美术小品，

如曲艺小品，

……

当它依附于科学之时，科学百花苑便除了科幻小说、科学童话、科学诗歌、科学故事、科学美术、科学电影、科学电视等，又有了科学小品文。

科学的出发点是真，艺术的出发点是美。换言之，科学与文学的结合是自然与人的结合，是真与美的结合，是理性与情感的结合。这既是科学的内涵，也是科学小品文的特征。

科学小品文虽短，却将其从科学"宇宙"撷取而来的一粒微尘，予以放大，让其放出奇异的光彩，让人们认识到它的光辉。这便是科学小品文的功力。正如1935年鲁迅先生在一次小品文大讨论中所说的：

"讲小道理，或没道理，而又不是长篇的，才可谓之小品。"

三

科学小品文，是伴随着科学普及的悠久历史缓缓走来的。

有人曾撰文写道："我国科学小品的萌芽，可以上溯到先秦，至如南朝的郦道元，北宋的苏轼、沈括，明代的徐霞客、王圻，以至清代的小说家蒲松龄，更已有独立成篇、足以传世的科学小品。"

如此说来，久远的历史不止满载着丰厚的中国科学、中国文学，科学小品文也体现在其中。

然而，我们如今所说的科学小品文，是指现代的科学小品文，直至当代的诸多文章，洋洋洒洒近百年的"足迹"。

四

经查，在这近百年的科学小品文写作中，首见报端的当属沈雁冰先生发表在《学生》1920年3月七卷三号上的一篇，名为《脑相学的新说明》。

在这篇不足3000字的短文中，作者首开先河，以设问开头，然后以步步作答的方式娓娓道来，自是引人入胜的。

请看：

加尔博士说的是谎话吗？

勃洛加研究的是什么？

人的知识高于禽兽——为什么？

111年之前巴黎有个领袖医生叫做加尔的，发表了一篇关于脑筋的功能的理论，这理论后来被人称为脑相学，现在还有人研究，学报上也时常有人谈起。

……

随之，一个个学者、智者便相继跟来，写出了篇篇科学小品文佳作。请看作品（以发表先后为序）：

贾祖璋《鸥》，

邹韬奋《看看宇宙何等的伟大》，

夏丏尊《〈鸟与文学〉序》，

顾均正《昨天在哪里？》，

周建人《桂花树和树上的生物》，

刘薰宇《一个最大的数》，

高士其《大王，鸡，蚂蚁》，

竺可桢《利害与是非》，

叶至善《东南西北》，

郑文光《怎样测量天体间的距离？》，

秦牧《谈北京药材铺》，

……

写到这里，似乎应停顿一下，说一说长期从事编辑工作的生物学家贾祖璋先生。他除了撰写了多部生物学专著，从 1926 年到 1928 年，还先后发表了十几篇科学小品文，1931 年结集出版，取名《鸟与文学》。可以说，这是我国出版史上最早出版的一部科学小品文集，成为中国小品文创作的范例。

而 1931 年 1 月为这本集子作序的夏丏尊先生也应引起我们的注意。因为是他首次在序言中提出了"科学与文学结合"的命题，为后来的"科学小品"诞生做出了最早的先导。

在《鸟与文学》的序言中，他是这样说的：

> 民族各以其常见的事物为对象，发为歌咏，或编为传说。经过多人的歌咏和普遍的传说以后，那事物就在民族的血脉中，遗下某种情调，呈出一种特有的观感，这些情调和观感，足以长长地作为酵素，来温暖润泽民族的心情。

在这里，夏丏尊先生第一次提出了事物歌咏或编为传说，温暖润泽民族的心情的论述。说得通俗些，就是他将科学的物与文艺的歌咏相加，变成了另一种情调，经过出版与宣传，去更好地为百姓所需要。而这，也正是科学小品的特性所在。

有了以上几位先人的探索与呼吁，科学小品文破茧而出了。

1934 年 9 月 20 日，陈望道先生在他主编的小品文半月刊《太白》创刊号上破天荒地刊登了周建人、贾祖璋、顾均正、刘薰宇的四篇科学小品文，设立了"科学小品"专栏。

应该说，真正有了"科学小品"之名，则是 1934 年的这一天。

随着时间的推移，随着科学技术的发展，众多科学小品文作者相继涌现，并满载着他们的佳作流水般地"顺流而下"，直至今日。

于是，今天的少儿出版界才会展出"中国少儿科普经典·小品文名家精选"这套洋洋几十册的"大书"。

五

科学是无处不在的。

科学是五彩缤纷的。

科学的发展决定了科学小品文的绚丽多姿。

科学的发展决定了科学小品文创作领域人才辈出。

在浩如烟海的科学小品文作品中，你会发现它们是与各种科学"同步而行"的，无论是医学、交通、军事、体育、教育，还是其他与人们生活息息相关的领域，只要有科学的存在，便会有科学小品文的身影。从我们编辑出版的这套"中国少儿科普经典·小品文名家精选"的大型丛书的字里行间，便可看出科学小品文的无穷魅力。

当然，科学小品文的写作同其他写作"行当"相同，也是流派多多。有的善于描写，有的精于叙述，有的重于抒情，有的多于讲理，但不管怎么"表述"，都会透出"科加文"的内涵，体现着科学小品文"短而精"的特色。

有人说，科学小品文是科普大军中的"轻骑兵"；

有人说，科学小品文是科学文艺里的"突击队"。

不管如何称呼，科学小品文绝对是特色多多、魅力无穷的。

愿这朵科学文艺百花苑中的"散文之花"，越开越鲜艳，散发出奇异的芳香！

宗介华

2015 年 12 月　北京

目　录

达尔文的故事

颜料浇花

英国大不列颠群岛的西南部，有一座名叫什鲁斯伯里的城镇。美丽的塞弗恩河静静地流过它的身旁。陡峭河岸的顶端，有一座绿树环绕的花园，这就是举世闻名的生物学家查尔斯·达尔文的父亲——罗伯特·达尔文医师的住宅。

1817年7月15日，这所住宅里笼罩着一种悲哀的气氛。花园的女主人——查尔斯的母亲丢下了六个可爱的孩子，静静地离开了人世。

罗伯特·达尔文是什鲁斯伯里镇的名医，每天找他看病的人络绎不绝。他哪儿来那么多精力管教孩子呀！刚满八岁就失去妈妈的小查尔斯，成了一匹没有管束的野马。罗伯特医师只能将查尔斯送进凯斯先生办的学校里读书。一年以后，查尔斯转入了巴特勒博士办的学校学习。

可是，那会儿的学校对学生没有什么吸引力。学校里没有自然科学的课程，成天教的就是死板的《圣经》、古希腊文一类的东西。达尔文对这些课程一点儿也不感兴趣，每天最后一堂课的下课铃一响，他便飞也似的跑回离学校一英里的家。

家里有什么东西吸引着他呀？你看他，一回家，放下书包便拉着邻居欧文家的小姑娘芳妮向花园跑。芳妮是个像小布娃娃一样漂亮的女孩子，她最崇拜查尔斯啦。每天查尔斯放学的时候，芳妮就到查尔斯家等着查尔斯带她到花园去玩。

多美的花房呀。红的、黄的、紫的……花房里充满春天的气息。小查尔斯在报春花前停住了。他从口袋里摸出一个小小的瓶儿，揭开瓶盖，往报春花的根上浇颜料。芳妮惊愕不已地瞪大了眼睛问："查尔斯，你干吗用颜料浇花呀？罗伯特伯伯可从来没这么干过。"

查尔斯漂亮的浅蓝色眼睛闪着调皮的光芒，说："傻姑娘，爸爸没干过的事咱就不能干吗？告诉你吧，我正在做一个实验，要让这些报春花变得色彩缤纷。"

芳妮憨笑着说："我不信，我不信，哪里见过往根上浇颜料，报春花就能变成五颜六色的呀！"

查尔斯自信地说："信不信由你，咱们等着瞧吧！"

这天晚上，查尔斯做了一个甜蜜的梦。梦中，他看见被各种颜料浇灌的报春花和西洋樱草变得花花绿绿的，可好看啦。正当他得意得手舞足蹈的时候，苏珊姐姐推醒了他。呀！太阳都晒着屁股了，要迟到啦！他一个翻身爬起来，穿好衣服就向学校跑。他一边跑，一边在心里呼唤着："上帝呀，快帮帮我吧。要是迟到了，就得挨巴特勒博士的批评呀，那有多丢人啊！"

幸亏查尔斯是一个出名的飞毛腿，当他一溜烟儿跑到学校，气喘吁吁地在座位上坐定的时候，上课铃刚好"叮当叮当"地响起来。他多么感激上帝帮了他的忙呀。查尔斯不断地在胸前画着十字，感谢上帝的恩典。他又想起了自己的报春花，它们该变颜色了吧？

下课后，坐在查尔斯旁边的同学、未来著名的大主教兼生物学家莱顿问道："查尔斯，你刚才在念叨些什么呀？"

查尔斯神秘地笑了笑，凑着莱顿的耳朵吹牛道："莱顿，告诉你一件稀罕事，我在报春花和西洋樱草的根上浇了颜料，报春花和西洋樱草都变成五颜六色的啦。"

莱顿也是一个热爱大自然的孩子。他听查尔斯说了这件古怪事，心痒痒的，一个劲儿求查尔斯带他去看看那些奇怪的花草。查尔斯慨然应允。一放学,两个朋友就高高兴兴地到查尔斯家看奇迹去了。

当然,他们没有看到只在达尔文梦中出现过的五彩缤纷的报春花和西洋樱草。不过,查尔斯并没有让朋友失望。他给莱顿看了他收集的各种宝物,什么贝壳、印章啦,还有钱币、矿石什么的。他指着从花园外的马路上搜集来的大大小小的石子、沙粒,对莱顿发誓说:"莱顿,我长大以后,一定要搞清这每一颗石子的来历。"

两个朋友谈得十分投机,他们在花园里一边散步,一边观赏花草。莱顿怀着浓厚的兴趣,指着花园里的各种花草,向查尔斯请教这些花草的名字。查尔斯将这些花儿摘下来,只用瞧瞧这些花儿的内部,就能叽里咕噜地念出一些似是而非的拉丁文来,并说这就是这些花儿的名称。莱顿对朋友辨认花草名称的非凡本领佩服得五体投地,说:"查尔斯,你真有两下子。告诉我,你用什么方法辨认这些花儿呢?"

查尔斯故弄玄虚,说:"这是我妈妈教我的方法。只要看一看花的内部结构,就能够知道这种花的名称。这里面学问可深啦,不是一句话能说得清楚的。"

莱顿见朋友大卖关子,不肯传授辨认花的秘诀,心生一计,说:"查尔斯,我有一件宝物。你看我这顶帽子,神通可大啦。这是我的叔父留给我的。由于我叔父留下一大笔钱,并把钱捐赠给了什鲁斯伯里镇,镇里的铺子,只要看到有人拿着这顶旧帽子,并将这顶旧帽子从左到右旋一个圈儿,持这顶旧帽子的人就可以拿铺子里的任何东西,不用付钱。如果你把你妈妈传授的方法教给我,我就把这顶神通广大的旧帽子送给你,好吗?"

查尔斯将信将疑。莱顿见朋友犹豫不决,便道:"查尔斯,你不相信?走,咱们到街上去试试!"

查尔斯的好奇心被朋友挑逗起来。他和莱顿一起来到繁华的大街上。街上的人群熙熙攘攘。餐馆、点心铺、百货店,多少好吃、好玩的东西呀,查尔斯看得眼花缭乱。莱顿走进一家点心铺,将旧帽子取下来,从左到右旋了一个圈儿,然后,向店员要了一大堆各式各样的点心。店员将这些点心打包,毕恭毕敬地交给莱顿。莱顿没有付钱,大摇大摆地走出店铺门。一出门,莱顿打开点心包,请查尔斯吃,并得意地说了声:"怎么样?"

查尔斯拿了一块点心吃起来。好香的点心呀!查尔斯乐不可支。莱顿和查尔斯一边吃点心,一边逛闹市。莱顿带着查尔斯走进一家百货商店,他如法摆弄了一下神秘的旧帽子后,要了一些小玩意,没有付钱就拿着东西走出店门。查尔斯完全相信了这顶旧帽子的魔力。一出店门,他就向朋友恳求道:"莱顿,把这帽子借我用一下吧,要是灵验,我就把认花的秘诀告诉你。"

莱顿迟疑了一下,把旧帽子交给了查尔斯。查尔斯兴冲冲地走进另一家点心铺,在店员面前把这顶旧帽子从左往右旋了一个圈儿,然后向店员要了一大堆点心。店员将点心交给他后,他也不付钱,拿起来就走。店员惊诧地看着这个买东西不付钱的小家伙大摇大摆地向店外走去,惊慌地大喊一声:"抓贼!"拔腿从柜台内追出来。查尔斯吓得丢了点心,拼命地逃出店门。

查尔斯气喘吁吁地逃到城里那块著名的大钟石前,向后望了望,看到只有莱顿跟在后面,没有其他的人追上来,才止住脚步,一屁股坐在大钟石下。莱顿看着查尔斯的狼狈相,开心地笑起来。查尔斯恼怒地望了朋友一眼,把旧帽子往朋友面前一丢,气冲冲地说道:"你这个可恶的骗子,搞的什么鬼名堂呀?"

莱顿眨了眨他那亮晶晶的小眼睛,说:"查尔斯,要说我是骗子,我承认。可是你先骗人的呀!你说报春花和西洋樱草能变色,是不是骗人?你说你妈妈教了你一套辨认花的名称的秘诀,是不是骗人?"

莱顿这一番话问得查尔斯哑口无言。查尔斯想,是呀!我是撒了谎,撒了谎应该受到惩罚呀。他的气消了,但仍好奇地问:"这到底是怎么回事呀?"

莱顿解释道:"我进的这两家铺子,跟我家签有合同,买东西可以记账,以后一并支付。有没有这顶旧帽子都一样,只要我家的人去买东西,都可以不付现钱。明白了吗?"

原来是这么回事。两个朋友约定今后不再撒谎,言归于好。

天资平庸的孩子

查尔斯是一个多么善于思索，多么富有想象力，多么热爱大自然的孩子啊。可是，家庭和学校并不了解这个孩子。由于他成绩平平，把兴趣完全倾注到课外活动上，父亲认为他是个天资平庸的孩子，长大了不会有多少出息。校长认为他不务正业，常常辱骂他。如果不是后来有两个独具慧眼的人，看出这个孩子具有不凡的气质，看出他的课余爱好比家庭为他选择的职业更有发展前途，而悉心加以培养，那么，查尔斯也许会走上一条完全不同的人生道路。也许，他会成为一个医术高超的医师；也许，他会成为一个品学兼优的大主教。不过，那个对人类做出重要贡献，在科学史上只有哥白尼、牛顿、爱因斯坦可以匹敌的伟大学者达尔文，就不会出现了。

那会儿，就连查尔斯自己对未来的生活也没个准见。将来做个什么样的人，选择什么样的职业，这一切他全靠父亲拿主意。查尔斯总是尽力按照父亲的意见去做。可是，他的兴趣、爱好，往往支配着他背叛父亲，不自觉地走自己的路。

查尔斯一天天长大，变成了一个英俊的少年。这个不安分守己的少年，渐渐迷上了打猎，观察蝴蝶的生活，搜集甲虫，做瓦斯实验等有趣的事。当他第一次用猎枪打下一只小鸟的时候，他高兴得手发抖，兴奋得都不能将第二颗子弹推上去。他经常在野外捕捉各种各样的甲虫。当他发现一种新奇的甲虫时，他会快活得忘掉一切。他喜欢在百花盛开的田野里，观察色彩斑斓的蝴蝶在鲜花之间飞来飞去。想知道世界上一切事物的原因的查尔斯，常常卧在草地上望着在百花丛中飞舞的蝴蝶，心想：这些忙忙碌碌的蝴蝶在干些什么呀？

看到儿子迷上了这些莫名其妙的东西，恨铁不成钢的罗伯特医师急坏了。

一天，校长巴特勒博士拜访完罗伯特医师，经过医师的花园时听到一间小屋里传来一阵"噼里啪啦"的声响和"咝"的声音，看到小屋的孔隙漫出一股烟雾来。博士推开门，只见查尔斯正蹲在一些瓶瓶罐罐前，全神贯注地帮着哥哥伊拉斯做化学实验。博士很生气，他喊了一声："查尔斯，你在干什么？"

查尔斯抬起头，看见博士站在面前，吓得倒抽了一口冷气。他战战兢兢地答道："博士，我和哥哥正在做瓦斯实验。"

博士"哼"地冷笑了一声，说："瓦斯实验，瓦斯实验，你就知道做这些无聊的实验！你不好好读书，成天把精力花在这些毫无意义的东西上，简直是一个可耻的二流子！"

博士走后，查尔斯委屈地哭了。他想：我在学校里读书并不偷懒，老老实实地学习古文，从不剽窃别人的笔记，为什么校长要骂我二流子呀？

父亲从伊拉斯那里知道了博士骂小儿子的话后，心里很不痛快。虽然儿子不成器，但毕竟是自己的亲骨肉嘛，哪有父亲乐意儿子被人骂的呢？他想：既然你巴特勒博士没本事教好我的儿子，我只好另请高明了。从此，父亲便亲自指导儿子的学习，并决定送他去爱丁堡大学医学系读书。

第一篇论文

1825 年 10 月，查尔斯同哥哥伊拉斯一起来到英国北部的海滨城市爱丁堡，开始了大学生活。

大学生活并不像他想象的那么有趣，医学系的课程并不像他想象的那么迷人。他从小就热爱的博物学，重新将他拖回大自然的怀抱。在爱丁堡大学学习的第二年，哥哥伊拉斯因病休学。孤立无助的查尔斯结交了一批可爱的朋友——未来的主教、教授、博士：恩司、鲁司、哈代、葛兰特……他们在课余时间，一起到海边散步，在退潮后留下的水潭里采集海生动物。他们和捕鱼的人做朋友，有时和这些人一起参加捕鱼工作。查尔斯找来一架简陋的显微镜，开始了他的科研工作。

17 岁的少年，在没有人指导的情况下进行的科研工作，居然也取得了一些小小的成就。他在一种原来被认为是植物的微小生物里看到了动物的构造特征，证明了这是一种很小很小的蠕虫的卵衣。他还证明了以前被认为是一种动物的卵的东西，其实是这种动物的幼虫。他将自己的发现写成了两篇论文。

如此种种，虽然是一些微不足道的发现，却是达尔文科研工作的起点。要是没有人鼓励他继续沿着这条道路走下去，也许，他会停住已经迈开的步子。可庆幸的是，爱丁堡大学有个詹姆森教授，创办了一个由学生组成的普林尼学会,任何人都可以在这个学会上宣读自己的论文。

这是达尔文永远难忘的一个日子,他要在普林尼学会上宣读自己的第一篇论文。爱丁堡大学的一个地下室里挤满了来自各个学系的大学生。年轻的主席摇了摇"叮当"响的铃儿,会场渐渐肃静下来。

主席庄严地宣布:"普林尼学会例会开始,谁要发言?"

达尔文正想举手要求发言,一位贫苦的青年已经抢先站了起来。他环视了一下黑压压的人群,紧张得说不出话。他结结巴巴地咕哝了一阵,脸涨得通红,不知所措。人们惊讶地望着他,期待着他的发言。终于,他说话了:"主席先生,我忘记我要说什么了。"

全场哄堂大笑。主席拼命地摇着铃,要大家安静。待笑声渐渐小下去的时候,主席问:"还有谁发言?"

达尔文已经被刚才那一幕吓呆了。他的朋友葛兰特推了推他,达尔文迟疑地站了起来。他觉得全场的目光都集中到自己身上,心里直发毛。他镇定了一下,摸出论文稿子。管他呢!他心里一横,照着稿子念了起来。由于他的论文条理分明,论据充分,再加上他口齿清晰,论文一念完,会场上爆发出一阵热烈的掌声。

达尔文乐得心花怒放。多么迷人的掌声啊,多么甜蜜的成功啊。散会了,他那颗狂喜的心还在激烈地跳动着。朋友们簇拥着他,来到他们喜爱的海滩边,庆贺他的成功。

开始涨潮了。蔚蓝色的海面掀起一阵阵的浪涛,海浪有节奏地拍击着沙滩。朋友们用各种舒适的姿势躺在沙滩上,听达尔文朗诵德国著名自然科学家洪堡的著作——《1799～1804年在新大陆热带区域旅行记》。美丽的瀑布,茂盛的香蕉树、棕榈树、罗望子树,明朗而高远的深蓝色天空,只有南半球才容易看到的南十字星座,发光的麦哲伦星云和巨大的南冕星座,啊,科学和诗意的稀有结合!

书念完了,朋友们还沉浸在南美洲的诗情画意中。未来的博士葛兰特感叹道:"真美呀!我们生活的大自然中,有多少奥秘等着大家去探索啊。你们看过拉马克的《动物学的哲学》没有？那真是一本奇妙的书。拉马克是一位伟大的探索者。他不相信《圣经》，认为生物是不断变化的，是一步步进化的。"

达尔文惊愕地听完朋友突然冒出来的赞扬拉马克的话，很不以为然地摇了摇头，说："葛兰特，你怎么能怀疑《圣经》上的真理呢？《圣经》说，宇宙万物是上帝创造的，永恒不变的。拉马克的异端邪说，咱们可不能轻信。"

葛兰特淡淡地笑了笑，说："如果我们能够像洪堡德一样，到世界各地去游历一番，对大自然做一次详细的考察，也许，我们就能判断到底是拉马克掌握了真理，还是上帝掌握了真理。"

亨斯罗教授的功勋

1827年夏天，达尔文回到什鲁斯伯里度暑假。一天，达尔文同妹妹凯德琳一起在花园里散步。

"查尔斯，你快当医师了吧？像爸爸一样，有好多好多的病人，赚好多好多的钱。"妹妹天真地问。

查尔斯摇摇头，厌恶地说："不，我不愿意做医师。"

"查尔斯，那你今后打算干什么呢？"

"我也不知道。"

妹妹把哥哥的想法告诉了父亲，父亲着急了。这天，父亲将查尔斯喊到客厅。客厅里，除了父亲，还坐着一位瘦骨嶙峋的绅士。这个绅士，是远近闻名的骨相学家。罗伯特医师知道儿子不愿学医，十分忧虑。他只有两个儿子，大儿子体弱多病。将来能够成家立业、光宗耀祖的，只有这个小儿子。小儿子又是一个不守本分的人。他长大了能做什么呢？哪方面有发展前途呢？他拿不定主意，便请了这位出名的骨相学家来算命。这位骨相学家把查尔斯叫到跟前，端详了半天后，郑重地向罗伯特医师贺道："亲爱的罗伯特医师，你养了个了不起的儿子。你看，他的牧师头盖骨多么发达。这样隆起的牧师头盖骨，真抵得上十个普通的牧师呀！"

骨相学家的一席话，正中罗伯特医师的下怀。医师严厉的脸上绽开了笑容,他和蔼地对查尔斯说:"孩子,你已经长大成人了。将来干什么好呢? 总不能成为一个游手好闲的猎人呀!"

查尔斯是一个听父亲话的孩子,他说:"爸爸,一切听你的吩咐吧。不过,就我个人的爱好来说,我想从事科研工作。我在学校里写过两篇博物学论文呢!"

罗伯特断然拒绝道:"搞科研,算正经事业吗? 那玩意可当不了饭吃呀。我看,你还是到剑桥大学读神学吧。也许,你能像这位先生预言的那样,成为一个优秀的牧师。"

查尔斯从来没有想过将来去当牧师,他沉思片刻后,委婉地对父亲说:"爸爸,你的这个建议我从来没有考虑过。由于我对英格兰教会的教义听得很少,想得也不多,要我完全相信它,是有顾虑的。能不能允许我研究一下教会的教义,仔细地想一想,再答复你?"

父亲同意了儿子的要求。查尔斯查阅了《皮尔逊论教义》和其他有关神学的书籍,因为他当时一点也不怀疑《圣经》上的每一个字,所以不久就确信英国教义是符合《圣经》的,是可以全部接受的。

于是,查尔斯就在1828年圣诞节后进入剑桥大学基督教学院学习,成为一名神学学生。神学院里,达尔文努力学习,力图能按父亲的愿望成一个优秀的牧师,他已经选择了牧师作为自己的终身职业。他的成绩也不坏,顺利地通过了神学学位考试,获得了第十名。查尔斯已经对自己毕业后到一个安静的教堂当牧师的生活有了明确的预见。

说来也奇怪,家庭为他安排好的,自己也选定的牧师职位,对查尔斯并没有吸引力。他将来谋生必须掌握的那些神学课程,也引不起他的一点儿兴趣。他只是为了应付考试,为了取得学士的学位,为了获取做牧师必需的学历,被动地、应付差事地学习着。可是,那些并没有谁要求他掌握的,对他的前程似乎一点儿用处也没有的博物学课程,却吸引了他全部的注意力。他常常去听博物学教授讲课,特别对植物学教授亨斯罗的课程格外着迷。

亨斯罗教授是一个通晓各门学科的人。他在植物学、昆虫学、化学、矿物学、地质学方面的知识都很渊博。他的脾气沉静,态度谦恭可敬,是一个非常热爱学生的人。亨斯罗教授每周在家里接待一次客人,到时有爱好科学的学生和著名的教授、科学家到他的家里聚会。通过朋友的介绍,达尔文参加了这个聚会。没过多久,亨斯罗教授同年轻的达尔文交上了朋友。教授从达尔文身上看到了一种不平凡的气质,非常喜爱这个学生。他常常邀达尔文一起长时间地散步,带达尔文去郊外旅行。达尔文对教授也非常崇拜,他差不多天天到教授家去,向诲人不倦的教授请教各种各样的问题。

一天,达尔文在亨斯罗教授的住房里,用教授那台简陋的显微镜观察自己采集来的花粉标本。突然,他发现一块潮湿的玻璃皿上的花粉伸出一些管状的东西来。他高兴得手舞足蹈,这是从未见过的一种奇异的现象。达尔文兴高采烈地跑向亨斯罗,向教授报告他的科学发现。

教授接过查尔斯递来的玻璃皿。他一看,就明白这是一种很普通的现象。但他没有嘲笑自己的学生,而是和蔼地对查尔斯说:"是呀,这是一种非常有趣的现象。通常,花粉落到雌花的柱头上后,会吸收湿润的柱头表面上的水分,萌发出花粉管。这种花粉管,延伸并穿过花柱、胎座,到达珠孔,进入胚囊,放出精子,与卵子融合,形成胚。你的这些花粉,虽然未接触到柱头,但在潮湿的条件下,同样也会萌发出花粉管。"

听了教授耐心细致的讲解,查尔斯明白了自己的发现不过是一种众所周知的现象。但由于教授态度亲切,一点也没有蔑视自己的发现的意思,达尔文一点也不感到难堪,反而为自己的这种发现而暗自开心。不过,他决定以后不再慌慌张张地去报告他的发现了。

这件有趣的事促使查尔斯更积极、更仔细地去研究自然现象。他在甲虫的研究上有了真正的发现。他常常到清澈明净的康河边,搜集低地上的茅草,搜集船底的垃圾,刮老树上的苔,把这些东西放在一个大口袋里,扛回寝室仔细搜索藏在其中的甲虫。他用这种方法,搜集到了一些很罕见的甲虫。有一年的冬天,他在剥一棵老树的树皮时,看见两只罕见的甲虫。于是,他用两只手各捉了一只。就在这时,他又瞧见了第三只更罕见的甲虫。他不想放过这只甲虫。可两只手都被占满了,怎么办呀? 说时迟,那时快,他把右手里的那只甲虫"噗"的一下放入嘴中。哎呀! 这只放在嘴里的甲虫突然排出一些非常腥辣的液体,烧痛了他的舌头。他不得不把这只甲虫吐出,这只甲虫飞快地溜跑了,而那第三只甲虫也没有捉到。

当查尔斯把这件使他遗憾万分的事告诉亨斯罗教授时,教授开心地哈哈大笑。他为了安慰懊恼的学生,从书架上取出一本厚厚的书,翻到其中的一页,对查尔斯说:"看,查尔斯,你上次送给我的那些甲虫标本,有一些是世界上从来没有人发现过的物种。我把这些甲虫送给斯蒂芬先生鉴定,他已经把这些甲虫写到书上了。"

查尔斯怀着激动的心情,接过这本厚厚的《不列颠的昆虫图解》。他从散发着油墨芳香的书页上,看到了几个使人头晕目眩的大字——"查尔斯·达尔文先生采集"! 这真是几个魔术般的字眼儿。他第一次看到自己的名字出现在书上,自己也能够对科学事业做一点贡献,自己也能够成为一个对人类有用的人! 这种感触促使他更加如醉如痴地献身于科学事业。

亨斯罗教授和查尔斯的友谊,对达尔文一生影响最大。亨斯罗教授发现了达尔文这个人才,并精心地培育这株幼苗,推动达尔文走上科学研究的道路。1831 年,达尔文通过神学学位考试以后,亨斯罗教授建议达尔文开始对地质学做一些研究,并且同地质学教授塞治威克商量,请求塞治威克教授允许达尔文参加北威尔士的一次地质考察工作。

困难的决定

正当达尔文同塞治威克教授在北威尔士的原野里纵马驰骋的时候,发生了一件意外的事,进一步决定了达尔文一生的道路。

这一天,亨斯罗教授接到剑桥大学的一位权威人物,天文学教授皮柯克先生的通知。皮柯克推荐亨斯罗教授参加贝格尔号军舰环绕地球一周的航行。对于一个植物学家来说,这是一个多么诱人的建议啊!贝格尔号军舰的环球考察,是英国政府为了进行殖民掠夺组织的一次探险。为了考察各地的自然资源,舰长费支罗伊希望找一个自然科学家作为同伴。亨斯罗教授起初打算亲自去,但是一看到妻子听了此事之后显露出的悲伤神色,他改变了主意。他想起了达尔文,决定把这次航行机会让给心爱的学生。他给正在北威尔士同塞治威克教授进行地质考察的达尔文写了一封热情洋溢的信。他对达尔文说:"我所熟识的人中,你去做这种工作最合适。我敢肯定这一点,并不是因为从你身上看到一个自然科学家的潜质,而是基于这样一个原因:你擅长采集标本和观察工作,并且能够发现所有一切值得被记载到自然史里面的东西。"他鼓励谦逊的、对自己才能没有把握的 22 岁的年轻人:"请你不必由于谦虚而陷入犹豫,或者顾虑自己没有这种才能。因为我可以告诉你,我确信你正是他们所要找寻的那种人。"

多么了解自己学生的老师啊!他甚至比达尔文自己更了解达尔文。达尔文当时只是一个 22 岁的青年大学生，这是一个多么大胆、多么具有远见的推荐啊！后来的事实证明，如果没有亨斯罗教授的推荐，没有贝格尔号军舰的环球旅行，达尔文就不会成为发现生物进化规律的伟大学者。而对于达尔文来说，参加贝格尔号军舰的环球考察，这又是一个多么难得的好机会！

当亨斯罗教授的信寄到什鲁斯伯里的时候，达尔文还在北威尔士没有回来。他同塞治威克教授一起翻山越岭，考察古老地层，挖掘、采集化石。地质学上造诣很深的塞治威克教授教会了自己心爱的学生采集化石、检验标本和进行地质考察的方法。耸立在灰蓝色天空中的古老青松，奇异的起伏的岩层，激流中的浪花，瑰丽的景色激起了达尔文对大自然的无比热爱。

愉快的考察生活结束了。达尔文背着地质包回到了亲爱的家。一跨进家门，妹妹凯德琳就对他嚷道："查尔斯！亨斯罗教授来信了，要你去参加环球航行！"

"参加环球旅行？"达尔文几乎不相信自己的耳朵。他接过妹妹递给他的信，仔细地阅读起来。真的，真是亨斯罗叫他参加环球旅行！达尔文心花怒放，眼前掠过洪堡德描述过的南美洲风光。他立刻做出决定，对妹妹大声宣布："去，我要去！"

"爸爸会同意你去吗？"凯德琳问。妹妹的话像一瓢冷水浇到他的头上。"是的，爸爸会同意我去吗？爸爸一向反对我研究自然史，说这是荒废学业，游手好闲，他会同意我去参加航行吗？"达尔文伤心地想。

达尔文怀着忐忑不安的心情，找到了父亲，把亨斯罗教授的信交给他，说："爸爸，我想去参加贝格尔号军舰的环球航行，周游世界。"

上了年纪的绅士愣住了，他竖起白眉毛，惊奇地问："你？参加环球航行，周游世界？"

达尔文答道："是的，亨斯罗教授介绍我去的。"

罗伯特医师听了达尔文的回答，愤怒地吼道："我想这位教授要你同他一起抛弃家庭，抛弃学校，抛弃祖国！"

达尔文怯生生地争辩道："爸爸，这是一项很重要的事业，贝格尔号军舰是被海军部派去南美洲沿岸探测的。"

听了这句话，罗伯特医师的头脑冷静了一些，他浏览了一下亨斯罗教授的来信，沉思了好久，缓缓地说："看来，这件事情比你打猎重要一些。"

达尔文浅蓝色的眼睛里放出光芒，十分喜悦。可是，父亲的神色变得严厉起来。罗伯特医师说："但是，我绝不准许你参加这次航行。你参加这次航行以后，一定会放弃你已经选定的牧师职业。从此以后，你永远不会安定下来过着平静的生活。这真是一个狂妄的计划，一件毫无用处的事情！"

达尔文听了父亲的话，神色黯然。他转过身，悻悻地向门外走去。他刚跨出房门的时候，又听到父亲比较缓和的决定："如果有一位思想健全者也让你去，我是可以同意的。"

哪里去找这样一位思想健全者呢？达尔文变得忧郁起来。他反复读着老师的来信，多么迷人的建议呀，放弃了这个机会多么可惜呀！但是，有什么办法呢？他坐在桌子边，心里绞痛着，给亨斯罗教授写回信："很感谢你的关怀，可惜，我不能……请你相信我诚恳的感谢。"

达尔文绝望地发出了给老师的信。他辞别了父亲和妹妹，背上猎枪，骑上骏马，向舅舅家奔去，赴9月1日去森林打猎的约会。

约西亚舅舅和表姐妹们欢迎达尔文的到来。年仅22岁、高大英俊、博学多才的达尔文是被约西亚舅舅全家宠爱的人。查洛蒂、爱玛和约西亚舅舅特别喜欢他。爱玛是表姐妹中最年轻、最漂亮的一个，可惜，那会儿达尔文心中只有查洛蒂，没有注意爱玛。他哪儿知道在爱玛的心目中自己占了一个很重要的位置呢。爱玛在写给朋友的信里赞扬达尔文："他是我见过的最坦白无私的人。他说的每一句话都表露出他真实的思想。"

达尔文怀着沮丧的心情，向约西亚舅舅一家讲述了他的父亲不准他接受环球航行邀请的事。没想到，这一家人听说年轻的达尔文接到了这种光荣的邀请后一起欢呼起来。爱玛两眼闪着光芒，美丽的脸蛋涨得通红，她用银铃般的声音嚷道："应该说服姑父，让查尔斯参加这一次伟大的远征。"表姐妹们都赞同爱玛的建议。

　　性情古怪、沉默寡言的约西亚舅舅是长辈中唯一欣赏达尔文才能的人。他十分疼爱这个母亲早亡的外甥。他听完女儿们的建议,不寻常地激动起来。

　　丰盛的晚宴结束后,达尔文和表姐妹们坐在门廊的台阶上,欣赏梅伊尔的美景。舅舅的花园前面有一个美丽的湖泊。树木繁多的堤岸倒映在湖面上,湖里的鱼儿跃起,水鸟在湖的上空翱翔。面对着大自然奇妙非凡的景象,爱玛朗诵起大伙儿从小就爱读的《世界奇观》。珊瑚岛上的棕榈树、平静的海湾、海风吹来的寒气、热带森林冒出的刺激性气味……爱玛悦耳的朗诵声,把达尔文带到了遥远而迷人的世界。要是舅舅能说服爸爸,允许他去那个神话般的地方走一遭,那该有多好啊!

　　第二天清早,达尔文怀着期待的心情,到森林里打猎去了。大约上午十点钟,当爱玛正在欢呼达尔文射中一只小鸟的时候,热心的约西亚舅舅托人传信给达尔文,他将亲自到达尔文的父亲那里去,说服罗伯特医师让儿子参加环球航行,希望达尔文同他一起去。

　　当天下午,罗伯特医师的客厅里,父亲和舅舅展开了一场舌战,达尔文在一旁紧张地注视着。

　　"亲爱的罗伯特,你为什么不让查尔斯参加环球航行呢?"

　　"我认为,对于查尔斯将来的牧师身份来说,这是一件不光彩的事。"

　　"这怎么是一件不光彩的事呢?相反,我认为这件事是光荣的。研究博物学,又不是全职的,对于一个牧师来说是非常适合的。"

　　"可是,这件事对他到底有什么好处呢?"

　　"对他的职业来说,这件事是没有用处的。但是,如果把查尔斯看成一个具有强烈好奇心的人,那么,这次航行将为他提供一个难得的机会去观察人和物。"

　　"我很担心,如果查尔斯参加了这次航行,会再度改变他的职业选择。"

　　"如果我看到了查尔斯现在正在钻研神学课程,那么,我可能会认为中断他的研究是不适合的。但是,现在并不是这样,我认为将来也不会这样。查尔斯现在追求的知识,同他在环球探险中必须从事的博物学研究是一致的。"

"你说服我了,亲爱的约西亚。"

"请记住,我没有充分的时间来考虑这件事,做出决定的人是你和查尔斯。"

"你是一个有见识的人,我相信你。我决定了,让查尔斯去参加环球探险!"

离　别

　　离别的日子到了。送行的人们陆陆续续来到罗伯特医师的花园。约西亚舅舅同查洛蒂、爱玛一起来了。亲密的邻居欧文带着女儿芳妮来了，同学莱顿来了。年轻人在一起开舞会，欢送他们心目中的英雄出海远征。人人欢天喜地，唯独芳妮闷闷不乐。当年陪查尔斯用颜料浇报春花的小洋娃娃如今已出落成一个超凡脱俗的美貌少女。姑娘群中，她的模样儿长得最俊，歌儿唱得最好，性格也最温顺，连从梅伊尔来的美丽姑娘查洛蒂、爱玛跟她比起来也要略逊一筹。她同查尔斯在青梅竹马时代结成的友谊，开出了爱情的花朵。她离不开查尔斯，查尔斯也离不开她。

　　当舞会开得正热闹的时候，芳妮一个人悄悄地溜出大厅，到花园里散步去了，查尔斯跟了出来。他们在花园河岸旁的一棵西班牙栗树前站住了。这是一棵模样很奇怪的树，树枝长出后又弯了回来，同时，长出去的和弯回来的部分是平行的，正好形成一把天然的长椅。查尔斯和芳妮从儿童时代起就非常喜欢这棵树。他们在长椅上找到各自固定的位置坐下后，一边透过树叶的缝隙望着堤岸下蜿蜒的塞弗恩河，一边谈心。

　　"芳妮，你不高兴我去参加探险？"

　　"不，我怎能不高兴呢。"

　　"那你为什么闷闷不乐？"

"我也不知道为什么。查尔斯,你知不知道,爸爸已经在考虑我的婚事了。"

"和谁?"

"莱顿。"

"天哪,莱顿!我真蠢,我为什么不先向你求婚呢?还可以挽回吗?"

"查尔斯,我只愿意同你……你不要去吧……"

"我真不知道该怎么好。芳妮,你也知道,这是一个很难得的机会,让我能从事从小就热爱的博物学研究。你最了解我的,你知道这件事对我有多么重要。"

芳妮叹了一口气,说:"你去吧,我不该拦阻你。你要多多保重,不用挂念我。"

"你能等我三五年吗?"

"我很愿意等你。可我担心……"

"芳妮,费支罗伊舰长同我谈妥,我可以随时返回英国。我们探险的路上,有许多英国船来往。如果你受不了,你就写信给我,我会立即搭回国的船回来的。"

芳妮忧郁的眼睛里闪烁出喜悦的光芒。她将信将疑地说:"真的?"

"真的。"查尔斯认真地说。

火地岛人

1831 年 12 月 25 日。英国普利茅斯港的港口停泊着大大小小的军舰。军舰群中,有一艘新漆的小军舰特别引人注目。这就是达尔文即将乘坐着出海远征的贝格尔号军舰。贝格尔号是一艘排水量 242 吨的木船式军舰,舰身全用优质桃花心木做成。它有三根桅杆,六门大炮和六只登陆用的小船。全舰有船员 62 人。

现在,军舰迎来了第 63 个船员。这个船员的加入,使贝格尔号军舰为了殖民掠夺而进行的不光彩的探险事业增添了科学考察的内容,并出现一个引起一场生物科学大革命的伟大科学家。这位伟大的科学家,使贝格尔号军舰作为一艘科学考察船永远载入史册。

那会儿,军舰上的船员可没有想到这一点,他们只把他当成一个可亲可敬、干着一些莫名其妙的研究的伙伴罢了。同达尔文住在一个舱室里的副司令苏利文,邀请自己的同舱伙伴到普利茅斯城过圣诞节,度过他们在祖国土地上的最后一个夜晚。

达尔文同苏利文一起,走进一个酒吧间。酒吧间的一个角落里,传来一阵阵悠扬的小提琴声。伴着琴声,响起了一阵粗犷的男人歌声,还夹杂着一个女人"格格格"的笑声。快乐潇洒的苏利文少尉碰了碰达尔文说:"走,到那儿瞧瞧,那些弹琴唱歌的全是咱们军舰上的宝贝。"

他们向琴声、歌声走去，琴声、歌声突然中止了，只见四个人"唰"地一下从角落里站起来。拉提琴者高声嚷道："副司令！达尔文老爷！请赏光到我们这儿来喝一杯。"

达尔文认出拉琴者是他们船尾舱的侍者科恩，一个敦厚、豪放、满脸络腮胡子的大汉。另外两个男人、一个女人，达尔文从没见过。

他们落座后，苏利文介绍道："这三个人都是南美洲火地岛上的土人。上一次航行的时候，我们经过火地岛，火地岛上那些赤身裸体的野蛮人偷走了舰长的一只捕鲸船。舰长捉了几个火地岛人作为人质，希望能再拿回那只船。他们被扣留在军舰上以后，好像愿意留居在船上。舰长就把他们带回英国，让他们受了一段时间的教育，学习基督教教义和使用工具。舰长这次要把他们送回火地岛，让他们在自己的家乡建立一个传教地区。这是一件对大英帝国十分有益的事。"

听了苏利文的介绍，达尔文对这几个南美洲火地岛上的印第安土人产生了强烈的兴趣。他在英国听惯了印第安人、黑人是卑贱的人种，是野蛮人的陈词滥调。真是如此吗？他仔细地审视起这几个火地岛人。坐在科恩旁边的一个土人，看起来比较温顺。他穿着一身整洁的西装，打着领带，面目端正，两眼炯炯有神。他的头发梳得整整齐齐，科恩介绍道："老爷，他的名字叫'纽扣'，是我们的舰长用一颗珍珠纽扣换来的。喊老爷呀，'纽扣'！"

"纽扣"谦和地笑了笑，毕恭毕敬地用标准的英语喊了声："老爷！"

达尔文微笑着问他："'纽扣'，想家吗？"

"纽扣"彬彬有礼地答道："想。我家里还有母亲、兄弟和叔叔。"

达尔文又转过头去审视第二个土人。这是一个只有十六七岁的年轻姑娘。她长着一张秀丽的鸭蛋脸，留着一头短发，眉毛淡淡的，眼睛大大的。科恩说："老爷，她叫'篮子'，我们捉到她的时候，她正坐在一个篮子形状的木船上。喊老爷呀，'篮子'！"

"篮子"瞪了科恩一眼，不情愿地用半生不熟的英语喊了声："老爷！"

达尔文亲切地对"篮子"说："想家吗，'篮子'？"

"篮子"点了点头。

达尔文又看了看第三个土人。这个土人身材魁梧,方面大耳,一头短发乱蓬蓬的,眼睛里流露出一种憎恶的凶光。科恩说:"他叫约克。他不会讲英语,也听不懂我们的话。是这样吗,约克?"

约克瞪了瞪眼,鼻孔里发出了一阵莫名其妙的"哼哼"声。

达尔文转过身来,同"纽扣"攀谈道:"'纽扣',听说你们那儿有吃人的习惯,是吗?

"纽扣"的脸涨红了,他沉默了一会儿,用不太情愿的语气说:"老爷,那可不是什么习惯。我们在没有办法的时候,才干这种事啊。在冬天,找不到吃的,大家饿得没办法,就杀女人吃。"

达尔文惊愕地问:"为什么偏偏要吃女人呢?"

"纽扣"喃喃地辩解道:"大家认为女人的用处比较小。"

天哪,这是一种怎样的逻辑? 达尔文惊得目瞪口呆。他心中升起一个念头,等贝格尔号军舰抵达火地岛的时候,一定要花些功夫把这些火地岛土人好好研究一下。

大 海

1831 年 12 月 27 日，天气晴朗，同时吹来了大家长期盼望的东风，贝格尔号军舰拔锚启航了。由于圣诞节晚上全体官兵喝得酩酊大醉，第二天开不了船，启航的日子推迟了一天。为此，费支罗伊舰长怒气冲天。他罚一些醉酒违纪的水手坐铁链，不时鞭打他们。

军舰扯起风帆，顺着东风，渐渐驶离普利茅斯港。达尔文靠在船舷的栏杆上，望着越来越模糊的祖国海岸线，思绪万千。亲爱的祖国啊，你的儿子远离你，是为了给你争取更大的荣光。等着吧，等着你的儿子为你带回胜利的捷报。亲爱的芳妮呵，你的恋人远离你，是为了做一个配得上你的人。等着吧，等着你心爱的人为你带回珍贵的礼物。

正在他眷恋祖国、眷恋亲人的情思无法排遣的时候，突然，他听到一阵熟悉的呼喊声。他急忙向呼声走去，只见费支罗伊舰长正扬起鞭子，抽打科恩。科恩被打得在地下翻滚，抱着肚子"嗷嗷"直叫。叫声牵动了达尔文的心，他走过去，拉住舰长的手，尽量温和地对舰长说："舰长先生，他犯了什么罪？"

费支罗伊舰长用鹰一样的眼睛瞪了达尔文一眼，不满地说："达尔文先生，这个家伙醉酒违纪，活该受罚，你少管一点闲事吧！"

达尔文恳求道："犯了军纪，当然该受罚。不过，我看他已知罪了，饶了他吧！"

费支罗伊把鞭子往地下一甩,气哼哼地说:"起来给我滚,看在达尔文先生的面子上,这次饶了你,下次再犯,绝不轻饶!"说完,扬长而去。

科恩爬起来,感激地望着达尔文,说:"老爷,你是个好人,我永远也忘不了你!"

军舰穿过英吉利海峡,驶入广阔无垠的大西洋。陆地消失了,极目四望,海连天,天连海。军舰好像一片树叶儿,在以天空为边的一个蔚蓝色的大圆盆里随风飘荡。一日复一日,这片树叶儿在一望无际的大洋里漂向南美洲。达尔文开始履行一个自然科学家的职责了。他在船尾舵旁安了一个网,捕捉海生动植物。

军舰开到比斯开湾附近的时候遇到了一场大风暴。一阵阵狂风把海水卷起来,激起一团团云雾般的浪涛。狂涛冲到被水手们称为"棺材"的军舰上,军舰被打得东摇西晃。

第一次参加远航的达尔文经历着一场严峻的考验。登船前就已察觉的心脏病发作了,他的心脏像打鼓似的"咚咚"直跳。他不停地呕吐,连黄黄的胆汁都吐出来了。达尔文呕吐了几天几夜,一点儿东西也吃不下。他感到异常疲惫,似乎再用一点力气就会昏迷过去。海神啊,快快息怒吧!达尔文心里呼唤着。可是,海神哪管他这一套。海面掀起了一阵更长更大的巨浪。达尔文呕吐得更加剧烈了。苏利文望着初次航海的伙伴,焦急得不知所措。他跑出舱房,大声地命令水手:"降低风帆,达尔文先生不行了!"

风帆降低以后,船的摇摆不再那么剧烈,达尔文躺在吊床上,对来看望他的苏利文说:"少尉,你是一个好心的军官,谢谢你!"

科恩端着一个托盘走进这间狭小的舱房。托盘上放着一瓶葡萄酒,一盘葡萄干。他同情地对达尔文说:"老爷,我特意给你搞来一点葡萄干,晕船的人吃点葡萄干会感到很舒服的。"

达尔文感激地点了点头,拿着葡萄干吃起来。果然,葡萄干治晕船有奇效。他吃了一点后精神好多了,同科恩聊起来。

科恩安慰道:"老爷,晕船是可以克服的。我们初次上船的时候,晕船也很厉害。慢慢习惯了就好。关键是，不要怕它。你越怕它，它越欺侮你。"

达尔文点了点头，说："科恩，你说得好。我一定和晕船做斗争。我不怕它，它就会怕我。你放心好啦，我会熬过这一关的。"

风暴终于平息下来，达尔文的身体慢慢康复了。大海敞开了胸膛，用它美丽的风貌来慰劳受苦受难的自然探索者。夜晚，海面闪起一片片粼粼的光芒。1832年1月7日，达尔文正在船头欣赏大海的景色，突然，他看见海的尽头出现了陆地。呵，陆地，阔别了11天的陆地！达尔文贪婪地望着越来越近的画面。太阳正从大加纳利岛的背后升起来。由于晨雾迷漫，岛上著名的腾涅立夫高峰还带着一丝灰色，矗立在西方。37年前，儒勒·凡尔纳小说里格列纳尔公爵的邓肯号帆艇，曾经在这里航行过。达尔文站在一根帆索下面，怀着狂喜的心情欣赏着美景。费支罗伊舰长拍拍他的肩，问道："科学家，吃够了大海的苦头吧！想不想回家？港口上有返回英国的船，身体受不了就回去吧，前面的苦头还多着呢。"

达尔文指了指岛上的景色，说："舰长先生，这美景可以补偿我这些天因为晕船所受的一切损失。放心吧，我会坚持下去，完成我的使命的。"

奴 隶

贝格尔号军舰穿过佛得角群岛，横渡赤道。第一次穿过赤道的达尔文，接受了可怕的海神的裁判，取得了去南半球的资格。

1832年2月28日，贝格尔号军舰抵达南美洲巴西圣萨尔瓦多城，开始了在南美洲历时三年多的探险。这时，南美洲还是一块动荡的大陆。自从哥伦布发现美洲，大批白人殖民主义者拥向新大陆。他们在那里屠杀当地土著——印第安人，瓜分他们的土地，并将大批非洲黑人运到殖民地当他们的奴隶。印第安人同殖民者的战斗、殖民者之间的内战，还在南美洲土地上激烈地进行着。

自然探索者达尔文，起初并不知道这一切。他怀着兴奋的心情，背上猎枪，带上标本袋，在科恩的陪同下，踏上了从少年时代起就向往的南美洲土地。

圣萨尔瓦多城位于一个险峻的海岛上，被一片大森林包围着。

达尔文和科恩爬上城头，俯瞰众圣湾里的大森林。他们匆匆地在城里溜达了一圈，迫不及待地闯进森林。

多么妙不可言的景色啊！优雅的绿草、奇异的寄生植物、罕见的花朵、闪光的树丛……达尔文被大自然的奇景迷得神魂颠倒。他像一个小孩子一样，不知道先看哪一种好。他刚想去追随艳丽的蝴蝶，又立即被某一种奇异的树木吸引。

达尔文搜集了许多珍贵的昆虫、植物的标本，还猎获了不少的鸟。他教会科恩采集和制作鸟类标本的方法。

中午，他们躺在一棵叶盖非常厚密的大树下休息。寂静的森林里，他们倾听着昆虫发出响亮的喧闹声。这种声音在几百米外都能听到。达尔文仿佛觉得，森林里有浓荫的地方笼罩着一团奇异的、声音和寂静的混合物。这真是奇妙非凡的世界。他对科恩说："科恩，南美的自然资源真丰富啊。这儿的鸟类、昆虫、植物，比起我在什鲁斯伯里、梅伊尔、剑桥看到的不知要丰富多少倍。"

科恩一边制作鸟类标本，一边说："老爷，我到南美洲来过许多次，看到的珍奇的花儿、鸟儿可多啦。我也很喜欢这些玩意儿，可不知道它们的用途。跟着你，我可学了不少东西。你能收我当仆人，帮助你到各处去搜集这些玩意儿吗？"

达尔文高兴地拍着科恩的肩膀说："这太好了，我正需要一个助手。回头我找舰长商量商量，把这件事定下来，好吧？"

科恩忠厚的脸上绽开了笑容，点了点头。

森林边缘的一块树木稀疏的开阔地上，出现了一座庄园。庄园里传出一阵撕心裂肺的长嚎声。这是多么凄惨的呼号呀！达尔文的脑海里回响起在爱丁堡医院听到过的少女的叫声。不，这种声音比病人的叫声更加让人不可忍受。达尔文愣愣地站在那里，科恩说："老爷，这种声音在南美洲经常可以听见。这是奴隶主拷打奴隶，奴隶发出的哭喊声。"

达尔文思索片刻，决心干预这件事。他说："科恩，走，到庄园里看看。"

科恩劝解道："老爷，咱们别去管这些闲事吧。不会有好结果的。"

达尔文不顾科恩的劝告，径直朝庄园大门走去。守门的两个仆人见两个白人来访，毕恭毕敬地问道："两位老爷，到敝庄有何贵干？"

达尔文的脸色因愤怒变得苍白，他极力克制自己，平静地说："我是贝格尔号军舰上的自然科学家达尔文，特地来拜访你家主人。"

"欢迎！达尔文老爷。贝格尔号军舰舰长正好在敝庄访问。请——"仆人一边说，一边打开了大门，另一个仆人飞跑着进去向主人通报。

达尔文和科恩跨进庄园，拷打声停止了。一个遍体鳞伤，几乎一丝不挂的黑人姑娘被人押解着走过他们的身旁。达尔文同情地看着这个女奴渐渐远去。

"欢迎，欢迎！"一个文雅的绅士热情地大声嚷着，同舰长一起，迎着他们走来。难道就是这个文雅的野兽，在施行如此残酷的拷打？达尔文简直不相信自己的眼睛。

宾主在客厅坐定后，达尔文忍不住问："刚才那个黑姑娘犯了什么罪？"

"啊，哈哈，小事一桩。达尔文先生，你不必奇怪，对这些卑贱的野蛮人只有恩威并施方能驯服。"绅士尴尬地笑着说。

舰长圆场道："达尔文先生，这位绅士是圣萨尔瓦多一带极孚众望的大庄园主。他的几百个黑奴对他十分崇拜、感激。"

"真的？"达尔文带着怀疑的语调问。

庄园主笑了笑，轻松地说："你不信？达尔文先生，我可以向你证明。来人呀！"

管家走进来，庄园主吩咐道："将全体奴隶叫到大院来，我有话讲。"

不一会儿，客厅外的空坝上就站满了黑压压的一片农奴。庄园主陪着客人走出客厅。他站在客厅的台阶上，问道："你们在这里生活得快乐不快乐，孩子们？"

"快乐！老爷。"黑奴齐声答道。

"老爷待你们好不好？"

"好。谢谢老爷。"

"如果有谁觉得老爷不好，你们可以自由离开。有愿意离开的吗？"

黑奴们沉默了，没有谁答话。庄园主又大声问道："有愿意离开的吗？有愿意恢复自由的吗？"

奴隶们又齐声答道："没有。愿意侍奉老爷。"

庄园主得意地笑了，舰长满意地点了点头。

回到军舰,达尔文像往常一样到舰长室去同费支罗伊共进晚餐。舰长不忘庄园中的那一幕,对达尔文说:"怎么样,你们这些反对奴隶制的民权党人?事实有力地说明了,奴隶制虽然不是件好事,但是可以容忍的。"

达尔文嘲讽地回敬道:"舰长先生,难道你没有想过,这些可怜的奴隶怎么敢在他们的主人面前说真话?"

舰长被这不恭的回答激怒了,他放下了刀叉,怒气冲冲地站起来,向达尔文庄严地宣布:"先生,你侮辱了我,我们再也不能在一起相处了。"

达尔文惊呆了,他停止了用餐,默默地站起来,走出了舰长室。中下级军官知道了这件事后,同情地邀请他们热爱的这位青年科学家到军官食堂去用餐。晚餐后,达尔文回到舱房,自知要被舰长赶下船了,他躺在吊床上,紧张地想起对策来。谁知,几个小时后,苏利文少尉奉命来找他,对他说:"舰长要我代他向你致歉,希望你今后继续和他一起生活下去。"

苏利文以朋友的身份半真半假地说道:"查尔斯,你这个可恶的哲学家,今后少拿你那一套哲学去惹舰长了。你可知道为了你的哲学,我吃了多少苦头?他把我叫去,整整骂了几小时,以消除他的怒气。"

贝格尔号军舰驶入里约热内卢港。军舰将在这一带往返测量地形。达尔文决定利用这一段时间,到巴西内地进行一次地质学考察和生物学考察。那会儿,他还没有决定今后要做一个生物学家呢,他的兴趣主要还在地质学上。当时,地质学上正在进行一场革命。这场革命的首脑是英国地质学家莱伊尔。莱伊尔发表了《地质学原理》第一卷,向传统的地质学挑战,向居维叶的连续灾变说挑战。达尔文的手头有亨斯罗赠送给他的一本《地质学原理》。他视若珍宝并被莱伊尔新奇的学说迷住了。原来,那时地质学和生物学一样,被宗教迷信统治着。地质学家、生物学家解释一切自然现象,都以《圣经》第一章"创世记"为依据,认为地球、生物、宇宙间的一切,都是上帝在6000年前创造的,创造出来以后就没有发生过变化。之后,地质学和古生物学的许多发现,不能用"创世记"来解释,居维叶就编了一个连续灾变说来解释这一切,他说地球发生过多次周期性的大灾变,每次大灾变之后,上帝又重新创造一切。莱伊尔用无数事实证明，大灾变论是毫无根据的，地球是缓慢进化而来的，陆地会上升，也会下沉，海洋也如此。地球是变化、发展的，现在的陆地，也许以前是海洋，现在的海洋，也许以后会变成陆地。

达尔文决心在南美洲寻找支持莱伊尔地质学理论的证据。有证据，他就会相信这个理论，发展这个理论。没有证据，他就会反对它。

达尔文的第一次陆地考察开始了。科恩成了达尔文正式的仆人。他们在里约热内卢买了两匹马，踏上了征途。这天早上，他们5点钟就骑马出发了，经过沙土平原、沼泽平原，闯入了人迹罕至的原始森林。树木高耸入云，那些树干极细的棕榈树，在森林中显得最为美丽。腐朽和发育不良的树干上，缠绕着不同寻常的寄生植物，另一些寄生植物又缠绕在这些寄生植物的身上，开着各种艳丽的花朵。达尔文一边欣赏巴西森林里的壮丽景色，一边采集标本。各种奇异的蛙、扁卷螺、锈菌、兀鹰、树蕨、杜鹃花、飞鱼……不一会儿，他们的背囊里就装满了各种各样新奇的动植物和化石标本。一些在古老地层里找到的海生软体动物标本最让达尔文兴奋。这些埋藏在高高的山上的海生动物是从哪里来的？这不是海洋上升为陆地的确切例证吗？

芳妮的呼唤

军舰沿着海岸线南下,到达南美洲阿根廷的布兰卡港。

达尔文在布兰卡港附近考察,从一个叫作谨塔阿耳塔的地方挖掘出已经绝种的古大懒兽的一个骨骼化石。这是一个十分重要的发现。这个化石和不久前发现的古犰狳骨骼化石成为达尔文形成生物进化论的关键。他和科恩抬着这个巨大的化石走回军舰。他们把化石放在船尾的甲板上清洗。一大群船员围过来看科学家的稀奇把戏。"纽扣"穿着一双闪闪发光的皮鞋,戴着一双白羊羔皮手套,走过来。他看了看这个古动物骨骼化石,对达尔文说:"老爷,你喜欢这些玩意儿,我们火地岛上可多啦,到那里我可以挖很多很多送你。"

达尔文感激地对他点了点头。这时,舰长费支罗伊和船上负责清洁的第一副司令惠克哈姆走过来。费支罗伊很有兴趣地注视着这副古怪的骨头,没有说什么。惠克哈姆见舰长并不制止达尔文让这些脏玩意儿弄脏船只,很生气地对达尔文说:"如果我是舰长,我会马上把你和你的这具让人诅咒的脏东西一起甩下大海去!"

达尔文温和地对惠克哈姆笑笑,解释道:"副司令阁下,这可是件不可多得的宝贝呀。这是一种已经绝种的古动物化石。从这个化石上,我们可以得到现有物种起源的线索。"

正在这时,停泊在布兰卡港上的邮船派人给贝格尔号军舰送来了书信。达尔文得到一大束信。有父亲写来的,有亨斯罗写来的,有凯德琳、凯萨琳写来的,有查洛蒂写来的,还有芳妮的亲笔信。他迫不及待地拆开了信,急急忙忙地看起来:"回来吧,查尔斯!要是你在半年内不回来,我就要变成莱顿夫人了。我在极力地抗拒着、拖延着。我恨我自己,我为什么不能像小说里的恋人一样坚强?呵,不能,我不能违背我那可怜的老父亲的意志。他变得一天比一天暴躁。我一天不答应这件婚事,他的脾气就一天不会好转。查尔斯呀,我唯一的希望和安慰,你可还记得在西班牙栗树下的誓言……"

一股青春的热血涌上了达尔文的心田,他不假思索地站起来,望了望布兰卡港附近的海面,焦急地问周围的人:"哪位知道这儿有没有回英国的船?"

费支罗伊已经喜欢上了这位同行的朋友,他看出达尔文想回国,心中不舍,但他想起了自己的诺言,答道:"怎么,你要回国,家里出事啦?停泊在港口上的这艘邮船今天就要到英国。如果你要回去,得早一点给他们打招呼。"

科恩听说主人要回国,眼睛里流露出悲哀的神情。这个在大海上闯荡了多年的硬汉,已经和主人建立了深厚的感情。他依依不舍地对达尔文说:"老爷,你不找这样的骨头了吗?在南美洲,你喜欢的这种骨头可多啦。"

"纽扣"听说这位和气的老爷要回去,也问:"老爷,你不到火地岛去考察了吗?军舰很快就要到火地岛了,我们火地岛人欢迎你去呀!"

仆人和"纽扣"的话让达尔文清醒了一些。他回到舱房,躺在吊床上,紧张地思索起这个重要的问题。回去,还是不回去?回去,他就要失去研究地质学、生物学的机会。近一年的考察中,他不仅得到了很多证据证明莱伊尔的地质学理论的正确性,还发现了生物同地球一样,并不是一下子由上帝创造出来的,也是有一个发生和发展过程的。要证实或推翻这一点都必须做大量的调查工作。如果能证明这一点,将是何等重大的发现啊!那将给人类认识自然、改造自然做出何等重大的贡献啊!可是,不回去呢,很可能就要失去芳妮。要科学,还是要芳妮?当然,最好两者都要。可是,命运之神硬要自己只能选择一种,那只好放弃芳妮。当一个人认识到自己能够为人类、为科学做一点贡献的时候,如果为了其他的原因,哪怕是为了爱情,放弃了自己神圣的职责,那么,这个人的生命还有什么价值呢?达尔文做出了自己的决定。

这个决定一做出,达尔文的心里就一阵绞痛,仿佛看到芳妮正用幽怨的目光注视着自己。他痛苦地提起笔,浅蓝色的眼睛里噙着泪花,向芳妮诉说自己的悲哀:"接到你的信,我的心里翻滚起巨大的波涛。我多么愿意履行我的誓言,立刻就飞奔到你的身旁啊!一艘邮船正好停泊在布兰卡港,只要我迈上这艘船,三个月之内,我就回到你的身边了。可是,我不能。亲爱的芳妮,原谅我。一年的考察生活,使我获得了关于自然史方面的重要线索。要是我现在回国,这个线索就会断掉,我的事业就会半途而废。我必须待下去,继续研究高山和大海、岛屿和湖泊的起源,继续研究生命和物种、动物和人类的起源。这是一些重大的课题。研究这些课题,是自然科学家的神圣职责。我不能亵渎它,我不能半途而废,我不能卸下已经担起的责任!亲爱的芳妮,你可以问心无愧地做出自己的抉择,要么再等我四年,要么成为莱顿夫人。不管你做出什么样的抉择,我都会在远方为你祝福。再一次请你原谅,我最亲爱的芳妮。"

火地岛探险记

　　贝格尔号军舰到达火地岛。费支罗伊舰长率领 28 个船员，乘坐四只小船，沿着贝格尔河向"纽扣"的家乡进发。他们要送"纽扣""篮子"和约克回故乡定居，同时测量这一带的地形。达尔文和科恩随同前往，进行科学考察。

　　四只小船的出现让火地岛人无比惊讶。每个高地上都有烽火升起，很多土人沿着河岸跟随他们奔走了几英里。土人们的双臂在头上挥舞着，嘴里发出可怕的呼喊声。跑在前面的是几个赤身裸体的男人，他们的身上被颜料画成了白一道、红一道、黑一道的杠杠，长发随风飘舞着。他们的后面，一群裸体的小孩、女人也在拼命地奔跑，嘴里发出疯狂的吼叫声。

　　舰长带着一队水兵打头阵，达尔文、科恩、"纽扣""篮子"、约克跟在后面上了岸。那一群赤身裸体的火地岛人不停地向这支白人队伍冲来。男人们拿着石块，女人、小孩退到一边。一场不可避免的恶战就要开始了。达尔文一想到要向这些赤身裸体的可怜人开枪，心里就直发抖。舰长举起双筒手枪，"啪啪"朝天开了两枪。火地岛人吃了一惊，停下来。为首的一个高大健壮的土人犹豫了片刻，又带头呐喊着冲上来。舰长朝他的头上开了两枪，子弹"嗖嗖"地从他的脸边擦过。那个土人把头摸了摸，发现头还长在脖子上，放心地迈开步子冲上来。舰长拔出一把明晃晃的腰刀，举起来威胁般地朝他挥舞着。这个无畏的土人哈哈大笑起来。

舰长头上流着冷汗，无可奈何地嘘了一口气。他沉思片刻，改变主意，收起腰刀，把双筒手枪插到身上，笑哈哈地迎上去。他走到那个为首的土人面前，从头上脱下海狸皮帽子，戴到土人头上，亲切地用手拍拍土人古铜色的肩膀。同时，他从背包里取出一套崭新的西式衣裤，送给土人。这个火地岛人接过礼物，敌意消失了，脸上绽开友好的笑容。达尔文惊愕地看着这个土人，"扑扑"几下子将衣裤撕成许多小块，平均分给身后的男人们。贝格尔号军舰上的人拥进土人的队伍，向他们赠送酒杯、乳瓶、茶具、汤盆、细麻布之类的礼品。达尔文和科恩把一些红头绳赠送给站在一旁的妇女和小孩们。土人们像那个为首的火地岛人一样，把得到的礼品弄成碎片，平均地分给同伴。白人们看到一个土人把一只小便壶打碎分给周围的土人时，开心地笑了起来。

气氛融洽了，舰长吩咐"纽扣"："'纽扣'，你和同胞们谈一谈，咱们是友好的白人，不会伤害他们。"

"纽扣"走到那个为首的土人跟前，用英语热情地说道："兄弟，我也是火地岛人。这些白人是一些好人呀。听懂了我的话吗？"

土人望着这个身穿西装，皮鞋擦得亮晃晃，戴着一双羊羔皮手套，说着一些莫名其妙的话的绅士，没有回答。

达尔文对天真可爱的"纽扣"说："'纽扣'，用土话同他讲呀，他怎么听得懂你说的英语呢？"

"纽扣"恍然大悟。他想改用土语与同胞攀谈，可是，他的嘴唇张了几下，没发出声来。原来，他在英国待了几年，竟忘记了自己的家乡话！这时，一个年轻美貌的火地岛少女走上来，把"纽扣"端详了半天，惊叫了一声："琴米！"

"纽扣"一听有人喊他的小名，高兴万分，他忘形地拉住这个少女的手，说："我是琴米，我是琴米呀！你认识我？"

少女缩回自己的手，深情地望着他，向他说了几句土话。琴米听懂了，激动地对少女说："呀，你是云雀，几年不见，你出落得好漂亮！"

少女的脸因激动和羞涩变得通红。琴米指着少女，对贝格尔号军舰上的人兴奋地嚷道："她是我的表妹，云雀呀！"

云雀也对土人们嚷起来:"琴米回来了!我们的琴米回来了!"

土人们围上来,向琴米问长问短。琴米将一些礼品分送给他的同胞。

贝格尔号军舰上的人在火地岛上住了下来。离他们居住的沙滩大约半英里有一条高约40英尺的冰川,垂直下悬到海峡边的峭壁上。这条冰川由于光的反射显出蓝色的光彩。正在达尔文为冰川的颜色惊叹时,突然,一个巨大无比的冰块从冰川上"轰隆轰隆"地落入海峡的水里。随着震天动地的巨响,海面掀起了惊人的巨浪。巨浪直向达尔文他们所在的沙滩扑来。哎呀,沙滩边,拴着载有贝格尔号军舰全部粮食的小船。这只小船顷刻之间就会被巨浪击得粉碎。达尔文奋不顾身地第一个冲到小船边,紧紧地抓住船头。巨浪铺天盖地朝他的头上打来,把他打倒在海滩上。他趴在地上,死死地抓住船头不放。巨浪接连地打到他的身上,他连喝了几口海水。船儿拼命地挣扎着,要从他的手中蹦出去。他快要支持不住了。幸好,科恩和舰长及时赶到,船保住了。

舰长把达尔文扶起来,他紧紧地拥抱着这位勇敢的科学家,感动地说:"亲爱的朋友,你救了我们所有人的命,为了纪念你的功绩,我将把这一片刚刚测量完的广大水面命名为达尔文海峡!"

军舰离开了火地岛,向福克兰群岛驶去。"纽扣""篮子"和约克,带着大批财物,留在火地岛上,传播基督教。一年以后,贝格尔号军舰将回来探望他们。到那时,他们的事业会进行得怎么样呢?达尔文站在军舰的甲板上,望着向他们挥手告别的"纽扣",心想:啊,可怜又可爱的"纽扣",你同自己的同胞有了多么大的差距啊,你还能够适应故乡的生活么?

在战火纷飞的土地上

　　这一年多的生活中，达尔文到阿根廷、乌拉圭内地做了五次陆地探险。这是达尔文科学考察活动中收获最多的一段时间。这段时间里，达尔文发现了许多重要的生物学、地质学现象，为今后的科学考察打下了基础。可是，这些成就来得多么不容易啊。那时，阿根廷正处于内战之中，烽烟四起，全国一片混乱。叛乱者与政府之间的战争、印第安人反对欧洲殖民者的战争，使满目疮痍的阿根廷土地上几乎找不到一块安全的地方。还有在阿根廷森林中横行的美洲狮、美洲虎、响尾蛇，几次几乎要了达尔文的命。

　　由于一年前在这个地方发掘到稀有的绝灭的古动物化石，达尔文决定对这一片地区进行进一步详细的考察。

　　他们骑着马，在这一片荒无人烟的平原上驰行。渴了，饮自己配制的马太茶；倦了，抽自己带的雪茄；饿了，就猎取野鹿和鸵鸟来吃；想睡觉了，他们就从马背上下来，躺在露天的地面上。呼吸着新鲜的空气，睡在如茵的绿草地上，这是多么富有诗意的生活啊。

　　可惜，一个血腥的场面打乱了达尔文美妙的探险生活。这一天，达尔文一行过了哥罗拉多河，突然发现自己已经闯入战场。在一棵直径有三英尺的巨大的华列奇树周围，达尔文看到满地的印第安人的尸体。最恐怖的是这些被阿根廷大军阀、大庄园主罗萨斯将军的队伍杀害的印第安人，大多数是年轻的妇女。他们身上布满了弹痕,以各种最痛苦的姿势仰卧在地上。望着这触目惊心的一幕,达尔文的脸气得苍白,他对着寂静的平原愤怒地吼道:"野兽!野兽的暴行!"

突然,一支枪抵住了达尔文的背,一个粗暴的声音怒喝道:"不准动!"达尔文慢慢转过身,一个满脸横肉的士兵凶恶地注视着他。

"什么人?胆敢闯进罗萨斯将军的大本营!"士兵问。

"罗萨斯将军在这里?我正好要见他。"达尔文说。

听说这两个白人要见罗萨斯将军,士兵不敢怠慢。他将这两个人押解到离华列奇树不远的一个庄园里。罗萨斯将军的书记官看了阿根廷政府的介绍信,态度才温和了下来,他答应进去向罗萨斯将军通报。在等待罗萨斯将军接见的时候,达尔文同一个白人士兵攀谈起来:"你们为什么将这么多年轻妇女杀死呢?这太不人道了。"

这位欧洲殖民者理直气壮地说:"可是做什么好呢?如果不把这些具有生育能力的妇女杀死,她们又会养出一些野蛮人。我们这场打倒野蛮人的战争什么时候才结束得了呢?"

听到这种奇怪的逻辑,达尔文惊愕得说不出话来。这时,罗萨斯的书记官走来,对达尔文说:"罗萨斯将军很高兴见到你,他要亲自同你谈谈。请!"

罗萨斯正在花园里的一块空地上审讯俘虏。他见达尔文进来,从大木椅上站起来,握了握达尔文的手,指指旁边的椅子,让达尔文坐下。他那严肃的脸上露出一丝微笑,说:"欢迎,达尔文先生。我是非常尊重大英帝国的。请你先观看一下我审讯这些重要的印第安酋长吧,审讯后我们再详谈。"

达尔文望了望站在空地上的四个印第安酋长。这是四个高大、漂亮的印第安人。第一个印第安酋长投降了。

这个叛徒被带下去后,罗萨斯继续审讯剩下的三个人。第二个人拒不回答,他的嘴里只吐出一个字:"Nose(我不知道)。"罗萨斯狞笑一声,从身上抽出手枪,"啪"地放了一枪,将这个英雄打死了。第三个印第安人同样拒绝回答问题,也被罗萨斯枪杀了。第四个印第安人昂起他那高贵的头,说了一句

"Nose"后,又添了一句:"放枪吧,我是一个男子汉,不怕死!"他牺牲在罗萨斯罪恶的枪口下。

达尔文望着这一悲壮的情景,深深地被印第安人英勇的精神感动了。他想,这是一些多么朴素、多么勇敢的人啊。这些印第安人,还有那些勤劳、热情的黑人,难道真和欧洲人有高低贵贱之分吗?到底谁是野蛮人呢?

从罗萨斯将军那里出来,达尔文和科恩重新上路,他一路上都在思索着这个问题。这些见闻和思索,对他以后思索人类起源的问题、反对种族主义的事业起了很大的作用。

他们在文塔那山脉一带考察,当达尔文正为发现这个山脉是从海洋里升起来的证据而高兴的时候,突然,不远的地方传来了一声炮响。科恩听了一下炮声,紧张地对主人说:"老爷,这是要塞上发出的警报,印第安人已经杀过来了。"

达尔文和科恩翻身上马,离开大路,沿着沼泽的边缘奔跑。忽然,达尔文的马跌倒了,他被摔到沼泽边布满污泥的道路上,全身浸在墨黑的泥浆里。科恩将主人扶起来,把他抱到自己的马上,丢弃了那匹在沼泽中痛苦挣扎的马,在后面传来的印第安人的呼喊声的催促下,牵着这匹驮着主人的马拼命地奔到要塞,请求保护。

危险过去后,主仆二人继续向朋塔阿耳塔前进。景色逐渐美好起来。他们沿着一个美丽的湖泊向一大片森林走去。

进入森林后,疲惫不堪的达尔文躺在一棵大树下小憩。一只凶恶的食尸鹰飞过来,在他们的头上盘旋,用恶毒的眼睛盯着他们。"美洲狮!"科恩从地上跳起来叫着。

达尔文抓起猎枪,站起来,倾听着不远的地方传来的狮子的叫声。一只庞大的雄狮从树丛中走出来,窥视着达尔文。达尔文紧握猎枪,瞄准雄狮,准备做一次殊死搏斗。这时,两个漂亮的印第安女人同骑在一匹马上,突然出现在美洲狮的面前。骑在后面的一个女人,挥舞着投石索,投石索上的三个球在她的头顶上旋转着。她用一种优美的姿势将投石索向雄狮掷去。雄狮怒吼一声，四脚朝天跌倒了。雄狮一边狂叫，一边挣扎，印第安女人骑着马，围着一棵大树转了几圈，将投石索拴在树上。雄狮被牢牢地缚住了！

达尔文和科恩走出来，向两个女英雄致谢。两个印第安女人见到这两个突然冒出来的白人，惊呆了。她们没有搭理，调转马头，丢下雄狮，扬鞭催马，奔出丛林。

经过千辛万苦，主仆二人终于来到了一年前发现古大懒兽骨骼化石的地方，在100多平方米的地面上，进行了仔细的发掘工作。他们发掘出了九种已经灭绝了的古代大四足类动物的遗骸。面对着这些生活在三千万年以前，目前已经绝迹的动物的化石，达尔文十分惊愕。这些绝迹的动物和许多现代的动物十分相似，但又不完全相同。大懒兽、巨树懒、臀兽、磨齿兽，它们与现在仍生活在南美洲的一种叫树懒的动物很相似。特别是一种箭齿兽，同现代很多种不同类型的动物都有相似之处。它的身体像大象那么大，它的牙齿却像老鼠的牙齿，它的眼睛、耳朵、鼻孔像儒艮和海牛。好像现代的老鼠、象、人鱼和海牛等不同种类的动物的特点都集中在同一种古代动物身上，但这种古代动物又不是这些动物中的任何一种！

达尔文躺在地上，反复地思索着这个与《圣经》的真理、与居维叶提出的灾变论不相吻合的现象。居维叶不是说地球上经过了27次灾变，经过灾变以后，上帝重新创造出来的生物与过去的生物彼此无关吗？为什么那些绝灭动物的化石与现代动物如此相似呢？他自言自语地说起来："也许拉马克是对的，现在的动物是从古代生物发展出来的。那个与许多种现代动物相似的古动物箭齿兽，也许就是老鼠、象、人鱼和海牛的共同祖先！"

"老爷，你在胡说些什么呀，你说的和《圣经》上讲的有多么不同呀？"科恩一边清除化石上的污泥，一边说。

科恩的提醒使达尔文清醒过来，他感到了一阵莫名的恐惧。他对科恩笑了笑，说："真的，我想到了多么怪的一个念头呀。我这样想，正是在怀疑《圣经》，触犯上帝呀。这真危险呀！"

高昂的代价

1834 年 6 月，贝格尔号军舰结束了大西洋上的航行，穿过南美洲最南端火地岛附近群岛间的狭小通路，绕行到太平洋。贝格尔号军舰用了一年时间，沿着南美洲狭长的智利海岸进行测量。达尔文利用这个时机，在濒临太平洋的国家里进行了三次陆路探险。这三次陆路探险，使达尔文对《圣经》产生了更大的怀疑。他除了采集到大量的动植物标本，还搜集到大量证实莱伊尔地质学理论的证据。不仅如此，在地质学上，他对珊瑚岛的形成过程进行了考察，他发现莱伊尔的珊瑚岛形成理论是错误的。他提出了自己的理论，他准备回国以后，和他崇拜已久的那位地质学大师进行辩论。

可是，为了这一切，达尔文付出了高昂的代价。他在考察中，患了一次非常严重的病。当军舰航行到智利法尔巴来索港以后，达尔文带着科恩离开军舰做了一次陆地考察。他沿着安第斯山脉骑马走到智利首都圣地亚哥，再从圣地亚哥走回法尔巴来索。他来这里是为了考察近代贝壳层。

达尔文披星戴月，在安第斯山和山脚的平原上连续考察了一个多月。有一天，他们来到一个金矿。晚霞映红了这一片辽阔的平原，地平线上，遥远的安第斯山露出了它积雪的顶部，好像浮在海面上一样。金矿的工人下班了，达尔文也想找一个投宿的地方。他走近矿井的井口，一个矿工正从矿井里爬出来。他的身体向前弯曲，双臂倚靠在梯子上，双腿也弯曲着。看来，疲劳已经拖垮了这个魁梧的汉子。他全身的肌肉都在抖动,布满尘埃的面孔上涌出来的汗珠直淌到多毛的胸膛上,呼吸急促而困难,鼻孔翕动着,嘴唇用力地向后紧缩。达尔文望着矿工,一阵怜悯涌上心头。他伸出手,帮助矿工爬出井口。

矿工爬上来,吸了吸新鲜的空气,呼吸稳定后,打量了一下达尔文,感激地说:"谢谢,先生从哪里来,到哪儿去?"

"我是英国的自然科学家,来这一带考察地质学和生物学。天晚了,想找一个地方投宿,不知附近哪儿有人家?"

"如果先生不嫌弃的话,请到我家住吧!"

到矿工家后,殷勤的女主人摆上饭菜,拿出"奇奇"酒,招待贵客。达尔文不忍拒绝这位女主人的敬酒,不停地往肚里倒这种酸酸的新酿成的土酒。

"奇奇"酒的威力第二天才显露出来。那时,主仆二人正在安第斯山脚的一条河谷上进行考察。达尔文被一条正在岩石上晒太阳的蜥蜴吸引住了。这条蜥蜴把黑色的尾巴翘起,身体前半部的鳞片发出鲜蓝的光彩,中间有一道道的横条纹,颜色从头到尾逐渐变淡。达尔文把这条奇异的蜥蜴捉住,正准备放入酒精中制成标本,突然,他的胃剧烈地疼痛起来。他蜷缩着身体,一屁股坐在地上,呼唤道:"科恩,科恩,快来呀!"

科恩正在河谷中采集植物标本,听到主人呼唤,立即跑过来。他见主人脸色苍白,头上冒着虚汗,蜷缩成一团,手里紧紧地抓住蜥蜴不放。他知道主人珍惜标本胜过一切,忙从主人手上接过蜥蜴,放进酒精瓶中,然后将主人平放到地上,焦急地问道:"老爷,你怎么啦?"

达尔文微微笑了笑,说:"没有什么,躺一会儿就会好的。"

科恩见主人休息了好一阵,脸色还没有好转。他望了望荒无人烟的河谷两岸,发现不远的地方有一座茅草房。他将主人扶上马,小心地牵着马将主人送到无主的茅草房里住下。傍晚,达尔文好了一些,他挣扎着爬起来,拿起地质锤,要外出完成预定的考察任务。科恩劝阻道:"老爷,你的病这么严重,好一点再去敲那些石头吧!"

达尔文拍拍科恩的肩膀,安慰道:"我已经好了,不用为我操心。今天我们已经损失了半天时间，现在要设法弥补。你要知道，只有不懂得生命价值的人，才会白白地浪费一小时的光阴。"

第二天，达尔文继续骑马前进，没走多远，他的胃疼得更厉害了，他不得不停下来休息。但是，就在这一天休息的日子里，他还到野外去采集动、植物标本，并从古代地层里采集了一些很有科学研究价值的海生软体动物的贝壳。之后的两天，他感到身体状况越来越差，他以坚强的毅力，骑马急驰，赶到法尔巴来索就医。还没有到达目的地，他就从马上摔下来，一动也不能动了。科恩驰马进城，雇来一辆马车，将达尔文送到法尔巴来索城里一位智利教师科尔菲德家里。

达尔文极不情愿地在科尔菲德家里躺了一个多月。在病中，费支罗伊舰长派了军舰上的助理外科医生巴伊诺为达尔文治病，并特意将军舰的航行时间推迟了十天。在巴伊诺的亲自照料下，达尔文转危为安。当他能够拿起笔继续写他的旅行日记时，他并没有为自己的健康受损唉声叹气，却为损失了宝贵的时间而叹息。他在日记里写下了这样一段话："这真是可惜的时间上的损失，因为我本来还要采集很多动物标本的。"

加拉帕戈斯群岛

　　贝格尔号舰离开了南美洲大陆,又在属于厄瓜多尔的加拉帕戈斯群岛停下了。达尔文趁机对这个群岛进行了详细的考察。这是达尔文科学考察生活中最重要的时刻。本来,达尔文的环球考察是以地质学为主的。在考察生活的最后一年,他把主要精力都用到地质学考察上。但是,在加拉帕戈斯群岛上的发现,让他把主要精力转入了生物学的研究,并在之后几十年的研究活动中,写出了很多生物学巨著。这个加拉帕戈斯群岛,也因此成为世界上最有名、最大的自然博物馆。

　　加拉帕戈斯群岛由 10 个小岛组成。达尔文发现这些岛屿不久前还被大洋覆盖。这块年轻的土地上,生活着种类繁多的独特的动植物。达尔文爬遍了群岛的每一个小山头,搜集一切能搜集到的生物标本,在这个研究自然史的宝库中废寝忘食地工作着。他发现周围尽是世界上其他地方没有的鸟类、爬行动物和植物的特殊品种。在这里,他发现了 25 种新种鸟类,这些新种是群岛独有的。他还发现了 100 种新型植物。更使他震动的,还不是发现了这些动植物新种。

　　达尔文和科恩乘坐一条小船来到离军舰停泊地 6 英里的詹姆士岛。在岛上,他们找到古代印第安人丢弃的一间茅草屋,并布置成宿营地,开始了紧张的工作。

在一个风景优美的池塘上，达尔文看到了一场有趣的争夺战。一些要20个人才抬得动的大乌龟正在吃仙人掌，几只丑陋的鬣蜥拖着尾巴缓缓地爬过来，跟乌龟抢食仙人掌。迟钝的乌龟哪里是鬣蜥的对手！不一会儿，这几只鬣蜥就像狗抢肉一样，几口就把仙人掌吃光了。失望的乌龟悻悻地离开了这个地方，爬到池塘边喝水了。

达尔文跟着这些乌龟来到池塘边。这里有一大群奇形怪状的大乌龟在"咕咚咕咚"地喝水。达尔文掏出怀表，计算这些做什么都不慌不忙的乌龟喝水的速度。哈，乌龟每分钟喝十大口水！

达尔文和科恩捉了许多乌龟，带回宿营地。他们在茅草屋前燃起篝火，煮起乌龟汤。科恩将多余的乌龟肉切成小条，挂在绳子上。

这时，一群奔跑得很迅速、行动很敏捷的秦卡鸟飞过来，落在绳上，啄食那些挂着的乌龟肉。科恩站起来，挥动双臂，想把这些鸟儿赶走。可是，这些鸟儿一点都不怕人，"吱吱"地鸣叫起来。

"科恩，你听，这些秦卡鸟的叫声和智利的秦卡鸟多么不同！"达尔文说。

"老爷，你对什么事都观察得那么仔细，我可没听出什么不同呀。"科恩说。

"科恩，你仔细听听。"

科恩竖起耳朵，仔细地听起秦卡鸟的鸣叫声。他终于分辨出这些鸟儿与南美大陆同样的鸟儿不同的鸣叫声，他兴奋地说："老爷，我听出来了，这些鸟儿的鸣叫声比大陆上的好听。"

达尔文高兴地笑了笑，说："科恩，你说得对。这儿有许许多多的动植物都和大陆上的有差异。你看，这儿的乌龟和大陆上的有多么不同，就连乌龟汤的滋味，都不一样。这儿的地雀也和大陆上的不一样。更奇怪的是，这儿的每个岛上的同一种类的动植物之间都有差异。"

吃过午饭，达尔文侧卧在草地上，面对着长满仙人掌、香蕉和百合的大地，在秦卡鸟欢乐的叫声中，继续思索那个十分惊异的现象。呵，这10个由升出海面的死火山组成的岛屿，每个岛上的气候、土壤特性、地势高度虽然那样一致，但这些岛屿上的生物种类却不同。詹姆士岛上发现的38种加拉帕戈斯群岛独有的植物中,有 30 种只在这个岛屿上出现。阿尔贝马尔岛上 26 种加拉帕戈斯群岛独有的植物中,有 22 种为这个岛独有。更有趣的是,同样是地雀,却有不同长度的喙。有一种喙最长的地雀是查尔斯岛和查塔姆岛特有的,其他 8 个岛上没有。喙最短的地雀只有詹姆士岛才有。总之,达尔文发现组成群岛的各个岛,外界条件基本一致的,生物的品种却各不相同。不过,这些各不相同的品种又有接近的亲缘关系。而且这些各不相同的品种,还和南美洲大陆上的物种有较远的亲缘关系。

怎样用《圣经》来解释这一现象呢?他摸出《圣经》,把"创世记"从头到尾看了一遍,也找不出一句话能解释这种现象。这些铁的事实倒是处处与《圣经》作对,让《圣经》上的真理变得那么虚弱无力。是的,《圣经》说得不对,物种不是不可变的。

达尔文回到军舰,在他那狭小的舱房里写《旅行日记》。他在日记中写道:"似乎群岛的每一端都可以找到一个品种,而且各有特殊的变异。岛上的生物是岛屿形成之后由南美洲迁移到这里来安家落户的,它们各自在不同的岛上发生了变异,由于海洋的隔离,不同的岛上产生了不同的独特物种。《圣经》不可信!"

"什么?《圣经》不可信!"突然,费支罗伊舰长的声音从背后传来。他站在达尔文身后,看他写日记很久了。

"是的,《圣经》不可信。"达尔文转过身,将他在群岛中看到的物种变异的事实向舰长讲了一遍,并特别谈到了地雀喙的长度变化情况。

相信《圣经》"创世记"中每一个字的舰长,很不以为然地反驳道:"你的想法不对!这里的小鸟,嘴又短又厚,正好说明上帝对它们惊人的关心,赋予它们强有力的嘴巴,以便在坚硬的岩石上面寻找食物。"

经过深思熟虑的达尔文,不慌不忙地反问道:"这里每个岛上的岩石都一样的坚硬,上帝只需创造出一种具有又短又厚的喙的地雀就行了,何必煞费苦心地创造出具有四种不同尺寸的喙的地雀呢,况且,上帝又何必在喙的长度这种小事上做文章呢?它为什么在不同的小岛上还要创造得不相同呢?

这又是何必呢？"

几句话把舰长问得张口结舌，答不出话。不过，达尔文并未说服这位把《圣经》当成一切事物和行动的准绳的舰长。

从加拉帕戈斯群岛出发，贝格尔号军舰开始了横渡太平洋的漫长航行。这几个月的航行生活，是达尔文感到最枯燥的时期。因为在这次横渡太平洋的航行中，贝格尔号军舰只到过大赫的岛和新西兰两个地方，整个航行期间，可供搜集的博物学资料少得可怜。而对已经把博物学研究当成自己的生命、自己的一切乐趣和幸福的源泉的达尔文来说，找不到博物学上的资料，游历这些地方就成了毫无乐趣的事情。而且，在返航时，他思念祖国、思念家乡的情绪越来越强烈。他希望赶快结束这次航行，回到家中同亲人团聚。

军舰在澳大利亚悉尼停留了一段时间后，驶入印度洋，绕过非洲南端的好望角，从地球的另一面回到大西洋。贝格尔号军舰经过四年多的航行，整整绕地球跑了一圈后，回到巴西圣萨尔瓦多城。贝格尔号军舰从圣萨尔瓦多城出发，经过佛得角群岛、亚速尔群岛向英国急驶。1836年10月2日，达尔文终于看到了思念已久的祖国海岸。

达尔文站在船舷边，眺望祖国的土地。他透过法尔茅斯港的薄雾，仿佛看到芳妮穿着结婚礼服，站在西班牙栗树下，蒙眬的泪眼向他射来一道酸楚而幽怨的目光。他从口袋里掏出芳妮那封他读了千百遍的短信，又念了一遍："亲爱的查尔斯，我结婚了。我还有什么好说的呢？我只有在我主耶稣的圣像前，时时为你祈祷，祈祷你平安归来。不用难过，查尔斯，世界上比我好的姑娘多着呢，像你这样优秀的青年，还愁找不到理想的伴侣么？据我所知，梅伊尔的花园里，就有一个姑娘誓死不嫁，等着你归来。你会得到幸福的。可是，我的幸福却被永远地埋葬了。慈悲的上帝呀，你为什么会做这样的安排呢？"

达尔文的眼前又浮现出梅伊尔花园前的湖泊、水鸟和长满花草树木的堤岸。谁在那儿等着他呢？他的脑海里浮现出查洛蒂动人的形象，这是他心爱的另一个姑娘，莫非是她？

达尔文的眼前出现了父亲和约西亚舅舅的形象。两位可敬的老人啊,是你们使我获得了环球航行的机会。虽然起初父亲反对我参加环球航行,但做出决定后,他就毫无怨言地承担起儿子的一切费用。这是一笔何等庞大的费用啊。一切都是自费,伙食费、实验经费、陆上旅行的费用、雇仆人的费用,甚至寄标本的费用。每年数百英镑的开支都是罗伯特医生靠自己辛勤的劳动、高明的医术换来的报酬支付。可敬的老人啊,你为科学事业默默地做出了牺牲!

达尔文的眼前又闪过亨斯罗教授慈祥的面容。整个旅行期间,师生俩的通信始终维持着。达尔文将采集的成百上千种矿物、古生物化石、动植物标本寄给他,托他保管,找人鉴定。可敬可亲的亨斯罗啊,你既是学生高明的导师,又是学生忠诚的朋友!

还有亲爱的苏珊、凯德琳和凯萨林,在航行中,是她们一封又一封亲切的信慰藉着自己寂寞的心灵。他的胸前,挂着凯德琳送的项链,项链上吊着苏珊送的墨水瓶,墨水瓶上插着凯萨林送的笔。他用这支笔,写出了多少具有巨大科学价值的旅行笔记啊!

一阵海风迎面扑来,吹拂着他浓密的卷发。他的思路转向另一边。难忘的五年探险生活过去了,他变成了一个满脸连鬓胡子、年龄已经超过27岁的博学之士。这五年中,他得到些什么,又失去些什么? 是的,收获是巨大的,他采集了数千种珍贵的动植物标本,发掘和采集了上千种矿物标本和古动物化石标本,得到了珊瑚岛形成和物种形成的重要启示。打破了对神圣的、不可触犯的《圣经》的迷信,一些崭新的科学思想正在他的头脑里形成。但是,他的损失也是巨大的,他牺牲了爱情和健康。

这种代价是否太大了一些?"不,"达尔文对着越来越近的法尔茅斯港,舒了一口气,自言自语地说:"贝格尔号军舰的环球航行是我的第二次诞生,今后我在科学上所做的一切,都应该归功于贝格尔舰上的旅行。为了这一点,牺牲什么都是值得的!"

没有职业的科学家

远航归来的达尔文在什鲁斯伯里、梅伊尔、伦敦和剑桥度过了许许多多难忘的日子。与家人、亲戚、老师、朋友重逢的喜悦是难以用语言描述的。在喜悦中,他还感到了一阵隐隐的痛。舅父的花园里,他没有碰到查洛蒂,查洛蒂已经出嫁了。那位在梅伊尔的花园中等着他的姑娘,是他平时并不怎么注意的一位表妹。

不过,这一切都过去了,不论是重逢的喜悦,还是失去心爱的姑娘的忧伤。他没有时间沉溺在个人的悲欢中。他从贝格尔号军舰上带回来的一大堆岩石、化石、动物、植物标本等着他鉴定,环球航行中记录下的一大本又一大本的科学考察日记等着他整理出版,珊瑚岛形成的新理论等着他写成论文发表……

达尔文来到剑桥大学,开始住在亨斯罗家中,后来他在剑桥街找了一间房子住下。亨斯罗教授为了学生的事业四处奔波,他帮助学生寻找协助整理标本的专家。他帮助学生向财政部申请拨款,资助出版《贝格尔舰上的动物学》一书。他甚至替学生谋取了一个高贵的职位——英国地质学会的秘书。

不过,达尔文谢绝了这个可以拿薪俸的职位,宁愿做一个义务秘书。他不愿将宝贵的时间花在社交活动上。对于他正在从事的科学研究工作,每一小时都是珍贵的。他牢记着自己的格言:"一个懂得生命价值的人,绝不会把一小时的光阴白白浪费掉。"但是,靠什么生活呢? 好在他有一个可敬的父亲,愿意在他自立之前供养他。达尔文把全部精力投入他热爱的科学研究活动中了。他要研究神秘的自然界中最神秘的问题:生命起源和物种起源之谜。世界上的鸟类、爬行类、哺乳类、人类,还有那些花儿、草儿,它们的祖先是谁,它们100代以前是什么样子,它们100万代以前又是什么样子?

环球航行,使他产生了物种可以变异,物种不是上帝的分别创造物,《圣经》不可信的思想飞跃。但这还不能解决物种起源的问题。既然物种不是由上帝的力量分别创造的,那么,又是由什么力量创造的呢? 是的,物种可以发生变异,但是,单单有变异还不能形成物种呀! 物种发生变异后,自然界通过什么方式形成新的物种呢?

达尔文决定先从家养的动物和人工栽培的植物入手,弄清这些人工干预下形成的动植物品种从哪里来,怎样发生和发展成目前的品种。

那会儿,英国的资本主义农业开始发展起来。资本家经营的大型农场里,采用人工的方法改良旧品种、培育新品种,以牟取暴利。鸡、狗、鸽等新品种培育俱乐部在英国各地相继成立。这些俱乐部举办各种选种展览会,颁发选种奖章。人们通过大量的选种工作,培育了很多马、牛、羊、狗、鸽和鸡的新品种。一批批短角牛、细毛羊、大白猪层出不穷,各种新品争胜,千百种观赏花卉争奇斗艳。

达尔文深入这些选种俱乐部进行系统的调查研究工作。他拜访了许多优秀的动物饲养家和植物育种家,请他们填写家养动植物新品种培育经过的调查表。他还亲自饲养鸽子,参加了两个养鸽俱乐部,对鸽子进行详细的研究。为了搜集不同品种的鸽子,他写信到美洲、印度、波斯去买特殊品种的鸽子标本,托人从我国福建、厦门给他寄去鸽子的标本,向朋友索取死掉的稀有的鸽子尸体等。在研究中,他还查阅了大批古今国内外学者的著作,翻遍了能得到的来自中国、埃及、印度及欧亚等国家的资料。他通过15个月的研究,很快就明白了人类成功的关键。原来,人类通过选择那些对人有利的变异,并让变异代代积累,才培养出对人类有用的新品种。他把人类的这种选择作用叫作人工选择。

达尔文找到了人类培育动植物新品种的关键，但是，自然情况中的生物，是怎样形成新物种的呢？这对达尔文来说，还是一个难以解开的谜。为了揭开物种起源之谜的谜底，达尔文度过了许多不眠的夜晚。

1838年10月的一天，达尔文离开剑桥，到梅伊尔的花园去会见未婚妻爱玛。一路上，他都在思索物种起源的问题。"动植物新品种形成的过程中，人类通过选择对人有利的变异，培育出新品种。在这里，人起了主导作用。那么，自然界里，什么力量起主导作用、选择作用呢？"这个一直无法解答的老问题使达尔文的脑海变得一片黑暗。

马儿呼呼地喘着粗气，使着最后一股劲向山顶上爬，一路相随的轻快马蹄声变得越来越缓慢，越来越沉重了。忽然，达尔文觉得有一股耀眼的阳光射进了黑暗、混沌的脑海。"生存斗争！"达尔文在偶尔翻阅马尔萨斯的一本著作时，看到的这几个字从脑海里跳出来，"心有灵犀一点通"，达尔文心里欢呼着："我找到了，我找到了！我终于找到了一个研究深入的理论。正是生存斗争使适应环境者生存下来，使不适应者淘汰。生存斗争，就是自然界中物种形成的关键。生存斗争，在自然界中起了选择作用。这种选择作用可以与人工选择相比，这就是自然选择！"

达尔文来到舅舅家。这一整天，他都沉醉在发现了自然选择这一伟大法则的欢乐中。他不停地讲着马尔萨斯，讲着生存斗争，讲着人工选择，讲着自然选择。他那疯疯癫癫的状况，可把约西亚舅舅和爱玛表妹吓坏了。他们认为，查尔斯一定是中了魔！

第二天午休后，达尔文的心才平静下来。爱玛陪伴着他到花园散步。

他们沿着湖滨小径在空旷的花园里慢慢地走着。当他们走到花园边一块撒了厚厚一层草灰和煤渣的草地时，达尔文突然被草地上一种奇异的现象迷惑住了。他停下来，蹲到草地上，暂时抛下了关于物种理论的思索，研究起这种奇异的现象来。爱玛也蹲下来仔细地观察着这一片看不出什么名堂的地面，好奇地问："查尔斯，你发现什么了？"

达尔文指着地面上那些被蚯蚓翻耕过的土地,说:"爱玛,你看这里原来是一片草灰和煤渣。如今,这些东西被蚯蚓翻耕到土壤以下几英寸的地方。我感到非常奇怪的是,蚯蚓是怎么把这些草灰和煤渣翻耕到地面以下这么深的地方去的呢?"

达尔文和爱玛像两个大孩子一样,用手拨弄蚯蚓翻耕过的土地。达尔文怎么也想不出来,蚯蚓是怎样耕耘的。他叹息了一声:"真是不可思议。"

聪明的爱玛笑了笑,用柔和得让人心醉的声音说:"这有什么不可思议的呢?你真是聪明一世,糊涂一时。这是因为蚯蚓在地里把那层草灰和煤渣下面的土壤掏空了。蚯蚓将地下的泥土掏空了,地面上的草灰和煤渣就往下沉。同时,蚯蚓在地面上排粪,又把地面下的泥土带到地面上来。"

达尔文抬起头,惊诧地盯着爱玛。他的眉头舒展开来,脸上露出了微笑。他有一个多么聪慧的未婚妻啊,她竟轻而易举地解决了自己不解的问题。他兴奋地抓住爱玛的手,深情地望着她。

爱玛的脸蛋变得更红了,像熟透了的苹果一样。她拉着达尔文的手走到湖边的一张长靠椅上坐下,对着波光粼粼的湖水,他们谈起心来。

"查尔斯,我父亲准备给你在教堂里谋取一个职位,你愿意吗?"

"不,我不做牧师。我不愿意去宣传《圣经》上那些我自己都不相信的'真理'。"

"查尔斯,听说你已经谢绝了地质学会的秘书的职位,现在你又不愿意当牧师,你准备从事什么呢?"

"爱玛,我不想从事任何职业,我将终身独立地进行科学研究工作。"

"查尔斯,我并不反对你从事科学研究工作。可是,谁给你科研经费,谁给你养家糊口的薪俸呢?我们总不能老靠父母生活呀!"

"我想,我能够逐步自立。我可以靠写书获得稿酬。用稿酬来养家,用稿酬当科研经费。当然,稿酬的收入不是固定的,是靠不住的。爱玛,你愿意和我这样一个没有职业、没有固定收入的人生活在一起吗?"

"查尔斯,不管你选择了什么道路,过什么样的生活,我都不在乎。你去从事你心爱的事业吧,我会尽力帮助你的。"

1839年1月29日,达尔文30岁生日前夕,与爱玛结婚了。婚后,他们在伦敦租了一所房屋住下。这是一座平凡的、狭小的房屋。他们过着甜蜜而平静的生活。达尔文日夜伏案写科学著作。爱玛精心料理家务,使他不为日常的衣食操心。不仅如此,爱玛还是他科学工作聪明的顾问和助手。她对达尔文的著作和论文提出意见,帮助他抄写书稿,校对出版社寄来的校样。

和谐的生活,高度的默契,辛勤的劳动,产生了丰硕的成果。达尔文在回国后的短短一段时间,发表了大量的论文和著作。达尔文的第一部重要著作——《贝格尔号环球航行记》出版了。这是一部成功的著作。它的第二版,单在英国就销售了一万册,这在当时是一个很大的数字。后来,这部书被译成很多种文字,在世界各地广为流传。

又过了几年,达尔文同动物学家、芳妮的哥哥欧文教授等五人合作写成的《贝格尔号航行期内的动物志》陆续分卷出版了。

伦敦居住期间,达尔文将很多时间用于写作《珊瑚礁》一书。回国后不久,他就去拜访了地质学大师莱伊尔教授,向他陈述自己关于珊瑚礁形成的新理论。莱伊尔在伦敦的住宅里热情地接待了这位朋友。这是他们第一次见面。莱伊尔以极大的兴趣听取了达尔文的新理论。虽然达尔文这个新理论跟他的理论是相对的,但莱伊尔立即以赞许的态度接受了达尔文的新概念。这使达尔文十分诧异,他被莱伊尔尊重科学事实的态度深深地感动了。他们很快就成了亲密的朋友。在莱伊尔的鼓励下,查尔斯在1842年完成了《珊瑚礁》一书的写作,并在当年出版了。同时,他还同莱伊尔合作,写成了《贝格尔号舰航行期内的地质学》一书。

在伦敦居住的短短三年多的时间内,他除了写作出版一系列科学著作,还发表了十余篇地质学和生物学论文。伟大的好奇心使他对周围的一切事物都能细心地观察、研究,他常常探索各种奇异事物的原因,从这些看来平凡的研究中获得不平凡的结果。对梅伊尔花园中蚯蚓的研究,使他写出了《植物壤土与蚯蚓》这篇杰出的论文。少年时期,对什鲁斯伯里那块奇怪的大钟石的兴趣,使他在环球航行中注意研究冰川对漂砾形成的作用,写出了《论冰川对漂砾形成的作用》一文,并发表在《地质学会报》上,引起了地质学界的瞩目,至今仍然是研究冰川问题的重要文献!

1839年12月27日,他们的第一个男孩乔治诞生了。达尔文抱着这个可爱的孩子,快乐非凡。惊喜之余,他很快发现这个活泼的小家伙可以作为自己的科学研究对象。多么稀奇的想法,他要研究婴儿的表情!从这时开始的对表情问题的研究,使他在晚年写成了一部卓越的经典著作——《人类与动物的感情表达》。

乔治一诞生,达尔文就开始记录儿子的各种表情和动作。最初的几天里,他记录下儿子打喷嚏、打嗝、打呵欠、伸懒腰、吃奶、叫喊这些反射动作,同时,观察在发生这些动作时儿子肌肉的活动情况。到第七天,他开始在儿子身上做试验了。他拿一片纸去触碰儿子的脚。他发现,儿子很快把脚缩回去,脚趾挤紧在一起,和年龄较大的小孩在被挠时发生的情形一样。他还用一只装有糖果的硬纸匣在乔治的面部附近摇动,发出一阵"乒乒乓乓"的声音来,他发现,儿子由于受了惊吓全身颤抖起来,双眼不停地眨动。他把这些情形详细地记录到自己的笔记本上。

父亲的试验,常常揪痛母亲的心。有一天,达尔文守在儿子身边,观察儿子的表情。突然,他忍不住打了一个喷嚏。儿子受到了强烈的惊吓,身体发生了剧烈的颤抖,"哇哇"地大声哭叫起来。爱玛正要去安抚儿子,达尔文拦住了她,说:"别急,我正缺少孩子惊恐时面部表情肌活动情况的记录呢!"

说完,他弯下腰,仔细地观察起儿子面部的肌肉、眉毛的位置以及小嘴唇的张合。爱玛夺过达尔文的记录本,气冲冲地丢到床上,抱着儿子哄起来。儿子的哭声仍然不止。从小就听不得人类哭喊声的达尔文从对科学的沉醉中醒悟过来,作为科学家的达尔文重新变成了作为父亲的达尔文。他从爱玛身上抢过孩子,温和地"啊啊"叫着,在屋子里转起圈来。儿子的哭声居然很快止住了,乔治那双亮晶晶的泪眼里露出了笑意。

"看,爱玛,他笑了,他笑了。"达尔文望着满脸愁容的爱玛,快乐地嚷道。

爱玛转怒为喜,娇嗔地对丈夫笑了笑,责备道:"你这科学的疯子呀,真拿你没办法。"

这一次意外并没有打断达尔文对儿子表情问题的观察。一年后,他们又有了一个可爱的小女孩。这个名叫安妮的孩子,得到了父亲更大的宠爱。达尔文的观察材料更丰富了,他可以对照男孩、女孩不同的表情活动,得出一些重要的结论。这时,达尔文的身体开始出现了虚弱的迹象。在环球航行时得的那种莫名其妙的病,发作得越来越频繁。一旦激动或者工作过度,他就头晕、目眩、呕吐、胃疼,全身剧烈地颤抖,疾病经常打断他的工作。特别是那些不得不去参加的社交活动和应酬,对他的身体十分有害。几乎每次这样的活动后,他都不得不在病床上躺很久。1842年,他又一次病倒了。他躺在病床上,打断了正在给他念弥尔顿的《失乐园》的妻子:"爱玛,雾伦敦不是我们的乐园。我成天躺在病床上,什么也不能做,只给你和孩子们带来痛苦,这种生活真可怕啊。爱玛,无所事事的生活,比任何事情都更无法忍受。我们搬到偏僻一点的乡下去住吧!"

遗 嘱

　　1842年9月14日,达尔文带着妻子、儿女离开了伦敦,定居在离伦敦20英里的一个名叫唐恩的小乡镇上。

　　唐恩镇位于一块海拔五六百英尺的孤独高地上。高地四周有一些零散的矮林,从高地上可以俯瞰山谷中平静的耕地。这个镇上有三四百个居民。用燧石造成的一个小礼堂是镇中心,从那里分出三条小街,两旁是一些草房。

　　达尔文的住宅离小镇不远,有一条弯曲的窄路通向大道。这所买来的花园是宽敞的,除了花房还附了一块18英亩的地皮。为了更适于科学研究和写书,达尔文用了很大的精力对花园进行改建。他在三层的砖房上涂了一层灰泥,使楼房显得整洁美观。他还加盖了会客室和书房。他大部分的时间都是在书房里度过的。达尔文还造了一个高达三层楼的大弓形棚,种了牵藤植物,让这些植物爬满了棚顶。花园里有一个绿草如茵的草坪,他围绕着草坪,用土堆起了一些小丘,在上面种了各种常青灌木,使花园变成一个幽僻的地方。

　　18英亩地皮上,达尔文把一部分土地开辟成了一个菜园。他还在菜园中盖了一个供试验用的玻璃花房。剩下的12英亩地,种满了橡树和桦树,形成了一片十分喜人的树林。

　　达尔文在唐恩镇定居后,除了接待少数亲友的来访,每隔一段时间到伦敦和剑桥去一次,他把绝大部分精力用在科学事业上。

那时,达尔文在动物学和地质学上的卓越的成就,已使他成为当时最优秀和最有创造性的自然科学家。他已经成为英国皇家学会、皇家地理学会、地质学会、昆虫学会、动物学会的会员。同时,他那部引人入胜的《贝格尔号环球航行记》,使他在公众中赢得了极高的声誉。但他并不满足于这一切。在他全部的科学活动中,他最珍惜的是自己最有创造性的研究工作——探索物种起源的秘密。他在1839年初就已形成物种起源理论的完整思想。1842年6月,他在伦敦住宅中用铅笔写出了一个35页的物种起源理论提要。1844年,他在唐恩的书房中将这个提要扩充成一个230页的提纲。

这个提纲是达尔文的宝贝。他觉得,要发表这个提纲,还为时过早。证据还不够充分,还有许多疑难问题没有解决,计划中的大量试验还没有来得及做。总之一句话,他觉得自己的刀和剑还磨得不够锋利,要对付宗教阵营的进攻,还得做大量的准备工作。他要达到自己规定的标准,又觉得力不从心。他在写作提纲的两年时间里,身体越来越坏了。他没有一整天,甚至没有一夜胃不难受。当达尔文用顽强的毅力写完这个提纲的时候,他终于病倒在床上,一动也不能动了。这一年7月,他感到自己的身体很糟,疲惫异常。他觉得自己快要离开人世了,躺在长沙发上,忧心忡忡地用颤抖的手翻阅着提纲。他想到这个提纲很可能会随着自己的死亡而被永远埋葬,心里感到一阵阵痛楚,热泪禁不住从深邃的蓝灰色眼睛里流下来。他用蒙眬的泪眼盯着提纲,轻轻地抚摸自己一生心血的结晶,一个念头油然而生:写遗嘱!他用微弱的声音尽力呼唤着:"爱玛!爱玛!"

正在照料孩子的爱玛听到丈夫不平常的呼声,惊慌失措地走过来,问:"查尔斯,你怎么啦?"

达尔文让爱玛在长沙发边坐下,拉着她的手,说:"爱玛,我可能熬不过去了,我有一件事情放心不下,想写一份遗嘱,万一我……"

爱玛听丈夫说到这里,紧紧地拉住达尔文的手,说:"查尔斯,你说些什么呀?你才35岁,你不能丢下我们呀!"

达尔文扬了扬他那浓密而长的眉毛,费劲地挣扎出一丝微笑,安慰妻子道:"爱玛,事情还没有那么糟。我是以防万一的,你不用惊慌。你要知道,我刚写完物种理论提纲,如果将来要被世界接受,那将是科学的一个进步。我现在还不想发表它,我准备得还不够充分。但如果我骤然死去了,这个理论不应被埋没。如果因为我的死,这个理论同我一起被埋葬,我想,这将是科学的一个损失。我写一个遗嘱,可以避免这种不幸发生。你能帮我的忙吗,爱玛?"

爱玛紧张的神色缓和了一些,她望望丈夫,见他的面容疲惫而憔悴,她表示理解地点了点头。她拿起纸和笔,坐到丈夫身边,静静地等着记录丈夫的遗嘱。达尔文郑重地思考了一会儿,慢慢地说:"爱玛,你根据我的意思草拟一个遗嘱吧。我的意思是这样,如果我不幸去世,请你从我的积蓄中,拨出400英镑作为我的物种起源理论提纲编者的稿酬。"

"请谁做编者呢,查尔斯?"

"莱伊尔是最好的编者。"

"如果莱伊尔不愿意呢?"

"那么就请莱顿做编者吧。"

"我想莱顿不会愿意的,我看他平时对你谈及的物种理论很反感。"

"那就请虎克做编者吧。"

虎克是英国的植物学家,他在达尔文《贝格尔号航行记》的影响下,曾参加南极探险队进行科学考察工作。回国后,虎克成了达尔文和他一家人最亲密的朋友。爱玛听到达尔文提出这个人选,想到虎克忠厚、诚挚的形象,满意地笑了。她说:"虎克是最合适的人选,我想没有第二个人能比虎克更忠实地完成朋友的嘱托。"

"你说得对。当然,如果可能的话,请莱伊尔做编者,虎克协助,这是最理想不过的了。"

念完遗嘱,达尔文在记录上审查了一遍,并在上面签了字。他觉得心头的一块石头落了下来,顿时轻松了许多。他抚摸着妻子的手,亲切地对她说:"好了,大事已成,我们该轻松轻松了。"

安妮之死

生命力是顽强的。达尔文为了科学,挣扎着活下来了。他的身体时好时坏。只要不生病,他就拼命地工作,除了继续写作一篇篇科学论文,出版一本本科学著作,达尔文仍然把主要精力集中到研究物种起源的问题上。他为了打磨战斗的武器,继续阅读各种书籍,做各种试验,搜集进化的证据。他不仅研究了家鸽的起源,还研究狗、猪、马、牛等家养动物的起源,研究谷类、小麦、花卉的起源,研究各种野生动物、野生植物的起源。

资料非常多,工作量大得使人难以置信。达尔文身染重病,用罕见的毅力,利用身体状况好的每一分钟,顽强地为物种起源理论战斗着。他给自己规定了严格的作息时间。在工作时间,不管是亲戚,还是朋友,不管是爱玛,还是孩子们,都不能进入他的书房,不能打搅他的工作。

有一天,那个神圣的时间里,女儿安妮推开书房门,蹑手蹑脚地走到父亲身边,亲热地喊了一声:"爸爸!"

正在专心写书的父亲被女儿的声音吓坏了,他抬起头,望着女儿纯洁、透明的浅蓝色眼睛,温和地责备道:"安妮,你怎么这时跑进来了?你看,你把爸爸的工作打断了,你知道这会造成多大的损失吗?"

安妮没有回答父亲的问话,她伸出一只胖乎乎的小手,摊开手掌,天真地说:"爸爸,我赔偿你的损失。你看,这是我存的六个便士,我把它全给你,你同我一起去玩。好吗？"

达尔文推开那堆书稿，将女儿抱起来，亲了亲她红彤彤的小脸蛋，说："好，安妮，爸爸今天为你破例，提前结束工作。我们去玩个痛快吧！"

父女俩在榛树、赤杨树、菩提树组成的树林里尽情地享受着天伦之乐。

马车铃儿的叮当声把父女俩引出了树林，有客人来访了！来客是老朋友虎克博士和莱顿教授。达尔文把客人迎进了客厅。寒暄片刻后，他将客人请进书房。他要客人们评判物种起源理论提纲的价值。虎克和莱顿在安乐椅上坐定后，达尔文将提纲草稿拿出来，请朋友们审阅。虎克和莱顿各拿了一本草稿，仔细地阅读起来。达尔文坐在靠近火炉的椅子上，随手翻阅着放在椅臂上的书稿。他哪看得下这些书稿呀！他像一个犯人坐在被告席上，焦躁不安地等着法官的判决。朋友们终于看完了书稿，他们深深地思索着。

忠厚热情的虎克首先发言："亲爱的达尔文，你创造了一个新奇的理论。如果这个理论能站住脚，那将是自然科学史上可以和哥白尼发表《天体运行论》和牛顿发表《自然哲学的数学原理》相提并论的事件！"

很不容易接受新鲜事物的莱顿眨了眨他的小眼睛，很不以为然地摇了摇头，说："亲爱的虎克，你做这样的推断实在有些冒失。依我看，这是一个十分有害而危险的理论。"说到这里，他顿了一下，转向儿时的朋友，说："啊，亲爱的查尔斯，请你不要介意，我一贯直言不讳。当然，我只看了一遍你的提纲，要做结论还为时过早。好多地方，我还没有弄明白。你能简略地给我们介绍一下你的理论的要点吗？"

"好的，莱顿。"达尔文点点头。他指着墙上的挂图，向朋友们讲解起自然选择学说来。由于这个理论十分深奥，达尔文足足向朋友们讲解了一个多小时，才勉强介绍了一个大概。

讲完，达尔文擦擦头上的汗水，感到非常疲倦。两个朋友沉默地咀嚼着达尔文的话。莱顿思索良久后，打破了沉默："查尔斯，要说世界上的一切物种都是靠自然选择的力量形成的，那真是不可思议。试问，难道万物之灵的人类也是因自然选择的力量形成的？想想我们的眼睛吧，它能够自动调节焦距,具有十分完善而复杂的功能,除了万能的上帝,有什么力量能造出这样奇妙的器官呢? 查尔斯,恕我直言,我将断然拒绝你的理论。如果你这个异想天开的理论公开,我将同全世界站在一起,反对它!"

达尔文失望地望着儿时的朋友,沉重地叹息一声,痛苦地说:"我很遗憾,莱顿,我不能说服你。"他转向虎克,问:"朋友,你的意见呢?"

虎克忠厚的脸上带着微笑,安慰朋友道:"亲爱的朋友,你不必失望。我觉得,你的理论有一股强大的逻辑力量,尊重事实的人不可能不被这种力量打动。虽然我现在还不能解释这个理论,也不能接受这个与我的信仰背道而驰的理论,但是,我清楚地意识到,你发现的自然法则是伟大的。你应该将这个法则公开,不然,将会有人跑到你的前面去。"

达尔文感激地望着朋友,说:"谢谢你,虎克,你的话使我得到很大的鼓励。不过,我不想过早发表我的理论,我的准备还不够充分。"他转向莱顿,说:"也要谢谢你,莱顿。你的话使我得到很大的启发。你提醒我要用更多的精力来研究难以用自然选择学说解释的问题。我想,我会解决人类起源的问题,我会解决眼睛的问题。当我解决了那一切疑难问题后,我就会公布我的学说,向你和你的全世界宣战!"

在爱玛的多次催促下,朋友们中断了讨论,走到餐厅进餐。进餐时朋友们停止了论战,聊起家常来。莱顿说:"亲爱的查尔斯,芳妮要我向你问好。"

随着岁月的消逝,加上爱玛温柔的爱情的慰藉,达尔文对芳妮的思念已经逐渐淡漠了。他怀着一种温暖的友情,关切地问:"芳妮生活得怎么样,莱顿?"

莱顿叹息了一声说:"她的性情变得越来越乖戾了。你真幸福啊,查尔斯,有这么一位温柔贤淑的好夫人。"

为了解答用自然选择学说不能解释的一些疑问,达尔文不断地做着各种离奇的实验,勤恳地搜集各种证据。

辛勤地工作,不断地犯病,达尔文的身体一天天衰弱下去。当他可亲可敬的父亲罗伯特医师在 1849 年 11 月 13 日去世时,达尔文已经躺在床上不能行走了。疾病使他不能去参加父亲的葬礼，这使他悲痛万分。对在 83 岁时去世的老父亲的悼念，让达尔文的病情恶化了。他的神经系统开始受到影响，全身肌肉常常不由自主地痉挛，手不断地发抖，头时时感到眩晕。

为了使丈夫恢复健康，爱玛想尽了一切办法。她打听到，离唐恩不远的一个叫麻尔文的镇上，有一个叫葛利的医生开设了一家使用冷水疗法的医院，治好了不少奇怪的病人。她将达尔文带到麻尔文，在那里租了一间房子住下来，让达尔文进行水疗。吃什么药都不见效的达尔文，居然在进行水疗后恢复了暂时的健康。

医生允许他每天工作两个半小时。其实，就算医生不限制，他也不可能工作更长的时间。医生规定每天进行一次冷水喷浴，一次日光浴，三次散步，已使他疲惫到了极点。

不过，达尔文绝不愿放弃死神让给他的任何一点可以利用的时间。他又开始着手解决一个新的问题。这个问题同他解释加拉帕戈斯群岛独特生物品种的起源的理论有关。加拉帕戈斯群岛离南美大陆有 1000 多公里。按照达尔文的理论，群岛上独特的生物品种是从南美大陆传来的，它们在那里发生了变异，通过自然选择的作用形成了新的物种。"但是，是谁从南美大陆把这些植物种子带到远离大陆的孤岛上去的呢？"莱顿提出的这个难题，使达尔文伤透了脑筋。

一天，虎克来访，达尔文带着女儿安妮和朋友一起在书房外的树林里散步。达尔文念念不忘那个已经使他失眠好多天的难题，对朋友说："亲爱的虎克，我想，莱顿提出的这个难题可以这样来解释。大陆上植物的种子可以随着洋流漂到岛上去。据说从墨西哥湾出发的洋流每天能走五六十英里。如果按照这样的速度，不出半个月，南美大陆的种子就可能随洋流漂到加拉帕戈斯群岛。你觉得这样解释如何？"

虎克是个植物学家，达尔文常常向他请教有关植物学的问题。虎克听了达尔文的解释，发表了内行的意见："这不可能。在盐水里泡了十多天的种子，一定会被泡涨、泡烂。这样的种子还有发芽的能力吗？退一万步讲，即便这不成问题,种子在漂流的过程中也一定会沉落到海底。"

达尔文不甘心自己苦思冥想出来的解释被否定,他说:"你不要把结论下得太早了,亲爱的虎克。我将做一些实验来证实这一解释。"

"我敢打赌,你的实验是不会成功的。"虎克很有把握地说。

"打赌?"达尔文爽朗地笑起来,"赌输了怎么罚你?"

"如果我输了,我就把你用盐水泡过的种子长出来的苗株吃下去。但是,你输了又怎么办呢?"虎克开玩笑地说。

"我输了,我就把那些泡涨、泡烂的臭种子吃下去。怎么样。"

"一言为定!"虎克与达尔文击掌为誓。两个朋友因为这场有趣的打赌,开心地哈哈笑起来。

正在树林小径上跳舞的安妮,听到笑声,好奇地跑过来,问:"爸爸,你们在笑啥呀?"达尔文把他同虎克打赌的事告诉女儿,女儿高兴地笑着嚷道:"爸爸一定会战胜虎克博士的,让虎克博士吃那些小草吧!"

虎克将安妮抱起来,举在头上转了几圈,笑着说:"叔叔不会吃那些小草的,让你爸爸吃那些倒霉的臭种子吧!"

实验开始了。达尔文将水芹、萝卜、莴苣、胡萝卜、芹菜和洋葱的种子浸在华氏 32 度到 33 度的盐水中。然后,他将这些种子放到一个铝质饼干盒中发芽。以安妮为首的六个兄弟姐妹,非常关心父亲的实验。他们一有机会,就跑到饼干盒前看那些浸过盐水的臭种子发芽没有,并围着父亲,争先恐后地嚷道:"爸爸,你会战胜虎克博士吗?"

这些浸泡过盐水的种子没有辜负天真的孩子们的希望。浸泡过七天的种子发芽了!浸泡过 21 天的水芹种子和莴苣种子也发芽了!孩子们围在饼干盒前,拍着小手,像一群小麻雀一样,叽叽喳喳地嚷道:"虎克博士输了!虎克博士输了!让他来吃掉这些小草吧!"

可惜,孩子们高兴得太早了。海水漂流实验的进展没有种子发芽实验那么顺利。这天,孩子们聚精会神地围在一个大水缸前看爸爸做实验。达尔文用一根木棍不停地拍击着缸子里的盐水,掀起像海浪一样的波涛,孩子们轮流将父亲分发的种子丢到盐水里去。"哎呀!"孩子们惊呼起来,那些倒霉的种子浮不起来,一颗接一颗地沉到水缸下面去了!

实验结束了,父亲和孩子们围坐在大缸旁,面面相觑。像父亲小时候一样热衷于捉甲虫、做生物实验的小儿子法兰士,瞪着失神的大眼睛,天真地说:"爸爸,怎么办呢,你得把这些倒霉的种子吃下去呀!"

达尔文从盐水中捞出了一些种子,一面往嘴里放,一面说:"啊,儿子,爸爸输了,活该受罚,让我把这些臭种子吃下去吧!"

天真的安妮当了真,她一把抓住爸爸的手,着急地说:"爸爸,你真不害羞,竟敢吃这么脏的种子,多么恶心呀!"

这一天晚上,达尔文又失眠了。直到清晨,他才迷迷糊糊地睡着。朦胧中,他仿佛看到一条鱼儿在他的水缸里游来游去,大口大口地吞食着他那些倒霉的种子。这时,一只鹭鸶飞过来,将这条鱼儿吃掉,然后飞到几百里外的小岛上。看,鹭鸶把嘴中的鱼儿吐出来了。这条鱼儿还鲜活地在地上蹦跳着呢。鱼儿把吃进去的那些令人恶心的臭种子吐出来了。种子在海岛上发了芽。原来如此! 正在他高兴问题得到解释时,一阵惊呼把他从梦中带回现实。爱玛唤醒他,告诉他一个让人心慌意乱的消息:安妮病了!

安妮的病打断了达尔文的实验。起初,安妮的病并不重,只是常常呕吐,这是达尔文经常经历的。他和爱玛屡见不鲜,认为这是无关紧要的事。但是,安妮的病很快就变成了可怕的低热症。他们请了很多医师来医治,也不见好转。到了第十天,安妮已经奄奄一息了。达尔文守护在安妮的病床旁,无可奈何地望着生命垂危的孩子,心里痛苦极了。多么可爱的宝贝啊! 在严重的疾病面前,十岁的安妮像一个小天使一样,从没有抱怨过一次,没有发过怒,体恤着日夜守护她的父母,用温柔、可怜的神情感谢父母为她做的每一件事。后来,她疲倦到说话都困难了,只能睁开那双纯洁的眼睛,用温柔的眼光看着父亲。父亲忙递上一杯水,滋润她那干裂了的嘴唇。她艰难地喝了一小口水,可爱的小嘴唇翕动着,发出微弱的声音:"太好了,爸爸,我十分感谢你。"

达尔文关切地问:"好一些了吗,孩子?"

安妮安慰父亲道："我不要紧的。你不要为我累坏了，不要为我耽误了实验。爸爸，你战胜了虎克博士吗？"

"我会战胜虎克博士的。"达尔文的脸上露出惨淡的笑容。

安妮微微笑了一下，没有再说话，静静地闭上了眼睛。达尔文惊慌地摸了摸女儿冰凉的手。脉搏没有了！他拿起听诊器，听了听女儿的心跳。心跳停止了！听诊器掉到地上，达尔文晕过去了。

达尔文在床上躺了许多天，什么事也不能做。一天下午，他躺在会客厅里的长沙发上午休。蒙眬中，他看见死去的安妮跳着舞，从书房外树林里的小径中向他奔来，嘴里嚷着："爸爸，你战胜了虎克博士吗？"

达尔文一惊，猛地醒了过来。他没有睁开眼睛，希望再在梦中看见安妮。啊，安妮几乎天天要在他午眠时入梦，从树林中的小径上旋舞着向他奔来，嘴里老是嚷着她死前说的最后一句话："爸爸，你战胜了虎克博士吗？"

用什么来回答孩子呢？他睁开眼睛，只见一缕光线从窗户射进来，照射到金鱼缸上。一条美丽的小金鱼正在吃着水中的小草。安妮病前的情景出现在他脑海中。莫非真是鱼儿吃了小草的种子，鸟儿又吃了鱼儿，鸟儿飞到海岛上排泄未消化的种子，把大陆上的物种带到海岛上去的吗？

达尔文挣扎着爬起床，继续进行试验。他从鱼缸中抓了一条鱼，蹒跚着走到解剖台前。他拿起剪刀，高抬肘部，克服了手的颤抖，敏捷地把鱼的内脏取出来了。他将鱼肠中的东西放到显微镜下观察。呵，正如他所料，鱼儿肠中有许多水草的种子，鱼儿多么爱吃水草的种子呀！他又从鱼缸里抓起一条鱼，往它的嘴里塞了一些玉米。然后，他将这条鱼儿喂给了一只鹳。他搜集了鹳的排泄物，发现玉米被原封不动地排泄出来了。他把这些游历了两个动物体的玉米放在饼干盒中，做发芽试验。没几天，玉米发芽了，实验成功了，植物种子从大陆传到海岛有一个合理的解释了！他疲倦地坐到椅子上，捧着前额宽阔的大脑袋，心里祈愿着，可爱的小宝贝呀，明天午休的时候，你再从小径中旋舞着奔到父亲的怀抱里来吧。那时，父亲将告诉你好消息，他已经战胜虎克博士了。

优先权

　　20 年过去了。年轻英俊的达尔文由于工作的劳累和重病的折磨未老先衰。他的头顶几乎完全秃了，只在脑后留下了一绺暗褐色的头发。他那宽大的额头上皱纹很深。他走起路来背驼得十分厉害。高大魁梧的达尔文变成了一个佝偻的老头儿。

　　当然，这 20 年中，达尔文不只是研究那些伤透脑筋的问题，还要搞清各种动植物品种在 100 代以前是什么样子，在 100 万代以前是什么样子，自然界的物种是怎样通过自然选择的作用发生和发展成目前这个样子的。他从比较各类动物的胚胎的研究中，从比较各类动物的骨骼结构、器官构造的研究中，清楚地看到了哺乳类、鸟类、鱼类动物在 100 代以前是什么样子，在 100 万代以前是什么样子。结果是惊人的，他发现自然界的各大类物种都起源于少数的古代祖先。

　　当他把这个结果告诉坐在书房里围绕着他的朋友莱伊尔、虎克和莱顿时，朋友们惊得目瞪口呆。他们望着面前这位科学上的"愚人"和"疯子"，一时不知道怎么对待这个惊人的发现。他们怎么也不能理解，万物之灵的人类突然同卑贱的动物交上了亲戚。人类竟同那些可怜的猴儿、猫儿、狗儿、兔儿有一个共同的祖先。在很早很早以前的某一个时期，人类同这些动物的祖先原来是兄弟姐妹。多么惊人的发现！

达尔文见朋友们个个呆若木鸡,对他的理论不置可否,他激动地站起来,指着墙上的比较解剖学挂图和桌上玻瓶中酒精浸泡的胚胎标本,进一步解释道:"你们看,人的手、蝙蝠的翅、海豚的鳍、马的腿都由相似的骨架组成,长颈鹿和象的颈部都由同数的椎骨组成。你们再看看这些胚胎吧,哺乳类、鸟类、爬行类和鱼类虽然成体极不相同,但胚胎十分相似。用肺呼吸的哺乳类动物的胚胎却有靠鳃呼吸的鱼类的鳃裂。从这些和其他事实出发,我可以得出这样的推断,一切脊椎动物包括人在内,在远古时期一定有一个共同的祖先。在更近一些时期,各大类动物都有自己共同的祖先。目前自然界中的物种,在自然选择的作用下,逐渐由这些远古的祖先分化、发展而来。这就是我的进化学说的要点。"

虎克是熟悉达尔文的理论的,虽然他也被达尔文最后的结论弄得心神不宁,但还是对朋友的理论表示赞赏。虎克的这一番赞赏让莱顿很不满意,莱顿对这位年轻的朋友训斥道:"亲爱的虎克,查尔斯已经把你引入堕落的途中。我认为,他的理论的危害与影响将比十个博物学者所做的好事还要大。他正在建立一个用肥皂泡般的事实支持起来的空中楼阁,这个空中楼阁将把科学引入歧途。"

这番武断的说教惹恼了年近六十的老教授莱伊尔。这位教授是坚定的有神论者,信仰上帝造物。但他是一个尊重科学、爱护新生幼苗的人。莱伊尔教授从达尔文的发言中,从翻阅达尔文像小山一样的实验记录中,清楚地看到了达尔文物种起源理论的价值,预感到英国科学界将会出现一个世界性的大人物。他怒气冲冲地打断莱顿的话:"莱顿先生,我不能同意你那毫无根据的说教。睁眼看看查尔斯所做的工作,就不会随意将这些称作'肥皂泡'和'空中楼阁'。我虽然并不认为自己会很快接受查尔斯的理论,但我不认为这个理论是有害的。相反,如果他的理论能经受住历史的检验,那么,英国科学家将会对人类做出一项真正具有重大意义的贡献。"他转过身,对达尔文说:"亲爱的达尔文,我认为,你的理论有坚实的证据作后盾,你应该把你的理论尽量充分地阐述出来,公开。"

达尔文听到尊敬的老师、亲爱的朋友对他的理论的高度评价,心里乐开了花,说:"莱伊尔教授,你的鼓励是对我的莫大安慰。不过,我觉得自己还准备得不够充分,现在发表这个理论还为时过早。"

莱伊尔生气地说:"你怎么还说准备得不够充分呢,你已经为这个理论做了近20年的准备工作。人的生命毕竟是有限的,一个人的力量也是有限的。你应该尽早地公布自己的学说,让更多的人来研究它。而且,如果你的学说能够取胜,那将是英国的光荣。你迟迟不发表自己的理论,别人会走到你的前面,你在这方面的研究的领先地位就会丧失。"

虎克也劝道:"我很同意莱伊尔教授的意见,我想,纵使你活到100岁,依照你的标准,要等到你的那些伟大法则所依据的一切事实准备好之后再发表你的理论,这种时机大概是永远不会到来的。"

在莱伊尔和虎克的一再催促下,1856年5月,达尔文开始著述《物种起源》。他将20年来研究物种问题的结果进行了充分的阐述。当时写作的规模比后来出版的《物种起源》大三四倍。

1858年6月,当达尔文正写完一半左右的时候,莱伊尔和虎克之前曾一再警告会发生的一件事发生了,改变了达尔文原来要写一本含许多卷的大书的计划。

这一天,他收到了一封侨居在马来群岛的英国青年科学家华莱斯的信,信中附了一篇论文。这是一篇惊人的论文。华莱斯寄来的这篇论文的题目是《论变异无限地离开原型的倾向》,阐述他所发现的自然淘汰的原理。达尔文发现,华莱斯的学说与他研究了20余年的自然选择理论是如此相似,以至于华莱斯论文草稿中用的术语同他的《物种起源》手稿中那些章节的标题竟是一模一样的。一句话,莱伊尔和虎克的话惊人地实现了,那就是有人跑到了达尔文的前面!

达尔文一遍又一遍地翻阅着华莱斯的信,心乱如麻。到底该怎样来处理这一封信和论文呢?到底要不要断然放弃自己在这一理论领域内的优先权呢?是的,华莱斯在信中并没有要求达尔文帮助他发表这篇论文,只是请达尔文对论文提出意见,如果达尔文认为论文有价值,请他转给莱伊尔一阅。可是,达尔文觉得,既然这篇论文已寄到他手中,这在道德上就束缚住了他的手脚。但要达尔文放弃自己的优先权,那也是一件十分痛苦的事情。怎么办呢? 达尔文的脑海里闪出他为自己立下的座右铭——"热爱真理轻视名誉",他的心里一亮。"真理的胜利比优先权问题更为重要,现在,多了一个志同道合的战友,这是一件多么值得庆幸的事啊,我为什么这么卑贱地在优先权问题上打转儿呢!"达尔文这么想着,心情渐渐平静下来。他做出了决定,放弃自己发现自然选择法则的优先权,促使华莱斯的论文尽早发表。

达尔文根据华莱斯的要求将论文转给了莱伊尔,并向莱伊尔推荐这篇论文。他对莱伊尔说:"你的话已惊人地实现了,那就是别人会跑到我的前面。我从未看到过比这件事更为显著的巧合。即使华莱斯手中有过我在1842年写出的那个草稿,也不会写出一个更好的摘要来。您看完请把草稿还给我,因为他没有叫我发表,我当然要立即写信给他,建议把草稿寄给任何刊物发表。因为,我的创造,不论它的价值怎样,将被粉碎了。但我的书如果有任何价值,将不会因此而减色,因为我把一切精力都用在这一理论的应用上了。"

伟大的著作

华莱斯的信,在达尔文宁静的脑海中激起了一阵涟漪。当达尔文交出给莱伊尔和虎克的信后,他的生活恢复了昔日的平静。坚持不懈的写作,使《物种起源》的草稿一天天增厚。他没有想到,自己很想继续保持的这种安静生活会再一次被人打破。

一天中午,达尔文按照惯例开始散步。

"哈罗,查尔斯!"一声熟悉的呼唤在森林边缘响起。达尔文回头一看,只见莱伊尔和虎克站在小径尽头等待他。

达尔文高兴地急步向朋友走去。他走到莱伊尔面前,习惯地把手用力一摆,紧紧地握住老教授的手,说:"啊,亲爱的朋友,感谢你和虎克来看望我这个走不出家门的可怜虫。"

年过花甲的老教授挂了挂手中的拐杖,带着责备的口吻说:"我可不是来看望你的,查尔斯,我和虎克是来谴责你那轻率的决定的。"

"哈,谴责我?为了什么事呀,亲爱的莱伊尔?"

莱伊尔没有回答。达尔文请他们在森林的草地上坐下后,虎克代莱伊尔答道:"亲爱的达尔文,收到你的信和转来的华莱斯的论文后,我们既高兴又着急。你对华莱斯的论文做了极高的评价,并提议发表他的论文。这我们完全同意。但是,你决定放弃自己发现自然选择法则的优先权,我们觉得这是轻率的。"

"为什么呢？我本来就没有想发表任何有关这个法则的论文。现在因为华莱斯把他发现的同一法则的论文寄给了我，我就想发表自己的论文，这样做是不是光明正大呢？我宁愿把我的那本书全部烧去，也不愿让他或别人说我的行为是卑鄙的。"

"我不这么认为。我在 14 年前就看过你的学说的提要，我能证明你不是抄袭他的学说。我觉得你的论文应同华莱斯的论文一道发表。"

"我注重的是真理的胜利，而不是个人的名誉，亲爱的虎克，我放弃了发表自然选择法则的优先权，这对我将要完成的著作并无损害。我相信，我的著作将有助于自然选择学说的胜利。"

莱伊尔见达尔文固执地不肯发表自己的论文，插言道："我们现在考虑的不是你和华莱斯谁应该享受优先权的问题。为了照顾科学家的利益，你和华莱斯的论文应该一同发表。如界你放弃了你所发现的伟大法则的优先权，让华莱斯独立作战，这对科学的发展是有害的。请你慎重地考虑一下你对科学事业担负的责任吧！"

"既然你们坚持要这样，并认为这样做是对科学事业有利的，我可以将我在 1844 年写的物种理论提要作为华莱斯论文的附件发表，同时，我可以把 1857 年 9 月 5 日写给美国博物学家爱沙·葛雷博士的一封信的副本交给你们。这封信阐述了我的自然选择学说的基本观点。我同华莱斯之间的不同点只有一个，我的观点是基于人工选择对于家养动植物所起的作用而形成的。这个，九个月以前写的信可以证明我没有偷袭华莱斯的学说。"

莱伊尔和虎克拿到达尔文交出的两个文件后，立即同英国林奈学会磋商，学会决定同时宣布华莱斯的论文和达尔文的两个文件。1858 年 7 月 1 日晚上，林奈学会的会议室里，挤满了自然科学家。达尔文因病未能到会，华莱斯的论文和达尔文的文件由人代为宣读。论文被宣读后，莱伊尔和虎克做了简短的发言。这使在场的人知道，这些论文得到了他们两位的支持，他们愿意在论战中做达尔文的副手。华莱斯和达尔文的文章激起了到会科学家强烈的兴趣，但由于这个题目太新奇，旧派的人在未穿上甲胄以前不敢挑战。会议之后，人们用压低了的声音谈论着这个题目。因为这几篇文章过于简单，没有详细的事实论证，人们很难对它做一个恰当的评价。因此，学会要求达尔文将他的正在写作的《物种起源》缩写成一个不超过 30 页的摘要，在学会会报上发表，以使人们进一步地了解这个学说并对之做出评价。

达尔文为自己苦心经营了 21 年的物种理论被迫仓促发表快快不乐，同时，他为自己的文章并不是作为附件发表很不满意。他对虎克说："我原来只同意把我的两个文件作为华莱斯的论文的附件发表，你们的做法让我很不满意。"

达尔文在荣誉面前表现得十分谦虚，华莱斯在这个问题上也很虚心。他后来说："那时候我只是一个匆忙急躁的少年，而达尔文则是一个耐心的、下苦功的研究者，勤勤恳恳地搜集证据以证明他发现的原理，不肯为了争名而提早发表他的理论。"

达尔文的自然选择学说经过 21 年的酝酿问世以后，他为了弥补论文仓促发表带来的缺陷，立即着手写作林奈学会要求的摘要。由于材料太丰富了，达尔文很快发现这个摘要要达到会报的要求是不可能的，单单是把家养状况下的变异写一个摘要，就写了 35 页，这已经超过了学会要求的篇幅。他一口气写下去，奋战了 10 个月，写出了一个长达 500 页的摘要。这样长的摘要是不可能在会报上发表的。在莱伊尔的劝导下，出版家穆瑞看了达尔文著作的前三章以后，毅然决定出版这部著作。这是一个十分勇敢的决定。

达尔文于 1859 年 4 月完成《物种起源》的草稿后，穆瑞立即使之付排，一个月后，就拿出了校样。达尔文在审阅校样时，发现需要修改的地方是那样多。他以一丝不苟的精神，全力以赴修改校样。这时，他那可怕的胃疼又发作了。唐恩镇发生了猩红热传染病，他的一个心爱的儿子在这场可怕的瘟疫中死去了。达尔文用极大的毅力克制了丧子的痛苦，同病魔顽强地战斗着，终于在 1859 年 9 月 11 日改完了最后的校样。

这一天，他看了看这一大堆校样，想到穆瑞就要将它印 1250 册，轻松地吐了一口气。他拿起拐杖，走出书房到书房外的森林小径散步。

高大的苏格兰枞树的新鲜而浓厚的绿色，老桦树的柔荑花的棕黄色，远处落叶松的绿色，构成了一幅极美的图画。达尔文躺在树丛中的草地上望着这一幅图画，心旷神怡。他陶醉于大自然的美景中，沉沉睡去了。明亮的阳光形成的斑驳树影落到50岁的科学家身上，温暖的秋风拂过科学家的秃顶，大自然在用最美的丰姿慰藉完成了一部伟大著作的学者。睡吧，静静地睡吧，你为人类的进步付出了20余年辛勤的劳动，该好好地休息一阵子了。

然而，伟大的学者是不会满足于已经取得的成就的，他要不断地为人类做出新的贡献，创造新的奇迹。达尔文只休息了一会儿，就醒过来了。他睁开那双深邃的蓝灰色眼睛，在朦胧中观察着周围的世界。他想："我会成功吗？这部纯理论性的著作出版后有没有人买呢？而且，这部触犯了上帝和《圣经》的著作，该不会遭到教会的围剿吧？那些疯狂的教士，会不会像对布鲁诺一样，将我烧死在火刑柱上呢？"

斗争与荣誉

1859 年 11 月 24 日,《物种起源》第一版发行了。这一天,伦敦的书店里热闹非凡, 人们你推我拥地抢着购买这部伟大的著作。第一版印刷的 1250 册,在一天之内就卖光了。接着,穆瑞又印了第二版 3000 册,也被一抢而空。

这一部离经叛道、理论性非常强的著作销路这么好,可把出版家穆瑞乐坏了。达尔文和他的朋友们也乐坏了、惊呆了。形成这一股抢购风的原因是复杂的。有一个原因是达尔文没有料到的。《物种起源》正式发行前夕,达尔文分送了一部分样书给他的一些朋友。这些朋友中的一位看了达尔文赠送的样书后,就在《英国科学协会会报》上发表书评,辱骂达尔文。这位朋友在书评中要求把达尔文交到神学院和博物馆去。也许,这篇书评帮了穆瑞和达尔文的忙。那些抢购《物种起源》的人中就有一些是教会的神父。他们要研究这部著作,找到达尔文背叛基督教的证据,然后将他绑到宗教法庭,烧死在火刑台上。当然,购买《物种起源》的人中更多的是自然爱好者。他们从书评上看到,达尔文《物种起源》中的观点太新奇了,太不平常了。

《物种起源》惊动了整个世界。它像一颗炸弹,在宗教迷信统治的世界炸开了。它用极其丰富的材料、确凿的证据,证明了生物不是上帝的特殊创造物,而是少数古代祖先的直系后代。所有不同种类的生物都是由共同的祖先演变来的。它们在自然选择的作用下由简单到复杂、由低级到高级不断地发展着。这就是达尔文宣布的生物进化论。生物进化论戳穿了千百年来基督教关于上帝造物的谎言，致命地打击了宗教迷信的势力。

那些宣传上帝创世说的封建牧师、主教们，面对这个学说不寒而栗。相信上帝和《圣经》的学者，感到了信仰受到冲击的恐惧。他们在踌躇片刻后结成了同盟，向达尔文扑来，展开围剿战。

这时，达尔文正在一个叫作艾克雷的小镇上，用冷水疗法治病。他的身体非常糟糕。他曾遭到一系列的灾难。起初，他扭伤了踝骨。之后，复发的老病使他的整个脸和腿都肿得发亮。他全身生满皮疹，还不断地生着可怕的疮。重病中，达尔文接到了许多攻击他的书信和报刊，不得不从病床上挣扎着爬起来，对付那汹涌澎湃的攻击浪潮。

达尔文躺在病床上，听爱玛读那些雪片般飞来的信件，念那些充满辱骂词句的书评。他第一次听到了在《英国科学家协会会报》上发表的匿名书评。听完后，他怒不可遏地说："啊，这一定是莱顿写的。只有他才可能这么了解我，只有他才能写出这么巧妙的文章去迷惑人们。卑鄙啊，他教唆那些神父来攻击我，让他们随意摆布我。他绝不是要亲自烧死我，但他已经把柴准备好，并告诉那些黑色的野兽，怎样可以捉到我，用他准备好的柴来烧死我。"

爱玛望着被悲戚的神色笼罩着的丈夫，心里很难过。她为了安抚丈夫，从新到的一束信里挑选了几个老朋友的信念给他听。呵，这是亨斯罗教授的信，他说些什么？亨斯罗只能同意他很小一部分的观点，也就是说，他根本不同意达尔文的基本观点。好在亨斯罗并没有像其他人一样辱骂他，这使他缓了一口气。可是，他的地质学老师，署名为"从前是你的朋友、现在是猴子的儿子"的塞治威克教授，毫不留情地写着："我读了该书之后的痛苦多于愉快。我认为你的这一理论是恶作剧。提倡这一理论的人都有腐败了的理解力。"

达尔文听到这里，痛苦地叫喊起来："腐败了的理解力！呵，在这个问题上可怜又可亲的老塞治威克似乎已经失去了理性。不过，我并不重视这一切评论。我把莱伊尔、虎克、赫胥黎认作我的作品的裁判者，并把莱伊尔认定为裁判长。我只重视他们的评论。爱玛，有他们的来信吗？"

爱玛翻了翻信札，抽出两封信来，说："虎克和莱伊尔来信了。"

达尔文从病床上支起身，迫不及待地听爱玛念这两位裁判的裁决。虎克的态度同平时一样鲜明。他说："这本书对于奇异事实和新鲜现象的精密推理是多么丰富呀！这真是一部伟大的著作，它将会得到非凡的成功。那些懒惰的印书者们还没有把我那篇不走运的论文印完。如果把我的这篇论文放在你这本书的旁边，它就像是皇家旗帜旁边的一块烂手巾。"

朋友的赞赏让达尔文乐不可支，他的脸上露出了愉快的笑容。这种笑容没有维持多长时间，莱伊尔的来信让他的脸色很快地阴沉下来。他最重视的裁判长，平时那么支持他的莱伊尔态度竟非常暧昧。莱伊尔虽然表示接受达尔文的大部分观点，但他是个坚定的有神论者，无法完全接受达尔文否定上帝的理论。特别是他同塞治威克教授一样，看到书中流露出来的人也是从动物演化而来的思想后震惊万分。他在信中表示不愿意公开站出来为达尔文的进化学说辩护。

失去了一个在英国学术界处于权威地位的人物的支持，失去了自己深深敬仰的一个老朋友的赞同，达尔文感到有些手足无措。唉！偌大的一个世界上，除了一个虎克，没有谁再支持他的学说。他感到多么的孤立无助啊！

"我的学说会成功吗？"达尔文忧伤地说，"不！我的学说是真理，真理总有一天会战胜谬误的。我要说服莱伊尔，说服那些和我的观点相近的朋友，使他们站到真理的一边来。"

想到这里，达尔文忘掉了自己的病痛，一个翻身爬起床，对爱玛说："快去准备马车，我要到伦敦去！"

当达尔文拖着疲惫万分的身体，摇摇摆摆地走进伦敦莱伊尔的住宅时，莱伊尔和正在他家做客的虎克大惊失色。他们把达尔文扶到莱伊尔书房里的一个长沙发上躺下，待达尔文喘息平定后，莱伊尔说："我亲爱的朋友，你有什么急事，要你带着重病长途跋涉呢？"

"啊，亲爱的莱伊尔，你的来信使我伤心透顶。莱顿的辱骂、报刊的攻击、教会的咆哮，我都不在乎。可是，我心中认定的裁判长的冷漠，却让我感到难以忍受。为了这，我不顾一切地来了。我希望你能够和我站在一起，为进化学说的胜利而战斗。"

莱伊尔笑笑，说："你的虎克为了说服我，已经和我讨论两三天了。我想，我要在自己将来写的一本书中正式承认进化论。我已被迫放弃了我仅有的信仰，而我还没有完全看到一条通向我的新信仰的道路。在这样的情况下，你对我这样的态度应该满意了。"

正当三个朋友讨论得十分热烈的时候，一个目光犀利、态度潇洒的青年科学家走了进来。这就是达尔文认定的三个裁判者之一，英国动物学家兼古生物学家赫胥黎。他和达尔文是在1858年认识的。这位言谈雄辩、热情奔放的学者很快就和达尔文建立了亲密的友谊。赫胥黎紧紧地握住达尔文的手，诚挚地对他说："我尊敬的朋友，由于你的著作，你已经博得了一切有思想的人们的支持，虽然有很多的辱骂和诽谤已经为你准备着，但是，希望你不要为此而感到任何的厌恶和烦忧。你可以相信一点，你的这些朋友无论如何，还是有一定的战斗能力的。我愿意做你的鹰犬，我已磨利了我的爪和牙以做准备。为了支持你的理论，我准备接受火刑！"

赫胥黎像火一样热烈的语言，鼓舞了性情和善、不愿争斗的伟大学者。孤立无助的达尔文，得到了这样一位学识渊博、热情豪放的朋友的支持，他的蓝灰色眼睛里闪动着火花，激动地握着青年朋友的手，深情地说："亲爱的朋友，我的身体状况不允许自己常常参加论战，进行激烈的辩论。但有了你、虎克和莱伊尔这样一些能征惯战的勇士，再团结一批有才能的学者，我想，我们就能击败宗教阵营和旧派人物的联合进攻。我的学说的成功，大半要靠你们的战斗。我呢，我可以为学说的成功做那一小半的工作。这一小半工作，就是继续尽量充分地公布进化学说的证据。我将为此再写出两三本有分量的书来。学说的胜利，有一小半要靠我这两三本书。"

赫胥黎说："我赞同你这个分工。我们希望你今后不要再冒着丢掉老命的危险奔波了。你的身体健康是学说成功的保证，我们之中谁也代替不了你。你放心地回家吧，你要相信，我们是不会容忍那群恶狗肆无忌惮地狂吠下去的。"

赫胥黎很快就实践了自己的诺言。他在《物种起源》出版后的第二个月,就写了一篇题为《时间与生命》的文章,在《麦克米伦》杂志上发表,支持达尔文。他还在英国皇家学会演讲,宣传达尔文的学说。在斗争的关键时刻,赫胥黎得到了一个偶然的机会,让他能够在英国报界居于领导地位、读者众多的《泰晤士报》上发表了关于《物种起源》的书评。他那严密、深刻、独到的见解,通俗、流畅、优美的文字,在社会上引起很大的震动,感染了一批学者,使他们转而支持进化论。

在达尔文、赫胥黎、虎克的努力下,达尔文进化论的大旗下逐渐集合了一批著名的学者。1860年3月3日,达尔文在给虎克的信中,列举了已经站到达尔文进化论大旗下的14名战士。

有了这个坚强的队伍,达尔文对打赢这一场已经揭幕的科学论战充满了信心。他在给朋友的信中说:"他们可以尽情地攻击我,我的心肠已经变硬了。依我看,他们的攻击证明了我们的工作并没有辜负所费的精力。这使我决心穿好我的铠甲。我看得很清楚,这是一场长期而艰苦的战斗。但是,我们如果坚持这一理论,我们一定能取得胜利。"

进化论的敌人,各国的主教们,信奉神创论的自然科学家们,聚集在上帝和《圣经》的旗帜下,磨刀霍霍,准备向达尔文做一次致命的打击。在达尔文的祖国,战斗气氛最为热烈。《爱丁堡评论》《英国科学家协会会报》充斥着反对达尔文的学说,辱骂达尔文的书评。各种辩论会上,《圣经》和上帝的信徒们,发出一支支毒箭,射向达尔文。牛津大学主教威尔伯福斯率领他的信徒分赴各地演说,竭力诋毁达尔文的学说,颂扬上帝和《圣经》。

牛津大战

达尔文主义者勇敢地接受了挑战。在英国，以赫胥黎为首的进步学者在各种辩论会上冲锋陷阵，在报刊上发表宣传达尔文主义的文章，写作宣传达尔文主义的科普读物，举办演讲会。在德国，有海克尔为首的进步学者在为捍卫达尔文主义而战斗。在美国，有爱沙·葛雷等进步学者举起了达尔文主义的旗帜。在法国，作家左拉高举着进化论的火炬。

为保卫达尔文主义而进行的一场最重要的战斗，发生在1860年6月底。这是科学史上十分著名的牛津大战。这次大战是在英国牛津大学举行的"英国科学协会"上进行的。这次会议以关于《物种起源》一书的两次激战闻名于世。

6月28日，发生了第一次激战。牛津大学的道宾尼博士首先挑起了战斗。他在会上宣读了一篇论文——《论植物性别的终极原因兼论达尔文先生的〈物种起源〉一书》，攻击达尔文。达尔文由于生病，未能参加会议，会议主席就希望达尔文的"总代理人"赫胥黎作答。赫胥黎鉴于参加会议的进步学者不多，教会人士和坚持神创论的顽固派占着绝对优势，他决定避免回答。赫胥黎对会议主席说："在一般听众之间，感情会过度地影响理智，所以不适于在他们面前展开这样的讨论。"

达尔文以前的朋友欧文教授听到赫胥黎不愿回答道宾尼博士的挑战，以为赫胥黎不敢应战,他跳出来向赫胥黎挑衅。他针对达尔文的"人同大猩猩脑的结构近似"的理论,说:"我愿意以哲学家的精神来讨论这一个问题。我相信有些事实能够使公众断定达尔文先生的学说有没有可能是真实的。我的研究表明,大猩猩的脑同人类的脑之间的差异比大猩猩同最低等的猕猴的脑之间的差异还要大。"

赫胥黎冷静地对待了这一挑衅。他直接反驳了欧文的这些断言,并且保证要在别的地方、别的时候论证这个问题。几年后,赫胥黎专门为此写了一本书,完全履行了这一保证。

第二天,会议表面看来平安无事。但是,牛津大学的那位威尔伯福斯主教却在组织力量,声言要在会上打倒达尔文。

30日,一场震惊世界的激战爆发了。威尔伯福斯主教邀请了一大批教士、贵妇人和落后学者参加会议。会议上,他发表了一篇题为《回顾欧洲的智力发展兼论达尔文先生的观点》的论文,向赫胥黎挑战。面对着会议上的反动势力和落后学者越来越猖狂地挑衅,赫胥黎勇敢地站了出来,表示愿意和威尔伯福斯主教等人进行公开辩论。

赫胥黎的应战宣言一发表,人们都激动起来。本来预备在演讲厅进行辩论,后来发现听众的数目远远超过这间房子所能容纳的人数,于是会议移到空间大一些的博物馆的图书室进行。听众不断地拥进来。他们都想听一听这两位出名的能言善辩的演说家将要展开的精彩的辩论。辩论开始以前,图书室就已经拥挤得水泄不通了。据估计,听众的数目达到700至1000人。

可喜的是,这次会议恰好由亨斯罗教授担任主席。德高望重的亨斯罗,一入主席位,就聪明地宣布:"凡是在正面和反面提不出有效论证的人都不准发言。"这种警戒后来证明是很必要的。会上抢着发言的很多,连碰巧在伦敦的贝格尔舰舰长费支罗伊和塞治威克也挤上台放了一炮。亨斯罗为了平衡论战的双方的发言机会,行使了主席权力,至少打断了四个以上供词模糊的发言者。

趾高气扬的威尔伯福斯主教首先跳上讲台,以不可一世的精神整整做了半个小时的口若悬河的演说。虽然他的演说空洞而不公平,但他的音调是悦耳的,态度是有说服力的,措辞是优美的。他虽然对生物学一窍不通,却大谈起石灰纪的花朵和果实、菜园里的芜菁来。他说:"谁看见过而且正确地证明过一些物种转化为另一些物种呢?难道可以相信菜园里那些长得比较好的芜菁都能变成人吗?"

得意忘形的主教沿着他那雄辩的激流匆忙地跑了下去,甚至把他那从漂亮的演说中得到的优势应用到人身攻击上去。他的目光直逼赫胥黎,以一种十分漂亮的姿势问道:"坐在我对面的赫胥黎先生,你究竟是通过你的祖父还是通过你的祖母同无尾猿发生了亲属关系?"

主教卑鄙的嘲弄博得了教士和善男信女们的一片欢呼。一个狂热的信仰宗教的交际界贵妇人布留斯特夫人为主教的诡辩疯狂地喝彩起来。

赫胥黎镇静地听完演说,不慌不忙地走上讲坛。他首先向听众宣传达尔文的理论,用铁一般的科学事实证明进化论是真理。赫胥黎对威尔伯福斯演说中胡乱举出的生物学例证,一一做了分析,证明了主教在生物学上的无知。

赫胥黎有力的发言,像鞭子一样抽在威尔伯福斯和善男信女们的身上,会场的气氛紧张到了极点。赫胥黎最后面对主教,回答他的嘲弄,说:"至于说到人类起源于猴子,当然不能这样简单地来解释。这只是说明人类是由猴子那样的祖先演化而来的。但是你对我提出的问题,并不是以平静的研究科学的态度提出的,所以我将这样回答:我过去说过,现在我再重复一次,一个人没有任何理由因为他的祖先是猴子而感到羞耻。我为之感到羞耻的倒是这样一种人:惯于信口开河,不满足于自己专业范围内的、令人怀疑的成功。还要粗暴地干涉他根本不理解的科学问题。他避开辩论的焦点,用花言巧语和诡辩来转移听众的注意力,企图煽动一部分听众的宗教偏见,以压倒别人。如果我有这样的祖先,才真正觉得羞耻啊!"

赫胥黎的话音刚落,兴奋的青年大学生和进步学者立即报以热烈的掌声,不少人为赫胥黎痛快淋漓的反驳欢呼起来。威尔伯福斯主教气得面如土色,无言以对。刚才疯狂为主教喝彩的布留斯特夫人当场气得昏了过去。贵妇人们尖叫了起来，人们手忙脚乱地将布留斯特夫人抬了出去。

这位夫人使辩论会暂停了一会儿。辩论会再开始的时候，有些人喊叫着"虎克虎克"。于是，亨斯罗主席邀请虎克上台发言，要他就植物学方面发表一下对达尔文学说的意见。

虎克走上讲台，逐步剖析主教的发言，证明主教绝没有理解《物种起源》的原理，而且绝对没有植物学上的初步知识。对此，主教不敢作答，悻悻地溜出了会场。听众再一次向赫胥黎、虎克等进步学者鼓掌、欢呼。这场具有历史意义的牛津大辩论，和30年前法国科学院的大辩论相反，以进化论者的胜利宣告结束。

达尔文在病中密切地注视着牛津的这场战斗的进展。朋友们纷纷写信将胜利的捷报寄到达尔文家中，达尔文感到由衷的喜悦。他给赫胥黎写信说："我接到虎克从牛津寄来的一封信，这是他在星期日深夜写的。他大略地叙述了在牛津所发生的有关物种问题的激烈战斗。他告诉我，你同欧文那一仗打得很好。你对牛津主教的答辩真是太好了。"

这次牛津大战，在英国产生了极为强烈的影响。这次论战后，在英国，大规模地围攻进化论的论战再也组织不起来了。但是，斗争并没有结束。为了取得达尔文学说的彻底胜利，在公众中广泛传播进化论。以赫胥黎为首的一批著名生物学者，经常利用星期天晚上，在伦敦圣马丁教堂等讲演大厅进行宣传生物进化学说的讲演。随着进化学说的影响不断扩大，听众越来越多。马克思的夫人燕妮和她的女儿常常到这里来听演讲。她在一篇文章中写道："大厅里经常挤满了人，人民的情绪非常热烈。第一个星期日的晚上，当我和我的女儿们来到大厅时，还有两千多人不能进入这个已经被挤得满满的、闷热的场所。"

为传播进化论建立了不朽功勋的赫胥黎，善于用通俗生动的语言阐述达尔文深奥的著作中的道理。他不仅把这种特长应用于演讲上，还花了很多精力写作介绍达尔文学说的科普读物。他这一特殊的战斗方式，对进化论的传播起到了其他科学家不能起到的作用。达尔文曾对赫胥黎说："我知道，让你抽出时间写一本关于动物学的通俗著作的可能性是很小的,但你大概是唯一可能做这件事情的人。我有时认为,为了科学的进步,一般的、通俗的著作几乎与创造性的研究一样重要。"

1863 年,赫胥黎为了履行要回答欧文教授质疑的诺言,出版了科普读物《人类在自然界的位置》。在这部著作中,赫胥黎从比较解剖学、发生学、古生物学等各个方面,详细地阐述了动物和人类的关系,确定了人类在动物界的位置,首次提出了人、猿同祖论。

赫胥黎、虎克等进步学者的英勇战斗,为达尔文进化论在英国的胜利奠定了基础。

苦 斗

　　当赫胥黎、虎克在英国论坛上冲锋陷阵的时候,进化论的主帅达尔文与病魔顽强地搏斗着,完成他的那一部分工作,用他的著作,为进化论大军提供威力强大的炮弹,打败进化论的敌人。

　　这时,达尔文的身体越来越坏了。除了恼人的胃疼、头痛、剧烈地呕吐,肌肉不自主地颤抖,他的心脏病又复发了。疾病迫使他成天躺在沙发上。为了治病,达尔文同全家一起,搬到北威尔士的一个地方去休养。他们居住的那座房子有个美名:凯尔殿。凯尔殿建在美丽的巴茅茨河河口的北岸。房子的后面是一片树木繁茂的山丘。这一片山丘位于高耸的山峰和河流之间,十分幽雅。一贯热爱大自然的达尔文望着这一片迷人的山丘,多么想爬上去游览一番啊。可是,严重的疾病使他在来到这里后很长一段时间不能动弹,只有成天躺在长沙发上望着那一片呼唤他去发掘宝藏的山丘叹息。

　　一天,虎克到凯尔殿来拜访达尔文,看到了一个十分凄凉的场面。凯尔殿的花园里静悄悄的,满地是枯枝败叶,好像这里已经很久没有人居住了。凯尔殿的房子里乱糟糟的,桌上、书架上积满了灰尘,好像这里的女主人已经不再操持家务了。确实,凯尔殿里不仅男主人病倒在床上,女主人也由于操劳过度,被可怕的猩红热击倒了。孩子们已经长大成人,上大学的上大学,出嫁的出嫁,唯一留在家里的小儿子也同母亲一样,患猩红热病倒在床上。

　　男仆将虎克带到达尔文的病榻旁。虎克找了一把椅子靠着达尔文坐下,审视着已蒙眬入睡的朋友。时间和疾病在朋友身上打下了深深的烙印,他的头已经完全秃顶了,只有脑后还有一圈暗色的头发,宽阔的前额上刻着一条条皱纹,由于没有修剪,一把浓密的、灰白色的大胡子乱蓬蓬地飘散在衣服上。

达尔文睁开眼,看见虎克坐在身旁,苍白的脸上露出了惨淡的微笑。他拉着虎克的手说:"我亲爱的朋友,谢谢你来看望我这个垂死的老头子。你看,我的一家人都病倒了。我想,我们这一家人是没有用处的,应当被消灭。这个无聊的世界上,使人烦恼的事真是无穷无尽。要不是为了我那些还没有完成的科学工作,我真希望静静地躺到舒适的坟墓里。"

虎克握着达尔文的手,安慰道:"快别这么说,亲爱的达尔文。你的身体虽然不好,但并不是没有希望的。我想,上帝对你是仁慈的。从你35岁那年写遗嘱起,你又活了二三十年。那些身体比你好得多的人,像老一辈的亨斯罗教授、塞治威克教授,同辈的莱伊尔教授,你的哥哥伊拉斯,都先后离开了人世。而你呢,不是至今还好好地活着吗?朋友,不要失去希望,你还要继续活下去,科学需要你呀!"

"是啊,科学需要我,我也需要科学。现在,我除了科学工作,其他的一切都像一片枯萎了的叶子。可是,现在我连科学工作也不能做,只能成天躺在沙发上,给最好的妻子添麻烦。这真是一件可怕的事啊!"

"你已经为人类做了大量的工作,可以安心地休养一段时间了。待你的身体条件好起来,再考虑工作的事吧。"

"我想,我的身体不会再有好起来的时候。我不能忍受游手好闲,不能眼睁睁地看着全世界的进化论者都在战斗却什么都不做。我将履行我的诺言,完成那些著作,为前方的将士们提供炮弹。"

达尔文身体稍好一点,便从长沙发上爬起来挣扎着拼命工作。从1860年到1872年间,他在与疾病的斗争中,完成了《动物和植物在家养下的变异》《人类起源与性选择》《人类和动物的感情表达》等三部生物学经典巨著。这三部巨著,给各国进化论者以有力的武器。进化论和神创论的战斗继续到19世纪70年代末期,达尔文主义在很多国家站稳了脚跟,被欧洲和美国学术界普遍地接受了。

最后十年

由于达尔文学说的胜利,达尔文成了世界闻名的科学家。曾经疯狂地反对他的"势力"的社会,转回头来拼命地为他捧场。各种证书、奖章像雪片一样飞来。他成了英国、德国、法国、美国、俄罗斯、意大利、印度等国七十多个科学协会、大学的名誉会员、名誉院士、名誉教授。除此之外,他还获得了各式各样的博士称号,类似医学博士、医学外科博士,他的母校剑桥大学甚至授予他名誉法律博士的称号。

像这样用达尔文的名字为自己贴金的事还有很多。达尔文曾被德国封了一个稀罕的称号,让他当了最受德国社会尊重的普鲁士功勋骑士团的骑士。更使达尔文感到可笑的是,1878年8月5日,他被曾经最强烈地反对过他的法国科学院植物组选为通讯院院士。达尔文收到这个证书后,嘲笑道:"这是一个不小的笑话,因为我在这方面的知识仅比知晓雏菊属于菊科、豌豆属于豆科略多一些。"

达尔文把这些名誉视为粪土。在他看来,个人的荣誉仿佛并不存在。他只重视自己思想的胜利,甚至不能说自己思想的胜利,而是进化思想的胜利。达尔文成名后,有一个叫马修的人来与他争夺自然选择学说的发明权。他查阅了马修的一本著作《造船木材及植树》后,发现书中一些分散的字句中有那么一点儿自然选择学说的意思。他在《物种起源》再版时,加了一段"历史的概述",肯定了马修和其他科学家对进化学说的贡献。特别可笑的是,他以前的那个朋友,现在的仇敌欧文教授,看到达尔文学说已经获胜,又反过来与达尔文争夺自然选择学说的发明权。达尔文对这种卑劣的争名夺利的行为十分鄙夷。他在《物种起源》再版前言中,剖析了欧文教授文章中前后矛盾的地方,最后,他不动声色地给了这位行为卑劣的教授一记耳光:"至于自然选择学说的发表,欧文教授是否在我之前,那不是紧要的问题。因为在本章里已经谈过,远在我们之前,尚有马尔斯和马修两人。"

1872年,达尔文已经年满63岁了。达尔文的生命历程,还要走过最后的十年。这时,达尔文已经是一个誉满天下的大科学家。他怎样走完自己最后的生命历程呢?

最后的十年,是达尔文生活中充满阳光的十年。十年中,那已经纠缠了达尔文30多年的病魔,好像被达尔文顽强的精神感动了,突然莫名其妙地让了步。他的身体竟然破天荒地好了起来。他能比较稳定地进行工作了。这给达尔文和爱玛带来了巨大的快乐。工作之余,他们便在唐恩镇家中的花园里下双陆棋。

达尔文是很难下赢爱玛的。在下完规定的盘数后,达尔文又输了。爱玛快乐地笑着,达尔文涨红了脸,不肯服输,要再来一盘。这时,他们钟爱的小孙儿安纳德拿着一个金光闪闪的小圆牌走过来,对爱玛说:"婆婆,你看,我在爷爷的书房角落里找到了一个小圆牌!"

爱玛接过小圆牌看了看,惊呼起来:"天呐,这是柯普雷奖章,查尔斯,你怎么把这么珍贵的东西随便乱扔呢?"

达尔文淡淡地一笑,说:"现在到处都像发了疯一样地给我寄这样的小圆牌和证书。对于这样的玩意儿,我是无所谓的。谈到名声、荣誉、财富这些东西,不过是些可怜的尘土。这枚小金牌是一位科学家在英国所能得到的最高荣誉——皇家学会柯普雷奖章。获得这种为各门学科和世界开放的柯普雷奖章,被认为是一种巨大的荣誉。但除了几封亲切的信,这样的事在我看来无关紧要。颁给我真正奖章的是我那些亲爱的朋友,像虎克、赫胥黎写来的信，而不是这块圆形的小金牌。"

达尔文在最后的十年中，并没有陶醉在自己的成就和荣誉之中，他随意地将那些奖章、证书塞到抽屉里，把自己最后十年的精力完全奉献给了科学，奉献给了人类。

达尔文在最后的十年中，做了大量的科学实验，写了许多的论文和书。这些论文和著作显示出一个贯穿他一生的特点，那就是他愿意试验大多数人认为丝毫不值得试验的东西。他把这些颇为大胆的试验称为"愚人的试验"，并从这些试验中获得了惊人的成果。

达尔文把这些成果写进《食虫植物》《攀缘植物》《植物异花受精和自花受精的效果》《同种植物上花的不同形态》《植物的运动能力》《植物壤土与蚯蚓》等书中。

写完了这些书，达尔文已快走完了自己生命的历程。要探索世界上一切奇异事物原因的达尔文，在他病逝前半年，被永不休止的好奇心所引导，开始了一个全新的项目——碳酸钙对于植物作用的研究。研究刚有了点眉目，他的身体却突然急剧地衰弱下去，病倒在床上。1882 年 4 月 15 日，一场无法逆转的重病发作了。那一天，晚餐完毕后，他想走到沙发那里去，但一下子昏倒了。4 月 17 日，他病逝前的两天，达尔文觉得病情稍好了一些，便挣扎着从沙发上爬起来，走到实验地去，为儿子法兰士记录一个实验的进展情况。已经成为生物学家的法兰士，闻讯匆匆赶到实验地，搀扶着父亲，心疼地劝道："爸爸，你不用再为科学工作操心了吧，我会完成这些实验的。"

达尔文叹息了一声："但是，除了科学工作，我没有其他的事可以做呀！"

法兰士感动地说："亲爱的爸爸，你已为人类做出了巨大的贡献，你现在唯一应该做的，也有充分权利做的事就是休息。你要保重身体，不要把精力耗尽了呀！"

达尔文摇摇头，说："不论一个人的精力是早一两年还是晚一两年耗尽，这都是无关紧要的事。我不能忍受无所事事的生活。"

达尔文为科学做了最后一件工作后，第二天晚上，便昏迷过去，处于弥留状态了。衰弱的爱玛和儿子法兰士守在他的病榻旁,费尽心机使他醒了过来。爱玛紧紧地抓住丈夫的手,害怕他骤然离去。达尔文使出最后的力气,亲切地对爱玛说:"我亲爱的妻子,你为我奉献了一生。在我多病的后半生,你没有离开我一晚。没有你所做的一切,我要为科学做出贡献,是不可想象的。现在,我要先你而去了。你不用难过。我并不怕死。回顾我的一生,曾不断地追随科学,并且把一生献给了科学,我相信这样做是正确的。我没有犯过任何重大的罪,所以不会感到痛悔。但我常常感到遗憾的是没有使人类获得更直接的益处。"

1882 年 4 月 19 日凌晨 4 时,达尔文在居住了 40 年的唐恩镇家中静静地去世了,终年 73 岁。

达尔文去世后,英国的 20 名国会议员联名写信给威斯敏斯特大教堂的教长勃莱德雷博士,要求把英国人民的骄傲达尔文葬在威斯敏斯特大教堂中。只有功勋卓著的人物才能葬在威斯敏斯特大教堂。伟大的英国科学家牛顿就葬在这里。1882 年 4 月 26 日,达尔文隆重的葬礼在威斯敏斯特大教堂举行。英国皇家学会主席、美国公使等显要人物同达尔文的朋友虎克、赫胥黎、华莱斯等人一起,扶着达尔文的灵柩,将他安葬在距牛顿墓只有几英尺的地方,享受了一个自然科学家的最高荣誉。达尔文的墓碑上刻着下列的字样:

查尔斯·罗伯特·达尔文

生于 1809 年 2 月 12 日

死于 1882 年 4 月 19 日

安息吧,伟大的学者达尔文。你不必为没有使人类受到更直接的益处而遗憾。你创立的进化论在生物学上引起了一场巨大的革命。这场革命触及生物学的各个分支,带来了生物学一百余年来的长足进步。如今,生物学已经在工业、农业、医学上得到了广泛的应用,给人类创造了无数的财富,使人类获得了巨大的直接利益。

安息吧，科学的巨匠达尔文！你写作的 22 部著作和 80 余篇论文成了人类宝贵的文化遗产，已经为人类的进步事业发挥了巨大的作用，现在和将来仍然会继续发挥作用。

安息吧，生物学的巨人达尔文！由你奠定科学基础的生物学，正在获得突飞猛进的发展，人类正在迎接生命科学世纪的到来。正在从事生物学研究的科学工作者，越来越多的立志于从事生物学研究的青少年，将继承你的事业，将生物科学的研究推向一个新的阶段，为人类带来更多更直接的利益！

流芳百世

继哥白尼的日心说,达尔文的进化论在科学界引发了一场更为深刻的思想革命。列宁说:"达尔文的著作最后把上帝从自然界赶走了,生物科学站起来了。"恩格斯把达尔文的学说列为 19 世纪自然科学的三大发现之一,称达尔文发现了生物界的科学规律。

另一方面,达尔文进化论的意义远远超过了生物科学的范畴。它为辩证唯物主义自然观提供了科学依据,并在近代哲学、社会学、伦理学、经济等领域都产生了巨大影响。

达尔文在《物种起源》的最后一章的结论中,曾预测道:"我们可以进一步推想,所有的动植物都是从某一个原始类型繁衍下来的。"

在《物种起源》出版 100 年后,20 世纪 60 年代的科学家发现了生命的基本物质——DNA,正是 DNA 所携带的遗传信息——基因的复制和突变,完成了生命体的遗传和变异。这就是自然界对物种选择的遗传密码!

达尔文的结论得到最完美的论证,大自然是多么美妙啊!

达尔文在辞世前一年给自传写的补记中,有一段意味深长的话,值得我们永远铭记:

"作为一个科学工作者,我的成功源自复杂的心理素质。其中最重要的是:热爱科学——善于思考——勤于观察和收集资料,以及具有相当的发现能力和广博的知识。这些看起来的确令人奇怪,凭借这些极平常的能力,我居然在一些重要地方影响了科学家们的信仰。"

1935 年,厄瓜多尔政府在距海岸 1000 公里的加拉帕戈斯群岛上设立了达尔文纪念碑,以纪念达尔文考察该群岛 100 周年。碑文写着:"查尔斯·达尔文于 1835 年在加拉帕戈斯群岛登陆。他在研究当地动植物分布时,初次考虑到生物进化问题,从此开始了这个悬而未决的论题的思想革命。"

2009 年 2 月 12 日,达尔文诞生 200 周年之际,英国举行了隆重的纪念活动。当地时间 12 日,达尔文生日当天,英国皇家邮政公司发行了 10 枚达尔文纪念邮票。达尔文的出生地什鲁斯伯里,居民们准备了一个大蛋糕,上面插了 200 根生日蜡烛为达尔文庆生,所有参加活动的人都可以分享其中一小块。英国自然历史博物馆、《自然》杂志、剑桥大学、BBC 等多家机构联合制作了一个名为"达尔文 200"的网站,列出了 300 多项在线纪念活动。英国自然历史博物馆从当日起举办系列纪念讲座和大规模展览。肯特郡的达尔文故居达温宅也重新开放,重现 200 多年前达尔文生活的场景。

达尔文活在全世界人民心里。

达尔文留下的伟大遗产,仍然影响着当今世界。

药圣李时珍的故事

童年,父亲的教诲

1518年,中国黄州府蕲州(今湖北蕲春县蕲州镇)诞生了后来成为伟大科学家的李时珍。李时珍同他的药物学巨著《本草纲目》和16世纪的中国连在了一起,是华夏民族的骄傲,他被世界和平理事会定为受到人类永远纪念的文化名人。

据传,李时珍出生前,家里的院子里长出了珍贵的灵芝草。有一只梅花鹿闯进李家,在李家的药圃里盘桓多时不肯离去,直至李时珍呱呱落地。

这只是传说。其实,伴随李时珍来到这个世界上的,不是什么灵芝、梅花鹿等吉兆,幼年时代的李时珍,是伴随着疾病、痛苦和药罐子长大的。

李时珍的家乡蕲州,具有悠久的历史,历代都是州郡治所,而且政治、经济、文化都极为发达。蕲州濒临长江,背倚雨湖和缺齿山,居湖北、河南、安徽、江西四省之间,是诸省要冲,水陆往来必经的地方;且物产丰富,以盛产棉麻、药材著称。又因为交通发达,商旅往来,长期成为药材买卖集散的中心。这样环境优越、得天独厚的地方诞生伟大的药物学家是不足为怪的。

李时珍的祖父是一个摇着铜铃走街串巷的铃医(走方郎中)。虽然李家世代行医,但李时珍的祖父没有多大名气,也没有留下什么医学著作。在李时珍很小的时候,他就去世了。

李时珍的父亲李言闻，字子郁，号月池。李言闻青少年时代热衷于功名，曾考取贡生（京师国子监的学生），跨进儒林。但他由于在乡试中屡试不中，便弃儒从医，继承祖业。李言闻医术高明，医德高尚，是当时蕲州一带有名的医生。李时珍的母亲张氏，是一个贤淑的家庭妇女。但由于身体虚弱，加上营养不良，她生了李时珍后就病倒了。李时珍还有一个哥哥叫李果珍。幼年时期的李时珍，身体很瘦弱，经常咳嗽发烧，他深深体会到生病的痛苦，立志长大以后当一个像父亲那样的为人治病、解除病苦的医生。

然而父亲另有打算。1523年，李时珍已经6岁了，父亲觉得应该把自己的想法告诉儿子。一天，李言闻把李时珍叫到跟前，告诉他：医生这个行业，虽然人们在生活中离不了它，上至皇帝、达官显贵，下至黎民百姓都少不了，但自古以来，为流俗所瞧不起，所谓"医卜近贱"，在士、农、工、商"四民"中排在最末一等。历代儒家的历史学家在写史书时，都把行医列在"方伎列传"里，称之为"小道""贱业"。李家世代行医，社会地位低下，受尽歧视。李言闻青少年时代，为了摆脱低下的地位，曾为科举全力奋斗，只是到了中年考试连连失败，才弃儒从医。他见李时珍颖悟，才智过人，便把求取功名、光宗耀祖的希望寄托在李时珍身上。

为了让李时珍发奋读书，李言闻给他讲了古代医学的故事：

春秋战国之际有一位著名的医学家叫扁鹊，他根据民间和自己多年的医疗实践经验，总结出诊断疾病的四种方法：望诊、闻诊、问诊和切诊，称为"四诊"。"四诊"中，扁鹊特别擅长望诊和切诊。

有一次，扁鹊路过蔡国，朝见蔡桓公，他见蔡桓公的气色不好，便知道他已经生病了。于是，他直言不讳地对蔡桓公说："君侯，据我看，你的毛孔和皮肤里已种了病根，如不赶快治疗，就会加重。"蔡桓公摇摇头说："我的身体很好，什么病都没有！"扁鹊走了以后，蔡桓公对左右的大臣说："医生总是故意把没有病的人说成有病，好借治病的机会谋取名利，炫耀自己医道的高明！"过了五天，扁鹊又遇到了蔡桓公，经过一番观察，又对蔡桓公说："你的病已到肌肉血液里，要不好好医治，就会严重起来。"蔡桓公听了很不高兴，没有理他。

又过了五天，扁鹊见到蔡桓公，细致观察后，很严肃地对蔡桓公说："你的病已进入胃肠，如再不治疗，就没有办法治好了。"这回蔡桓公更不愉快，甚至有些生气了。等到第四次看到蔡桓公时，扁鹊望了望蔡桓公的脸色和姿态，就吃惊地溜走了。蔡桓公觉得扁鹊这种举动很奇怪，特地派人去问他溜走的原因。扁鹊说："一个人生病，如病在体表，用烫熨就可以治好；病入肌肉和血脉，用针灸也可以治愈；病入肠胃，用药剂还可以治好，但蔡桓公根本不听劝告，病现在已入骨髓，再没有办法治疗，我只好躲开了。"不久，蔡桓公果然感觉身体发烧、疼痛，支持不住，急忙派人去请扁鹊。可是扁鹊已经逃到秦国去了。蔡桓公终于因无法医治而死去。

小时珍聚精会神地听着。以前，他看到父亲为乡亲们治好病，他们感激的样子，从心底佩服父亲高明的医术。没有想到，几千年前春秋战国时期的扁鹊看看别人的气色就知道有没有病，病到何种程度，真是不可思议——医学奥妙无穷啊！父亲看到儿子沉思的样子，继续讲道：

扁鹊不仅善于望诊，而且精通切脉法。有一次他到晋国（今山西）去，正碰到晋国大臣赵简子得了重病，已经昏迷五天，不省人事。赵家的亲人和幕僚非常担心，听说扁鹊到了晋国，喜出望外，急忙派人去请，扁鹊通过切脉，发现赵简子的心脏还在跳动。于是，他对赵简子的家人说："大人的病不要紧，你们不必担心，用不了几天，便可治好。"经过扁鹊的精心诊治，不到三天，赵简子的病就完全好了。

李言闻对李时珍说："扁鹊不仅医术高明，而且还是一个不卑不亢的君子，他在多年行医的实践中，提出'六不治'的正确主张。其中有骄横跋扈、不讲道理的不治；看重钱财、轻视身体的不治；迷信巫术不信医学的不治。"

最后，李言闻又感叹地说："医道高明有什么用呵，出头的椽子先烂！扁鹊要是没这么有名，也许还会多活些时候……"当时，秦国太医令（国家医学行政的总负责人，并主持太医院的医疗行政事务）李醯是个不学无术的老官僚，只知道逢迎有钱有势的人，从不深入钻研医疗技术。扁鹊在秦国的威信越来越高，一些官吏也去请他看病。李醯认为这冷落了太医院，影响自己的地位，就对扁鹊怀恨在心。于是，他偷偷派人把扁鹊杀了。李言闻叹息："行医难呵，你要是医术平庸，难以谋生；医术高明，又要遭到同行的妒害。我们李家几代行医，被人瞧不起，吃了不少苦头。希望能在你这一代，改换门庭。"

说到这里，李言闻打住了，望着窗外远飞的大雁出神。自己行医多年，已经饱受辛酸。胥吏的骚扰和士绅无礼的传唤，使他对自己的职业感到厌倦。他给时珍讲扁鹊的故事，旨在告诉时珍，像这样的大医学家也命运多舛，不得善终。没有社会地位，医术再高也没有用。要想不被人歧视，必须进入仕途。这些道理，李时珍似懂非懂，他相信父亲的话，决心发奋读书，不辜负父亲的期望。同时，扁鹊的故事，他也牢牢地记在心中。

公元 1527 年（明嘉靖六年），李时珍 10 岁时，他开始在私塾学习"制义"（八股文）课程，为日后的科举考试作准备。

读书之余，李时珍常替父亲抄写药方，跟父亲上山采药，认得许多医书上有记载和没有记载的药草。不甚了解的，他就穷根究底，直至弄懂为止。李言闻不时告诫儿子："读书，就要像这样穷根究底才行！药材的炮制很复杂，如果你感兴趣，以后读书之余可以到我们家的炮制房看看。不过一定要记住：读书才是你的正业，不要把过多的心思放在医药上面！"

李时珍家里的后院有一个药圃。这个小小的药圃是父亲精心培植的。父亲医术高明，医德高尚，是蕲州一带的名医，曾经被推举为太医院吏目，成为国家一级医官。父亲对医药学有很深的造诣，著有医书《四诊发明》，药书《人参传》《蕲艾传》。

一天，李时珍蹲在药圃的一个角落里，专心地研究栽在墙角的蕲艾。他捧着父亲写的《蕲艾传》，读一行，对照着药圃中的实物看一阵。书上对蕲艾的描述极为细致，与实物一点不差。蕲艾是丛生，茎直，白色……

艾叶的用处很大。端午节前后，将艾叶采来，或晒干炮制成药，或制成艾灸，用以灸治百病。李时珍家乡蕲州产的艾叶最好，世人称之为蕲艾。相传其他地方产的艾灸不能透过酒坛，而蕲艾制的灸燃起来，一灸就可以透彻酒坛，令酒变味，可见其功力之大。蕲艾除了可作灸条，还可以煎服来治吐血、拉肚子等病；鲜叶捣汁服，可以止血，杀蛔虫，泡酒治疗癣疾的效果也很好；还可以将熟艾夹在袜子中，治脚气，有奇效；春天采嫩叶做菜吃，可以预防疾病；端午采艾叶悬在房屋里，或用蕲艾的茎干浸油引火点灸柱，可以驱除房中的毒气和虫。蕲艾的用途如此之多，难怪父亲为之作传。时珍越看兴味越浓，决定采一篮艾叶回去炮制。他很快地采满了一竹篮。突然，他感到脚底滑溜溜的，紧接着一阵骚动，一条白花蛇从蕲艾丛中探出头来，时珍惊得尖叫起来。

这条白花蛇有 3 尺多长，龙头虎口，黑质白花，张开大嘴露出四颗长长的尖形毒牙，气势汹汹地准备扑向李时珍。

正在危急之时，父亲突然出现在时珍身边。只见他熟练地从地上抓了一大把泥沙，朝白花蛇一撒，那蛇立即瘫了下去，摆成之字形。接着，父亲扬起药锄，一下子将蛇头斩断，蛇身在地下挣扎一会儿，便再也不能动弹了。

父亲和儿子都松了一口气。李言闻指着死蛇说："这就是我常给你说的蕲州白花蛇。蕲蛇是我们蕲州的特产之一，与蕲艾、蕲龟、蕲竹齐名。因为当今皇上患有风湿症，指定要用蕲蛇治疗。官府为了讨好皇上，催迫百姓将蕲蛇捕得一干二净。如今要找一条蕲蛇，真难啊。百姓苦不堪言，编了一首民谣诉苦：'白花蛇，谁叫尔能辟风邪！上司索尔急如火，州中大夫只逼我，一时不得皮肉破，积骨如巴陵，杀尔种类绝，白花不生祸始灭。'蕲蛇是个宝，现在我正好可以用它来造咱们家传的白花蛇酒。这种酒用处很大，可以治中风伤湿，半身不遂，口目歪斜，骨节疼痛以及陈久性的疥癣、恶疱、风癞等。"

说着，李言闻从李时珍手中接过白花蛇，将蛇身用钉子钉在一块木板上，用小刀截掉尾部，小心地去掉蛇皮和蛇骨，然后，用药锄挖了一个坑，将蛇的皮、骨和头放进坑中，并指着蛇头对李时珍说："你看，这条蛇的眼睛还是睁着的。蛇死后，眼睛一般都是闭着的，唯有蕲州白花蛇死后眼睛是睁开的，这是辨别真假蕲蛇的办法。蛇头、蛇皮、蛇骨都是剧毒的。剖蛇后要将它们小心掩埋，以免伤人。捕到的蛇经过处理后，便可以炮制白花蛇酒了。来，我把祖传的方法教给你。"

李时珍拎着竹篮，父亲提着蛇，一起走进了他家的药材炮制房。炮制房内设施齐全,有用于去掉药中杂质和切削用的簸箕、竹筛、铜筛、马尾罗、毛刷、刮刀、角刀、石臼、铁臼、铜臼、捣杆、镑刀、轧刀,有用于水制、火制及水火制工艺造药的磨、桶、槽、缸、锅、灶、炉、鼎、罐、蒸笼等,还有用于制造膏、散、丸、丹等各种制剂的设备。父亲不仅行医,还开了炮制房,自制药材供自己及其他医生使用。

李时珍从记事起,就跟着父亲在炮制房里学制药。这一次,他要向父亲学习制作祖传白花蛇酒的方法。只见父亲将白花蛇放入一个瓷钵内,并倒入一瓶糯米酒,他将白花蛇提起,反复用酒洗涤,直到糯米酒把白花蛇浸润得透亮,才把它放入一个小细瓷坛中。然后抓药:羌活二两、当归二两、天麻二两、秦艽二两、五加皮二两、防风一两。他用锉刀将药锉成细粉,倒入生绢袋中,用麻绳扎紧封口,再把它放入装有白花蛇的瓷坛中;倒进一瓶糯米酒,用箬叶密封坛口。最后,父亲将瓷坛放入一个盛有水的大锅中,告诉李时珍:"制白花蛇酒要将瓷坛在温水中用小火煮一天,煮好后,取出瓷坛,埋在湿地里面,七天以后就可以服了。每天吃一二杯。酒吃完后,剩下的渣晒干后碾成末,做成小酒糊丸,每天服五十丸,效果也很好。"

李时珍觉得,药材的炮制真是趣味无穷。先前还是那么可怕的毒蛇,几天以后就成了药效显著的药酒。趁着兴致,他想在炮制房里用采来的艾叶制药。于是,他先将父亲的《蕲艾传》看了一遍,默记下制药的方法,然后将艾叶扬去尘埃、残屑,放到一个大石臼中,取来一根木质的捣杆捣起艾叶来。他将艾叶捣碎后,去掉渣滓,再把剩下的白色的艾叶继续捣烂,直至臼中的艾叶烂得像棉花为止。捣好艾叶,他找来硫黄末,加入艾叶,揉匀,然后,将艾叶硫黄糊搓成条状,放在一个簸箕中,拿到屋外,放在屋檐下阴干。常用的硫黄艾便制成。从此之后,小时珍常到炮制房,帮父亲炮制各种药材。为了不影响学业,他把书带到炮制房里,一面看书,一面学制药。

童年的李时珍,从采药、制药中,既感到行医的艰辛,又体会到行医的乐趣。父亲的一言一行,默默地影响着他。可以说,他对医学的认识,是从认识父亲、阅读父亲写的书开始的。一本《蕲艾传》,不仅使他了解家乡的特产蕲艾,还知道家乡所产的蕲蛇、蕲龟、蕲竹等药材都是名闻天下的。父亲严谨的治学精神和实事求是的作风,潜移默化地影响着李时珍。后来,李时珍在编著伟大的药物学著作《本草纲目》时,常常引用父亲的话,如"先考月池翁云"等。李时珍编著的《濒湖脉学》也是在父亲著作的基础上"选精择华",融合己见而成的。李时珍的另一部著作《蕲蛇传》,也是受父亲《蕲艾传》的影响,得到启迪后编著的。

父亲,成了李时珍走上医学道路的启蒙老师。

名落孙山，弃儒从医

公元1530年，李时珍13岁。经过几年的刻苦学习，他已经把四书、古诗等教材读熟，并学习写诗，作八股文。

这年十一月，明统治者决定修订孔庙祀典，尊孔子为至圣先师，全国兴儒学。科举考试，日趋热烈。本就把入学中举、光大门庭的希望全部寄托在李时珍身上的父亲，这时更勉励时珍全力以赴地研习八股文，准备第二年的科举考试。

第二年，蕲州知府周训看中了李时珍，将他选送到黄州府应"童试"。

黄州府的府址在今湖北黄冈北，管辖着现今湖北省长江以北、京汉铁路以西的广大地区。蕲州是黄州府所管辖的州县之一。黄州府位居湖北、河南、安徽、江西四省之间，为诸省枢纽、水陆往来必由之地。明代皇帝的宗室荆王，特由建昌迁到黄州府所辖蕲州，在此开藩建府，修设学宫、书院。还有管辖四省数十城的下江防道和统兵五千的蕲州卫，也在这里建署扎营。一时间，黄州府成为长江中游政治、军事、经济、文化的中心。

李时珍在父亲的陪伴下，来到热闹非凡的黄州府。他无暇观赏府城的风光，专心致志地应试。"童试"考两门，一为"四书义"，一为"试帖诗"。时珍两门考试的成绩均属优秀，一举考中秀才。所谓秀才，是科举考试中"生员"的俗称。考中生员，便跨入儒林，在府、州、县的学生中占据一席之地。取得"生员"资格，便能进一步考举人、贡士、进士，一步步登上儒林的高峰。进士是朝廷选拔官吏的首选对象。全省会考中乡试的第一名——解元、全国会考中的第一名——会元、殿试中的第一名——状元，是历代文人在各级考试中追猎的目标。特别是状元，一中便会"大魁天下"，是科举中的最高荣誉，是士子们追求的最高目标。

李时珍 13 岁便中秀才，少年得志，前程似锦，父亲感到莫大的安慰。他不失时机地告诫李时珍："中了秀才固然可喜，但距离举人、进士还差得很远。从今以后当奋发努力，去参加在武昌举行的三年一届的全省统考。"

公元 1534 年，17 岁的李时珍兴致勃勃地跟着父亲，坐船逆江而上，来到省城武昌，参加三年一度的全省统考——乡试。三年来，他勤奋学习，饱读诗书。由于他生性聪慧，记性又好，读书过目不忘，已经把四书五经背得滚瓜烂熟，作起文章来也头头是道，常得到父亲称赞。父子俩都充满必胜的信心，似乎举人已是手是擒来。

考试一共进行了三天，一天一场。第一场考四书，即《大学》《中庸》《论语》《孟子》。第二场考论、判、诏、诰，通过考试，借以评判考生将来做官时可能要写作的议论文、判案的判决书、发布官方命令的文告、帮助皇帝写赐爵位、授官诏令的文稿能力。第三场考"经""史"。"经"就是《诗》《书》《礼》《易》《春秋》五部儒家经典；"史"就是《史记》《汉书》《后汉书》《三国志》四部中国历史经典著作。每场考下来，李时珍感觉良好，他把答卷的内容讲给父亲听，父亲听得连连点头称道。父亲眼看自己未遂的志愿要在儿子身上实现，常常欢喜得彻夜难眠。

发榜的日子到了。父子俩早早地起了床，来到书院的大门外。大门外的空坝上人山人海，秀才和他们的亲属都在这里翘首以待，时珍怀着忐忑不安的心情，在大门外站着等了一个多时辰。书院的官差才打开大门，将一张黄榜张贴在大门外的粉墙上。

闹哄哄的坝子里陡然静寂下来，千百双眼睛都在粉墙上搜索自己的名字。李时珍踮起脚尖，目光从攒动的人头上扫视过去，只见告示上一片密密麻麻的黑字。他在黑字中粗略地搜索了一遍，没有发现自己的名字，心中一阵发紧。

他赶紧从头到尾，一个一个名字地细看起来，还是没有自己的。他仍然不甘心，又从后面往前仔细地一个字一个字地看，再从前面向后先找到李字，再仔细看李后面连着的名字，直到看得两眼发花，仍然没有发现自己的名字。要不是父亲叹了一口气，硬把他从人堆中拉出来，他还不会死心。他怎么也不相信，自己会名落孙山。

李时珍无精打采地跟在父亲身后，回到了客栈。面对着默默无语的儿子，父亲强压自己心头的失望，鼓励道："考举人并不是轻而易举的事，有的人考到六七十岁才中举，你现在还年轻，下次乡试时，你也才20来岁。我们赶紧收拾书籍回家去吧。苦读三年，再来应试！"

三年后，李时珍仍由父亲陪同，再次上武昌参加举人的选试。这一次又以失败告终。父亲送儿子回家以后，掩饰不住失望的心情，怏怏地离家行医去了。

六年面壁的辛劳，科举失败的苦恼，纠缠着李时珍，使他病倒了。他患的是当时叫"骨蒸病"的肺结核，咳嗽不止，时而咳出血来，他吃不下饭，睡不好觉，新过门的妻子吴氏急坏了，不知如何是好。李时珍找来医书翻阅研究，自己开药方，吃遍了柴胡、麦门冬、荆芥，这些书上说的能治"骨蒸病"的药。谁知，病不见好转，反而越来越严重了。

正好这时父亲行医归来。听妻子张氏说儿子病得厉害，马上进屋探病。父亲望着憔悴的儿子，心里十分难过，怪自己不该在儿子生命攸关的时刻外出，使儿子的病拖了一个多月没有得到很好的医治，现在看来是凶多吉少了。他赶紧摸了摸儿子的脉，虽然脉息如疾雨沾沙，病蚕食叶，涩而无力，但尚无死相，还有一线希望。他忙坐下来仔细诊视。李时珍看着父亲为自己治病，眼睛一亮，他知道自己有救了。从小李时珍就佩服父亲的医术。他在10年前，身体十分羸弱，全靠父亲用药调养，10岁以后身体才好起来。父亲摸脉以后，询问儿子这一个多月来吃了些什么药。

李时珍把自己开的药方给父亲看后，父亲摇了摇头：错了！错了！柴胡虽是治劳乏羸弱之药,但劳有五劳:若劳在肝、胆、心,是必用之药;或者,脾胃有热;或者,阳气下陷,柴胡也是引清气、退热的必用药。但是,唯有劳在肺、肾者,不可用柴胡。你既有肺热,又在病中新婚,肾劳而虚。对此二者柴胡皆是禁药,难怪你的病势越来越沉重。

父亲说完,立即开了一个药方。只有黄芩一味药。李时珍心中好生奇怪,不敢多问。

说来也怪,吃了父亲的药,李时珍第二天烧就退了,咳嗽也好了些;又喝了几天父亲开的黄芩汤,竟能下床行走,咳嗽病也痊愈了。李时珍怀着敬佩的心情对父亲说:"一个多月来,我不知吃了多少贵重的药,病情却越来越严重,大家都以为我必死无疑了。谁知父亲仅用一味黄芩就镇住了病魔,这医药的奥秘真是太玄妙了!"

父亲笑笑,说:"药不在多寡、贵贱,而在对症。你的肺热重,黄芩是清肺热的。肺热一除,病情自然就会减轻了。但是,你要记住,你的骨蒸病可以用黄芩治好,并不一定其他人的骨蒸病也可以用它治好。要知道,同一种药治一种类型的病,由于不同的人身体状况各异,效果可能截然不同。就拿补药来说,同样用于补虚症,但如不分清患虚症的人是虚寒还是虚热,是气虚还是血虚,是肾虚还是脾虚,是肺虚还是心虚,乱补一气,可能要出人命的。所谓庸医杀人,就是由于不懂得这一类道理。我们祖先留下来的医理可深奥啦,我学了一辈子,也还不过是知些皮毛而已。"

听了父亲的一席话,李时珍对中医药产生了浓厚的兴趣。他想起自己从小就对医药抱有极大的兴趣;父亲的一味黄芩伏魔,更使他对医药学佩服得五体投地。想到考场的失败,他不由得萌发了跟父亲学医、继承祖业的念头,却被父亲断然拒绝。父亲告诫他:"虽然科举两次受挫,但还要做最后的努力,相信你三年以后一定能够中举。"

李时珍面对父亲坚定的神色,不容商量的口气,只得叹了一口气,不作声了。为了家庭的荣誉,他不得不做最后一次拼搏。

公元1540年,一个秋天的月夜。浩渺的长江上,一叶孤舟顺水漂流。时珍和父亲坐在船上，喝着闷酒。这是时珍随父亲第三次赴武昌应乡试，仍然失败而归。

李时珍望着父亲失望的样子，不愿用科举的话题刺激他，为了讨父亲喜欢，便谈起了医药学。他对父亲说："《孟子·告子上》说'心之官则思'，《黄帝内经》上也说'心者，君主之官，神明出焉'。都是说，人的心脏主管人的思维活动，儿细想则不然。本来，《黄帝内经》上就说过，'脑为髓之海……髓海不足，则脑转耳鸣，胫酸眩冒，目无所见，懈怠安卧。'那么是人脑影响着我们的视觉、听觉和运动器官。再一想，我们在思维时，是心在想，还是脑在想呢？读书读久了，是头昏头痛，还是心昏心痛呢？显然主要是前者。儿以为，脑才是六神之府、思之官。"

父亲为儿子的这一番奇谈怪论所震动。《黄帝内经》是我国最早的一部重要的医学典籍，产生于战国和秦汉时期，它运用精气、阴阳、五行学说，比较系统地总结和阐述了中医的基本理论。此后中医理论的发展，可以说皆源于《黄帝内经》。《黄帝内经》上提出的'心之官则思'，千古智者都这样认为，医经、儒经也众口一词。现在自己的儿子却敢于向传统理论挑战，而且，细细一想，儿子说的又不无道理。父亲不由得感叹：真是有心栽花花不发，无心插柳柳成荫。李言闻想到儿子九年来面壁苦读，尽了最大的努力，发奋读书，几乎丢了命。然而天不随人意，三次应试均告失败。没有想到，儿子仅凭着家族的影响，和自己平时关于医药学有一句无一句的讲解，儿子对"心之官则思"竟然有如此深刻的见解，自己行医几十年，博治经史，在医学上虽有些造诣，还曾著书立说。但对这个问题，从未产生疑虑。儿子果然才智过人。七十二行，行行出状元。既然儿子对医学感兴趣，何不让他跟我学医呢！再也不能让他像我一样，为了科举白白地耗尽青春，到头来还是一场空。

李时珍见父亲沉默，便将自己打算放弃科举考试，跟随父亲学医的想法说了。其实，这个念头李时珍许多年前就有了，但为了显耀门庭，不辜负父亲的期望，他不遗余力，几经搏拼，几乎丧命。看来，科举仕途与李家无缘，他的志向也不在这里。终于，李时珍将自己多年来深思熟虑的话说了出来。

父亲望着因应试而瘦弱不堪的儿子，心头不禁涌出无限爱怜，默默地点了点头。

于是，从1540年起，23岁的李时珍弃儒从医，继承父业，开始了他的医学生涯。

李言闻、李时珍，父子两代，走着同样的一条道路：研读经书希望科举入仕；科举失败；弃儒从医。

弃儒从医成了李时珍人生道路上的一个转折点。他的"脑为元神之府"说，在我国历史上第一次明确指出脑是思维的器官，改变了传统的"心之官则思"的观念。后来，他把"脑为元神之府"记入了他的药物学巨著《本草纲目》卷三十四·辛夷条。

也就在这一年，方士的活动很猖獗。朱厚熜做了皇帝还想做神仙，并开始不理朝政，在宫中设立醮坛（祭祀祈祷的土台）和炼金所，整天和一批方士鬼混。当时最得宠的一个方士，是小官吏出身的陶仲文。朱厚熜封他做"神霄保国弘烈宣教振法通真忠孝秉一真人"，又赏了他少保、礼部尚书、少傅、少师、恭诚伯等一大串头衔，目的在于提高他的政治地位，使朝臣和老百姓都不敢轻视方士。

于是，设坛扶乩的妖妄风气，很快传播到全国各地。正是在这种时尚的刺激下，李时珍更坚定科学求实、拨乱反正的信念。

人生导师

　　李时珍一生中有两位恩重如山的老师,启蒙老师便是他的父亲李言闻。

　　自从答应收儿子为徒以后,李言闻便在玄妙观自己的医案旁设了一个座位。他看病诊脉后,口授药方,让李时珍开药、抓药;并告诉他不同方剂中药物的配伍、用量情况、药物的协同作用及如何抑制药物的毒性等。比如方剂的组成,必须按照"君、臣、佐、使"的配合规则。"君"药是方剂中治疗主症、起主要作用的药物,按照需要,可用一味或几味。"臣"药是协助主药以加强其功效起治疗作用的药物。"佐"药是协助主药治疗兼症或抑制主药的毒性和峻烈的性味,或是反佐的药物。"使"药可以引导各药直达疾病所在或调和各药的药性。李时珍跟随父亲开药、抓药,不仅认识了许多药物,还了解到药的四气、五味、升降浮沉等特性。"四气"就是寒、热、温、凉四种药性。药性的寒凉和温热是与病症性质相对而言的。李时珍了解到:能够治疗热性病症的药物,属于寒性或凉性。如黄连是寒药,治热病泻痢;茵陈蒿微寒,即是凉药,治黄疸身热。能治寒性病症的药物,属于热性或温性。如附子是热药,能治阳气衰竭、四肢寒冷等症;草果是温药,即微热,能治胸腹冷痛的症疾。药物还有辛、甘、酸、苦、咸五种味道。辛味能散能行,甘味能补能缓,酸味能收能涩,苦味能泻能燥,咸味能软坚润下,淡味能渗湿利小便。药物作用的趋向又有升降浮沉。升是上升,降是下降,浮是发散上行,沉是泻痢下行。升浮药上行而向外,有升阳、发表、散寒等作用;沉降药下行而向内,有升阳、降逆、收敛、清热、渗湿、泻下等作用。

父亲还常常结合一桩桩鲜活的医案,将治病救人的道理讲给李时珍听。

有一天,天昏地暗,电闪雷鸣,一场大雨下起来。一个汉子全身透湿,抱着一个六七岁的小儿冲进玄妙观。小儿双目紧闭,已经昏迷过去。那汉子惊慌地告诉李言闻:他的孩子最怕雷,一打雷就不省人事,请郎中相救。

父亲赶紧叫李时珍取出一瓶高粱酒,倒了一小杯,灌进小儿口中。那孩子顿时苏醒过来,哇哇哭泣。父亲对李时珍说:"此儿是受惊恐而昏迷,醇酒是治因受惊而晕厥的良药,此儿如此怕雷鸣,只因气虚。如能治得气虚,今后就不会再怕雷鸣。"

那汉子听说郎中能治儿子闻雷即昏的怪症,忙求郎中赐药。父亲一面口述药方,叫李时珍开药,一面向他讲述配方的道理:这个小儿气虚兼血虚,应以人参为君,作主药以补气虚,安魂魄,止惊悸,除邪气;以当归为臣,辅助人参补血虚;以麦门冬、五味子为佐,麦门冬可以辅佐当归防止补后血热侵肺,五味子可以辅佐人参镇心、润五脏。

李时珍开好药方,用心记住父亲的话,抓好药。之后那汉子抱着活蹦乱跳的儿子欢天喜地地走了。后来,那汉子又来抓了几服药,并告诉时珍父子,儿子的病好了,再也不怕打雷了。

父亲通过这个医案,向李时珍讲起了医学中辨证施治的道理:所谓"辨证",就是综合病人出现的各种症状,以及一切与疾病有关的因素加以分析,来探求病变的性质和机理,从而了解疾病的本质,作为施治的准则。东汉医学家张仲景,在《黄帝内经》等古典医籍的理论基础上,运用辨证施治所得的规律,进一步丰富和发展了治疗外感病及其他杂病的医学理论和方法。张仲景在多年的临床诊断中,总是先检查病人的身体,观察病人的气色,听病人的声音,然后问病人的症状,再检查病人的脉搏,最后就综合检查的结果分析病情(即望、闻、问、切),从而得出一个阴、阳、表、里、寒、热、虚、实的"辨证施治"之法。

父亲告诫李时珍："医药学里的学问大得很，要成为一个受人欢迎的医家，除了从前人书本中吸取养料，更要重视临床实践和民间的经验。"

也就从这时起，李时珍在父亲的指导下，涉猎大量的医书：《素问》《灵枢》《伤寒论》《金匮要略》《脉经》《诸病源候论》《千金方》等。

为了帮助李时珍更好地研读医学著作，父亲又亲自送他到顾家拜师。李时珍的第二位恩师姓顾，名问，字日岩。顾问18岁便在全国统考中成为进士，在福建省当了多年大官，是全国为数不多的理学名家。顾问是蕲州人，归隐后，回到家乡讲学，在"阳明""崇正"两个书院中授徒。由于顾问名气很大，全国各地的人都跑到蕲州来拜他为师，已有学生数百人。

李时珍拜师后，与顾问志趣相投，诗词唱和，顾公曾为诗曰"远山隔林静"，嘱李时珍对，他即对曰"明霞对客飞"。师徒二人，鸿儒硕学，并"晤言相证，深契濂洛之旨"，所谓濂洛是濂、洛、关、闽的简称，即宋代理学的四个主要流派：濂溪周敦颐，洛阳二程，关中张载，闽中朱熹。李时珍生活的明代中叶，程朱理学已发扬，成为认识论上一大突破。程颐提出"格物致知"，"格物"就是穷究事物的道理；"致知"，就是将认识转化为理性知识。朱熹在此基础上，更进一步提出了缜密渐进的系统认识方法论，这种详析事物、穷究道理的哲学思潮，使李时珍受到极大熏陶，成为指导他治学的一大原则。

顾问家有一个藏书楼，楼内摆满了古色古香、漆得黑里透红的书橱和书架，里面装满了经、史、百家的书籍成千上万卷。顾问告诫李时珍："这个书库，是我家最有意义、最有价值的财产。我教学生，第一个要求就是每个人必须渔猎群书、搜罗百氏，这样才能在前人积累的知识的根基上有所创造，成就一番事业。"

李时珍牢牢地记住了老师的话。在顾家的藏书楼里，他精读深研医药学的经典著作：葛洪的《抱朴子》、王安石的《字说》、陆羽的《茶经》、贾思勰的《齐民要术》、陶弘景的《名医考源》、孟诜的《食疗本草》等，同时旁及其他各类丛书。举凡子、史、经、传、声韵、农圃、医卜、星相、乐府诸家，无不广泛阅览。经过几年的广收博采，李时珍的学问大有长进。

知　己

　　李时珍在顾家时常遇到一个年轻人，此人风流倜傥，谈吐不凡。经过几番接触，他们之间相谈甚为投机，很快成为莫逆之交。这个青年姓郝，名守道。郝家也是蕲州四大名门望族之一。郝守道的哥哥守正，当过怀庆府的知府，在当地很有势力。郝守道酷爱医学，精于内功，又爱游览名山大川，阅历深广。更独特的是，他和李时珍一样，对各种事物都肯下功夫研究，反对墨守成规，主张经世致用、大胆创新。他有许多独到的见解，对李时珍帮助很大。

　　李时珍平时除了跟父亲学习医术，听顾问老先生讲学，常和郝守道一起探讨各种问题。

　　一天，秋高气爽，李时珍和郝守道相约来到长江边的凤凰山上，两人促膝谈心，面前还摆着一本葛洪的著作《抱朴子·内篇》。

　　葛洪是晋代著名的医学家、炼丹家。葛洪的《抱朴子·内篇》有20卷，其中"金丹""仙药""黄白"3卷，记载了战国以来的炼丹术，炼丹术是古人为求"长生"而炼制丹药的方术。对于葛洪的著作，历来争议很大，仁者见仁，智者见智，各说不一。李时珍对《抱朴子·内篇》中的理论和用药很反感。他对郝守道说："葛洪说，人生命的长短，是预先由天上的星宿决定的。如果一个人的命属生星，这个人必然信仰仙道，得以长生；如果一个人的命属死星，这个人就不会信仰仙道，就会短命。既然一个人的长生与否是命中注定的，长生者何必勤修苦练？只用坐待成仙就行了。"

李时珍还说："葛洪对于水银的论述，我认为全无道理。水银是至阴至毒之物，六朝以来，贪食水银以求长生者，不知有多少人残废，甚至死于非命。葛洪却赞水银为长生之药。"

郝守道也认为水银为长生之药是荒诞的，但他认为水银治病的功劳不可埋没。他说："水银外敷可杀灭皮肤中的虱子，治疗癣恶疮。水银还可以制成朱砂，用于治五脏百病，养精神，安魂魄，益气明目……"他认为，道家用炼外丹的方法求长生，十分荒谬。

神 医

　　李时珍自练内功之后，医理、医术进步很快，他一面在顾问的藏书楼里广收博采，一面随父亲临床治病。在玄妙观仍然是父亲诊病开方，李时珍抓药。每次遇见病人，李时珍总是切脉后自己先开个药方，然后再与父亲开的相对照、找出差距，向父亲寻问其中原因。

　　有一天，父亲外出巡诊，留李时珍守药铺。忽然，几个官差风风火火地来到玄妙观，说是荆穆王的宠妃胡氏得了急病，见李言闻不在，拉了李时珍就走。

　　李时珍来到荆穆王府，只见王妃躺在床上呻吟不止，痛苦得在被褥中翻滚挣扎。荆穆王在屋内急得团团转。原来，王妃饭后与家人发生口角，生气引发了心痛病。随后，她又三日不通大便，腹痛难忍。王府请了不少医生，她也吃了不少药，都不见效。荆穆王已下令准备后事。有人说瓦硝坝玄妙观的李言闻医术高明，荆穆王便派了官差来请，谁知李言闻不在，又抓了一个青年后生来交差。荆穆王是"痛急乱求医"，顾不得许多，便叫李时珍治病。

　　李时珍照父亲教的办法，"望、闻、问、切"以后，寻思：南北朝时期的药典《雷公炮炙论》中说，心痛欲死，速觅延胡。何不用"延胡索"试一试？于是，他开了一个"延胡索三钱"的单方，叫王府派人去抓药。

　　从前给王妃看病的医生开的药方都很复杂，少则几味，多则十几二十味药，一抓就是一大包，可李时珍的药方只有一味药，药量又少，王府的差人拿着药方甚为犹豫,便去请示荆穆王。荆穆王想只能"死马当作活马医",便令人快去抓药。药抓来后,李时珍让人温好一壶酒,用温酒调好延胡索末,请王妃服下,奇迹出现了:王妃服药下去一会儿,便解了大便,心腹痛全部止住了。荆穆王大喜,留李时珍在王府住下,直至治好了王妃的病,才重重地酬谢了他,送他回家。

李时珍将治疗荆穆王妃心痛病的经过向父亲述说之后,父亲大为赞赏。于是父亲在玄妙观内为他专门设了一个医案,让他单独诊病。但为了病人的安全,李时珍要把开的处方给父亲过目以后,方抓药给病人。

一日,一个年过五旬的重病人被人抬进玄妙观。李时珍一面为病人切脉,一面听病人亲属叙述病史。原来,病人平时喜欢饮酒。这年冬月其母病逝,他悲痛欲绝,一面饮酒,一面哭母,结果受寒病倒。由于没有及时治疗,拖成慢性病,时时发作,一发作便上吐下泻,以至昏厥。李时珍诊病后,开了一剂升麻葛根汤加四君子汤,外加苍术、黄芪,一共12味药的药方,交父亲过目。

父亲看了药方后问李时珍:"你为什么以升麻为君,柴胡为臣?"

李时珍说:"这个人的病症主要是过分忧伤引起的元气大损,导致肾阳下陷,出现各种症状。只有从升发阳气入手,才能根治此病,不能头痛医头,脚痛医脚。升麻有升阳解毒的功效,柴胡有治阳气下陷、平三焦相火的作用,因此,我以升麻为君,柴胡为臣,再配以治疗其他症状、减轻主药副作用的药物作辅药,开了这个药方,不知对不对。"

父亲连连点头,称赞儿子诊病准确,对症下药得当。这个病人在李时珍的精心治疗之下,几服药服用后,便全好了。父亲从儿子的这一医案,看出儿子已经成熟,可以出山了。

公元1542年(明嘉靖二十一年),24岁的李时珍,正式开始行医了。

公元1545年(明嘉靖二十四年),蕲州一带发生大水灾。河水倒灌,江河横流,淹没了方圆几百里地的房屋树木;山洪暴发,吞噬了无数的村庄田园。蕲河两岸一片汪洋,无边无际的水面,漂浮着茅草、枯枝败叶、桌椅板凳、死猪、死牛、饿殍(饿死的人)被水泡得胀鼓鼓的,在水中一沉一浮地漂荡着,令人生畏。

好不容易等到大水消退，外出逃荒、讨饭的人陆续返回家园。由于被弃于荒野的饿殍无人收殓，加上腐烂的残枝败叶、淹死的牲畜在烈日的暴晒下蒸起的腥风恶臭，瘟疫迅速流行开来。一个又一个家庭被瘟疫吞噬，一个又一个的村落被病魔荡涤得一干二净。

父亲的诊所在成百上千病人的包围中显得苍白无力。他从早到晚诊治病人，弄得精疲力竭，谁知病人非但未见减少，反而越来越多。一天晚上，父亲看完最后一个病人，回到家中，已是半夜时分。李时珍在大门外守候父亲，将其接至堂屋坐定，兴奋地说："我在瓦硝坝试行了一套驱逐瘟疫的新方法，很奏效。现在蕲州城南的 15 个村庄中，瘟疫已经被控制住了。百闻不如一见，明早我陪你去看一看。"

父亲心想：要是真能控制瘟疫，百姓就有救了。现在瘟疫流行，而统治者不顾人民死活，不理不问。一个良医应如良相一样，应该担负济世救人的职责。

于是，第二天清晨，父子俩各饮了一杯能避瘟疫的松叶酒，便出门察访去了。他们顺着瓦硝坝街面上的石板路缓缓而行，只见街道两旁的房屋已修葺一新，饭店、茶馆、当铺、货摊重新出现在街上，早已互不来往的人们，又熙熙攘攘地在大街上徜徉。这是大瘟疫流行以来少见的喜庆景象。

父子俩随意踏进一座四合院，只见院内弥漫着一缕淡淡的烟雾，飘散着一阵阵烟熏的香味。李时珍告诉父亲：街上家家户户每日均要用苍术熏烟。

父亲点头道："苍术可以除山岚瘴气，去鬼邪。"

四合院的主人看见熟识的郎中父子进院，忙迎了出来。这是一对老年夫妻。老汉身体强健，鹤发童颜。老婆婆正在往院落中的一口大灶中添柴加薪，灶上的大铁锅中放着一副蒸笼，正冒着腾腾热气。老汉见李言闻诧异，忙笑着说："蒸笼里蒸的不是馍，而是按贵公子的吩咐，将病人的衣服用蒸笼蒸过，这样一家人都不会染病。"

李时珍接着告诉父亲："自古医书上都没有记载这种方法，是我自己琢磨出来的。我想，为何一人染病，全家会遭殃呢？不外乎病能够传播。通过什么途径传播呢？我以为，一是衣物，二是食物。要是能够隔绝病人的衣服、食物，必能对疾病的传播起到阻抑作用。于是我就用蒸笼蒸病人衣物，用苍术熏烟避瘟，以兰草（泽兰）烧汤沐浴，将麻子仁、赤小豆置于井水中驱邪，饮松叶酒、椒目酒除瘟病。采用这一套办法后，瘟病的传播就逐渐被抑制。"

此后，父亲让李时珍将这一套办法在疫区推广。果然瘟疫被迅速地扑灭了，百姓重新安居乐业起来。

以后，李时珍把这种预防疾病的方法，记入了他的药物学巨著《本草纲目》：

病人衣：天行瘟疫，取初病人衣，于甑上蒸过，则一家不染。（卷三十八·病人衣条）。

苍术：烧烟熏，去鬼邪（卷三）。

茅香、茅香、兰草：并煎汤浴（卷三）。

李时珍认为，一个医生为人治病固然重要，但预防疾病更重要。在《本草纲目》中，仅"瘟疫"一病，就收集具有预防传染流行的中草药达130种之多。他制立了多种多样的预防措施，既有煮沸消毒，亦有烟熏避疫、汤浴除瘟，又有内服防病等。在16世纪中叶，李时珍能够提出蒸汽煮沸消毒的方法，这是一个历史性的创举。

通过这场扑灭瘟疫的斗争，李时珍的名气开始在蕲州一带传开了。

李时珍是一个先鸣于医、后鸣于药的医药并精的大家。他对中医的基础理论《内经》和中医辨证施治规范的经典著作《伤寒论》（张仲景著）尤为精通。在此基础上，他博采群书，去粗取精，去伪存真，形成了自己系统的中医药理论，并在行医过程中，灵活地运用于临床实践。

一天深夜，李时珍被一阵急促的敲门声惊醒。他打开门一看，只见一个中年男子提着灯笼站在门外，对他说："先生，快去救救我家夫人！"

李时珍跟着中年男子来到了一个村庄。一户人家敞开大门，几个人正在门前焦急地等候。一个丫鬟将李时珍引进内室，只见一个少妇躺在床上，奄奄待毙。一家人围着她急得团团转。李时珍用手探了探鼻息，已无一丝气息。

他切了切脉，觉察到了一点极微弱的脉息，便道："快拿些葱黄和酒来！"

丫鬟到厨房取来一把葱和一瓶酒。李时珍选了一根又长又粗的葱，剥去外层，将葱黄缓缓地插入少妇的鼻中，然后将酒灌入少妇的口中。突然，那少妇打了一个喷嚏，居然活了过来。满屋的人发出一片惊喜之声。

李时珍叫人取来文房四宝，开了一张药单。众人看后大吃一惊，一位老者问："巴豆乃下泻之药，我家小姐有溏痢之症，泻肚子已三月之久，再用泻药……"

李时珍笑道："巴豆气热、味辛，生药猛，熟药缓，能吐能下，能行能止，是可升可降之药。巴豆峻用则有戡乱劫病之功，微用亦有抗缓调中之妙。巴豆是泻药，这种说法并不全面。只要配合得当，药病相对，巴豆何尝不能治腹泻？小姐之病，其脉沉而滑，此乃脾胃损伤，冷积凝滞所致，当以热下肢，则寒去痢止。"

果然，病人服药后，溏泻立止。

李时珍不仅能异病同治，也善于同病异治。

一名锦衣卫中人，夏天饮酒达旦，以致腹泻，数日不止，水谷直出。同样是腹泻，而李时珍根据病因、病机不同，采取同病异治的方法。以前医生疏利消导诸药，反而使病情加重。而李时珍认为病是由饮食不节，损伤脾胃，阳气阻遏，水湿内停而导致腹泻，所以用小续命汤之大祛风药鼓荡被遏之阳气上升，于是收到了奇效。（《本草纲目》卷十五·麻黄条）

李时珍在临床实践中，灵活地运用并发展了医学中辨证施治的理论，很快成了一位闻名遐迩的良医。

立志修本草

有一天，李时珍被一户人家请去诊病。病人亲属说，本来此人得了一点小病，请了一位铃医来看，服药后反而病情加重，上吐下泻、头晕目眩，奄奄一息。李时珍将那铃医的处方看了一遍，觉得十分蹊跷。处方对症，君、臣、佐使等药搭配得当，怎么会有如此结果呢？

李时珍叫病人亲属将药罐取来，他倒出药渣，一味药一味药地细细查看。呵！原来是药铺将一味有毒的药物虎掌，当作漏篮子卖给了病人。

病人亲属大怒，立即请李时珍一起到药铺去兴师问罪。谁知药铺老板拿出一部《本草》，振振有词地数落地李时珍："你看，《本草》上写得清清楚楚，虎掌就是漏篮子，你连《本草》都未细细研读过，还配拿郎中的架子来教训我？"

李时珍接过《本草》一看，书上果然明明白白地写着虎掌就是漏篮子。他此时真是哑巴吃黄连，有苦说不出。

想起药铺老板奚落的话，李时珍回到家后，找来各种《本草》书籍，仔细研读起来。原来，《本草》是我国古代讲药物的书。所谓本草就是中药材的代名词。中药材的种类繁多，鸟、兽、虫、鱼、金、石、草、木，很多都可以入药，其中以草本类植物药占多数，所以称中药材为本草，将描述中药材的药书称为《本草》。我国流传最早的药书，是汉代的《神农本草经》。它总结了秦汉前我国人民研究药物的成果，记载了 365 种药物。从那以后到明代的一千多年间，本草学有了很大发展，人们掌握的可以治病的药物逐渐增多，分类也日趋细致。例如，南朝时期的医学家陶弘景写了一本《名医别录》，在原有《本草》的基础上，补充了魏晋时期治病常用的药物365种。唐朝的李勣、苏恭等人，奉皇帝的旨意，参照前人的《本草》，又增新药114种。宋朝的刘翰、马志编著《开宝本草》，掌禹锡、林亿编著的《嘉祐补注本草》，还增加了许多外国药物。其他如《图经本草》《证类本草》《救荒本草》《食物本草》《海药本草》等，都从不同方面有所增益。特别是四川名医唐慎微编著的《证类本草》，采古今单方，收入经、史、百家书中的有关药物达1558种，是李时珍的《本草纲目》问世以前最完备的药书。

从《证类本草》问世到李时珍时期，经过400多年。在这400多年中，药物知识有了很大发展，医家和民间发现了许多新药物。并且，由于矿业生产的发展，还出现了许多矿物新药。同时，由于我国对外贸易和航海事业的发展，从国外传来了许多"番药"。这些新药在一些杂书上有些零星记载，但错误百出。特别是常常将两种药物误以为同一种药物，同一种药物又有许多不同的名字，造成医生开错药，药铺抓错药，因"错药"而害死病人的现象时有发生。

唐慎微的《证类本草》，这本在当时医药界公认的"全书"，仍然瑕疵不少。上面将葳蕤说成是女萎。其实，这是两种形态、药性都不同的植物。葳蕤的叶子像竹叶，治虚热燥咳及一切不足之症；女萎的叶则是对生的，开白花，可以治霍乱、痢疾。《证类本草》还将虎掌、南星这两个同种异名的药物，当作两种不同的药物记载。陶弘景的《名医别录》中，将旋复花当作山姜。冠宗奭的《本草衍义》中，把卷丹和百合混为一谈。又如泽泻这种药，久用不行，但有的本草书上却说，"久服面生光，能行水上""泽泻久服轻身，日行五百里"。这些方士的骗人鬼话，被写在书上，不知让多少人深受其害！

李时珍想，"本草"的混乱造成药物的混乱，即使我们的药方开得再好，药抓错了，也会弄巧成拙，甚至成为杀人帮凶。看来，重修"本草"的事已经刻不容缓了。于是，他把自己的想法告诉了父亲。听了李时珍的话，父亲沉吟良久,说:"修'本草'可不是一件简单的事。编一部新'本草',不仅要把历代'本草'和诸子百家的书籍研究透彻,还要把全国出产的药物一一重新考察清楚,需要花很大的力气。同时必须说服朝廷出面才有把握。历代'本草',大多是朝廷出面修的。黄帝命令大臣岐伯调查百草药效,定《本草经》。集注《神农本草经》、编著《名医别录》的陶弘景,原来就做过官,后来虽然隐居深山,但仍和梁武帝交往密切。唐朝时,唐高宗命令大臣李勣、苏敬等人,在《名医别录》等药书的基础上,将'本草'从三卷增加到七卷,写成《唐本草》。宋太祖命令医官刘翰重新详校'本草',宋仁宗再下诏命补注'本草',这才有《开宝本草》《嘉祐补注本草》。"父亲告诉李时珍:"所以,只有朝廷出面,才有重修'本草'所必需的人力、财力、权力。有的'本草'虽是以个人署名的,那也是因为这些人有钱有势,受到朝廷的扶持。像我们这样的人家,历史上还从来没有人修成'本草'的。"

李时珍听了父亲的一番话,更清楚了重修"本草"的艰辛。他想:前人可以请求朝廷帮助修"本草",我们也可以找机会上奏朝廷。即使朝廷不支持,我仍然要重修"本草",事在人为,谁也动摇不了我的决心。

这一年李时珍33岁,他立下雄心壮志——重修"本草"。

楚王助修本草书

为了实现重修本草的宏伟志愿,李时珍感到,现有的学识、经验远远不能和他的雄心壮志相称,于是一个庞大的计划在胸中形成了:十年读书,从"子、史、经、传、声韵、农圃、医卜、星相、乐府诸家"书中吸取知识;访采四方,从猎户那里学习有关的野兽知识,从渔民那里学习有关的水生生物知识,从樵夫那里学习有关的植物知识,从农民那里学习有关的农业生产知识,从铃医那里学习防病治病的单方验方……同时还收蕲州人庞宪(号鹿门)、黄梅人瞿九思(字睿夫)为徒,充当自己的助手。

李时珍为自己所定的阅读范围十分广泛,父亲的藏书、顾家及郝家的藏书已不能满足他的要求了。正在李时珍苦恼之际,机会来了。

由于医术高超,李时珍的名气越来越大,远扬到湖广首府武昌。武昌城里住着一个皇帝的亲戚,被封为楚王。楚王的大儿子患了抽风病,经常突然昏倒,找了好多医生都不见效。他听说蕲州的李时珍医术好,便派人把李时珍请了去,给儿子治病。

李时珍到了楚王府,楚王府豪华富丽,气势不凡。长廊曲桥,流檐飞阁,雕梁画栋。李时珍立即为世子诊病。世子是一个 10 岁左右的孩子,长得瘦骨嶙峋。经过一番诊断,李时珍开了一个药单子交给王妃,王妃不接。她叫李时珍去面见楚王。

楚王看了李时珍开的药单子，不解地问："以前医生开的药方多用沙参，你为何用人参？"

李时珍对楚王说："世子患的是癫痫病，这种病治起来很麻烦。这种病可分为两类，一类是风热引起的，一类是风虚引起的。世子的病属于后者。沙参是用于驱火邪、除肺热的；人参则相反，是用于补肺虚的。我查看了以前医生为世子开的药方，他们都将世子的病当作风热来治，用反了药。试想，本来肺虚当补，反而当成肺热开泻药以驱火邪，怎么治得好呢？现在我以人参为君，做主药，以辰砂、哈粉末为臣，做辅药，以猪心血丸为佐药。人参甘温，能补肺中元气，肺气旺则四脏之气皆旺，精气自生而形自盛。辰砂能够养精神、安魂魄、润心肺、止抽风，帮助人参治惊痫之症。再发挥哈粉、猪血的作用，世子的病自然会痊愈的。"

李时珍的一席话，说得楚王连连点头。世子服药后，果然身体日渐好转，楚王大喜，于是又请李时珍为自己治病。原来，楚王得了便秘症，每逢解便，疼痛难忍，苦不堪言。三十多年来，请了不知多少名医诊治，都没有显著的效果。李时珍观察楚王，只见其体肥如猪，平时脾气又大，肝火极旺。李时珍明白，这是三焦阻塞之症。他用牵牛末、皂荚膏丸给楚王治病。牵牛能使气顺、通三焦。果然，对症下药，药到病除。楚王服药后，立竿见影，当天就顺顺当当地解了便，心头说不出的愉快。

为了感谢李时珍，楚王和王妃在王府花园中设宴款待他。席间，楚王发话说："你救了我的儿子，又医好了我的病，我不知如何答谢你。你有什么要求，就请讲吧，只要我能办到的，一定尽力。"

李时珍沉吟片刻，忽然想到父亲说的修本草书必须依靠皇帝支持一事，这楚王是当今皇上的兄弟，正好求他帮忙。机不可失，时不再来。于是，他向楚王深深一揖，说："谢王爷盛情。我恰有一事相求。我正在写一部药书，由于得不到朝廷的帮助，困难重重。如果王爷能够上奏朝廷，令天下助我重修本草书，李时珍将终生感谢不尽。"

听了李时珍的要求，楚王微微一愣。他见到的郎中差不多贪图的都是钱财、官爵,这个郎中却与众不同,想干一番惊天动地的事业。他想了想,便慨然允诺:"我一定将你的心愿向皇上转奏。不过,据我所知,皇上最近迷于炼丹求长生之术,恐怕对重修本草书不感兴趣。这样吧,你在我这里住下来,我的祠奉所有个缺,你就当个祠奉正并兼管良医所吧。我的藏书楼中药书颇多,闲来无事,你尽可以随便出入,为你重修本草书寻些资料。待有机会,我再保举你进京供职,使你有机会向皇上面呈重修本草书的心愿。"

这样,李时珍就在楚王府留了下来。果然如楚王所料,楚王转奏李时珍心愿的奏折送达皇帝手中以后,皇帝批了一个"留中",便如石沉大海,杳无音信了。

楚王是一个守信用的人。1558 年(明嘉靖三十七年)朝廷命令地方举荐名医,入太医院补缺。楚王记起了自己的诺言,虽然全家看病都要靠李时珍,对他割舍不下,但仍然推荐了李时珍到京城太医院供职。李时珍在楚王府,待了将近三年。在这三年中,他有机会出入楚王府藏书极为丰富的书库,阅读了不少医药经史百家书籍,为重修本草书积累了大量的资料。闲暇时,他常去蛇山观音阁,与一高僧谈天,切磋吐纳之术,为烧香拜佛的居士看病开药,并向他们讨教各地的方药,从中受益不浅。要离开楚王府,他还真有点舍不得。但他想到进入太医院以后,可以有机会出入御药库、寿药房,见识许多珍贵稀有的药物,对重修本草书有利。再加上他对皇帝还存有期望,进入太医院后有更多的机会直接向皇帝上奏折,请皇帝下令重修本草书。李时珍便愉快地接受了楚王的举荐。

太医院是朝廷掌管全国医药大政的机构,相当于现在的卫生部、国家医药局和国家级的医院。皇族有疾,常到太医院找医生看病。李时珍进入太医院后,一天,被富顺王府请去给富顺王的孙子看病。

病人是一个小孩,黄皮寡瘦,面对一桌子美味佳肴毫不动心,却指着席上的红蜡烛又哭又闹。大人无可奈何地用剪刀将红蜡烛上烧结的灯花绞下来,吹冷了放进小孩口中,他才破涕为笑,津津有味地将灯花嚼烂,吞入腹中。李时珍见过多起这样的病例,经过他的悉心研究,发现这种喜欢吃灯花的怪病,是寄生虫引起的。于是,他给富顺王孙开了一剂以使君子、百部等杀虫药为主药的处方。病人服药后,打下许多虫子,再也不吃灯花了。李时珍治好王孙怪病的消息很快在京城传开了。皇族中有人生病,多指名点姓要李时珍去看。

李时珍的名声在京城越来越大,朝廷便给他封了个正六品的官——太医院院判。官不算小,也有一点权。李时珍利用这点职权,进入了太医院的药王庙、寿药房和御药库。

药王庙里供奉着一个针灸铜人模型。它是北宋针灸学家、太医王惟一总结历代针灸医家的实践经验,设计铸造的。王惟一在上面刻画穴位,标注名称,并且写成《新铸铜人腧穴针灸图经》,大大便利了针灸的实际操作。明代又复制了一个针灸铜人,供在药王庙里。李时珍以前就读过《铜人腧穴针灸图经》和《铜人针灸经》,现在能够通过模型仔细辨认人身上的各个穴位,他感到莫大的兴奋。他虽然不学针灸,但对于每一个腧穴、经络都成竹在胸。这为他后来撰著《奇经八脉考》等书,打下了坚实的基础。

太医院所属的寿药房和御药库里,放着许多全国各地进贡的药材和外国进口的珍品,如人参、鹿茸、虎骨、宝石、辰砂、珍珠、石燕、石蛇、石蚕、水晶、玛瑙、珊瑚、泰山石蕊,琅玡云母、峨眉天麻、庐山云雾茶等真是名贵药材,琳琅满目,丸散膏药,宝玉连珠。有的生在南岛之崖,有的长在长白山麓,有的来自西域敦煌,有的出自异国天方。

李时珍在太医院里开阔了眼界,增长了见识。他带着历代药书上发现的问题,认真鉴别,刻苦钻研,使不少疑问找到了答案。比如人参,李时珍虽读过前人许多医药书中的论述,仔细研究过父亲写的《人参传》,但都没有条件将各种不同的实物进行比较,一些关于人参的错误论述也无法纠正。现在,他看到了各种人参,如高丽紫参、辽东红参、潞州党参及泰山、江淮间产的人参实物。此外,他还看到了类似人参的荠苨、桔梗等实物。后来,他在重修本草书时,对人参的叙述就能格外详尽,并指出奸商用荠苨、桔梗冒充人参的骗人勾当。他在书中写道:"伪者,皆以沙参、荠、桔梗采根造作乱之。沙参,体虚无心而味淡;荠,体虚无心;桔梗,体坚而味苦;人参,体实有心而味甘,微带苦，自有余味……"

李时珍除了读书和考察药物之外，一有空闲便到北京四郊采访。他以南方人的眼光来研究北方的风土习尚，对于北方出产的药物、制药和用药的方法，以及民间的单方验方，起居饮食，都很感兴趣。他把北方农家如何栽培果木、窖藏白菜、培育韭黄等一一记录下来，准备收入他自己编著的本草书中。经过一段时间的思考和准备，他写了一道奏折，连同自己整理的笔记，上奏朝廷，建议重修本草书。不料，奏折送上去，如同在楚王府遇到的情况一样，石沉大海，杳无音信。

朝廷不采纳李时珍重修本草书的建议，这并没有动摇他的决心。他通过这么多年的努力，又有了在楚王府、太医院奉职的机会，对于依靠自己的力量，重修本草书，信心越来越足。只是，他在博览群书时，发现各种药书矛盾百出，光靠在寿药房、御药库比较实物还不能解疑团于万一。他觉得，只有走出书斋，到野外去进行调查研究，才能解决问题。同时，太医院繁杂的工作，使他无暇专注地重修本草书。他决心辞掉太医院的官职，回家乡去专心重修本草书，并访采四方，辨别各种书籍中的疑误。

公元 1559 年（明嘉靖三十八年），李时珍托病辞职，返回家乡，开始了专心重修本草书的艰辛劳作。

南归时，李时珍循着驿路经过涿州、安阳、徐州等地。在广袤的北国原野上，他感到，处处有学问的宝藏。

路过一个驿站时，他遇到了一群北上的驿卒，正在站外用小锅煮着一把粉红色的草花。李时珍知道这是一种别名鼓子花的植物，在南方到处可见。过去从来没有听人说过这种草花有什么用途，各种本草书上也没有记载。他便好奇地问："你们为什么煮食这种东西？"

车夫回答说："长年在外奔走的人，筋骨容易受伤。吃了这个东西可以舒筋活血，这是我们的祖传秘方。"李时珍在笔记上记下了车夫的话。一路上，李时珍搜集了不少民间的单方、治病的草药。特别是流传在民间的一些顺口溜，李时珍很感兴趣。什么"穿山甲，王不留，妇人吃了乳长留"，指出这两种药有发奶的功效。"槟榔浮留,可以忘忧",指出这两种药方有兴奋神经的功效。"七叶一枝花,深山是我家,痈疽如遇者,一似手拈拿。"说明"蚤休"(七叶一枝花)这种药材的出产地及解毒的功效。李时珍将这些顺口溜记在笔记本上,如获至宝,心想:民间流散着多少宝物啊!我一定要广收博采,把本草书重修好。

可惜,李时珍还不能立刻实现访采四方的愿望。他从京都回家以后,看到老父病危不起,便不忍离家出行了。于是,他决定暂不外出,在家侍奉父亲治病。李时珍把家由瓦硝坝迁到雨湖北岸的红花园。在这里,可以看到雨湖的一角,四周环境幽静,景色宜人,既适宜于父亲养病,又适合于自己潜心著书立说。

为了支持儿子成就一番伟大的事业,李言闻将自己多年积累的大量资料和几十卷著作,交给了李时珍,并抱病与儿子一起探讨医学、中药学的各类问题,审阅儿子的著作。李时珍也精心照料父亲,使父亲的病开始好转。在此期间,他完成了《濒湖医案》《三焦客难》《命门考》《五脏图论》《濒湖脉学》《奇经八脉考》等著作。这些著作都凝聚着父子之间深厚的情谊。比如,《濒湖脉学》就是李时珍在父亲著作《医学八脉法》《四诊发明》的基础上写成的。

脉学,自《内经》开创以来,历代都有论述。东汉张仲景对评脉的辨证论述,散见各篇,未成专著。西晋的王权和著有脉经十卷,因时代久远,散失太多,到《旧唐志》记载只有两卷。五代人高阳生,假托王叔和之名,著《脉诀》,然然俚俗乖误,谬种流传。而李时珍本着"渔猎群书,搜罗百代"的治学精神,除广搜经典外,还涉猎上自太仓、启玄、叔和之学,下至唐宋金元名流之著,历代脉学著作达48家之多。在此基础上弃繁就简,他写出了集大成的脉学著作《濒湖脉学》,第一次以二十七脉"歌诀"及"四言举要",解决了通俗切用的问题,并彻底批判了《脉诀》的谬误。

《濒湖脉学》全书仅两万多字,然而字字斟酌,深入浅出,句句通俗,且俗不伤雅。以脉论医,明理切用,音韵协调,易读易记,故不胫而走,风行天下,成为后世脉学的指南。我们今天全国中医药院校的脉学教材,也大多取材于此。

李时珍的《命门考》《奇经八脉考》等著作，是他多年来读书思考的智慧和结晶，也是他练吐纳、导引之术的成果。

李时珍从青年时代起，就坚持习练吐纳、导引之术。后来，在武昌楚王府当奉正时，他又常去蛇山观音阁，与一高僧切磋练内功之法；还按照唐代孙思邈介绍的方法习练过。与此同时，他对《内经》《抱朴子》《千金要方》等古籍，以及药王庙中的针灸铜人进行了深入的研究。

李时珍在《奇经八脉考》中说："内景隧道，唯反观者能照察之。"这里所说的"内景隧道"，就是指人体的脉络，是元气运行的路线。现代医学大都运用解剖的方法，而这种方法是无法见到人体的经络、元气的。这就如同将电源切断后，再去观察电流是如何在电路中传导一样。只有通过习练吐纳、导引之术的人，才能对自身活体有直觉体验。因为载有生命的活体，才有元气的运行，才有元气运行的经络现象的存在。

经络是人体内经脉和络脉的总称。凡直行干线都称为经脉，而由经脉分出来的网络身体各部分的支脉叫作络脉。经脉是人体内运行气血、联系体内各部分的主要干线，可分为正经和奇经。正经（又叫十二经脉）是体内气血运行的主要通路，有十二经，第一经脉都和体内一定的脏腑直接联系，而在各经脉相互之间又有表里配合的关系。奇经有八条经脉，它们没有和脏腑直接联系，它们之间也没有表里配合。奇经是调节气血运行的一些特殊通路，在功能上起到补充十二经脉不足的作用。李时珍的《奇经八脉考》一书，不仅对奇经八脉的分布、循行做了系统整理，而且补充了某些奇经的选穴范围；既揭示出"不离乎阴阳、营卫、虚实之理"的奇经生理、病理，又确立了八脉病症辨证施治的基本雏形。该书同时指出：奇经八脉在生理上不是孤立存在的，而是与人体脏腑经络、营卫气血生息相关，不容割裂的统一整体。李时珍的《奇经八脉考》为经络学说、临床治疗学做出很大的贡献。

多年来，人们都认为：命门即肾。李时珍通过反复地观察、实践，认识到："命门者，三焦之本原……为藏精系胞之物……其体非脂非肉，白膜裹之，在七节之旁,两肾之间。"他生动形象地描述了肾间命门的形态、位置,开拓了肾间命门说的先河。同时他还阐述了命门"为生命之原,相火之主,精气之府。人物皆有之,生人生物,皆由此出"的生理功能(《本草纲目》卷三十·胡桃条),奠定了肾间命门说的理论基础。

公元1564年(明嘉靖四十三年),父亲李言闻旧病复发,医治无效去世。临终前,他嘱咐李时珍一定要克服困难,尽快地将本草书重修好。

几年以后(公元1572年),李时珍同哥哥李果珍一起,将父亲与去世已久的母亲张氏合葬在雨湖畔的蟹子地。至今,这座合葬墓还在美丽的雨湖之滨。

访采四方遍尝百草

　　明中叶以后,讲求实际、崇尚实践、主张经世致用的社会思潮,对李时珍有很大的影响。所以,在重修本草书时,他强调:本草"虽曰医家药品,其考释性理,实吾儒格物之学"。他主张"医者贵在格物"。正是在这种思想指导下,李时珍决定深入穷乡僻壤、荒山野地去实地考察,访采见闻。

　　父亲逝世之后,公元 1565 年(明嘉靖四十四年),李时珍开始了筹划已久的"蒐罗百氏、访采四方"之行。此行工作量极大,于是李时珍决定带徒弟庞宪和次子建元随行。庞宪,忠厚老诚,踏实肯干,又聪慧伶俐,自拜李时珍为师后,不仅医学上长进很快,而且药学方面也很有见识,常常受李时珍之托,到各地采回许多药物标本。次子建元,擅长绘画,可以帮助李时珍现场绘制药物图样。

　　三人从蕲州出发,先到汉阳,然后取道襄河北上。他们有时搭船,有时乘车,有时徒步,有时雇毛驴骑着漫游。每天行止不定,遇到药物标本多的地方,就多采一段时间,细细考察,如果沿途收益不大,便走远一些。住宿也无一定地点,全随考察需要而定。

　　李时珍带着庞宪、建元,常常肩背药筐,亲自到山林、田野、江湖去考察,采集药物标本,广泛搜集民间治病的经验,虚心向当地老百姓学习。孔子说:"三人行,必有我师焉。"农民、渔夫、猎人、樵夫、药农、果农、工匠、走访铃医、山野道士，都成了李时珍的老师和朋友。他从药农那里知道，泽漆和大戟不是历代本草书记载的同一药物；他从道士那里知道了昇汞、土黄（砒剂）的制造方法和药物价值；他从铃医那里学习了麻黄、蟾酥的药用方法；他从猎人、渔夫那里知道了许多动物脏器的药用价值……

有一次，李时珍碰到一个樵夫手提一只大穿山甲。他想起陶弘景在《名医别录》一书中说穿山甲水陆两栖，能吞食蚂蚁，便花了几钱银子从樵夫手中买下大穿山甲，邀樵夫一起解剖，证实陶弘景的论断。果然，从穿山甲腹中取出许多蚂蚁。李时珍对徒弟和儿子说：陶弘景对事物的观察非常细微，他不仅讲了穿山甲能吞食蚂蚁，还讲了穿山甲吞食蚂蚁的方式。他说，穿山甲先张开了鳞甲如死状来引诱蚂蚁，然后闭上鳞潜入水中，让蚂蚁爬出来，一一吞食。

樵夫听了李时珍的话，不以为然地说：先生，穿山甲可不是这样吃蚂蚁的。它是先用尖嘴巴拱开蚁穴，然后吃蚂蚁的。

李时珍听了樵夫的话，极感兴趣。他又给了樵夫几钱银子，请他再去捉一只穿山甲来。樵夫捉来穿山甲后，李时珍将其放在蚁穴边，进行观察。果然，穿山甲吃蚂蚁的方式同樵夫说的一模一样。李时珍把这一观察结果记下来写进了《本草纲目》中，同时也录进陶弘景的描述，作为穿山甲食蚁方式的一种补充。

公元1567（明穆宗隆庆元年），李时珍年过半百，不辞辛劳，带着徒弟和儿子，继续访采四方。这一次，他注意搜集药用植物标本，特别是发现历代本草书未曾记载过的药物。凡是民间流传采用的药物，他都尽量搜集记载下来。比如，在后来的《本草纲目》中，第一次记载下来具有重大药用价值的"三七"。李时珍写道："此药近时始出，南人军中用为金疮要药，云有奇功。"并说："凡杖朴伤损，瘀血淋漓者，随即嚼烂，罨之即止，青肿者即消散"。这证明当时军队之中已用三七治疗杖朴伤损的出血症。同时，对血崩、无名肿毒、虎蛇咬伤等症，疗效也很好。三七作为一种重要的中药材，自李时珍发现至今，一直是临床研究、新药科研的热门药材。又如朱砂根也是李时珍第一个发现记载的，至今仍是消热解毒的重要药物；其他如月季花、凤仙、玉簪、淡竹叶等200余种新药材，都是李时珍从流散在民间、疗效明显的药方中发现，作为药材首次记载的。

李时珍记录这些药物的疗效，不仅听人说，还仿效神农氏尝百草，亲自试一试。李时珍寻新药，尝百草，留下了一件件动人心弦的故事。

李时珍自小就对华佗的"麻沸散"极感兴趣，可惜麻沸散配方失传。他少年时曾听父亲说曼陀罗花是麻沸散的主药，但未曾亲自见到，不敢妄下断语。此次出来查访，他特别留意采集曼陀罗花的标本，试验它的药效。

师徒父子三人，风餐露宿，走过了一座座村镇，翻过了一座座高山，渡过了无数条小溪大川，仍未见到曼陀罗花的下落。

这一年八月，李时珍在归家途中，顺路到河南光山县去看大儿子建中。建中依照祖训，实现了李家改换门庭的愿望，当了光山县的教谕。教谕是一种学官，负责文庙的祭祀，教育所属生员。建中的官虽不大，但住在纪念孔夫子的文庙内，环境十分幽雅。由于自幼受到父亲的熏陶，虽做了官，他仍然喜欢种植药草。李时珍在花园中发现一种开白花、状如牵牛、叶如茄子的植物，便问建中是什么花。建中告诉父亲：这儿的人把它叫作山茄子，或者风茄儿。

李时珍点点头，兴趣盎然地摘了一枝花，仔细地观察起来。只见这株植物绿茎碧叶，独茎直上，高四五尺，花有六瓣。他突然想起在茅山一个道观中见到的陀罗星使者塑像，手中持的花同这种花的形态十分相似，难道这是曼陀罗花？他兴奋地叫来庞宪、建元，说："你们看，走遍天涯无觅处，得来全不费功夫。这不是曼陀罗花吗？"

庞宪大惑不解："师父，何以见得这就是曼陀罗花？"

李时珍说：《法华经》上说，佛说法时，天下曾经降下来一阵曼陀雨。后来，道家将北斗七星中的一星叫陀罗星，其使者手中常持曼陀罗花。我在一个道观中看到的陀罗星使者，手持的白花和这株花十分相似。不过，要确认这是曼陀罗花，还得亲自尝一尝。相传，在采曼陀罗花时，如果采摘的人在笑，用此花酿酒饮则会令人发笑；采摘的人如在舞，用此花酿酒饮则会令人舞。我们不妨一试。"

建中忙劝阻父亲不可造次,万一此花有毒,岂不糟糕?

李时珍一面采花,一面哈哈笑道:"古时神农氏敢尝百草,我要重修本草书,怎敢畏首畏尾?"

李时珍将花放进酒杯,将酒倒入杯中。一家人入座后,李时珍将曼陀罗酒一饮而尽。酒至半酣,李时珍忽然觉得自己有了恍惚的感觉,周身舒畅,欢愉异常,竟哈哈大笑起来,并失态狂呼:"真是曼陀罗花!真是曼陀罗花!"

次子建元见父亲的话应验,立即手舞足蹈地去采了一朵花来,放在酒中,饮后果然高兴得跳起舞来。李时珍顾不得饮酒吃饭,忙将曼陀罗花的性状详细记录了下来,并叫建元仔细绘制了曼陀罗花的图样。后来,李时珍用曼陀罗花和火麻子花造出了类似华佗"麻沸散"的药物,并在著述《本草纲目》时,将这一段经历记录了下来:"相传此花笑采酿酒饮,令人笑;舞采酿酒饮,令人舞。予尝试之,饮须半酣,更令一人或笑或舞引之,乃验也。八月采此花,七月采火麻子花,阴干,等分为末。热酒调服三钱,少顷昏昏如醉。割疮、灸火,宜先服此,则不觉苦也。"

李时珍在访采四方时,亲自尝过许多药草。他曾经尝过鹅肠草和鸡肠草,以区别这两种相似的药草。他在《本草纲目》中说:"繁缕即鹅肠,非鸡肠也……二物盖相似。但鹅肠味甘,茎空有缕,花白色;鸡肠草味微苦,咀之涎滑,茎中无缕,色微紫,花亦紫色,以此为别。"

李时珍还尝过柚皮,知其极苦,不可入口;尝过枸橼,知其虽清香袭人但味不甚佳;尝过钩藤,知其味初觉微甜,后觉微苦。

李时珍对那些传说中有毒的药草,也敢亲自品尝。他为了区别类似的几种药草——覆盆子、莓、蛇莓、悬钩子,曾经尝了传说有毒的蛇莓,并做记录:"此类凡五种,予尝亲采,以《尔雅》所列者较之,始得其旨。诸家所说,皆未可信也。"在《本草纲目》"蛇莓"一条中,李时珍写道:"俗传食之能杀人,亦不然,止发冷涎耳。"

历史在这里沉思:400多年前生活在封建社会里的李时珍,凭借着什么敢以身试险，亲尝毒草？他只是一个生活在民间的普通良医，不受封，不加官。修改本草书，皇帝不支持，朝廷不赞助。一个在统治者眼里无足轻重的人物，却敢于用自己的生命去追求科学的真谛。在这里，皇帝不重要了，朝廷也不重要了，自己的身家性命可以置之度外……只有真理是永恒的，它超越了时代，超越了国界，它是人类共同追求的目标。正是凭着对真理的执着追求，年老体弱的李时珍，才能够仅依靠简陋的交通工具跋山涉水，访采四方，遍尝百草。他说："医者贵在格物"，"方士固不足道，本草其可妄言哉？"这种格物求实的精神，已经不是一个药物学家所能言的了，而是一个科学家的本质所在。李时珍是文明古老的中华民族奉献给人类的一位世界级的科学家。他无愧于世界人民永久性的纪念。

公元 1569 年，李时珍三人来到向往已久的太和山（现叫武当山）。太和山在湖广均州（现属湖北省）西南。山中有 72 峰，24 涧，方圆 800 余里。太和山层峦叠嶂，林木丛深，满山是珍禽异兽，遍地是奇花异草，可以说是一座天然的动植物药库。

李时珍三人在太和山中采得无数药物标本，一晃就是几个月，乐而忘返。最后，他们沿着太和山北端的净乐宫到天柱峰长达 140 里的"神道"，向太和山的主峰进发。路上处处飞瀑，遍地清泉，林木十分茂盛，几乎遮住了上山的道路。

黄昏，他们来到紫霄宫附近。他们正在大树参天、荒草没顶的小径上艰难地行走，忽然，建元惊喜地发现一棵榔树上结着一种奇怪的果子。

李时珍驻足一看，只见榔树上果实累累，形状怪异，既像桃，又似杏。他从低垂的树枝上摘下一个，咬了一口，细细品尝，又觉得那果子极为香甜，略带酸味，有点像熟透了的梅子。他突然明白了这是什么东西，脸都变了色："糟了，我们吃了皇上下令百姓不准偷吃的禁果——榔梅。"

庞宪觉得好奇："榔梅有什么稀奇，百姓连尝一下都不可以？"

李时珍叹了一口气，说："其实，榔梅并没有什么稀奇，不过是将梅树枝接到榔树上结出的果子罢了。形状奇特一点，味道也不错。只是，当今皇帝信奉道教。关于榔梅有一个神奇的传说：真武大帝当年在太和山修道时，折梅枝插在榔树上，对天祈祷说：'吾道若成，开花结果。'后来，那榔树果然开了花，结了果。道士们每年秋天将榔梅摘下来，用蜜炮制，向皇帝和王爷进贡，说吃了它能成仙得道，长生不老。以后，皇上便下令榔梅为禁果，只准进贡朝廷，百姓偷吃便为犯法。"

李时珍话还未说完，只见一群道士提着木棍向他们走来。李时珍连忙迎了上去，解释道："我们是郎中，进山采药，误食禁果，万乞原谅！"

人群中，走出一个德高望重的人，看来是道长。他询问李时珍是何方人氏，为何到此。李时珍说："我是蕲州郎中李时珍，为重修本草书，来此查访药物……"交谈中，道长得知李时珍的父亲是李言闻，号月池，便异常兴奋地告诉李时珍，他和月池先生是刎颈之交。于是他乡遇故知，干戈立即化为玉帛。道长请李时珍到住处一叙。

李时珍一行随道长进入紫霄宫。只见紫霄宫内香烟缭绕，大殿正中，有一个巨大的炼丹炉，炉火熊熊。李时珍告诉道长："想在重修本草书时，将炼丹家修炼的各种丹药记载进去，请道长指教。"道长非常爽快，愿意将所知的炼丹术和盘托出，供李时珍参考，并亲自引李时珍仔细观看了炼丹过程。李时珍兴趣盎然，索性在紫霄宫住了下来，详细地记录了各种丹药的制作过程和功效，同道长讨论丹药和各种矿物药的功与过。他和道长谈得投机，常常彻夜交谈，不仅谈丹药，而且谈诸子百家学说。道长是个知识极为渊博的人，得了这样一个知己，异常高兴。兴奋之余，他竟将紫霄宫秘传的"武当行步功"授给了李时珍，使李时珍在后来获益不浅。

此后，李时珍还多次到武当山向道长请教，并遍游大别山、茅山、伏牛山等名山。他花了大约四五年的时间，带着徒弟庞宪和儿子建元到过湖北、湖南、江西、安徽、江苏、河南、河北、山东、福建等地，行程不下万里，采集了许许多多药物标本，绘下了成千幅药物图，写下了数百万字的调查访问记录。

在这几年访采四方的活动中，他发现了可作药用的植物、动物、矿物数百种，记叙了上千种药物的性状、治疗效果。除了植物药以外，他还记叙了大量的动物药材，如牛黄、狗宝、牡蛎、珍珠等。李时珍通过访采四方，向道士请教，记载了大量炼丹家炼成的有效药物，并记下了许多矿物学知识。他说："金有山金、沙金二种，其色七青、八黄、九紫、十赤，以赤为足色。和银者性柔，试石则色青。和铜者性硬，试石则有声。"这实际上是现代冶金仍在采用的一种"比色法"。他总结了试验金子成色的方法，即用试金石在金子上画一条线，将这条线的颜色和标准样品的颜色比较，就能够估量出金子的含金量。并且，他说明此法只可用于金银合金，不能用于金铜合金，还补充了区别这两种合金的办法。他还记录了铅粉制法的原理和步骤，这是世界上最早的关于铅粉制法的记录。

李时珍在矿山访采的时候，发现了许多新的矿物药，如石炭等。

在访采的过程中，他还记录了民间的大量药方、验方，后来成为《本草纲目》附方的主要组成部分。

李时珍历时多年访采四方，行路万里，虽然艰辛无比，但收获甚丰，为他后来著述《本草纲目》、攀登科学高峰奠定了坚实的基础。

修撰本草

李时珍坐在书案前，面对着从800多部书籍中摘录下来的十几大柜资料，面对着通过几年万里奔波搜集起来的成千上万份植物、动物、矿物标本，他在思考如何将这些资料、实物，组织在他重修的"本草"新著中。

历代学者在撰写本草著作时，为了条理清楚、组织严密，十分讲究编写体例，诸如本草理论的辑录、前代资料的汇集、药物品种的罗织等问题，都认真设计，煞费苦心。从《神农本草经》到《本草经集注》《新修本草》（即《唐本草》）《开宝本草》《嘉祐本草》以及唐慎微集前代本草大成的《证类本草》，它们的主要成就在于：概述本草理论与载录药物相结合；描述药物形态与绘制药图相结合；引证前人论述强调注明出处；汇集单方验方于药物之后；等等。虽然如此，李时珍感到：对药物的分类，后代的本草学者都按照《神农本草经》的方法，把药物分为上品、中品、下品三类。即上药"主养命以应天，无毒，多服久服不伤人。欲轻身益气，不老延年者本上经"；中药"主养性以应人，无毒有毒，斟酌其宜。欲遏病补虚羸者本中经"；下药"主治病以应地，多毒，不可久服。欲除寒热邪气，破积聚愈疾者本下经"。李时珍在钻研典籍、实地考察中，痛感此种分类方法弊端极多。用这种分类方法，草石不分，虫兽无辨，杂乱无章。"或一药而分数条，或二物而同一处；或木居草部，或虫入木部；水土共居，虫鱼杂处；淄渑罔辨，玉石不分；名已难寻，实何由觅。"（《本草纲目》卷一）究竟用什么分类方法来重修"本草"呢？李时珍一时理不出头绪来。

他推开书案，站起身来，走出门外，踱下山冈，来到雨湖之滨，望着浩渺的湖水，他思绪万千，心潮澎湃。那些经史百家书籍，那些各地采集药材的情景，那些日思夜想的问题，像汹涌澎湃的波涛，向他袭来。他想起朱熹及其弟子们编撰的《通鉴纲目》，突然兴奋起来。"纲""目"，他反复念叨着，在湖边漫步。渐渐地，他觉得杂乱无章的思绪开始清晰起来：何不以"纲目"来建立药物分类的体系，把重修的"本草"叫作《本草纲目》呢？想到这里，他觉得心胸开阔了，一个重修的《本草纲目》药物分类系统出现在他的脑海里。

李时珍在《本草纲目·凡例》中写道："今各列为部，道以水、火，次之以土，水、火为万物之先，土为万物之母也。次之以金、石，从土也。次之以草、谷、菜、果、木，以微至巨也。次之以服、器，从草、木也。次之以虫、鳞、介、禽、兽，终之以人，从贱至贵也。"

于是，李时珍根据中国古代哲学中"有生于无"的进化观点，按自然形态，把全部药物重编为16部以振大纲；再在部下分类以张其目；然后类下析族，以同族为命，聚族而列。如金石部下分金、玉、石、卤石四类；每一类中，又以相同元素的化合物聚为一族，如金类的铁、钢铁、铁落、铁精、铁华粉、铁锈、铁浆、诸铁器等都是铁的化合物，故聚为一族；草部下分山草、芳草、湿草、毒草、蔓草、水草、石草、苔草、杂草、有名未用草十类。每一类中亲缘关系相近的植物排在一起，形成各自的族，如草部芳草类的当归、蘼芜、蛇床、藁本、白芷等皆属伞形科；山奈、廉姜、山姜、豆蔻、白豆蔻、缩砂仁、益智仁、姜黄、郁金、蓬莪术等皆属姜科……这样构成的逐级分类的纲目系统，从李时珍开始，使得沿袭千余年的旧本草药分三品的混乱局面焕然一新。从此以后，我国本草开始具有现代药物学的编辑形式。

在《本草纲目》中，每种药名之下又列释名、集解、修治、气味、主治、发明、正误和附方。"释名"解释药名的由来并列录各种异名。"集解"集录各家关于该药物的产地、形态以及栽培和采集方法的记载。"修治"介绍药用部分的炮制过程。"气味"记录药物的寒、热、温、凉、咸、酸、苦、平等特性。"主治"说明药物能治疗的主要病症。"发明"阐明药理或记录作者的心得体会。"正误"纠正过去本草书中的错误，发表自己的看法。"附方"介绍以该药为主药的经验药方。这样，以纲统目，以体率用，组成各条药物的纲目系统。

《本草纲目》还形成了百病主治药的纲目系统。李时珍以病名为纲，以辨证用药为目，将药物按其性能和主治进行分类，组成了百病主治药的纲目系统。主要体现在：以病名为纲，排列有次，百病主治药总列 113 个病名；以病名为纲，病机(病症)为目；以病名为纲，治法为目；以总病名为纲，小病名为目；以药名为纲，小注为目；以百病主治药为纲，全书治疗内容为目。百病主治药这一部分，既是综括全书药物的治疗内容，又是结合辨证论治运用全书药物的纲领。

这样，一座空间立体式的纲目体系，在李时珍的心中形成了：首先以部为纲，以类为目；再以类为纲，以药为目；最后以药名为纲，以八项分析为目。大千世界丰富多彩的博物内容，便能以纲带目、纲举目张、井然有序了。李时珍心里欢呼着，急步离开湖滨，迈进书斋，找出宣纸，提起毛笔，饱蘸墨汁，在纸上写下了《本草纲目》四个大字。一部流芳百世的伟大著作正式开笔了。

历史驻足在 1578 年，向旷世英才李时珍表达了敬意——因为在这一年，流泽四海、济世救人的伟大科学著作《本草纲目》终于诞生了！这部呕心沥血之作所包含的内容之浩瀚，耗时之长久，工作之绵密，不能不令人由衷慨叹。作者在叙述成书经过时说："……始于嘉靖壬子(1552)，终于万历戊寅(1578)，稿凡三易，分为五十二卷，列为一十六部，部各分类，类凡六十，以类为纲，以药为目。"书中引用了 277 家医学名著的论述，参阅了古今经史、诸子百家书目 591 种，共收药物 1892 种，其中李时珍所增药物为 374 种。附药图 1109幅，附方 11096 方。从而成为中国医药史上的空前巨著，集 16 世纪前医学之大成。

值得玩味的是，历代编撰本草，都是由朝廷出面组织这样一个巨大的工程，并耗费大量的人力物力，尚且困难重重。而李时珍，一介匹夫，仅凭着"愚公移山"的精神，要搬走大山——重修"本草"，这是何等的胆量和气魄啊！

青年时期,他就立下远大的志向,每天"挖山不止":

读万卷书:李时珍认为,"欲为医者,上知天文,下知地理,中知人事"(《本草纲目·序例》卷一)。为写"本草",他涉猎的书籍,"上至坟典,下至传奇",诸如四书五经、诸子百家、历史地理、文字声韵、农林园艺、音乐诗歌、佛道伦理、神话传奇等,一些不被人们注意的医学书籍和其他书籍涉及医学内容的资料,也被李时珍一一搜集、整理、摘录、采用。

行万里路:在编著《本草纲目》的数十年间,李时珍远穷僻壤之户,险探仙麓之华,进行实地考察,访采见闻。他年老体弱,交通工具简陋,然而他的足迹遍布湖南、湖北、江西、安徽、江苏、河南、河北、山东、福建、广东等省。为的是"察其良毒","考释性理"。

访四方人:若蜂酿蜜,博采善择。在民间,他向猎户学习有关野兽的知识;向渔民学习有关水生物的知识;向樵夫学习有关植物的知识;向农民学习有关农业生产的知识;向"铃医"(即民间医生)学习防病治病的单方验方……使《本草纲目》成为华夏民族智慧的结晶。

抛功名利禄:青年时代毅然弃儒从医;中年,辞去太医院的职务,罢官回家,重修"本草";老年,访采四方,行程万里,置生命于度外。

药物学巨著《本草纲目》,实际上是李时珍一家三代人辛勤劳动的成果,长子建中和次子建元帮助校正书稿,三子建方和四子建木进行重订,孙子树宗、树勋、树声等进行分类分项类编,树木帮助誊写,特别是书中一千多幅精美的插图,是次子建元亲手绘成的。此外,李时珍的两名弟子,庞鹿门和瞿九思,也都为《本草纲目》的编撰做出了贡献。

这一门李家将,在主帅李时珍的率领下,整整经历了 27 个春秋,三易其稿,于明万历六年(1578)秋,完成了划时代的巨著《本草纲目》。这时,李时珍61 岁。

刊刻风云

科学常常感到苦恼：当它想把一份新的福利交给人类享用时，却总是遭到拒绝。李时珍同样经历了这令人沮丧的情况。

为了使《本草纲目》流传于世，造福于民，李时珍在67岁时（公1580），同儿子建木一起从家乡亲赴南京筹划出版事宜。当时的南京，是五方杂居、文人荟萃之地，又是明代出版业的中心，书商经营规模很大，刻本技术也精。他们走遍刻印的书坊，商人们看了书稿，都说医书买的人少，赚钱不多，刻印又极费力，尤其《本草纲目》这样的大书，附图1000多幅。小书坊无能为力，大书坊也不愿包揽。李时珍无可奈何，后来，他情愿把书稿白送给书商，让他们刊刻，书商也不肯刻印。最后，李时珍怀着一线希望，到南京不远的太仓，去找名儒王世贞。

王世贞曾任过湖广按察使，是一位知识渊博、谈吐风雅的博览家。他的父亲被奸臣严嵩所害，自己也因对朝廷发表了不满的言论，被免职归家。李时珍早年和他相识，知道他喜爱书画，在南京朋友又多，或许能找到人帮忙刻印《本草纲目》，于是带着书稿找到了王世贞。

两人相见，王世贞就细细地打量了李时珍一番，他见李时珍虽年过花甲，但容貌十分润泽而有光彩，身材消瘦而有精神，谈吐很风趣。他心中暗暗称道：这可真称得上是南国的第一流人物啊！

　　李时珍解开自己的行囊,没有多余的东西,只有几十卷《本草纲目》。他对王世贞详细述说了自己重修本草的缘由与目的,介绍了《本草纲目》的内容及成书经过,恳请王世贞以他的名望鼎力相助,扫除刊刻发行障碍,使之流布天下……

　　王世贞翻开书稿仔细研读。只见《本草纲目》将每味药首先标出正式的名称作为纲,随即附上解释药名的内容作为目。从辨证药名开始,其次汇聚各家解释,辨别疑误之点,纠正错误之处,详述药物的产地和形状,再次是注明药物的四气五味,主治病症、附录的方剂,阐明药物的性质、形态和效用。上自三坟五典等古代重要著作起,下到民间流传的小说、故事等一般的作品,凡是同本草有关的内容,没有不详尽采录的。读《本草纲目》这部书,王世贞如同进入了金谷园,景物种类繁多,光彩夺目;好似登上龙王的宫殿,宝藏全部陈列在眼前;犹如面对晶莹的冰壶、皎洁的玉镜,清澈明亮。它的内容广博而不繁杂,详细而有要点,全面考查,深入研究,能一直体察到深广无穷的思想。他心里感叹道:这部著作怎么能只当作一般的医书看待呢? 它实在是性命理气之学的精深微妙的学问,推究事物原理的综合性著作,帝王之家不可公开的文册,人臣百姓的贵重宝物啊! 李君造福人世的用心是多么殷切啊! 唉!石头和美玉不能分辨,紫色排挤朱色也是司空见惯,这种弊病由来已久了。自己现在能看到《本草纲目》这部著作,真是幸运啊! 这样一部巨著,把它藏在深山石室是不妥当的,应该帮助李时珍将它刻板印刷成书,用来供后人研读。

　　王世贞多么想赞助李时珍将这本宝书刊刻出来,流芳百世啊! 可惜,他力不从心。刊刻这样一本巨著,是需要很多钱的。此时,他受奸臣严嵩迫害,家产被抄,只能靠卖文度日糊口,不可能赞助李时珍出书。于是,他也怀着十分遗憾的心情送走了李时珍。

　　李时珍为了继续寻找到能够合作刻书的人,索性在南京住了下来。南京是五方杂处的地方,他不但能看到许多流行的药品,还能见到郑和出使西洋时带回来的"番药"。郑和从南洋带回许多珍禽异兽,如孔雀、鹦鹉、狮子、黑虎、犀牛、狗尾羊等。此外,他还带回珊瑚、琥珀、玳瑁、象牙等可入药的珍宝,伽蓝香、降真香、黄连香、金银香等香药，三七、芦荟、胡椒、荜拨、象牙、奇楠香、犀角等名贵药材。郑和从南洋带来的药物品种，初步统计有七八十种。郑和在七下西洋以后，被任命为南京守备太监，当时他在南京狮子山下兴中门外，建造了静海寺和天妃宫，作为他晚年的休养处所。他把从南洋带回的大部分珍宝奇物，贡献给皇帝玩赏，而将大部分药用植物种植在静海寺内。这些都是李时珍研究"番药"的好材料。所以，他在南京的时候，时常到静海寺实地观察，仔细鉴别，同时吸收民间的传说和用药经验，加以分析和总结，补充到《本草纲目》中去。《本草纲目》里有关"番药"的部分能够编得那样充实，是与李时珍在南京时期的实地考察分不开的。

李时珍在南京住了好几年。在这段时间，他给许多贫苦百姓治病，救活了不少重危病人。但是，仍无人愿意刻印《本草纲目》，李时珍失望而归。从此，李时珍晚年居家，继续以医术为人民造福。间或与师友往返，饮酒赋诗自娱。

公元1589年，李时珍72岁时，他再次赴南京联系刻印《本草纲目》，并会晤王世贞。王世贞为《本草纲目》作了序，盛赞此书是稀世珍宝。可惜这个宝物仍然无人愿意刊刻。一个偶然的机会，结束了李时珍为刊印《本草纲目》而进行的十年奔波。

有一次，李时珍在路上看到四个人抬着一口棺材往前走，鲜红的血从棺材缝里滴出来，后面跟着一个哭得死去活来的老婆婆。李时珍急忙赶上去询问：棺材里装的什么人？死了多长时间？

老婆婆回答说：死的是我的独生女儿，有几个时辰了。难产折腾了两天两夜，孩子没生下来，倒把命送掉了。

李时珍说，打开棺材，让我看一看，从流出来的血推断，可能还有希望。

于是，大家动手，把棺盖打开。李时珍一看，那妇人脸白得像张纸，没有一点儿血色，仔细摸了摸脉，还察觉得出有一点微弱的脉息，于是他选好穴位，给病人扎针。在扎针时还使用了特殊的捻针手法。不一会儿，一个胖娃娃"哇"的一声生了下来，产妇也睁开了双眼。李时珍把身边带的药拿出来，找附近的人家要了点水,给产妇灌了下去。不一会儿,产妇完全苏醒过来。

大家见李时珍救活了两条命,都称赞他是神医。

胖娃娃的父亲叫胡应龙,是个有名的富商。他请李时珍到家中小叙。可巧的是,李时珍一道名,胡应龙便说:"久仰!久仰!"原来,他看过李时珍《本草纲目》的手抄本,便询问李时珍此书刊刻出来没有。李时珍便将几年刊刻中遇到的酸甜苦辣向他倾吐了一阵。胡应龙立即慨然许诺,负起刊刻的责任,全部刊刻费用由他赞助。李时珍大喜,想不到踏破铁鞋无觅处,得来全不费功夫。

公元 1590 年(明万历十八年),《本草纲目》终于在胡应龙的支持下开始刻版。190 万言的巨著,1000 多幅插图,在当时的条件下,要印刷出来是要花不少时间的。刻版工作一直进行了三年。这时李时珍已经病卧在床。他在疾病缠绕下焦躁不安地等待倾注他毕生心血的巨著出版。公元 1593 年(明万历二十一年),就在《本草纲目》即将出版的时候,一代科学巨匠与世长辞,终年 76 岁。临终前,李时珍嘱咐次子建元来年将刊刻出的《本草纲目》进奉朝廷。

次年,李时珍的儿子建中、建元、建方将父亲与母亲吴氏合葬于蕲州东门外雨湖之滨,靠近李时珍父亲李言闻、母亲张氏的合葬墓。

李时珍去世三年后,建元将《本草纲目》进献给明神宗。神宗批道:"书留览,礼部知道。"便再无下文了。直到公元 1603 年,才有江西聂良心、张鼎思等以金陵刻本为蓝本,将此书第一次进行了翻刻。由于这部事关民生的巨著在医药界的声誉日渐增高,购者越来越多,以后辗转翻刻了 30 多次。公元 1885 年,安徽合肥张绍棠等再版此书,并进行了适当的加工和校正,这是历代刻本中较好的一种。

公元 1606 年(明万历三十四年),《本草纲目》首先传入日本。日本不但多次翻印,而且在 1873 年将它译成日文。1929 年为了使译意更准确,又进行了重译。《本草纲目》革新了日本古代本草学的面貌,为日本造就了几代本草学人才,为现代日本药学的形成起了奠基作用,对日本当前自然药物的开发研究工作仍有指导意义。

《本草纲目》在 18 世纪经陆路传入睦邻朝鲜。现在在越南、缅甸、巴基斯坦、尼泊尔等东南亚各国以及印度、锡兰等国家的图书馆和私人手中,也发现有《本草纲目》的各种版本。各国医药界人士对此书倍加赞赏,常常作为指导他们医疗实践的重要参考书,对各国本草学的发展产生过良好的影响。

《本草纲目》于18世纪由海路传入欧洲。当时,欧洲冲破中世纪的黑暗,资本主义刚刚萌芽,科学起点较低。因此,当《本草纲目》在欧洲出现后,它的成就和价值开阔了西方医药界的视野,同时还对欧洲博物学、生物学、植物学产生过深刻的影响。早在1659年,《本草纲目》就由波兰人卜弥格将其中植物部分译成拉丁文,对欧洲植物学的进步产生了很大的影响。17世纪以后,各国开始用本国文字撰写科学书籍,因此,1735年都哈德将《本草纲目》中的一部分译成法文。1857年,有俄文译本出现。1928年达利士则将《本草纲目》译为德文。英文译本多达十余种,但以伊博恩所译最为忠实。《本草纲目》一书,出版以后,又译成七种文字(拉丁、法、俄、德、英、朝鲜、日)流行于世界,对人类贡献之大,不言而喻。从植物分类学创始人林奈的《自然系统》中,能找到《本草纲目》的痕迹;显然《本草纲目》成为他建立植物分类学思想的知识源泉之一。19世纪英国伟大的生物学家达尔文,在奠定进化论时,直接或间接地引证过李时珍的《本草纲目》,并称誉它为"中国古代百科全书"。

《本草纲目》搜集最全的部分是植物药,共计1000多种,这也是现在药物研究中最有价值的部分。因此,外文译本往往专译此部。其中有一些药物如大黄、桂皮等,通过《本草纲目》介绍,被人带到欧洲,被世界各民族采用。近年来,人们还从《本草纲目》线索中发现治麻风病的大风子油、治月经病的当归、治哮喘的麻黄、治绦虫的雷丸和槟榔、治疟疾的常山,最近又发现治高血压的杜仲和有抗菌作用的大黄、黄连等。近几十年来,无论国内国外,研究植物药时,都离不了《本草纲目》。

在《本草纲目》中占第二位的是动物药。李时珍共收集了444种动物药,所用的分类法与当时欧洲所用者相似。其中人部的药,欧洲18世纪药典的记载,与《本草纲目》所记的几乎完全相同。我们在现代医学上所能应用的动物药仍然很少,近40年才开始研究各种激素、甲状腺素、胰岛素以及维生素等。可是《本草纲目》中早已记载了蟾酥(含有与肾上腺素功用近似的物质)、紫河车(胎盘)、羊肝(含有丰富的维生素 A)、牛黄等的功用。这无疑对于近代激素和维生素的研究,有极大启发作用。

最后,《本草纲目》在营养方面也提供了很多材料。植物类营养源的仅谷、菜、果三类就记载有 300 多种;动物类营养源的虫、鳞、介、禽、兽记载有 400 多种。但是,现在我们日常食物所用的动植物原料,比较起来却极为有限。虫类应用作食物,尤为少见。营养学家应该从我们祖先多年选择食物的经验中,发掘人类的新营养资源。而《本草纲目》可以提供丰富的资料,作为研究的依据和参考。

《本草纲目》不仅是医药学巨著,也是植物学、动物学、矿物学的重要文献,对化学、天文学与地质学也有贡献,内容非常丰富。它不仅是我国医药学的宝库,也丰富了世界科学的宝库。

李时珍不光是中国的药圣,而且是属于世界的科学巨人。科学追求的是真理,是光明和进步。一部中国古代的本草学著作,被国内外科学界的名流追逐几个世纪而爱莫能舍,主要在于它里面的智慧和价值,在于它揭示的规律和本质给人类带来光明和进步。

李时珍在让儿子建元上呈皇帝的《遗表》中这样写道:《本草纲目》"虽命医书,实赅物理。伏愿皇帝陛下,特召儒臣,补著成昭代之典,臣不与草木同朽"(顾景星《白茅堂集·李时珍传》卷三十八)。这段独白,表明了一代科学家的崇高境界:借助皇帝的力量,仅仅是想让真理的光辉普照人间,而让自己隐退到历史的背后,"不与草木同朽"。

然而历史还以其本来面目,《本草纲目》在人民中间得以流传,李时珍也同他的著作《本草纲目》一起,家喻户晓,流芳百世。

"伟哉夫子,将随民族生命永生!"

科学家的青少年时代

"少帅教授"卢瑟福

　　现代原子物理之父,英国大科学家卢瑟福在剑桥大学卡文迪什实验室做研究人员时,因成绩卓著被加拿大麦吉尔大学聘请为教授。

　　卢瑟福到达蒙特利尔,受到麦吉尔大学师生们的热情欢迎。

　　蒙特利尔是加拿大的第一大城市,距首都渥太华很近。这里的气候比新西兰冷,尤其冬季寒冷、多雪。不过卢瑟福很快就适应了新环境。他尤其喜欢这里的秋天,漫山的枫叶看上去很美。

　　麦吉尔大学的情况不错,是加拿大数一数二的高等学府。学校的财源颇为充足。最初是一位来自苏格兰的商人麦吉尔因经营毛皮生意发了财,出资创建了这所大学,因为当时还只是一所学院,就以他的名字命名为麦吉尔大学院。后来,一位名叫麦克唐纳的烟草大王,又慷慨解囊,捐赠了上百万美元,把学院扩建成一所综合大学,成为加拿大颇有名气的最高学府。

　　卢瑟福上任的第二天,考克斯博士陪着他参观了实验室。实验楼的建筑颇为讲究,实验室的条件虽然比卡文迪什的稍逊一筹,但在加拿大也算是一流的了。卢瑟福打量着一套套齐全的设备,表情兴奋得像个大孩子。

　　考克斯博士向实验室的人员介绍道:

　　"这位就是实验室的新主任欧内斯特·卢瑟福先生。"

　　卢瑟福向大家点了点头。

见他的模样像个刚毕业的大学生，众人眼里露出惊奇的目光。

卢瑟福报以友善的微笑，仍然是一脸的孩子气。

的确，他是实验室的一号领导，但又是实验室最年轻的人。实验室大部分人员的年龄是他的两倍。要孚众，必须有真本事。他的前任卡伦德教授是位德高望重的英国物理学家。实验室的人起初都有点怀疑，他的能力是否比得上卡伦德教授。只有考克斯博士坚信卢瑟福是个难得的人才。他主动为卢瑟福协调各种关系，并帮他解决一些日常事务方面的难题。

大家渐渐喜欢上了新来的头儿。卢瑟福平易近人，不摆教授架子，而且长着一副农民的憨厚模样，笑起来常常带着一股孩子气。有的人背后亲昵地叫他"少帅教授"。

卢瑟福第一次给大学生们上课的场面，很有点戏剧性。他走上讲台，望着阶梯教室里一张张年轻的面孔，刹那间想起在克城中学代课的情景。那些年轻的面孔，突然间变成一张张调皮的鬼脸。他镇静了片刻，打开讲义夹，开始讲起来：

"19世纪只剩下最后一段时光，我们正处在世纪之交的历史时刻，物理学孕育着一场伟大的革命。大家也许知道，1895年伦琴发现了X射线；1896年贝克勒尔发现放射性；1897年，也就是去年，我的老师汤姆生教授发现了电子。这一系列的重大发现，打破了传统物理学的沉闷氛围，揭开了现代物理学革命的序幕……"

讲义的内容是他认真准备的，概括了物理学新的发展。

但是卢瑟福没有料到，对在场的学生们来说，这些内容是完全陌生的。他们以往学的都是经典物理学的东西，自然觉得他讲的内容太深奥。卢瑟福无意间发现，前排的学生瞪大双眼，对着黑板直发愣，后排有学生则悄悄蒙着嘴打呵欠。

下课后，卢瑟福在走廊上遇到考克斯博士。考克斯博士在他上课时特地到现场巡视了一圈。卢瑟福没有多大把握地说："我不知道学生们的感觉如何。"

考克斯博士笑道："估计有一半人坐了飞机。"

卢瑟福有点尴尬："哦！那另一半呢？"

"另一半吗，掉进了云雾里。"博士诙谐地说。

"那不是没有人听懂吗？"卢瑟福恍然大悟。

"没关系。"考克斯安慰他说，"我第一次上大课时，学生溜走了一大半，最后只剩下一名听众。我很感动，问他为什么不走？他回答说：'我今天值日，负责擦黑板。'"

说完，两人都大笑起来。

青年科学宣传家道尔顿

　　"原子论"创立者,英国大科学家约翰·道尔顿从青年时代起便是一个热心的科学宣传家。

　　15岁的道尔顿当上了肯德尔城一所中学的教师。当时的英国还是一个文盲充斥的国家,肯德尔城能看书的人是很少的,多少明白一点科学知识的人更少。道尔顿便在学校的大门旁挂起一个大木牌,上面写着:"代写书信文章,进行服务性科技咨询。"这个招牌果然很有效应。不出一天,就有人来找道尔顿,求他代写书信。本城一位商人病危,还派人用马车把道尔顿请去,让他代写遗嘱。外地一个公司来肯德尔城销售商品,还请他代写广告词。

　　道尔顿每天都接待人们对数学、物理、化学、气象学方面的科学咨询,有问必答,广泛地宣传科学知识。他还亲手制作了一些量雨计、气压计、风向计卖给四乡的农民,指导他们一起观测天气。这个时期,道尔顿还对植物、动物产生了浓厚的兴趣,他采集了许多菌类、蕨类、单子叶植物、双子叶植物,还搜集了许多蛾类、蝴蝶类的昆虫,把它们精心地制作成标本,当作小书签、小摆设,向人们出售;没有卖出去的,他就作为礼品赠送给朋友和学生。

　　一次,曼彻斯特市一位叫莉娜的姑娘给他写了一封信,询问有关气象的观测方法。道尔顿认真地回了一封信,并把她要买的气象观测仪器,一并从邮局寄了出去。他在信中向姑娘详细地介绍了测量天气的方法,还画了一张测量方法的表格。信的结尾处,他着重谈了进行这项工作的伟大意义。他说:"毫无疑问,无知将会把这张表格看成一种无足轻重的幼稚的消遣……不过,如果能够以更高的精确度来预测天气状态,就会给农民、海员以及整个人类带来巨大的利益。这是一个值得追求的目标。那么,一个为了实现这个目标而做出贡献的人,不管用何种方式,都不能算是枉费精力或虚度一生了。你应该坚持这样做下去,那些记录下来的观测记录,肯定会给你带来应有的智慧。"

道尔顿虽然只在肯德尔城贵格教友会中学做了四年的教员,但是由于他渊博的自然哲学知识,优异的教学质量,以及所开展的多方面的社会咨询工作,名气越来越大,声望越来越高。不只是学生、学生家长、手工业者和农民知道了他,就连知识界和社会上层人士也逐渐知道了他。恰在这时,校长乔纳森要去伦敦工作,校长的位置空缺,经过贵格教派教友及学校师生的推举,19岁的道尔顿成了这所中学的校长。

道尔顿认真地管理着学校的教学、教务和后勤管理工作,学校越办越好。办学之余,他一如既往地读书,观测天气,在实验室里搞科学实验。他深切地感到:肯德尔城的居民文化素质不高,科学知识贫乏,甚至是愚昧,怎样才能提高他们的科学文化素质呢?办学校,受益者仅是在校学生,范围很有限。只有面向社会,广泛地开展科学普及工作,才能使肯德尔城的广大民众提高素质,消灭愚昧。他这样想了,也就这样做起来了。

如何把自己学习科学知识的心得和日常观察大自然的收获以及进行科学实验的结果,毫无保留地告诉大家呢?他想来想去,决定定期举行有偿的科普演讲会。他拟定了雾、风虹、大气压力、声音、月食、行星、雪、颜色、潮水、空气等二十多个演讲题目。他每月演讲一次,逐一把这些科学知识向民众普及。他拟了一个广告:"每月6日上午,在贵格教友会中学礼堂举办自然哲学演讲会。演讲者:约翰·道尔顿。第一个题目:雾。收费半基尼。"他派人把广告贴在学校门口、城里热闹的商业区、人口稠密的居民区。

广告一贴出去,肯德尔城立即沸腾起来。因为这是一件从没有过的新鲜事儿，而且演讲者又是著名的道尔顿先生。人们奔走相告。不久，全城的男女老少都知道了这个消息。

6日那天早晨，起了大雾，能见度极低，尽管这样，还是来了一百多人，坐满了大礼堂。

道尔顿走上讲台，开始演讲。

道尔顿的演讲受到了热烈欢迎。他不仅做科普演讲，还写了大量的科学小品文，语言优美雅致，富有情趣，令当时的英国民众爱不释手。

受恩师启迪的哥白尼

波兰伟大的天文学家哥白尼在大学时代遇到一位好老师:沃伊切赫教授。

两年多来,哥白尼追随沃伊切赫教授学习和研究天文学,取得了长足的进步。本来他打算对托勒密的"地心说"的许多错误和漏洞进行纠正和补充,但他发觉这么做是徒劳的。因为对于托勒密的地球是宇宙的中心这一根本性的问题,没有有力的论据。以前他相信托勒密的学说,随着视野的逐渐开阔,他对托勒密的《天文学大成》一书中的观点产生了怀疑。《天文学大成》着重阐述了地球是宇宙的中心,静止不动,而太阳、月亮、众星都是绕着地球运转的思想。哥白尼想:宇宙的中心难道真是地球吗? 静止不动的看法缺乏证据。不错,月亮是围绕地球运转的,可是,太阳也是围绕地球运转的吗?

一天,哥白尼在阅读阿基米德的《数沙者》时,看到了希腊哲学家阿利斯塔克关于地球绕太阳运动的说法,觉得很新奇。他当即摘录下来:"地球以太阳为中心绕太阳做圆周运动,而恒星的中心与太阳中心相符合。"为了进一步地了解阿利斯塔克的思想,哥白尼向沃伊切赫教授请教:"老师,关于地球是运动,还是静止的问题,阿利斯塔克的说法和托勒密的说法完全相反,您能不能介绍我看一些有关的书籍? "

"关于阿利斯塔克的观点,据我所知,流传下来的不多。你大概是看到了阿基米德曾经提到那些话吧? "

"是的,我在《数沙者》一书中看到的。关于阿利斯塔克的记载为何这么少呢?"

"那是因为他的说法与教会的教义不符,遭到教会的残酷迫害,著作便很少流传下来。"

哥白尼听后十分震惊。

沃伊切赫教授接着说:"教会对思想的禁锢由来已久,一千多年前基督教教徒就烧毁了亚历山大城图书馆的藏书,还杀害了女科学家希帕蒂娅。"

"太野蛮了!"

"教会统治着欧洲所有国家的政权,连国王、公爵也要听命于教会,教会掌握着人民的生死大权,任何人要谨慎做事。你要善于在浩瀚的著作中,发现这些真正闪光的东西——人类文化的精华。"

听了老师的这番话,哥白尼得到了很大的启发。

接着,哥白尼向教授谈了他对科学研究的设想,他说:"老师,关于亚里士多德所说的大地是球形的问题,我打算在圣诞节期间到海港做实验,不知道行不行?因为这段时间我对大海中航行的船只做了多次观察,我请了一位船长帮忙。我想再在桅杆上放一个明亮的东西,看看当船远离海岸时,岸上的人是不是能看见亮点渐渐降低,最后慢慢沉没下去;看看当船驶回海岸的时候,我们是不是先看见桅杆,然后才渐渐看到船体。"

"很好!"教授突然想起了什么,说,"哦,我正要告诉你,明天晚上可以看到月食,你来和我们一起观察吧!你能目睹亚里士多德所说的,地球的影子落在月亮上呈圆形的现象。"

哥白尼在沃伊切赫教授的亲切指导下,不但了解了许许多多星球的名称和特点,还学会了许多测量仪器的使用方法,如"捕星器""三弧仪"等。在恩师的指引下,哥白尼开始走进了天文学的殿堂。

"辍学不忘学"的伽利略

意大利科学巨匠伽利略大学时曾被迫辍学。辍学的起因是伽利略对数学的热爱。

伽利略对数学强烈的兴趣惹恼了一心想把他培养成医生的父亲。虽然父亲自己就擅长数学,但在当时,学数学的人是没有出路的,而且家里经营的羊毛店不景气,经济情况越来越差,已经供不起他上大学了。父亲把伽利略叫回家,打定主意要他辍学。

唯一理解伽利略的是大学的里奇老师,他不忍心看见伽利略的数学才华被埋没,便对伽利略的父亲说:"你的儿子很有才干,将来会有成就的,你可不要埋没了他。"父亲摊开两手说:"你说我该怎么办呢?我这一家老小要吃饭啊!我不但付不起他的学费,还要他帮助我挣钱!让他辍学,也是出于无奈呀!"

就这样,1585 年伽利略忍痛离开了学校,回到佛罗伦萨的家中,帮助父亲经营小店铺。有时候,他还去当私人数学教师,帮助父亲养家糊口。

里奇老师仍然关心伽利略的学习,并经常给他帮助。他对伽利略说:"要在数学中寻找乐趣和希望,数学是一种理解自然的必要语言。"伽利略受到里奇老师的重要启发。里奇常常向自己的朋友提起伽利略,在与欧洲的数学家朋友通信时,他写道:"伽利略是一位很有前途的青年。"他还经常提醒伽利略的父亲："不要太粗暴地对待你的儿子，他需要时间思考。他的智慧是你所不能想象的，佛罗伦萨会因有这个孩子而感到骄傲的。"

伽利略在里奇老师的指导下，不断取得进步。他一有空就到佛罗伦萨图书馆，继续研究亚里士多德哲学，还研究了阿基米德和欧几里得的数学，并坚持做实验，用实验验证各种理论和观点。

阿基米德是公元前二世纪的希腊科学家，他有一个替国王鉴别王冠是否为纯金的有名故事，几乎家喻户晓。伽利略总想亲自验证一下他的方法。

伽利略亲自做实验，证实了阿基米德的方法。可是他发现，这个方法太麻烦了，还要用纯金、白银和王冠比较，需要操作三遍。于是他进一步思考，用列有不同物体比重的表来测算，把王冠浸入水中测出它排开水的体积，除以王冠在空气中的重量，看一看这个商是不是等于比重表中黄金的比重，就可以知道王冠的真伪了。用这种方法简便多了。

伽利略把这个研究写成了一篇题目叫《小天平》的论文，于1586年发表，这是他有生以来公开发表的第一篇论文。他根据这篇论文的理论，制成了名为"浮力天平"的仪器。许多人很感兴趣，跑到他父亲店里来看这个可以一次测定和鉴别金属的仪器，看伽利略怎样操作，有时还带着一些金属来找伽利略鉴别。他的名声随着"浮力天平"而传扬开来。

青年实验员瓦特

实用型蒸汽机的发明者、英国大发明家瓦特，年轻时是英国格拉斯哥大学的实验员。瓦特20岁的时候被正式任命为大学的教具实验员。他与大学生罗宾孙交上了朋友。

那时，罗宾孙已经是高年级的学生了，他除了为物理教研室的教具制作和修理的事经常找瓦特，有空也常到瓦特的工作室看看。渐渐地，他觉得瓦特很有才能，而且钻研劲很足。性格上，瓦特质朴、爽直，跟他自己也很接近，所以两个人谈话很投机。罗宾孙从瓦特的实际操作中学到不少有用的经验，而瓦特常常在一些理论问题上向罗宾孙请教，对一些工艺问题，提高了认识。

这天，罗宾孙下课后又到瓦特的工作室来，一看瓦特正在看一本意大利文的书，他很惊讶，问道："瓦特，你还懂意大利文？真不简单！"

"断断续续学了一点，懂得不多，看书还挺吃力的。"

罗宾孙随手接过书翻了翻说："是有关蒸汽机压力方面的，你对这方面也有兴趣吗？"

"嗯，可以说很有兴趣，只是物理、化学我都没有系统地学过，尤其像动力中热能方面的知识，我懂得太少了。"

"我们的化学讲师布莱克先生，在这方面很有研究，你是不是去听听他的课？"

"能行吗？"瓦特觉得这真是求之不得的事。

"怎么不行？走，我陪你去找他！"

约瑟夫·布莱克是个年轻的化学讲师。他一听说实验员瓦特要听他的课，而且对蒸汽机很有兴趣，又诧异又高兴，非常开心地跟瓦特交谈起来。布莱克不但提到了意大利人波塔设想用蒸汽压力提水的问题，也提到了法国的一位技师装置一种用于举重的真空热容器的问题，瓦特都能对答如流，而且还毫无保留地表达了自己对于这些设想的看法："这些设想，在机械装置上还存在不少问题，但是把它们用于生产，我看不会过太久。"

"这么说，你也想试验试验？"

"这儿条件很好，我想可以试试。"

"那好啊！我们可算是志同道合了。"

罗宾孙看到瓦特和布莱克一谈就很投机，非常高兴。他深深地被瓦特的博学和敏锐所感动，竟对布莱克自豪地说："我原来以为只找到一个工人，没料到却碰到了一位哲学家！"

从此，瓦特不但听布莱克的课，做他的学生，而且经常和他一起讨论、研究蒸汽机的事。他俩和罗宾孙成了亲密无间的好朋友。

罗宾孙毕业后，留在学校任教。没过几年，就担任了物理学讲师。布莱克的成就更大，在热学的研究中发现了潜热，很快当上了教授。比起他们，瓦特虽然还拿不出比较显著的研究成果，但是他在两位朋友的帮助和促进下，不但为学校改进了不少教具和仪器，而且在蒸汽机的研究上，也有了很大的进展。在格拉斯哥大学工作的五六年，无论从哪一方面看，可以说是瓦特一生中知识和能力显著增长的黄金时代。

热那亚商号的代理人哥伦布

发现新大陆的伟大航海家、地理学家哥伦布的海上生涯是从青年时代做热那亚商号的代理人开始的。

一天傍晚,他照例来到海边,可是他经常坐着的那块石头上,已经坐了一个衣着讲究的绅士模样的瘦老头,哥伦布正想走开,却被这位绅士叫住了:"喂!小伙子,你就叫克里斯托弗·哥伦布吗?"

"是的,先生。"哥伦布很有礼貌地点了点头。

"请你过来,坐下。"绅士说。

哥伦布在他对面的一块石头上坐下来。

瘦老头说:"恕我冒昧,我们商界想聘请一位懂得航海技术的代理人,准备到葡萄牙、西班牙等地从事贸易,我选中了你,如果你本人同意,我再找你父亲谈,这就是我今天在这里等你的原因,至于薪水嘛……高于水手,但低于船长,不过这一点还可以商量,主要还是看你的办事能力。"瘦老头说完,用眼睛盯着哥伦布,等候回答。

哥伦布立刻站起来,简洁地回答:"好!我同意。"

瘦老头高兴地脱去白手套,和哥伦布握手,连连说:"我估计得不错,你是个爽快的年轻人。那么,明天上午,我到你家去一趟。"

从那以后,哥伦布就作为热那亚商号的代理人去了爱琴海、葡萄牙、英国,还去过非洲的黄金海岸。这一段时间里,他的航海知识更加丰富了,船舶驾驶技术也更加娴熟了,还学会了绘制地图的本领。他每次航海时绘出的一幅幅领航的新地图,把所有的海与大洋中的陆地,按其方向与适当的位置纳入其中。与此同时,一个伟大的计划在他的头脑中渐渐地形成了。

初航科学海洋的玻尔

丹麦科学巨匠、量子力学的创始人之一玻尔是在青年时代初航科学海洋的。

科学使青年玻尔陶醉、入迷。对于他来说,科学是他一生追求的神圣的事业,是他为之献身的一门伟大艺术。玻尔渴望着在科学的海洋里,扬起初航之帆。

机会终于到来了。1905年,丹麦皇家科学文学院悬赏征集有关液体表面张力的论文。青年玻尔决定参加这场竞争。

这个题目是当时英国皇家学会会长、伟大的物理学家瑞利研究过的。瑞利从理论上证明:对于在已知速度和横截面积的一段液体表面上形成的波,只要测出波长,就可以确定其表面张力。

玻尔在父亲的实验室里展开了工作。他亲自拉制了许多玻璃管,设计了一套相当复杂而又十分巧妙的实验装置。为了得到满意的实验结果,玻尔的大部分实验,都在夜深人静之时进行。每测量一次都需要数小时。多少次曙光划破了夜空,但玻尔专心致志,不知疲倦。

在实验中,玻尔不断发现影响实验的因素,他又不断改进实验。这样,实验越做下去,玻尔的要求也越高,他总觉得还有改进的余地。眼看征文的截止日期就要到了,此时,父亲坚决要他中止实验,催促他尽快整理实验数据,去外祖父的乡间别墅撰写论文。多亏父亲的这一干涉,玻尔才在论文截止的前一天交了卷。

玻尔和物理学家彼得森的论文被选中,竞赛委员会经过认真评比,认为这两篇论文同样出色。彼得森的论文方法简洁,完完全全符合征文的要求。而玻尔的论文则不大符合征文的要求。但是,这篇论文别开生面,颇具创造性,在许多问题上超过了征文的要求。而且,实验做得十分精妙,得到的结果准确可靠。玻尔得出了重要的结论:在确定液体表面张力时,一些附加因素都应该考虑进去。在此,年仅21岁的玻尔就这样发展了物理学大师瑞利的理论。

玻尔和彼得森双双荣获丹麦皇家科学文学院授予的金质奖章。玻尔在这次科学实践中意识到:由于自然现象的复杂性,人们不可能揭示事物绝对真实的本质。

玻尔作为物理学专业成绩突出的学生,向同学们发表一篇关于物理学成就的演讲。玻尔的演讲,概述了伦琴发现X射线、贝克勒尔发现放射现象、卢瑟福对放射现象的研究成果……向人们展示了物理学的最新成就。此时的玻尔已经掌握了这些新成就,他像一个征战的将军,进入了物理学的前沿阵地,前面就是人类未曾涉足的未知世界。

柏拉图的得意门生亚里士多德

伟大的古希腊科学家、哲学家亚里士多德是另一位大哲学家柏拉图的得意门生，是柏拉图创办的学院的学生。

亚里士多德初入学院时，柏拉图正在西西里岛访问。柏拉图返校后，见到这位文雅、英俊的青年，已有几分喜爱，攀谈后就更加喜欢了。亚里士多德衣冠楚楚、举止文雅、风度翩翩、头脑清晰、思维敏捷、喜好辩论，谈话时富于说服力，来学院不久就显示出多方面的惊人才能。大约在公元前360年，学院与苏格拉底学校进行了一场论战。苏格拉底学派批评柏拉图学院崇尚虚谈，不关心政治和法律这类实际事务。

亚里士多德作为柏拉图学院的代表，在论战中崭露头角，有力地批驳了苏格拉底学校过分注重实用的观念，指出对方在理论上思想贫乏，强词夺理，以唇舌争一时之胜负，难登学术大雅之堂，从而为柏拉图学院争得了荣誉。

亚里士多德勤奋好学，才华横溢，思想深刻，抽象思维能力极强。

他的头脑里容纳了各种各样的知识，对政治学、伦理学、修辞学、逻辑学、历史学、心理学、生物学、物理学、数学、医学、天文学、自然史、戏剧、诗歌等都有研究，且有成就。

柏拉图曾幽默地说，他的学院由两部分组成：一部分是学生的身体，一部分是亚里士多德的头脑。柏拉图很赏识亚里士多德的才学，称他为"学院之精英"，并在他的住处题上"读书人之屋"，后来提他为学院的教师，讲授修辞学。

"乡巴佬"牛顿

科学巨匠牛顿小时候性格忧郁、内向,成绩一度很差,同班同学瞧不起他,给他取了个外号"乡巴佬"。

好在这个"乡巴佬"遇到了能识"千里马"的伯乐,否则就不会有大科学家牛顿出现了。

牛顿就读的格兰镇中学校长斯托克斯,早年毕业于英国剑桥大学,治学严谨,对学生要求严格。他经常劝诫牛顿认真学习。牛顿对他很敬重,加上自己从手工制作实践中感受到学好功课的重要与益处,牛顿开始痛改前非,用功学习,成绩直线上升。他和许多著名科学家一样,自小便喜欢动脑筋,凡事都要问为什么。

1658年的一天,牛顿的家乡刮起了大风暴。狂风吹得栅栏门相互碰撞,发出骇人的响声,雨点一阵比一阵紧。牛顿的母亲让牛顿马上去把栅栏门扣上。不久,栅栏门碰撞的响声停了,牛顿的母亲很高兴,以为栅栏门已关上了,但半个小时过去了,牛顿还未回来。牛顿的母亲担心不满16岁的牛顿又干什么"傻事"去了,便走到屋外寻找。她出来一看,栅栏门已被风吹倒在地上,牛顿在暴风雨中顺风跑过来,逆风跑过去。她又生气又奇怪,担心牛顿淋雨生病,便冲到牛顿面前大声责骂:"你怎么这么不懂事,这么冷还在外面玩。叫你关门,你也不关,你都被吹坏了。"

牛顿听了母亲的责怪，委屈地辩解："妈妈，我不是在玩，而在计算顺风、逆风的速度差与风的力量的大小啊。"说完，他继续进行自己的试验。尽管结论不精确，但他的认真、执着确实让人感动。斯托克斯校长非常赏识他的这种精神，说小牛顿确实有一股"牛"劲。

牛顿15岁时，继父逝世，家境窘迫，母亲要求他辍学回家帮助干活。牛顿听从母亲的话，辍学回家种田放羊，但他干活的时候心里想着学习，连放羊时也带着书本。有一次，他在放羊的时候对羊群放任不管，自己坐在一旁看书入了迷，连羊吃了邻居的庄稼也不知道。后来，他母亲只好向邻居道歉并赔偿损失。另一次，母亲让牛顿去街上卖东西，他提着东西走到街上，蹲在一堵篱笆墙下埋头看书，结果到天黑时，一样东西也没卖掉，回到家里挨了母亲一顿训斥。牛顿的母亲没有办法，只好叫用人陪同牛顿去市场上卖东西，以便在实践中培养、锻炼牛顿讨价还价的经商艺术。但是，牛顿对这样的"苦心栽培"并不感兴趣。他每次和用人走到临近市场的地方，就不惜低声下气地恳求用人一个人去市场上卖东西，自己躲在路边的树下看书。他对用人说："你一个人去吧，我完全信任你。你也不用担心，我不会乱跑，我就在树下看书。你回去的时候，叫我一声就行了。"

用人只好一个人上市场。久而久之，牛顿的舅舅起了疑心。他太了解牛顿了，不相信牛顿会这样温顺。有一天，他在后面悄悄地跟踪与用人一同去市场的牛顿，结果发现牛顿在离市场不远的地方，伸着腿躺在草地上全神贯注地读一本数学书。牛顿的舅舅走到牛顿面前说："牛顿，你还是回去念你的书吧！我看你这个人呀，要么是个碌碌无为的庸人，要么是一个大天才，你究竟是一个什么人，只有天知道。你好自为之吧！"

牛顿的校长斯托克斯先生慧眼识人，他深知牛顿是块好材料，中途辍学实在可惜，便几次劝牛顿的母亲让牛顿到格兰镇中学复学，并慷慨地表示愿意在经济上资助牛顿读书。牛顿的母亲权衡再三，听从了校长的劝告。牛顿又高高兴兴地跨进了中学校门。后来的事实表明，这几年的学习对牛顿后来成为科学巨匠至关重要，他留存下来的几本笔记本显示出他那时就对太阳中心说、太阳时钟理论等有了浓厚的兴趣。如果说牛顿是千里马，斯托克斯校长就是当之无愧的伯乐。他后来又尽力推荐牛顿以清寒学生的身份进入剑桥大学读书，帮助牛顿最终成才。

牛顿由一个资质平常、成绩一般的学生，成长为闻名世界的科学家，主要是他自己刻苦努力、以勤补拙，还有就是老师的无私帮助和热心资助。

"制造"雷电的法拉第

发现电磁感应现象的英国大科学家法拉第,青年时代就喜欢做实验。

法拉第在里波的店铺里打工的时候,酷爱读书是出了名的。起初,他拿到什么,就读什么,从《一千零一夜》到《莎士比亚戏剧选集》,从通俗科学读物到《大英百科全书》,只要是没有读过的东西,他都读。后来,他有选择地阅读科学著作。

正是通过读书,他走上了科学之路。《大英百科全书》中讲的那些电的知识,《化学漫谈》里描写的化学实验,把法拉第迷住了。

法拉第不仅勤学习,善思考,而且肯做,敢动手。科学的大门打开了,他那无边的想象力再也压抑不住了。他想象自己像雷雨一样,能使水变成火,让火变成水……他想象自己也同那些头戴礼帽、夹着一大摞书的教授们一样,有自己的实验室,一天到晚可以埋头做那些有趣的实验……

法拉第迫切想把书上讲的每个实验都做一遍,亲眼看看那些神奇的现象是如何产生的。做实验要有仪器、药品,而那是需要钱的,自己还是个学徒,家境又十分贫寒,哪里有钱呢?贫穷像一块巨石,横在法拉第面前,阻挡他走上科学之路。但是,贫穷既是拦路石,也是磨砺意志和决心的磨刀石。贫穷可以使意志薄弱的人意气消沉,使意志坚强的人更加坚强。

苦难中也有欢乐。

法拉第的欢乐来自科学,科学的魔法让他战胜贫穷。他跑到药房里捡人家扔掉的小瓶子,花半个便士买一点最便宜的药品。他抱着捡来的、买来的东西,兴冲冲地回到自己的小阁楼里,装备自己的小实验室。

每天晚上一下工,法拉第就钻进那间阁楼实验室,点上一支蜡烛,开始做实验。他面前摆着一个本子,里面用工整的小字抄录了《大英百科全书》和《化学漫谈》上的电学和化学实验。《化学漫谈》上说,把锌放进盐酸里,会放出一种可以燃烧的气体。法拉第照着做后,盐酸果真"扑"的一下烧起来,冒出了蓝色的火苗。《大英百科全书》上说,玻璃瓶里面敷上锡箔,充电以后,可以产生猛烈的放电。法拉第也照着做了。果然,"啪"的一下,玻璃瓶出现了一个细小的火花。这哪里是火花,这简直就是"雷电"!和天上的雷电一样。法拉第不但懂得了雷电,而且亲手制造了一次"雷电"。法拉第高兴极了。他拍着手,在那间小阁楼上跳着、笑着、叫着。他忘记了自己在什么地方,也忘记了现在是几点钟。夜已很深了,除了他那个小窗户里还摇曳着淡淡的烛光,四周已是一片漆黑。

在那个时代,一般人说起化学,什么红的变白、白的变红等等,总是把它当成魔术之类的玩意儿。至于电,噼噼啪啪,火光闪闪,更像巫术那样神秘而又可怕。法拉第每天在小阁楼做化学和电学实验,闹到深夜,渐渐地,左邻右舍全知道了。

"里波老板的那个小学徒,整天摆弄火呀、电呀,唉,总有一天要闯祸的!"

"我看那孩子,深更半夜还不睡觉,准有点神经病。"

"那孩子中了邪,他在玩鬼火呀!"

这些话传到里波先生的耳朵里,他知道法拉第被科学实验迷住了,但他有点担心,生怕房子着火或者把人电死。他悄悄地警告法拉第,要他小心点,别闹出乱子来。看到东家忧心忡忡的样子,法拉第笑了,那双明亮的大眼睛又快活,又调皮。不,他法拉第才不怕呢!

"里波先生,您不用担心,上来看看我的实验吧!"

里波先生挪动着肥胖的身躯,气喘吁吁,跟在连跑带跳的法拉第后面,进了小阁楼。一踏进门槛，里波先生就闻到一股刺鼻的气味，又酸又臭。再看看床底下、桌子下、地板上，到处是各种各样的瓶子和罐子。这时，法拉第大显身手，一会儿弯腰从桌子下拿来一个小瓶子，一会儿又钻到床底下取出一个大瓶子，从这个罐子里翻出一块锌片，从那个罐子里搜出一块锡片。他身子灵巧得像杂技演员，奇迹在他手里出现，就像魔术一般。他边做边说，红的变蓝，蓝的变红，烟雾、火花，噼！噼！啪！啪！

里波先生对科学一窍不通，法拉第说的、做的，他一点也不懂。但是，他看到法拉第这样入迷，有一点他明白了，那就是法拉第这孩子不是在玩地狱之火，而是在追求科学的天堂。

从"丑小鸭"
到"神童"的麦克斯韦

麦克斯韦 9 岁丧母，从此失去了母爱，性情变得孤僻、内向。他 10 岁那年，父亲让他进入爱丁堡中学插班学习。他在父亲的老家生活过较长的时间，讲话乡音较重，加上腼腆，就成为调皮的同学取笑的对象。回答课堂提问时，他的乡音常引起哄堂大笑。有一次，可能是麦克斯韦的发音太不标准，一位文质彬彬的女老师也忍不住笑出了眼泪，他更加内向了。

母亲病逝后，家境越加困窘。麦克斯韦的父亲又当爹，又当妈。他为麦克斯韦做了一套衣服和一双皮鞋。不料，麦克斯韦因为穿着与众不同，被人视为"丑小鸭"，经常受排挤、嘲笑，有时，他为了捍卫自己的尊严，不免和欺负他的同学发生武力冲突。他父亲看在眼里，疼在心里，劝他不要穿了，麦克斯韦却坚持要穿，绝不向错误屈服。同学们发现这位学期中途插班的新生，并不是可以任意侮辱的，就有意孤立他。麦克斯韦平时很少与同学来往，现在就更孤僻了。麦克斯韦在课余常常独自坐在树下读书、画画。同班同学不理解他，给他起了个"瓜娃"的外号。他没有气馁，而是暗中发奋努力，决心用自己的成绩改变同学的偏见。

麦克斯韦自小就显露出数学天赋。有一次，父亲叫他静物做写生，对象是插满金菊的花瓶。麦克斯韦画完后，他父亲接过来一看，不禁放声大笑。原来，纸上画的全是几何图形：花瓶是梯形，花朵是一簇簇大小不一的圆圈，叶子则是一些形状各异的三角形。

从这时开始，父亲教他几何学，之后又教他代数。父亲还经常为儿子出一些数学习题带到学校去做。麦克斯韦从此迈入数学王国，与数学结下终身不解之缘。到了中学中年级时，在学校举办的一次数学和诗歌比赛中，他初露头角，一举夺得两项桂冠，这时他13岁。

14岁那年，他的一篇关于二次曲线几何作图的论文发表在最高学术机构的学报——《爱丁堡皇家学会学报》上，这是极罕见的事。从此，同学们对他刮目相看，大人们称赞他是"神童"，他的父亲也为儿子的成绩而自豪。麦克斯韦却并不骄傲："我不是什么神童，不过是平时爱动脑筋，对数学特别喜欢罢了。"他的诗歌还常被同学传抄、朗诵。

1847年秋天，16岁的麦克斯韦从爱丁堡中学毕业，考进了苏格兰最高学府——爱丁堡大学，攻读数学物理。他在全班同学中年纪最小，书包里总是装着诗集。他的座位总在第一排。麦克斯韦的成绩让他很快闻名全校。他常对老师课堂的讲授提出质疑。有一次上课时，他指出了一位大胡子讲师的公式运用有误，那位讲师起初不相信，说道："如果是你对了，我就叫它麦氏公式！"老师晚上回家验算后，发现果然是自己错了。

麦克斯韦的学习成绩和钻研精神，深得物理课教授的赏识，这位教授特许他单独在实验室做实验。

麦克斯韦由"丑小鸭"成为"神童"的事故告诉我们：事在人为，只要我们自强不息，功夫不负有心人。是金子，总会发光的。

"低能儿"爱迪生

美国大发明家爱迪生小时候被人看成"低能儿"。爱迪生7岁时,进入学校学习。他不习惯学校的正规课程,不满意单一的灌输式教学方式,整天想着在旁人看来稀奇古怪的问题,功课学得很不好,不被老师喜欢。他又偏偏喜欢打破砂锅问到底地向老师问问题,惹老师发怒,让老师认为他是故意捣乱,骂他是"臭脑袋瓜""低能儿",同学们也说他笨。更有甚者,有一名老师还把爱迪生带到一位名医那里,请医生检查一下爱迪生的脑袋。那位名医听了老师的介绍,看见爱迪生的脑袋扁扁的,便武断地下结论:"里面的脑子也坏了。"这反过来又坚定了老师对爱迪生的偏见。

终于,爱迪生上学不到三个月时间,老师便约见他的母亲,这次约见结束了爱迪生一生中所受到的唯一的正式教育。老师毫不客气地对爱迪生的母亲说:"你的孩子一点也不用功,还老提一些十分可笑的问题。前几天上算术课,他居然问我2加2为什么等于4,这不荒唐吗?我看他脑子有问题,留在学校里对他无益,反而会妨碍别的学生,还是别上学了吧。"爱迪生的母亲只好含泪把被迫退学的爱迪生领回家。

爱迪生的母亲当过小学教师,对教育孩子很有耐心和经验。她经常给爱迪生讲著名科学家以勤补拙的故事,为他解答各种疑难问题。她给爱迪生买了一本《自然读本》,书中介绍了许多科学小实验,这深深吸引和影响了爱迪生。他后来回忆说:"《自然读本》是我第一次读到的科学书籍,那时我还不到10岁。"从此,他按照书中所讲,做一些小实验,培养了动手实验的能力。他清扫了家里的地下室,弄来200多个瓶子、试管,买了许多化学书和试剂,建起了"爱迪生研究所"。

有一天,爱迪生做完实验后到室外休息。他仰望天空中自由飞翔的鸟雀,心里不禁一动:"鸟能飞,人为什么不能飞上天呢,我一定要想办法让人飞上天。"他整天想着上天的事:气球充满了气就可以飞上天,人是否也可以?他用发酵粉和其他原料配成"腾空剂"。为了检验效果,他请来小朋友米吉利做实验。他让米吉利吃下药粉,米吉利不肯吃。于是,爱迪生开始做思想工作:"你看鸟儿多欢快,你是否也想飞上蓝天?"

"想哪,你有什么办法吗?"

"有的,你吃下药粉就能如愿以偿。"

米吉利将信将疑,终究还是飞上天的诱惑占了上风,他用水冲服下那包药粉。不料,他不仅未能如他们所期望的飞上蓝天,反而抱着肚子躺在地上打起滚来,疼痛使他一边打滚,一边大声叫唤。爱迪生的父母和邻居闻讯赶来,赶忙把米吉利送去医院抢救。爱迪生的父亲气得用柳条鞭把他狠抽了一顿。爱迪生身上挨打,疼在心里,他不是为挨打而痛心,而是为实验"中止"而懊恼。他被打时还在想:"再能坚持一下,见到结果就好了。"

爱迪生的母亲打算关闭"爱迪生研究所"。爱迪生哭着哀求母亲:"让我继续做实验吧,如果不做实验怎么研究学问呢?将来如何有所作为呢?"他母亲被他的话打动,在爱迪生答应今后不"瞎闹"后,同意继续保留实验室。

8 岁的植物学家

　　北欧斯堪的纳维亚半岛上,有一个被森林和鲜花覆盖的国家。这个国家叫瑞典。18 世纪初叶,一颗璀璨的科学明星在这个美丽的国家升起了。这颗照亮了世界文化宝库的明星,就是近代自然科学史上划时代的人物——博物学家卡尔·冯·林奈。他是动植物命名的双名法的创立者。这种命名法,对动植物分类研究的进展有很大的影响。为纪念林奈,1788 年,伦敦建立了林奈学会。

　　1707 年 5 月 23 日,卡尔·林奈出生于瑞典斯科讷地区的罗斯胡尔特拉。卡尔的父亲尼尔司是一位乡村牧师,他非常爱花草,在住房外面的空地里精心创造出一个精巧的花园。尼尔司一家三口在这个小花园里过着虽然穷困但幸福的生活。

　　幼时的林奈,受到父亲的影响,十分喜爱植物,他曾说:"这花园像母乳一样激发我对植物不可抑制的热爱。"

　　一个春天的下午,天气晴朗,一轮红日高悬在湛蓝的天空中,和煦的阳光把花园照得暖洋洋的。小卡尔在明媚的春光中,站在百花盛开的花园里,东瞧瞧,西望望。多美的花儿呀！他惊喜地望着五彩缤纷的花朵,不知先看哪一种好。这些花儿叫什么名字呢？要是能够知道该有多好啊！小卡尔的心里升起一种要知道花园里的每一种花草的名称的强烈愿望。他跑到正好给花草浇水的父亲那儿,指着父亲面前开着的一片淡蓝色的长得像菠菜的花问:"爸爸,这是什么花呀?"

爸爸答道:"紫罗兰。"

"爸爸,紫罗兰有什么用呀?"

父亲愣了一下,想了想,说:"孩子,花儿给人以美的享受,美的熏陶,使人更加热爱大自然,更加热爱生活。"

卡尔眨巴眨巴眼睛,不满足地说:"爸爸,你说的是花儿的美丽,可是,紫罗兰到底有什么用途呀?"

这问题可把父亲难住了。他搔了搔花白的头发,沉吟片刻,有些不耐烦地答道:"你这孩子,怎么问起问题就没个完呀!紫罗兰是一种观赏植物,供人欣赏,就是它的用途呗。"

卡尔似懂非懂地点了点头,他拉着父亲,要父亲给自己讲解花园中每一种花草的名称及用途。父亲指着花园里的每一种花草,依次给卡尔做了讲解,便忙自己的活儿去了。

卡尔在花园里流连忘返,不忍离去。这会儿,他不止醉心于花草的美丽,还在专心致志地记着花草的名称。这么多花草的名称,哪里能一下子记得住呀。他站在一株金黄色、散发着淡淡幽香的花儿面前,愣住了,怎么也想不起刚才父亲给他说过的这种花儿的名称。他着急地大声叫道:"爸爸!爸爸!"

父亲以为出了什么事,丢下手中的水壶,急急忙忙地走过来,问:"卡尔,出了什么事?"

卡尔指着面前的这株花草,问:"爸爸,这种花叫什么名字呀?"

父亲皱了皱眉头,说:"孩子,我不是已经给你说过吗,这种花叫郁金香。"

"我忘了。"

父亲严肃地对他说:"卡尔,你有一个毛病,总爱重复地发问,你应该学会把别人说过的事认真记住,我以后不再回答你问过的问题啦!"

卡尔是个听话的孩子,他想了想父亲的话,认真地点了点头。父亲带着他,又到花园里走了一趟,把那些正在开花的花草的名称、特点给儿子讲了一遍。卡尔咬着小嘴唇,默默地听着,专注地记着。

卡尔天天在花园里转悠,把父亲告诉他的知识全部记住,不再重复发问。没多久,他就把花园中的花草的名称、特点记得烂熟于心。

8岁那年,卡尔已在读小学。放学后,他习惯先来花园玩耍。这天,父亲的亲戚西朗德到花园里参观,请尼尔司牧师给他介绍一下花园里的植物,站在一旁的卡尔插言道:"西朗德叔叔,我知道,我给你讲。"

西朗德惊讶地扬起眉头,看着这个小小的男孩儿,说:"你认识这些花草?"

卡尔自信地点了点头。

西朗德指了指面前一片开着粉红、淡蓝、紫红色花儿的植物问:"这是什么?"

卡尔毫不犹豫地答道:"风信子,草本植物,鳞茎。"

西朗德叔叔接连问了一种又一种花草的名称、特点,小卡尔都准确、清晰地回答了出来。西朗德叔叔抱起小卡尔,亲了亲他那柔嫩光滑的小脸蛋儿,对孩子父亲夸奖道:"哎呀,亲爱的尼尔司,你家的小卡尔,是个了不起的植物学家呀!"

这个8岁的小植物学家,在读小学和中学时,学业成绩虽不突出,但对树木花草异乎寻常的爱好越来越强烈。他把时间和精力大部分用于到野外去采集植物标本及阅读植物学著作上。经过了漫长、持续的努力,小植物学家卡尔成长为名副其实的大植物学家林奈,享誉世界,彪炳史册,成为为人类做出过杰出贡献的世界文化名人。

神童托马斯·杨
和 8 岁才认得字的菲涅尔

神童和智力平常的人都可以为科学做出贡献。托马斯·杨和菲涅尔，一个是神童，一个 8 岁才认得字，他们同样为物理学做出了非凡的贡献。

太阳光、月光、星光、灯光、烛光……各种各样的光让我们的世界五彩缤纷，美丽非凡。可以说，如果世界上有一天突然没有了光，那这样的世界不亚于一场噩梦。

光看得见，或能用光学仪器检测到，却摸不着、捉不住。它究竟是一种什么东西呢？

我国有一个民间故事，说的是一户有钱人家选女婿，经过挑选，剩下了两个同样优秀的人。选谁好呢？女孩的父亲想出了一个办法。他把这两个年轻人领到两间大仓库前，对他们说，谁要在三天之内先将仓库装满，谁就能成为他的女婿。其中一个年轻人看了看仓库，吓了一跳，乖乖，这么大一间仓库，得要多少东西来装啊。小伙子还蛮聪明，他想稻草既轻又多，就装稻草吧。于是他起早贪黑地干了三天，但仓库还是没有装满。另一个小伙子却不着急，到验收那天，他在仓库里点上了两支蜡烛，立刻，光就充满了整个房间。这个小伙子赢得了姑娘的芳心。可见，古代的人也把光看成一种物质，尽管这种物质没有固定的样子。

不过这种物质是由什么东西构成的呢？这是一个从一开始就让人糊涂的问题。在古希腊，就存在着两种看法：坚持原子论的毕达哥拉斯学派认为光是物体发出的粒子，但亚里士多德学派则认为光是某种透明介质的振动，也就是说光是一种波，像水面上投入一颗石子引起水波向外扩展一样。

17世纪，大物理学家牛顿根据光被镜子反射回来，认为光是一群高速运动的粒子流，而与牛顿同时代的荷兰物理学家惠更斯则认为光是波，是像声波一样可以传播的波。这种争论持续了一百多年，由于牛顿在科学界的威望，光是粒子的说法在光学中占据着统治地位。到了19世纪，情况有了变化，光的波动说压倒了粒子说，成为定论。这主要是科学家从实验中发现了光的干涉现象，这种现象是无法用粒子说解释的。

在光的干涉实验中，最著名的是英国科学家托马斯·杨做的"杨氏双缝干涉实验"。

杨是一个神童，据说他2岁就会看书，14岁时已能掌握多种语言，包括最难懂的拉丁语。难能可贵的是，他长大成人后，超人的天赋并没有减弱，所以当他在剑桥读书的时候，就被人们称为"奇人杨"。

杨在观察水波的时候发现，两组水波在没有相交的时候，它们是十分简单的圆形波。如果它们相交，会产生十分复杂的图案。如果波峰与波峰、波谷与波谷相遇，那这波峰会变得更高，波谷会变得更低。如果波峰与波谷相遇，那波峰会填平波谷，水面会变得平静。这样水面会形成明暗相交的条纹，这就是干涉现象，是波固有的特征。杨认为，如果光也是波，那么也会产生这样的干涉现象。为此，他做了一个有趣的实验。他在室外用镜子将阳光水平地反射到百叶窗上，阳光通过窗上一个事先钻好的小孔进入室内。然后他将两张用卡片做成的纸屏放在桌上，第一个屏上用细针钻一个小孔，第二个屏上钻两个小孔。如果光是粒子，那么这两个小孔后的光就会堆积在后面的纸屏上，形成两个亮点。但是实验发现，进入室内的这束阳光经过第一个小孔后落到后面两个小孔上，从它们射出的两束很细的光，在纸屏上重叠后就形成了像肥皂泡上面的颜色一样的彩色干涉条纹。后来，杨又改进了实验装置，用狭缝代替针孔，取得了更好的效果。这就是有名的"杨氏干涉"或"杨氏双缝干涉"。杨认为，这证明了光是一种波，是一种在以太中传播的横波。

尽管托马斯·杨的实验对光的波动做了有力的证明，但在当时的英国遭到了许多非难，出现了许多对他进行粗暴攻击的文章，因为杨的波动理论和大科学家牛顿的粒子说相抵触，使英国人自尊心受到伤害。因此，杨的波动学说并没有得到科学界的承认。

真正帮助光的波动学说扭转乾坤的是法国物理学家菲涅尔。

有趣的是，杨是一个神童，而菲涅尔非但不是神童，他的智力发展还比较迟。据说他到8岁才认字，但到9岁时，他忽然显示出非凡的技术才干，可以制造出各种玩具，如弓、箭和玩具枪等。大约从1814年开始，他开始对光学有了兴趣。他设计了一个实验，用两块相交的平面镜，彼此形成一个接近180度的角。菲涅尔利用从两个镜面反射的两束反射光线发生干涉。这个实验比杨的实验更巧妙。在菲涅耳之前，人们否定杨的双缝实验的价值，说双缝实验并不能证明光是一种波动，因为他们可以用光的粒子与缝的边缘之间相互吸引和排斥的设想，来解释干涉条纹。但菲涅尔实验中出现的干涉条纹是用光粒子说无法解释的。

经过几年的时间，菲涅尔和其他的一些物理学家又用了一系列关键性的实验，证实了光是一种波，而且是一种横波。在事实面前，光的粒子学说大势已去，而光的波动学说则成为当时物理学界的一种普遍看法。

诺贝尔奖获得者的故事

"差生"小柴昌俊获得诺贝尔奖

日本科学家小柴昌俊在戴维斯研究的基础上证实并扩大了对中微子的探测成果,捕获到超新星大爆发时释放的中微子,因此与美国的莱蒙德·戴维斯和卡多·贾科尼同获 2002 年诺贝尔物理学奖。

在记者会上,小柴昌俊向人们展示了他的大学成绩单。16 个科目中拿优的只有 2 项,而且还是那种只要去上课就可以得"优"的实验科目。小柴说:"那时大家一般都有半数以上的科目是优,我恐怕是班上最差的,但我一直相信成绩单并不能保证你的人生。虽然我成绩不好,但有自己的强项,学习最重要的是主动性。"

小柴是勉强毕业的学生,所以结婚时老师写来祝词:"今天的新郎虽然是东京大学毕业的,但成绩刚刚及格。不过他的前途多少还有点希望。"这份祝词不仅吓坏了岳父岳母,还让亲戚们为他的前途提心吊胆。不过,1955 年,这位差生却在美国罗切斯特大学取得哲学博士学位,后来还担任了日本东京大学初级粒子国际中心的名誉教授。

"顽童"高锟与光纤通信

　　顽童并不可怕,只要引导得法,也可以成才,甚至成栋梁之材。高锟是个顽童,他说自己在阳台上的实验室里所储存的氯化物曾经足以毒死全上海的人,幸好被父亲及时发现,但父亲从他爱科学这一点上看到了儿子是个可塑之才。经过学校培养和自己的努力,他成为举世闻名的光纤通信发明人。

　　高锟是继李政道、杨振宁、丁肇中、李远哲、朱棣文、崔琦及钱永健之后,第八位获得诺贝尔物理学奖的华裔科学家,被誉为"光纤通信之父"。

　　1933年11月4日,高锟出生在江苏省金山县,住在法租界。

　　高锟小时候住在一栋三层楼的房子里,三楼就成了他童年的实验室。童年的高锟对化学实验十分感兴趣,胆大包天,竟敢自制炸弹。他用红磷粉和氯酸钾混合,加上水调成糊状,掺入湿泥,搓成一颗颗弹丸。待弹丸风干之后,扔在街头,发生了惊天动地的爆炸,幸好没有伤及路人。他还曾经自制灭火筒、焰火、烟花和晒相纸。后来他迷上无线电,很小便成功地装了一部有五六个真空管的收音机。

　　1957年,高锟读博士时进入国际电话电报公司(ITT),在其英国子公司——标准电话与电缆有限公司任工程师。1960年,他进入ITT设于英国的欧洲中央研究机构——标准电信实验有限公司,在那里工作了10年,其职位从研究科学家升至研究经理。正是在这段时期,高锟教授成为光纤通信领域的先驱。

从 1957 年开始，高锟从事光导纤维在通讯领域运用的研究。1964 年，他提出在电话网络中以光代替电流，以玻璃纤维代替导线。

虽然人们已经知道信息可以用数字或模拟的方式传送。当时已有人研究透过气体或玻璃传送光，期望可达到高速的传送效率，但一直无法克服信号会严重衰减的问题。

1965 年，高锟对各种非导体纤维进行仔细的实验。他发现，当光学信号衰减率低于每公里 20 分贝时，光束通信便可行。他进一步分析了吸收、散射、弯曲等因素，推论被包覆的石英玻璃有可能满足衰减需求，达到波导。这项关键的研究结果，推动全球各地运用玻璃纤维波导来通讯的研发工作。

1966 年，在标准电话实验室，高锟与何克汉共同提出光纤可以用于通信。这一年，高锟发表了一篇题为《光频率介质纤维表面波导》的论文，开创性地提出光导纤维应用于通信的基本原理，描述了长程及高信息量光通信，所需绝缘性纤维的结构和材料特性。简单地说，只要解决好玻璃纯度和成分等问题，就能够利用玻璃制作光学纤维，从而高效传输信息。这一设想提出之后，有人觉得匪夷所思，也有人对此大加褒扬。但在争论中，高锟的设想逐步变成现实：利用石英玻璃制成的光纤应用越来越广泛，全世界掀起了一场光纤通信的革命。此后，1970 年美国康宁公司研制出第一根低衰减的光导纤维，才使光纤通信成为现实。随着第一个光纤系统于 1981 年成功问世，高锟"光纤之父"的美誉传遍世界。

高锟还开发了实现光纤通信所需的辅助性子系统。他在单模纤维的构造、纤维的强度和耐久性、纤维连接器和耦合器以及扩散均衡特性等多个领域都做了大量的研究，而这些研究成果都是信号在无放大的条件下，以每秒亿兆位元传送至以万米为单位的距离的成功关键。

同有线电通信相似，光纤通信两端除了电端机还有光端机。当传输声音时，在发送端说话的声音通过电话机（电端机）变成强弱变化的电信号，电信号进入激光发射机（光端机），经能量转换后辐射出相应的强弱变化的光信号；

光信号沿着光导纤维传输到接收端,接收端的光端机(光接收机)做着"复原"的工作,把光信号转换成相应的电信号,受话机(电端机)又把电信号复原成声音,这样我们就能听到对方的说话声了。

光导纤维体积小,重量轻,很柔软。用多股光纤做成的光缆只有铅笔那么粗,重量却只有普通电缆的几百分之一,而且能自由弯曲,铺设非常方便。光缆不怕潮湿和腐蚀,可以埋在地下,也可以架设在空中。光在光导纤维中的损耗很小,可实现有效的长距离传输,且不需中断器。最重要的是光纤通信是一种能为人们提供特大通信容量的通信方式。

现在,激光输出的频率已远远超过可见光的范围,通常为10赫到1000兆兆赫,每套电视占用的频带宽度为4兆赫,那么,从理论上讲,激光就能同时传输100亿路电话或1000万套电视!换句话说,即使全世界的人同时通信也只需要一根光纤;世界上最大的一家图书馆的全部图书信息,一根光纤只需要20秒钟就能传输完毕!

正是由于光纤通信具有频带宽、信息容量极大的特点,所以它在通信领域中的应用引发了一场真正的技术革命。世界各国特别是工业发达国家,都极重视并致力于发展光纤通信。毋庸置疑,光纤通信成了当今通信行为的"新宠儿"。

十分令人遗憾的是,高锟晚年得了遗传自父辈的可怕疾病——阿尔兹海默症,而他的父亲也患有这种该死的脑部退行性疾病。2009年,迟来的诺贝尔奖颁给了一个已经忘记过去的老人,公众唏嘘的时候,工作在阿尔兹海默疾病防治领域的人们更有不可名状的悲哀。

被女友轻蔑而发奋成名的
圣·拉依·卡哈

　　西班牙的圣·拉依·卡哈是 1906 年诺贝尔医学奖得主。他一生最大的贡献是正确揭示了人脑的神经结构，使人类对人脑功能的研究走出猜测阶段而进入科学时代。他写的书至今被世界医学界奉为"卡哈经典"。然而这位脑神经医学的开山祖师，小时候却是一位野得像山猫崽子的顽童！

　　卡哈生于 1852 年，他父亲是位乡村医生。这位老医生能医好许多乡亲的病，却无法管教自己的儿子。有一次，小卡哈闯祸被警察拘留了三天，差点把父亲气死！后来，他又因为调戏女同学，被学校开除了。父亲要打死他，他吓跑了，跟一个修鞋匠到处流浪。一年后卡哈又回到家乡，一看，父亲果然被他气死了，母亲带病给人做苦工，但他仍旧无动于衷，弄得邻居们谁也不愿理他。

　　虽然谁也不理他，他心里却想着一个人。卡哈从儿时起就暗暗地喜欢上邻居家的一位姑娘。无论是流浪在外还是返回故乡，他都不时在心里描绘着同这位姑娘在一起的美好图画。谁知姑娘根本就没有把卡哈放在眼里。有一天，姑娘同别人聊天，卡哈故意从她面前走过，想引起她的注意。姑娘连看都没看他一眼，他只听到姑娘的声音传过来："顽童都是弱者！"

就这一句话，也许并不是专指卡哈，却一下子击中了他。据卡哈后来说，有好几天，他觉得自己像死了一样；躺在床上，脑袋一片空白。几天以后，他才"活"过来。人们发现：卡哈变了！他央求母亲重新让他读书，继承父业做个医生。

一年后，卡哈以第一名的成绩高中毕业，成为萨拉格萨大学医科贫寒免费生。25岁时，卡哈被聘为母校的首席解剖学教授。从此，卡哈在医学道路上越走越快，最后走上了诺贝尔医学奖的颁奖台。

那位邻居姑娘可能早已忘记了她说过的话，然而她可曾知道，就是这一句话，改变了一个人的一生，造就了一位医学天才！

被偏见激上名声巅峰的
阿·居尔斯特兰德

　　七八十年前的欧洲医学界，几乎没有人不知道阿·居尔斯特兰德的名字。居尔斯特兰德不仅是一位高明的眼科医生，而且是对眼睛进行深入研究，揭开眼睛生理学秘密的专家。1911 年授予他诺贝尔奖时，是由物理权威们参加审议的，这也是诺贝尔奖颁奖史上的一件趣事。

　　居尔斯特兰德是他父亲——文诺·居尔斯特兰德的第三个儿子。老文诺也是一位眼科医生，而且很有名气。他家在瑞典的郎次克鲁纳，那里最有钱的富豪是马尔孟勋爵。郎次克鲁纳海滨的面粉厂、化工厂、造船厂等，都是马尔孟的财产。钱多了，马尔孟就干了点慈善事业，他在贫民区创建了一所医院。

　　贫民区原有一个小诊所，这就是老文诺的眼科诊所。不仅瑞典国内的患者，连北欧其他一些国家的患者也常慕名来找文诺就医，可见文诺名气之大。

　　老文诺的名气大，马尔孟不大高兴，因为这一来马尔孟医院的名气就出不来了，更何况老文诺恪守行医济世、不以医术致富的祖训，时常周济穷人呢！当时，有人建议马尔孟，请文诺来主持马尔孟医院的眼科。不知出于什么心理，马尔孟拒绝了这一建议，理由是文诺不是科班出身，没有文凭。他招聘了大批医务人员,单单没有聘文诺!这使文诺窝囊了好长一段时间。后来,马尔孟发慈悲,让文诺的第三个儿子居尔斯特兰德,到他的医院去当见习医生。

居尔斯特兰德憋了一口气到马尔孟医院去了?马尔孟出于偏见瞧不起父亲,我非要干出个样子来,让马尔孟看看,给父亲出出气!果然,18岁时,居尔斯特兰德以优异成绩考入医学院,5年后毕业回到父亲的小诊所。之后,他接替了父亲,同马尔孟的大医院竞争起来。

就在这所小诊所里,居尔斯特兰德在28岁时获博士学位。他的博士论文轰动了瑞典首都斯德哥尔摩。30岁时他被任命为斯德哥尔摩眼科诊疗所所长,这样一来,马尔孟有些后悔了,埋怨自己当初把事情弄得太绝,坏了两家的关系。

谁知偏偏在这个时候,马尔孟家的四小姐芬妮得到了严重的眼病。他家医院里所有的眼科医生都束手无策,眼睁睁地看着她一天天走向黑暗。马尔孟不惜重金,把北欧各国的著名眼科专家都请来了,然而谁也没有办法,两块黑色的云翳盖在芬妮的瞳孔上,一动手术就可能失明,不动手术等于有眼无珠。马尔孟绝望了,最后还是芬妮自己提出:去请居尔斯特兰德。

居尔斯特兰德来了。他好像已经忘了马尔孟歧视、冷落过他父亲,像对所有的病人一样,为芬妮做手术。结果成功了!重见光明的芬妮爱上了居尔斯特兰德,要将自己的终身托付给他,以报答他的恩情。但是,居尔斯特兰德谢绝了。他既没有因前嫌对芬妮坐视不理,也没有因治疗的成功而接受她的爱情。他离开家乡到乌普萨拉大学就任眼科教授去了。

获得诺贝尔奖之后,居尔斯特兰德又回到家乡,把昔日的诊所改建成眼科研究中心,继续为父老乡亲做他能做的一切。

痴迷果蝇实验的摩尔根

托马斯·亨特·摩尔根是美国的生物学家与遗传学家,发现染色体的遗传机制,创立染色体遗传理论,现代实验生物学奠基人。1933年,摩尔根获得诺贝尔生理医学奖。

选好实验材料成功了一半

果蝇,又称黄果蝇,一种不起眼的小型蝇类,成天嗡嗡地围着烂水果飞舞,成群结队不招而来、挥之不去。1909年,摩尔根教授在纽约哥伦比亚大学建立遗传学实验室时,独具慧眼,选择了貌不惊人的果蝇作为实验动物,产生伟大的科学发现,使果蝇扬名天下,名垂千古。

摩尔根之所以选择果蝇作为实验材料,是因为果蝇饲养成本低。一点儿捣碎发酵的香蕉便能使果蝇大饱口福,养家活口,生儿育女。果蝇的个子小,饲养繁殖的容器不用多大,牛奶瓶就能装下几百群果蝇家族。在摩尔根60平方米的果蝇实验室里,高峰时曾经同时饲养过几百万只果蝇! 低成本的实验材料,对于经费拮据的摩尔根来说是至关重要的。

果蝇还有繁殖力强,15天内便能三世同堂的优点,这对缩短实验周期十分有利。摩尔根在18年间,繁殖了15000代果蝇的子子孙孙,要是用人学实验对象,繁殖这么多代直系子孙,至少得用30万年!

果蝇作为一种遗传学的实验材料,在学术研究上还有一些其他的优点。可以说,选好一种实验材料,研究便成功了一半,这是科学家成功的秘诀之一。

摩尔根的"蝇室集团军"

摩尔根和他的"蝇室集团军",利用果蝇这种绝佳的实验材料,开始了寻找"生命之歌"的演员——基因——下落的研究。实验条件很差,研究很艰苦。

你看,研究室的窗台上放满了装有发酵的香蕉碎块的牛奶瓶,实验桌、书架、柜子里、柜顶上、墙脚下、椅子旁,到处放着饲养有果蝇的瓶瓶罐罐。在这间不到60平方米的房间里,到处弥漫着似香非香又带有腐臭酸味的难闻气息。这些让人厌恶的气息却讨生性"逐臭"的蝇类的喜爱。于是,室里充斥着各种蝇子的嗡嗡声,除了果蝇,那些并不受人欢迎的香蕉蝇、红头蝇、醋蝇、苹果渣蝇、麻蝇在室里飞来飞去,驱之不去。为了诱捕这些杂蝇和从牛奶瓶中逃逸出来的果蝇,科学家们在研究室的窗户上,高高低低地挂着剥开的香蕉,让其自投罗网。

坚持实验18年成正果

摩尔根和他的"蝇室集团军"的大将们,就是在这样的环境中,聚精会神地工作着。他们根据设计好的实验方案,将果蝇用射线照射、喷灌化学药剂等方法处理,然后让它们繁殖后代,观察后代的眼睛颜色、翅膀的形状等等有无变化,并思考为什么果蝇经过强烈刺激后,会发生各种特性的变化,再通过数字统计,看这些变化有无规律可循。他们观察果蝇的儿孙与它们的爸爸妈妈有什么相同之处,有什么不同之处,并思考为什么相同,为什么不同。这样的实验做来做去,一做就是18年。

这18年中,探索生命之谜和遗传之谜的统帅摩尔根和他的大将斯特蒂文特、布里奇斯、穆勒、威尔逊、佩恩、舒尔茨、莫尔、斯特恩等，不断有震惊世界的发现，摩尔根、穆勒等为此获得不同年度的诺贝尔奖。他们最重大的发现是找到了"生命之歌"的演员——基因的下落。

原来，它们居住在细胞核中一个名叫染色体的地方。孟德尔只在生命活动中看到了这些演员活动的蛛丝马迹，并不知晓这些演员的出生地、居所和相貌，从而使这些似乎只在理论上存在的演员，在世人眼中只是一群虚无缥缈的精灵，很难让普通人相信它们的存在。摩尔根和他的大将们，用千万次重复的果蝇实验，以不可辩驳的事实，证明了"生命之歌"的演员——基因，居住在染色体里，是一个不容置疑的事实。摩尔根找到了进入宏大的生命"天书"藏书殿的大门。

马里奥·卡佩奇的基因疗法

马里奥·卡佩奇（1937 年—   ），是一位生于意大利的美国分子遗传学家，美国犹他州医学院著名教授、人类基因系主任。他从俄亥俄州安提亚克学院获得了化学和物理学学士学位，自哈佛大学获得生物物理博士学位。卡佩奇在哈佛时就是一位成果丰富的研究者，他发现了导致蛋白合成的分子机制。卡佩奇于 1977 年开始一系列实验室研究，这些研究展现了对动物细胞进行基因打靶的技术，并在 1989 年成功对一只老鼠进行基因打靶。卡佩奇1991 年入选美国国家科学院，2002 年成为欧洲科学院院士。瑞典皇家科学院诺贝尔奖委员会宣布将 2007 年度诺贝尔生理学或医学奖授予马里奥·卡佩奇、奥利弗·史密西斯和英国科学家马丁·埃文斯，以表彰他们在干细胞研究方面所做的贡献。

首例基因治疗

1990 年 5 月的一天午后，卡佩奇案头的电话响起，对方自我介绍说，他是美国国立卫生研究院的安德森教授，手头有一个棘手的病例，希望能采用卡佩奇基因打靶的技术来治疗。安德森教授说："这个孩子才 4 岁，她自出生以来就必须待在一个无菌罩里面，不然就会发生感染致死。我们判断这是一种严重免疫复合缺陷症,我恳求您的帮助,也许基因治疗是这个孩子唯一的希望。"

卡佩奇慨然允诺,并开始指导安德森教授进行这个缺陷基因的"跟踪和确定"。当年7月,美国药物和食品管理局批准了这一基因治疗方案,同时这也是全球第一例真正意义上的基因治疗。

经过几个月上百次电穿透打靶实验,卡佩奇和安德森最终确定:女孩身上的致病根源是一种名叫ADA的基因发生缺陷,导致人体免疫系统缺失,无法发生作用。在卡佩奇教授的建议下,安德森利用腺苷酸脱氨酶注入女孩细胞,以弥补这个致命的免疫缺陷。经过两个月的治疗,奇迹出现了,女孩体内的免疫系统指标、白细胞数量、淋巴细胞指数都达到了接近正常人的水准。

这是医学史上具有划时代意义的事件。卡佩奇为此感慨万分,第一次看到自己的研究成果造福于具体的人群,一种说不出的幸福感在全身洋溢着,他心里默念着:如果这个发现能早20年,也许母亲就不会那么早离开我了。

全球首例基因治疗取得初步成功!这个消息如同长出了翅膀,不久就传遍了科学界。在卡佩奇等科学家的共同努力下,基因打靶技术逐渐成为研究人体内特定基因功能的一项基本技术。在癌症、免疫学、神经生物学、人类遗传学及其内分泌领域都取得了重大突破,比如恶性肿瘤、糖尿病、慢性肝炎,甚至艾滋病。基因打靶成为当之无愧的掌握"万病之源"的钥匙。

2007年10月8日下午,万众瞩目的2007年度诺贝尔医学或生理学奖隆重揭晓:卡佩奇等三位科学界的精英分享了这一荣誉。这个62年前的小流浪儿在发表获奖感言时,唏嘘不已,一时竟有些凝滞:"妈妈的鼓励,是我一生的动力!"

小流浪儿

1937年10月6日,整个欧洲都在纳粹德国的铁蹄下哭泣,一个婴儿就是在这样一种阴霾的环境中诞生于意大利的维罗纳市,他就是马里奥·卡佩奇。

卡佩奇的母亲露丝是小有名气的诗人，可还没等她从初为人母的喜悦中回过神来，她的丈夫——一名英俊的意大利空军飞行员，就在一次战斗中丧生了。

爱人的死让露丝一夜之间老了许多，充满艺术气质的她恨透了这场战争，为此她投身反战联盟，创作了不少讽刺纳粹的文学作品。然而，噩运很快再次降临到这个风雨飘摇的家里。

1941年的一天清晨，一队荷枪实弹的警察闯进了卡佩奇的家，砸烂了房间里所有能看到的东西，正在做早饭的露丝被野蛮地戴上手铐带走。临别的那一刻，想到儿子，露丝犹如万箭穿心，她对年仅4岁的卡佩奇大声嘱咐："别哭，男孩子要坚强。一定要等妈妈回来！"

此后这对母子天各一方。露丝被安上政治犯的罪名，关押到了位于德国的达豪集中营，而卡佩奇则开始流落街头，沦为小乞丐。

幼小的卡佩奇衣不遮体，整天整天地站在街角，看着对面面包铺里散发着诱人香味的食物直咽口水，有时候实在得不到好心人的帮助，卡佩奇就只能拼命喝水，喝胀了，肚子里无尽的空虚感才能减弱些。在寒风凛冽的夜晚，卡佩奇哆嗦着蜷缩在天桥底下，不安地拉紧衣角，人冻得几乎僵直过去，他望着漆黑的天空，心里默默呼喊着："我不哭，妈妈一定会回来找我的！"

当刚从集中营里被解救出来的露丝找到卡佩奇时，她几乎不敢相信老天对她会这样眷顾。上帝，四年了，这个孩子居然还活着！四年，幼小的孩子是如何蹚过困难的暗流的！此时卡佩奇因为发烧和严重的营养不良，已经在维罗纳的医院中躺了整整一个月，插着针管的双手瘦得不成形，9岁的孩子体重却只有20多斤。血脉相连让历经劫难的母子俩瞬间认出了对方，一见母亲，卡佩奇苍白的嘴唇动了动，欲言又止，露丝强忍住泪水，紧紧拉着儿子的手说："妈妈以后再也不会离开你了！"

第二天一早，卡佩奇一觉醒来，却发现母亲不在身边。他疯狂地冲出了旅馆，四处的街角都是空荡荡的，一种可怕的寂寞将他深深笼罩，难道母亲又把他丢下了？他声嘶力竭地哭了起来。当晚，露丝拖着疲惫的身躯回到旅馆，卡佩奇一下子上前死命地抱住母亲，再也不敢放手。原来，为了儿子将来的前途,露丝赶到了大使馆申请签证,她准备带着儿子去投靠在美国从事物理研究的哥哥。几天后,母子俩搭上了开往美国的邮轮。

来到美国的第一年,一切对卡佩奇来说都是陌生的。幼年的坎坷经历让他自我保护意识过于强烈,整整两年,他不善言辞,不善交际,甚至不说一句英语。露丝用所有的时间陪着儿子,带他去散步、郊游、教他文学和诗歌,母亲的爱犹如徐徐暖流,逐渐温暖卡佩奇害怕受伤的心。他终于重新走进学校,并对数学和经典物理学展现出极大的热情。

永不放弃

多年的苦难生活培养了卡佩奇极为顽强的意志,也使他格外珍惜和平的生活和学习的机会。在舅舅的培养下,他开始钻研医学。1967年,在哈佛大学取得生物学博士学位后,卡佩奇开始在霍华德·休斯医学研究所工作。1977年,他同时开始担任犹他大学人类遗传学和生物学教授。

同时,卡佩奇也组建了幸福的家庭,妻子劳丽供职于政府福利部门,1983年,一个可爱的女儿也加入他们的生活。

就在卡佩奇在学术的道路上高歌猛进时,母亲却日渐衰老并患上轻度老年痴呆。当年那个身体羸弱却又不畏强权的母亲,如今却任凭岁月和疾病折磨着自己,一头白发在夜风中无力飘舞,想到这些,卡佩奇就心如刀割。为了尽量帮母亲减缓痛苦,卡佩奇利用所学到的医学知识,帮母亲建立了一个完整的体温、脑电波及其他各种数据库,并有针对性地向母亲的主治医生建议一些治疗方案。

然而任凭卡佩奇如何努力,1986年,死神还是无情地将母亲带走了。在露丝的葬礼上,卡佩奇并没有哭,他下决心:一定要在有生之年,努力让尽量多的患者摆脱疾病的折磨!

让卡佩奇欣慰不已的是,年仅5岁的女儿米萨无论长相还是性格都和祖母一模一样,这似乎是一种奇妙的生命传承,母亲以另外一种形式始终陪伴着他,这让他浑身充满了力量。

卡佩奇的雄心壮志来自于他此时的研究:基因剔除。对于生命科学领域的研究者来说,弄清楚一个特定基因的功能,是一件极其重要的事情。因为基因几乎影响了所有生物学现象,比如说老年痴呆这种病就和某几种基因活动有着千丝万缕的关系,一旦掌握这其中的奥秘,人类就可能彻底克服这种疾病。如果这样的推理具有可行性,那么卡佩奇就掌握了"万病之源"的钥匙。

可是这实施起来又谈何容易。进入20世纪80年代,分子生物学基础问题已经基本确立,中心法则和基因测序都基本完成。可是,又该用何种方法来确定一个基因的基本功能呢?卡佩奇准备用外源的DNA代替内源的基因,在体外构建体内的基因缺陷模式,然后通过观察异常表现来确定正常基因的功能。可是,他的想法遭到了许多科学家的怀疑,他们认为这种研究在概率考虑上几乎是不可能实现的。为此,美国国立卫生研究院甚至撤销了对卡佩奇主持项目的资金支持。

然而性格坚忍的卡佩奇对于反对声不屑一顾,他说服了大学同窗创办的生物公司对他进行资金注入,继续着自己的研究。在那段艰苦的日子里,研究资金捉襟见肘,同行投来的都是怀疑的目光,卡佩奇的团队内部也出现了大量的烦躁和焦虑情绪,甚至有不少人选择了退出。基因剔除项目完全靠着卡佩奇不容置疑的强硬个性在勉强支撑,每当坚持不下去的时候,母亲似乎在对他说,活着,就不能放弃!卡佩奇咬着牙挺了过来。

曙光终于出现了。这一时期,国际上也有其他科学家开始了类似的研究。1986年,英国剑桥大学教授伊文思取得了一定量的早期胚胎干细胞,并在体外培养成功。爱好足球运动的卡佩奇想到射门,基因不就像一个个足球,在等待着他射入正确的球门吗?这一刻,基因打靶的理论构想第一次浮现在卡佩奇脑海中。1987年,他的成功实验,使基因打靶技术初见雏形!

成功的那一刻,卡佩奇把自己关在办公室内,他躲开实验室内所有欢乐的人群,捧着母亲的相片哭得像个孩子:"妈妈,我没有辜负你的希望,可我是多么希望你能亲眼看到啊。"

伟大的女性——居里夫人

玛丽·居里,人称居里夫人,是波兰裔法国籍物理学家、放射化学家。在世界科学史上,玛丽·居里是一个传奇的名字。这位伟大的女科学家,以自己的勤奋和卓越的天赋,在物理学和化学领域做出了卓越的贡献,成为唯一一位在两个不同领域、两次获得诺贝尔奖的著名科学家。1903年她和丈夫皮埃尔·居里及亨利·贝克勒共同获得了诺贝尔物理学奖,1911年又因放射化学方面的杰出成就,获得诺贝尔化学奖。

艰难的求学之路

1867年11月,居里夫人出生在波兰华沙的一个中学教员的家庭里。小玛丽有三个姐姐、一个哥哥。由于子女多,经济来源有限,母亲又长年生病,玛丽只好交由大姐照顾。后来,母亲和姐姐都相继去世了,家庭生活更加困难。艰难的生活环境不仅培养了她吃苦耐劳的精神,还使她从小就拥有坚强的性格。

玛丽从小学习就非常刻苦,处处表现出一种顽强的进取精神。上小学时,每门功课几乎都是第一名,并以金奖的优异成绩从中学毕业。但是由于家境困难,母亲无法送她进入高等学府完成学业。

玛丽17岁时开始做家庭教师自食其力。在此期间，她坚持自修高中的各门功课，为考入大学做准备。24岁时她凭借自学的知识终于考入了巴黎大学理学院学习。当时的巴黎大学女学生很少，玛丽这个高额头、蓝眼睛、身材修长的漂亮的异国女子，很快就引起人们的关注。对于别人的好奇和议论，她不屑一顾，冷若冰霜的外表，令人不敢轻易接近。她用做家教时积攒下来的微薄收入，租了一间阁楼，一天只吃一顿饭，日夜苦读。有时冻得睡不着觉，她就拿把椅子压在身上取暖。这种卧薪尝胆的进取精神是许多男人都难以做到的。由于品学兼优，26岁时她获得了华沙"亚历山大奖学金"，600卢布的奖金，支持她进一步深造。强烈的求知欲望，使她全然不顾自己的身体。玛丽虽然身体瘦弱，但学习成绩一直名列前茅，令同学们羡慕、老师们惊异。入学两年后，她就参加了物理学学士学位的考试，以第一名的成绩顺利取得物理学学士学位。第二年，她又以第二名的成绩取得了数学学士学位。

玛丽在完成钢铁的磁性的科研任务时，结识了青年科学家皮埃尔·居里，为科学献身、为人类造福的共同理想把他们紧紧地连在了一起。婚后的居里夫人在学业上更加优秀，以第一名的成绩通过了大学教师的任职考试。第二年钢铁的磁性研究的科研任务也如期完成。

镭的发现

法国物理学家贝克勒尔在科学实验中，发现了铀及其化合物具有一种特殊的本领。它能自动地、连续不断地放出一种肉眼看不见的射线。这种射线能透过黑纸使照相机底片感光，跟伦琴射线也不同，在没有真空气体放电和外加高电压的情况下，能从铀和铀盐中自动发射。铀及其化合物不断地放出射线，向外辐射能量。

居里夫人决心揭开放射性元素向外辐射能量的奥秘。她选定了自己的研究课题——对放射性物质的研究。这个课题把她带进了科学世界的新天地。从此她就辛勤地开垦着这片处女地，最终在这片处女地上完成了近代科学史上最重要的发现之一——发现了放射性元素镭,并奠定了现代放射化学的基础。

居里夫人自己设计了一种测量仪器,不仅能够测出某种物质是否存在射线,而且能够测出物质中含有一种除铀之外的未知的放射性元素。丈夫皮埃尔·居里停下自己的研究课题,给予她全力支持。经过几个月艰辛的工作,他们从矿石中分离出了一种同铋混合在一起的物质。它的放射性强度远远超过了铀,这就是钋。之所以取名钋,是因为它的词根和波兰的词根相同,充分体现出居里夫人怀念故土的爱国情怀。几个月后,他们又发现了另一种新的放射性元素,取名为镭。

1898年,经过多方交涉,奥地利政府馈赠了1吨沥青矿石残渣,供提炼纯镭之用。这当然是远远不够的。因为矿石中镭的含量不足百万分之一。在之后的三年零九个月里,他们搞到了更多的矿石残渣。于是在极其简陋的工棚里,随时都可以看到居里夫人夜以继日的辛苦劳作的瘦弱身影。在1923年的一天,他们终于从数吨矿石残渣里成功地提炼出十分之一克极纯净的氯化镭。

这一年居里夫人刚刚36岁,这位才华横溢的女性向巴黎大学提交了博士论文《放射性物质的研究》,获理学博士学位;同年12月,获得诺贝尔物理学奖。

镭是一种极难得到的天然放射性物质,它的形体是有光泽的像钠盐一样的白色结晶。镭虽然不是人类发现的第一个放射性元素,却是放射性最强的元素。

朴实无华、不求名利

居里夫人的一生朴实无华,视名利如粪土。她结婚时椅子只有两把。她对丈夫说:"多了无用,客人来,没有椅子坐,就会很快离开,会节约很多会客的时间,这不很好吗?"

居里夫人一生获得了 10 项奖金、16 种奖章、107 个名誉头衔，而她却把获得的诺贝尔奖奖金和其他奖金都无私地分配给别人。她对获得的奖章全不放在心上。有一天，她的一位朋友上门做客，忽然看见她的小女儿正在玩英国皇家学会刚刚颁发给她的金质奖章，于是惊讶地说："居里夫人，得到一枚英国皇家学会的奖章是极高的荣誉，你怎么能给孩子玩呢？"居里夫人笑着说："我想让孩子从小就知道荣誉就像玩具，只能玩玩而已，绝不能看得太重，否则将一事无成。"

更难能可贵的是，她把千辛万苦提炼出来的价值高达数万法郎的镭无偿地赠送给研究治癌的实验室。

居里夫人患恶性贫血去世后，著名科学家爱因斯坦在悼念词中全面而高度地评价了这位杰出女性的成就和高贵人格。他写道："在像居里夫人这样一位崇高人物结束她的一生的时候，我们不要仅仅满足于回忆她的工作成果对人类做出的贡献。一流的人物优秀的道德品质对于时代和历史进程的意义，也许比单纯的才智、成就方面还要大，即使是后者，它们取决于品格的程度，也许超过一般所认为的那样……我对她的人格的伟大愈来愈感到钦佩。她的坚强，她的意志的纯洁性，她的自律，她的客观，她的公正不阿的判断——所有这一切都难得地集中在一个人身上。她在任何时候都意识到自己是社会的公仆。她的极端谦虚，永远不给自满留下任何余地。"

"她能取得一生最伟大的科学功绩——证明放射性元素的存在并把它们分离出来，不仅是靠着大胆的直觉，也靠着在难以想象的极端困难的情况下工作的热忱和顽强。这样的困难在实验科学的历史中是罕见的……"

子承父业的罗杰·科恩伯格

美国科学家罗杰·科恩伯格是亚瑟·科恩伯格之子，因在"真核转录的分子基础"研究领域所做出的贡献而独自获得 2006 年诺贝尔化学奖。

随父亲参加诺贝尔奖颁奖仪式以后

1959 年,未来的诺贝尔奖获得者,12 岁的罗杰随着父亲亚瑟·科恩伯格来到瑞典首都斯德哥尔摩,参加诺贝尔奖评奖委员会为父亲召开的隆重的颁奖会。

父亲是美国的生物学家,因为他用实验证明遗传物质 DNA 的复制机制并分离了复制所需的酶,而获得 1959 年度诺贝尔生理学或医学奖。金碧辉煌的颁奖大厅、隆重的颁奖典礼、人们对父亲的赞扬与崇拜,使罗杰·科恩伯格心潮澎湃。

祝贺的人们逐渐散去,父子俩单独待在豪华的卧室里休息、谈心。罗杰·科恩伯格仍沉醉在一天不寻常的颁奖活动中,要父亲讲述他的科学研究的意义。父亲告诉他,宇宙之谜、生命之谜与物质深层结构之谜,是世界科学难题之最。几百年来,全世界的科学家为解答这三大科学难题进行了不懈的努力。自诺贝尔奖设置以来,诺贝尔评奖委员会不惜将各种奖项颁发给在解答这三大难题中做出贡献的科学家。父亲是在破解生命之谜的工作中做出贡献的。罗杰听了父亲的讲述,说:"爸爸,我长大了,要和你一样,研究生命科学,站在诺贝尔奖领奖台上!"

父亲摇了摇头,说:"孩子,做基础科学研究是很辛苦的工作,绝大多数从事这方面研究的科学家一辈子默默无闻,能出头的是凤毛麟角。你还是搞一些应用研究为好,有名又有利。我不想让你像父亲一样清苦。"

子承父业

听了父亲的话,罗杰·科恩伯格久久不能入眠,他决定加入破解世界科学难题的科学家行列,继承父业,进行基础科学研究,探索生命之谜。不过,他并没有走利用父亲的成果赚大钱的路,而是从不同方向探索生命之谜。父亲是在破解遗传物质 DNA 复制机制上做出贡献的,他则主攻另一种遗传物质 RNA 的转录机制。2006 年,罗杰·科恩伯格因研究真核生物的转录机制而获得该年度的诺贝尔化学奖,同他父亲一样,登上了光荣的诺贝尔奖领奖台。

身为美国斯坦福大学医学院教授,罗杰·科恩伯格不忘包括父亲在内的众多科学前辈的贡献。罗杰·科恩伯格说:"我一直仰慕父亲的工作以及在我之前其他许多人的工作,我把他们视为最近 50 年间真正的巨人。"

罗杰·科恩伯格和父亲虽然一个获得了诺贝尔化学奖,一个获得的是诺贝尔生理学或医学奖,属于不同的奖项,但他们研究的目标是一致的:从大的方向来说,都是在为揭示生命之谜而奋斗;从具体的研究对象看,也都把目光盯在基因的载体:DNA 和 RNA 上,研究内容都涉及遗传基因的复制、转录机制。

父亲在 20 世纪 50 年代中期用实验证明脱氧核糖核酸(DNA)的复制,并分离了复制所需的酶,这集中反映在他于 1956 年发表的著名论文《脱氧核糖核酸的酶促合成》一文中,他因此于 1959 年获得诺贝尔生理学或医学奖。罗杰·科恩伯格则是在分子层面上提供真核生物遗传信息转录实际过程画面的第一人。

真核转录过程如果出现偏差，会导致多种人体病症，如癌症、心脏病和各种炎症。因此，诺贝尔奖评审委员会认为，罗杰·科恩伯格的研究成果有助于探寻治疗这些疾病的新方法，尤其对干细胞疗法的研究至关重要。

华裔物理学家杨振宁

杨振宁,1922 年 10 月出生于安徽省合肥。他在 1954 年提出的规范场理论,成为统合与了解基本粒子强、弱、电磁等三种相互作用力的基础。他是在统计物理、凝聚态物理、量子场论、数学物理等领域都做出卓越贡献的著名物理学家。他和李政道合作提出的"弱相互作用下,宇称不守恒"理论获得 1957 年诺贝尔物理学奖。

杨振宁历任普林斯顿高等研究所教授、纽约州立大学石溪分校爱因斯坦讲座教授和理论物理研究所所长。自 1986 年起,他历任香港中文大学博文讲座教授、清华大学高等研究中心荣誉主任、清华大学教授,2003 年底回北京定居。他曾先后获得中国科学院、美国国家科学院、英国皇家学会、俄罗斯科学院、罗马教皇学院等多个科学院的院士荣誉头衔,以及多家大学的荣誉博士学位。

少年得志

1928 年杨振宁 6 岁的时候,父亲从美国回来,一见面就问他念过书没有。他说念过了。念过什么书?念过《龙文鞭影》。叫他背,他都背出来了。杨振宁回忆道:"父亲接着问我书上讲的是什么,我完全不能解释。不过,我记得他还是奖了我一支钢笔,那是我从来没有见过的东西。"

1938年,夏,鉴于辗转流离到抗战大后方的中学生非常之多,国民政府教育部宣布了一项措施:所有学生,不需文凭,可按同等学力报考大学。得此消息,随任国立西南联合大学数学系教授的父亲杨武之迁至昆明的杨振宁,在父亲的鼓励和支持下,以高二学历早早地报名参加统一招生考试。各院校昆明招生委员会办事处发给杨振宁的准考证为"统昆字第0008",试场为"第一试场",座位为"第八号"。

中学时代的杨振宁很早慧,数学成绩非常好。有一天,他认真地对父亲说:"爸爸! 我长大了要争取得诺贝尔奖!"从心底里盼望儿子有出息的杨武之,十分清楚诺贝尔奖的分量。他鼓励儿子说:"好好学吧!"没想到,这个玩笑,在西南联大一传十、十传百地传开了,人们戏言:"杨武之的儿子数学很好,为什么不子承父业攻读数学而学物理? 哦,因为数学没有诺贝尔奖!"

杨振宁在高中时只读过化学而没有读过物理,所以他报考联大时考的是化学系。可入学后,他发现自己对物理学更有兴趣,又转到了物理学系。"联大"1938年入校的新生里,16岁的杨振宁,是同学中年龄最小的一个。

杨振宁一家1938年春到昆明后,最先住在昆明北城脚偏僻荒凉、荨麻丛生之地,叫作荨麻巷。随着"联大"教职工的陆续迁入,巷内除杨家,还有物理系和化学系教授。云南大学社会学系教授费孝通等也先后入住该巷,小巷顿时热闹起来,并成为"联大"等校师生进出城内的主要通道,因而改名文化巷。

大学考试那天,杨振宁天还不亮就起了床,迅速地吃了几口饭,就精神抖擞地走进考场。这时候,考场上只来了几位同学。杨振宁穿着整洁的学生装,高高兴兴地领了准考证,贴上路过汉口时所照的照片,准考证上写着"统昆字第0008号考生业经审查合格,准予在昆明应考本科壹年级"。由于他平时读书认真,苦学不辍,几天之后,便以出色的成绩被大学录取了。

只有高二学历的杨振宁能够考取当时的最高学府——国立西南联合大学,确实让人感到特别的高兴和意外的惊喜。

"联大"在学制和课程编制上,采取"学分制"为主体的"共同必修课"和"选修课"的制度。大学本科四年,必须学满130至140个学分,考试合格(任何一科都不准补考)才能毕业,因而不少学生考取联大却读不到毕业。在"联大"接受过教育的8000余人中,正式毕业生只有2522人。到1942年7月毕业时,"联大"物理学系最终完成学业者只有9人。

1944年7月,清华研究院第10届的6位研究生毕业。此时,获理学硕士学位的杨振宁才21岁,也是6位毕业生中年龄最小的。

杨振宁说:"我发现我在许多方面是很幸运的。首先,我的父亲是大学教授,我在学术气氛很浓的清华园里长大;另一方面,我很小就发现数学对我很容易……"

山河破碎的艰难岁月

杨振宁考入"联大"后,全家七口仅靠父亲一人挣工资养家糊口,生活过得十分艰难。1939年9月28日,日本飞机首次轰炸昆明。后至1941年底,"联大"师生和其他昆明人一样,在"疲劳轰炸"下三天两头就要跑警报,有时一天要跑两次。1940年9月30日,日机又来轰炸昆明,杨家在小东角城租赁的房屋正中一弹,被炸得只剩下四面墙,全家少得可怜的家当顷刻之间化为灰烬。万幸的是,家人此时都躲进了防空洞,才免除了灾祸。可这次轰炸,对杨家的生活来说,无异于雪上加霜。几天后,杨振宁拿了把铁锹回去,翻挖半天,才从废墟里挖出几本压得歪歪斜斜但仍可使用的书,他如获至宝、欣喜若狂。

之后,为躲避日机轰炸,他们全家搬到昆明西北郊十余公里外的龙院村惠家大院居住,且一住三年。惠家大院分前院和后院,前院租给"联大"的教授居住,后院惠家自己的人住。吴有训、杨武之、赵忠尧三家住在惠家大院一进大门左边顺门而建的房屋里。此屋为两层小楼,吴有训家住楼下,杨武之、赵忠尧两家住楼上,赵家楼下是厨房。杨、赵两家的住室间有一窄窄的过道,过道的地板上开有一个洞口,自此通过楼梯可到楼下。

在龙院村，杨振宁留下了不少令人难忘的故事。作为杨家长子，他为鼓励弟妹多念书，还订出了一些颇为吸引人的规则：一天之中，谁念书好、听母亲的话、帮助做家务、不打架、不捣乱就给谁记上一个红点，反之就要记黑点。一周下来，谁有三个红点，谁就可以得到奖励——由他骑自行车带去昆明城里看一次电影。杨振宁周末从"联大"回到龙院村，住在村里的"联大"教授的众多子女都喜欢聚集到杨家来，听杨振宁讲英译的故事《金银岛》《最后的莫希干人》等。更有趣的是，杨振宁还同清华园里的玩伴、云南大学校长熊庆来之子熊秉明合作，熊秉明画连环画，杨振宁在旧饼干筒筒口上装一个放大镜，筒内安装一只灯泡，让连环画从放大镜前移过，于墙上形成移动的人物，制成遭到飞机轰炸的"身在家中坐，祸从天上来"等土电影，给难得有机会看电影的孩子们开眼界。

此时的西南联大，学生宿舍是土墙茅草房或土墙铁皮房，教室是铁皮顶的房子，下雨时会叮叮咚咚响个不停。教室的地面是泥土地，没过多久就变得坑坑洼洼。窗户没有玻璃，风吹时必须用东西把纸张压住，否则会被吹掉。听课坐的是在椅子右边安上一块形似火腿却只能放一本书的木板"火腿椅"。但师生们苦中作乐，幽默地称他们吃的掺着谷子、稗子、沙子的糙米饭是"八宝饭"，穿的没了底的鞋是"脚踏实地"，前后都破洞的鞋是"空前绝后"。

国破家亡，"联大"师生的生活过得十分艰难，为解决生活困难，不少人都到外面兼差。杨振宁也兼过差。那是1945年春，杨振宁给在昆明的部分美军官兵教中文，每周教三小时，赚了好几百美金贴补家用，以尽长子之责。

在昆明的日子里，因杨家有一副"云南扁"，晚饭后一有空闲，杨武之就与棋友对上几局。杨振宁、杨振平等围在旁边，看来看去，自然地学会了下围棋。

杨振宁还有一个显著的特点是爱唱歌。不论是在校园里走路，还是在家里做功课，他总爱大声地唱中国歌、英语歌。他喜爱的歌中，有几首是父亲教他唱的，其中，有一首歌名为《中国男儿》，歌词是："中国男儿，中国男儿，要将只手撑天空……长江大河，亚洲之东，峨峨昆仑……古今多少奇丈夫，碎首黄尘，燕然勒功，至今热血犹殷红……"这是杨武之一生都喜欢的一首歌,也是杨振宁非常喜欢的歌。杨振宁尽管唱歌唱得不怎么好,但他喜欢唱。所以,在"联大",杨振宁是一个因为唱歌就唱出了点"名气"的学生。有一次,杨振宁的一个朋友问一个同学:"你认不认识杨振宁?"那位同学竟然答道:"杨振宁?杨振宁?哦,是不是就是唱歌唱得很难听的那个人?"由于"联大"教职员工资增长的速度总是赶不上昆明物价上涨的速度,致使教职员一般都入不敷出,负债度日者甚多。1942年8月,杨武之的月薪为470元,至1945年4月,其月薪才590元,扣除所得税22.3元,印花税2.4元,实有565.3元。杨武之一人的薪金,要供全家生活及5个孩子上学之用,实在是捉襟见肘。身临窘境的杨家1941年3月成了"联大"教职员空袭受损救济的首名对象,得到600元的救济;同年6月,杨家又被列入膳食补助范围,其补助标准为每月16.8元。抗战结束时,杨家到了"无隔夜之炊的境地""全家个个清瘦,但总算人人健康"。而能过到这一步,除头发斑白的杨武之苦苦支撑,还有一个重要的原因,是杨振宁有一个克勤克俭、日夜操劳的母亲。正是这样一位勤劳的女性,凭借她"坚忍卓绝的精神支持全家度过了八年的抗战时期"。

名师出高徒

"联大"名师荟萃。"联大"由于保存着清华大学把国文作为一年级学生必修课的传统,因而杨振宁能够听到朱自清、闻一多、罗常培、王力、陈岱孙等名家的课。

杨振宁在读时的"联大"物理学系,由饶毓泰、吴有训、周培源、朱物华、吴大猷、赵忠尧、郑华炽、霍秉权、王竹溪、张文裕、马仕俊、叶企孙、许浈阳、任之恭、孟昭英等国内外知名的教授执教。其中,给他上一年级普通物理课的是擅长实验的物理学家赵忠尧教授,上二年级电磁学课的是著名学者吴有训教授,上力学课的是在广义相对论等方面颇有研究的著名学者周培源教授等。杨振宁跟随这些大师,很快步入了物理学的殿堂。

但对杨振宁来说，除了物理系直接教他的这些教授，父亲杨武之对他的影响也是相当大的。杨武之是将近世代数和数论、西方现代数学方法引入中国的中国现代数学的先驱之一，也是一位为中国数学教育做出重要贡献的数学家。杨武之是一位教学极为认真的教授，也是一位教子极为严格的父亲。他早就在日常生活中，对儿女们循循善诱，潜移默化地将不少数学知识传授给他们。杨振宁在学校里，遇到不懂的问题、碰上难以处理的事，经常跑到数学系办公室向父亲请教。杨振宁后来说："父亲对我们子女的影响很大。从我自己来讲，小时候受到他的影响而对数学产生浓厚的兴趣，这对我后来搞物理学工作有决定性的影响。"

杨振宁还多次说过："在'联大'给我影响最深的两位教授是吴大猷先生和王竹溪先生。"1942年，杨振宁本科毕业时，选了《用群论方法于多原子的振动》作毕业论文，并请吴大猷做论文导师。他之所以选择这个题目，一个原因是经常发表论文的吴先生对原子、分子光谱学的前沿问题非常清楚，并在教学之余研究和翻译了维格纳有关群论的书。另一个原因是群论吸引了他，因为杨振宁的父亲就是专于群论的数学家。耳濡目染，杨振宁在高中时就从父亲那里接触到群论。杨武之知道儿子选择这一题目后，把自己珍藏的、导师狄克逊写的《现代代数理论》送给杨振宁。这本书用20页就把群论表述得非常透彻，使杨振宁认识到群论无与伦比的美妙和力量。由于吴先生的指引，杨振宁在学士论文中，阐述了群论在物理学中的应用。回首往事，杨振宁对吴先生深为感激。吴大猷先生对杨振宁后来发展成为一个物理学工作者有深远的影响。杨振宁在研究生院读书时，受王竹溪教授的教育和引导，对统计物理发生了兴趣。杨振宁请王竹溪教授做硕士论文的指导老师，在其指导下又非常成功地写出了硕士论文，《超晶格》即为其中的一部分。1983年王竹溪教授不幸逝世，杨振宁发来唁电说："我对统计物理的兴趣即是受了竹溪老师的影响。"杨振宁还回忆道："以后40年间，吴先生和王先生引导我走的两个方向——对称原理和统计力学———一直是我的主要研究方向。"

"联大"短短的六年，对杨振宁的一生产生了巨大的影响。他于《读书教学四十年》中回忆说："我在'联大'读书的时候，尤其后来两年念研究生的时候，渐渐地能欣赏一些物理学家的研究风格。""'西南联大'是中国最好的大学之一。我在那里受到了良好的大学本科教育，也是在那里受到了同样良好的研究生教育。""我在物理学里的爱憎主要是在该大学度过的 6 年时间里（1938 年—1944 年）培养起来的。"

杨振宁在发现宇称不守恒理论后，写信给吴大猷，感谢吴先生引导他进入对称原理和群论的领地，并说后来包括宇称守恒在内的许多研究工作，都直接或间接地与吴先生 15 年前介绍给他的那个观念有关。杨振宁在信中写道："这是我一直以来都想告诉您的事情，而今天显然是一个最恰当的时刻。"这位 20 世纪伟大的物理学大师还说，他成就的一切基础都来自"西南联大"。

崇拜富兰克林

杨振宁作为清华大学物理学唯一的公费留学生赴美国芝加哥大学学习，并获博士学位。

当时出国留学，路途的艰辛是现在的人难以想象的。经过多方争取，杨振宁等终于于 1945 年 8 月动身，乘飞机到印度，再由印度搭运兵船赴美留学。时隔半个多世纪，杨振宁还对离开昆明时的情形记忆犹新。他在一篇文章中写道："清晨父亲只身陪我自昆明西北角乘黄包车到东南郊拓东路，等候去巫家坝飞机场的公共汽车。""到了拓东路，父亲讲了些勉励的话，两人都很镇定。话别后我坐进很拥挤的公共汽车，起先还能从车窗外看见父亲向我招手，几分钟后他即被拥挤的人群挤到远处去了。等了一个多钟头，车始终没有发动。突然我旁边的一位美国人向我做手势，要我向窗外看：骤然间我发现父亲原来还在那里等！他瘦削的身材，穿着长袍，额前头发已是斑白。看见他满面焦虑的样子，我忍了一早晨的热泪一时迸发，竟不能自已。"

杨振宁决心去美国学习深造和从事科学研究的愿望，和他对美国初期的科学家兼政治家富兰克林很崇敬有很大的关系。富兰克林的自传激励了杨振宁。去美国后他取名为富兰克，并将第一个孩子的英文名字取为富兰克林。

杨振宁出国留学的梦想，早在昆明学习期间就已经萌发。为此，他开始注意提高自己的英文水平。他决定逐渐不用字典来念英文小说。他选的第一本小说是史蒂文森的《金银岛》。这部小说里有和大海有关的俚语，因而很难念。他花了一个星期，念完了这本书，接着念奥斯汀的《傲慢与偏见》。在熟读这两本书以后，杨振宁说："以后就容易了。"

1949年，杨振宁进入普林斯顿高等研究院做博士后，开始同李政道合作进行粒子物理的研究工作，其间遇到许多令人迷惑的现象和不能解决的问题。他们大胆怀疑，小心求证，最终推翻了宇称守恒律，使迷惑消失，问题解决。1956年，杨振宁和李政道共同在美国《物理评论》上发表《对弱相互作用中宇称守恒的质疑》一文，认为至少在弱相互作用的领域内，宇称并不守恒。年底，吴健雄等科学家通过严格实验证实了这一理论。1957年12月10日，35岁的杨振宁和31岁的李政道因此登上了斯德哥尔摩诺贝尔奖领奖台。杨振宁在1957年诺贝尔演讲中这样说道："那时候，物理学家发现他们所处的情况就好像一个人在一间黑屋子里摸索出路一样。他知道在某个方向上，必定有一个能使他脱离困境的门。然而究竟在哪个方向呢？"原来，那个方向就是宇称守恒定律不适用于弱相互作用。

杨振宁对物理学的开拓性贡献的范围很广，包括粒子物理学、统计力学和凝聚态物理学等。除了同李政道一起发现宇称不守恒，杨振宁还率先与米尔斯提出了"杨—米尔斯规范场"，与巴克斯创立了"杨振宁—巴克斯方程"。美国物理学家、诺贝尔奖获得者赛格瑞推崇杨振宁是"全世界几十年来可以算为全才的三个理论物理学家之一"。

杨振宁长时期在看起来很神秘的物理学和数学的十字路口工作。在这个领域内，一组漂亮的方程式可以是灵感的源泉，甚至可以在还没有实验证据以前就洞察物理世界是怎样运转的。这是一个外行很难懂的世界，其中有充满希腊字母的方程式的黑板，有寻求用数学去解决问题的"品味"和"风格"，有寻求用正确语言来描述物理世界的发自内心的灵感。

物理学家戴森说："杨振宁对数学的美妙的品味照耀着他所有的工作。使他的不是那么重要的工作成为精致的艺术品，使他的深奥的推测成为杰作。"这使得他"对于自然神秘的结构比别人看得更深远一些"。

人们赞扬在理论物理前沿度过了半个世纪的诺贝尔奖得奖人杨振宁是一位坚韧不拔、具有数学天才的科学家。他致力于揭示自然的对称性，而这些对称性常常是隐藏在杂乱的实验物理结果的后面。

有生应记国恩隆

朱自清诗云：但得夕阳无限好，何须惆怅近黄昏。在历经一生对自然之谜思考以后，杨振宁认为这段诗，精确地描述了他晚年的想法。

杨振宁谨记父亲杨武之的遗训："有生应记国恩隆。"他是美国科学家中在 1971 年夏率先访华的。他说："作为一名中国血统的美国科学家，我有责任帮助这两个与我休戚相关的国家建立起一座友谊的桥梁。我也感到，在中国科技发展的道途中，我应该贡献一些力量。"

杨振宁是这样说，也是这样做的。他频繁往来于中美之间，做了许多卓有成效的学术联系工作。他写过这样两句诗："云水风雷变幻急，物竞天存争朝夕。"

展望 21 世纪，杨振宁认为中国将于 21 世纪中叶成为世界科技大国。"我这样说原因有四：一、中国有数不清的绝顶聪明及可塑造性强的年轻一代，这是科技发展的首要前提。二、中国传统的儒家思想在重人伦和勤俭的同时，也重视教育，势必令上述人才大有可为。三、中国在过去一百年的发展中已经走出了故步自封的模式，取而代之的是对近代科学的热忱。四、中国内地、香港、台湾近年来经济的迅速发展为科技发展提供了强有力的后盾。"

杨振宁说："中华人民共和国建国十几年就成功研制出原子弹，从那时就培育和积累了一大批基础人才。中国人是有很高素质的。比如清华大学的生源就不比美国哈佛大学的差,但我们要考虑的是怎样把高质量的生源变成高质量的人才。"杨振宁表示:"有信心随着经济的发展、科研条件的改善,继20世纪的华裔科学家之后,中国本土的科学家必将于下个世纪在重要领域达到世界领先水平。中国本土出生、成长,并在本土出成果的科学家要获得诺贝尔奖,从现在算起,20年足够。"

丁肇中发现 J 粒子

丁肇中,实验物理学家。1936 年 1 月 27 日出生于美国,祖籍山东省日照市涛雒镇,1976 年因和里克特彼此独立地发现一种被称为 J／ψ 的新粒子,与里克特分享了 1976 年度的诺贝尔物理学奖金。

志向高远

丁肇中的祖籍是山东省日照市。父亲丁观海、母亲王隽英皆任教于大学。1936 年丁观海和已有身孕的妻子王隽英到美国进行学术访问时,王隽英意外早产。这个提前来到人间的婴儿,就是丁肇中。

1948 年冬,丁肇中开始接受正规教育。受家庭的影响,他对学习一丝不苟,读书专心致志,遇到疑难问题,便找遍书本,务必得到答案才肯罢休。有一次,物理老师出了一道思考题,很多同学想了想觉得很难就放弃了,等着老师讲解。丁肇中不是这样,他吃饭想、走路想,别的同学都出去活动了,只有他还对着那道题苦苦思索,一个小时过去了,两个小时过去了……终于想到解决问题的方法,他马上跑到图书馆查找资料验证自己的方法是否正确,直到确认自己的解题方法没有错误,他才满意而去。课堂上他聚精会神地听课,不论对自己的答案有没有把握,他总是第一个举手回答老师的提问。课后和同学们讨论问题时,往往要辩论到"甚解"才肯罢休。他的课余时间大部分是在图书馆度过的,很少与同学一起打球、看电影。他认为"最浪费不起的是时间"。由于他勤奋刻苦,各门功课成绩优良,尤其突出的是数理,这为他实现终身的奋斗目标打下了扎实的基础。

1956年9月,丁肇中依依不舍地告别了父母,赴美国学习,开始了在密歇根大学的艰苦学习。他在自述中说:"由于我是靠得奖学金入学的,故不得不努力学习以继续取得奖学金。我三年内在密歇根大学获得了数学和物理学位,在1962年,在琼斯和泊尔博士指导下获得物理学博士学位。"

"我作为一个福特基金会的研究员到了欧洲核子研究中心。在那儿我很荣幸能跟柯可尼教授一起搞质子同步加速器,从他那儿学到许多物理知识。他能以简单的方法对待一个复杂的问题,做实验相当仔细,这些都给我留下了深刻的印象。"

"1965年春天,我回到美国,在哥伦比亚大学任教。在那些年月里,哥伦比亚大学的物理系是一个很有刺激性的地方,我有机会观察到如:莱德曼、李政道、拉比、施瓦茨、斯坦博格、吴健雄以及其他教授的工作。他们在物理学上都具有各自的风格和相当突出的鉴别力。我在哥伦比亚短暂的几年,收益很大。"

在学习和科研实践中,丁肇中常常以叶剑英元帅的诗《攻关》激励和鞭策自己:

> 攻城不怕坚,攻书莫畏难。
>
> 科学有险阻,苦战能过关。

他能打破书本的局限去理解物理现象。他认为"作为一个科学家,最重要的是不断探寻教科书之外的事物"。

丁肇中本来想成为一个理论物理学家,但有两件事促使他改变了自己的志向。一件是在研究所时,他虚心向乌伯克·凯斯等学识渊博的名教授请教,他们都非常喜欢这个勤奋的中国学生。乌伯克教授告诉他:"做一个实验家比理论家有用。"另一件是进研究所的第一个夏天,有两位教授正在进行一项暑期实验工作,缺少一名助手,丁肇中应邀参加了实验。从此,他与实验物理结下了不解之缘。

1963 年,他到瑞士日内瓦欧洲核子研究中心(CERN)工作。1964 年起在美国哥伦比亚大学工作。1965 年成为纽约哥伦比亚大学讲师。1967 年起任麻省理工学院物理学系教授。他是美国科学院院士,研究方向是高能实验粒子物理学,包括量子电动力学、电弱统一理论、量子色动力学的研究。他所领导的马克·杰实验组先后在几个国际实验中心工作。

由于丁肇中对物理学的贡献,他在 1976 年被授予诺贝尔物理学奖,并被美国政府授予洛仑兹奖,1988 年被意大利政府授予特卡斯佩里科学奖。他是美国国家科学院院士,美国文理科学院院士,苏联科学院外籍院士,巴基斯坦科学院院士。他曾先后被密歇根大学、香港中文大学、意大利波洛格那大学和哥伦比亚大学授予名誉博士学位。他还是中国上海交通大学和北京师范大学的名誉教授。他曾获得过许多奖章,如 1977 年获美国工程科学学会的埃林金奖章,1988 年获意大利陶尔米纳市的金豹优秀奖章及意大利布雷西亚市的科学金奖章。

丁肇中主要从事高能实验物理、基本粒子物理、量子电动力学、γ 辐射与物质的相互作用等方面的研究。他最杰出的贡献是在 1974 年,与里克特各自独立地发现了 J/ψ 粒子。为此,他们共同获得了 1976 年诺贝尔物理学奖。

发现 J 粒子

1965 年起,丁肇中领导的实验组在联邦德国汉堡电子同步加速器(束流能量为 $7.5 \times 10^9 \mathrm{eV}$)上进行了关于量子电动力学和矢量介子($\rho, \omega, \varphi$)的一系列出色的实验工作,其中包括光生矢量介子、矢量介子衰变的研究、矢量为主模型的实验检验,ρ, ω, φ 介子光生相位的测量和 ρ, ω 介子干涉参数的精密测量等,推进了对矢量介子的认识,还在实验上证明了量子电动力学的正确性。

1972年夏,丁肇中实验组利用美国布鲁克海文国家实验室的 3.3×10^{10} eV 质子加速器寻找质量在 $(1.5 \sim 5.5) \times 10^9$ eV 之间的长寿中性粒子。对于实验的艰巨性和复杂性,他曾经这样比喻道:"在雨季,一个像波士顿这样的城市,一分钟之内也许要降下千千万万粒雨滴,如果其中的一滴有着不同的颜色,我们就必须找到那滴雨。"

1974年11月12日,在实验室里夜以继日地工作了两年多,全力攻关的丁肇中向全世界宣布,他的小组发现了一种未曾预料过的新的基本粒子——J粒子。里克特小组和丁肇中小组用不同的设备、经不同的反应过程几乎同时地发现了同一粒子,使物理学界大为惊喜。他们的发现把高能物理学带到了新的境界,因此,两年后里克特和丁肇中分获诺贝尔物理学奖。

这种粒子有两个奇怪的性质:质量重、寿命长,因而它一定来自第四夸克(基本粒子),这推翻了过去认为世界只由三种夸克组成的理论,为人类认识微观世界开辟了一个新的境界,被称为"物理学的十一月革命"。

J粒子家族的发现,被国际高能物理学界誉为物理发展史上的一个重要里程碑。20世纪70年代,物理学家们普遍认为,世界上只有三种夸克,用三种夸克的理论能够解释世界上所有的现象。1974年,丁肇中提出了"寻找新粒子与新物质"的实验方案,可惜未能被多数物理学家们重视。但他执着地求索,终于在实验中发现了新粒子J粒子,它的寿命是普通粒子的1万倍,并进而发现了J粒子家族。这一实验结果证明了当时三种夸克的理论是错误的。丁肇中回忆这段历史时总会说:"做基础研究要有信心,你认为是正确的事,就要坚持去做;不要因为多数人的反对而不做,也不要去管其他人怎么看。"

当时,新闻界有一个误会:以为J粒子就是"丁粒子",是丁肇中以姓氏来命名的。其实,这纯属巧合。丁肇中的本意是,想用这个粒子来纪念他们在探索电磁流性质方面,花了10年时间才获得的这项重要新发现,加之物理文献中习惯用J来表示电磁流,因此,丁肇中便以拉丁字母"J"来命名这个新粒子。

丁肇中的另一个重要的科学成就是胶子的发现。在物理学中,理论上认为夸克之间的力是由胶子传递的。如果胶子是存在的,那么在高能正负电子对撞的实验中就会出现三个喷注的现象。如果胶子不存在,那么在高能正负电子对撞的实验中就不会出现三个喷注的现象,只会有两个喷注现象。实验中,丁肇中果然发现了三个喷注的现象,这证明了胶子的存在。丁肇中根据这个"故事"告诫年轻科学家们,"做实验物理要对意外的现象有充分的准备"。

把磁谱仪放入太空进行粒子物理研究!提出这一设想的丁肇中是开天辟地第一人。在他的领导下,美中等国共同研制出一个重达 3 吨的粒子探测器——阿尔法磁谱仪-01 号(AMS-01),1998 年 6 月 2 日它搭乘美国"发现号"航天飞机,一声轰鸣升入太空,完成了十天运行。

科学探索的步伐不会停止。紧接着,丁肇中以统率三军的大丈夫气魄,带领全球 500 名科学家、1000 多名工程技术人员,紧锣密鼓着手 AMS－01 的改进工作,将它的主体——永磁铁更换为超导磁铁,改进后的仪器为 AMS－02,于 2011 年由美国航天飞机送入太空,安装到离地球 4200 多公里高的国际空间站运行,以寻找宇宙中的反物质和暗物质。

浩瀚无边的宇宙是否存在这些物质?大爆炸学说认为宇宙由大约 150 亿年前的一次大爆炸产生。随后,宇宙不断地膨胀和冷却,造就人类居住的地球。根据粒子物理论,大爆炸应该产生相同数量的物质及反物质。物质组成了我们的世界,那么反物质在哪里?天文学家把宇宙中用光学方法看不到的物质称为暗物质,暗物质在宇宙中约占 90%,究竟以何种形式存在?

这两大物理学难题恰似两朵迷人"乌云",萦绕在丁肇中的脑海里,激发他的好奇心:反物质和暗物质只存在于理论,能否用实验证明?由于物质和反物质两者在大气中碰到会互相湮灭,因此,在地面上探测反物质是不可能的,途径只有一条,就是到太空进行实验。

赤子之心

丁肇中虽然入了美国籍,但他深深地知道他的根在中国。为了祖国高能物理的发展,他不辞辛劳,远涉重洋,多次来大陆进行学术交流并参观、访问,介绍国际高能物理的发展,努力促进国际物理学界同中国物理学家合作。在他的亲自指导和无微不至的关怀下,从事研究的中国科学工作者有的已经在欧美获得了博士学位。他不仅为中国培养了一批实验物理的科研人才,还热心为祖国培养实验物理的研究生而努力奔波。现在他受聘出任中国科技大学名誉教授。丁肇中说:"四千年以来中国在人类自然发展史上有过很多重要的贡献,今后一定能做出更大的贡献。我希望在自己能工作的时间内,为中国培养更多的人才。"

科学是没有国界的,而科学家总属于他自己的祖国。2005年6月18日,蜚声中外的物理学大师丁肇中携妻儿回到故乡山东日照寻根祭祖,实现了一个海外游子多年的夙愿。

在故乡涛雒镇南门,面对上千名久久迎候的父老乡亲,丁肇中难以掩饰激动的心情。种德堂西厢房是丁肇中父亲丁观海和母亲王隽英曾经住过的屋子,参观完西厢房,大家邀请丁肇中题字留念,丁肇中请妻子苏姗先题。

苏姗会意一笑,这位金发碧眼的美国女士坐到古色古香的八仙桌前,在白纸上用英文深情写道:"今天对丁氏家族来说,是一个特殊的日子:树高千尺,叶落归根。苏姗。2005年6月18日。"丁肇中从夫人手里接过笔,让儿子克里斯托弗签上自己的名字,最后,在题字下面又一笔一笔地签上了自己的名字:丁肇中。

丁氏家族是日照的名门望族,祖上屡出进士、举人,书香浓郁。丁肇中的祖父丁履巽肄业于上海复旦大学,父亲丁观海早年就读于山东大学,是一位土木工程学家。抗战初期,幼小的丁肇中曾在故乡度过无邪的童年。

跟随父亲回乡的克里斯托弗·丁是丁肇中唯一的儿子,这位19岁、身材高大的小伙子正在父亲母校——美国密歇根大学念二年级。爷爷丁观海专为心爱的孙子起了一个中文名字:丁明童。老人还为丁肇中的另外两个孩子分别起了中文名字,叫丁明美、丁明隽。

丁明童对父辈家乡的一切充满了好奇。每到一处,丁肇中都不厌其烦地用英语向儿子解说。他告诉儿子:"美国人喜欢去欧洲,那是去找他们的祖先;

而你来中国，也是找自己的祖先。"在丁肇中心里，他是多么渴望儿子和他一样了解和热爱自己的祖国家乡！

伫立在祖父丁履巽的墓前，丁肇中表情沉重的脸上有了一丝宽慰。回忆1985年，少小离家的丁肇中首次回到阔别40多年的家乡探亲。2002年6月14日，丁肇中在第二次回乡祭扫祖墓后说："真应该带儿子回来，让他看看，让他知道他的根在这里。"如今，鬓毛已衰的丁肇中终于带着儿子回来了。整理一下花圈上的挽联，丁肇中牵着夫人苏姗的手，凝视着儿子，缓缓地用英语说："Your root is here.（你的根在这儿。）"黑色的墓碑上镌刻着丁肇中亲拟的碑文："怀念我的祖父，一位鼓励家人为世界做贡献的人。"

短暂的故乡之旅即将结束，丁明童感慨地说："这一次我回到了父亲和爷爷的家乡，参观了故居，了解了几代人在这儿生活的情景，这将是我一生中最难忘的经历。"

丁肇中热心培养中国高能物理学人才，经常回国选拔年轻科学工作者去他所领导的小组工作，并受聘为中国科学技术大学名誉教授，中国科学院高能物理研究所学术委员会委员。丁肇中在1976年诺贝尔物理学奖的颁奖仪式上，用一口流利的中文慷慨致辞，这是诺贝尔奖设立76年来，首次用汉语发表获奖演说的人。这一刻，他是全球华人的骄傲。

海内外炎黄子孙不会忘记，2003年10月16日凌晨，中国第一艘载人飞船在太空航行21小时后顺利着陆。"我在中国长大，所以今天对我来说是美妙的一天。"当天下午，丁肇中在北京人民大会堂应邀做学术报告时说。

"中国发射载人飞船并成功回收，说明中国能够做到她所愿意做的任何事情。我向中国航天事业取得的杰出成就表示祝贺！"这一充满感情的开场白赢得了在场500多名中外科学家的热烈掌声。

美国能源部长朱棣文

　　美籍华人朱棣文曾任美国能源部部长,于 1948 年 2 月 28 日出生在美国的密苏里州圣路易斯。他先后就读于罗切斯特大学和加利福尼亚大学伯克利分校,获得数学和物理学专业学位。祖籍江苏太仓,20 世纪 40 年代随父母来到美国。朱棣文 1997 年因发明用激光冷却并捕捉原子的方法荣获诺贝尔物理学奖。

出身学术世家

　　朱棣文的祖父朱祝年是江苏太仓城厢镇的一位读书人,十分重视培养后代。大姑妈朱汝昭早年曾留学日本;二姑妈朱汝华早年留学美国,任芝加哥大学化学工程教授,是中国第一代化学家;三姑妈朱汝蓉,1943 留学美国攻读化学,也是一名化学教授。

　　朱棣文的父亲朱汝瑾 1940 年毕业于清华大学化工系,1943 年留美就读麻省理工学院,1946 年获该院化工博士,先后任美国圣路易斯、纽约及新泽西的三所大学的教授,历任美国和欧洲 60 多家石油、化学、导弹、核子工程及太空公司的顾问;其母李静贞出生于天津一名门之家,1945 年清华大学经济系毕业后去美国麻省理工学院攻读工商管理。朱棣文的外祖父李书田是清华大学毕业生,1923 年公费留美,回国后投身教育事业,曾任国民政府教育部部长。朱棣文父兄辈中至少有 12 位拥有博士学位或大学教授职位。因此，朱棣文说，出身学术世家对他今天取得的成就有相当的影响。

朱棣文的哥哥朱筑文是麻省理工学院的博士，现任斯坦福大学医学系教授；弟弟朱钦文 21 岁即获得哈佛大学物理学博士。亲人的成就形成一种无形的压力，朱棣文说："生活在一个杰出人才众多的家庭中，你常常会感觉到自己是一个笨蛋。"他认为和兄弟们相比，自己逊色多了。他在从事物理学研究时，如果三四个月中没有重要的新进展，就会感到不安。

朱棣文非常感谢父母在学习上给了他们很大的自由度。三个孩子升到中学后，父母就很少再过问他们的功课，还一直鼓励他们要以自己的兴趣为主来选择科系专业，一旦选定目标就要持之以恒，不懈努力。朱棣文高中毕业时，父亲本不赞成他选择物理学，认为善于绘画的儿子应该去学建筑，因为物理学界高手太多，不易出成就，而且做实验是枯燥无味的。但朱棣文对物理学情有独钟，学问做得津津有味。

朱棣文最早发明了一套利用激光冷却并捕捉原子的方法，就好比以喷水的方式来使一个行进当中的小球静止下来，让它悬浮在空中，把它看个够。这项成就，可使科学家在前人所无法到达的区域内操控物质，同时也是物理学理论的重大突破。为此，朱棣文从 1976 年做博士后起整整奋斗了 20 年的时间。

朱棣文长年投身实验物理学，30 岁便成为加州大学伯克利分校的物理学博士后。在贝尔实验室工作数年之后，他先后在哈佛大学和斯坦福大学任教。1993 年，他成为美国国家科学院院士。1997 年，他在劳伦斯·伯克利实验室得到的激光冷却和原子捕获研究成果获得诺贝尔物理学奖。

同时，他在行政管理上亦有相当经验，曾在斯坦福大学领导物理学系，又曾在贝尔实验室领导电子化研究工作。自 2004 年起，他出任劳伦斯·伯克利国家实验室的负责人，该实验室每年预算规模 6.5 亿美元，辖下有 4000 名员工。

朱棣文在职业生涯中一直致力于环保工作。掌管劳伦斯·伯克利实验室后，朱棣文即把研究重点转到新型的生化能源、人工光合作用和太阳能等一系列"绿色工程"上。此外，他还大力提倡政府引进措施，减少排放温室气体。对于把环保理念引进家庭生活,朱棣文曾说:"每户国民只需投资1000美元就可提升能源效益。"可惜民众宁愿把钱花在花岗石的厨台上。

朱棣文在美国拉斯维加斯举行的全国清洁能源会议上说,除非能源工作由专业人士而非说客承担,否则提高能源利用效率、降低能源使用成本的目标将难以实现。

谦逊、开朗的品格

朱棣文曾多次访问中国。1998年6月,他当选为中国科学院外籍院士。他是在中西文化共同浸染下成长起来的,继承了中西文化的精髓。他的内心深处既有西方人的率真、幽默,也有东方人的谦虚、含蓄。他不是那种木讷型的科学家,而是一个性格活泼开朗、充满风趣的人。

1993年5月就当选为美国科学院院士的朱棣文平时很少提及自己的研究成就,甚至在父母面前也从不提起。他的母亲说:"以前他每次得奖从不告诉我们,都是我的朋友看到报道后,剪下来寄给我的。"

在获知得到诺贝尔奖的当天,他仍平静如常地去上课。他说:"当我想到还有更多优秀的科学家,特别是比我强的科学家还没有获奖时,我自然就不应该把这项奖看得有多重,我只是运气比较好而已。"朱棣文的父母亲则说:"身为父母,有子荣获诺贝尔奖,当然非常开心,更重要的是,他替中国人争了光。"

替中国人争光——这是旅居海外的炎黄子孙的共同心愿,也是我们中华民族团结奋进、生生不息、永远向上、永葆青春的巨大精神力量。1997年11月2日,正在美国访问的江泽民主席在洛杉矶亲切会见了朱棣文,他请朱棣文经常回国看看,朱棣文表示很愿意为促进中美两国科技交流做出努力。

1997年11月4日,中国科协书记处书记徐善衍在斯坦福大学会见了朱棣文。朱棣文在他的办公室热情接待了徐善衍率领的中国科协代表团。朱棣文向中国方面建议,要多培养人才,对工作努力、有成就的人要给予奖励,以鼓励大家奋发向上。

科学家加艺术家崔琦

美籍华人物理学家崔琦,美国国家工程院院士、中国科学院荣誉教授。崔琦 1939 年出生于河南省宝丰县肖旗乡范庄村一个农民家庭。他与德国科学家霍斯特·施特默和美国科学家罗伯·劳克林,共同分享 1998 年诺贝尔物理学奖。瑞典皇家科学院主要表彰他们发现并解释了电子量子流体这一特殊现象。

受益匪浅的双语学习

1952 年崔琦进入香港就读。在香港,他面临的最大困难是语言关,一是学说广东话,二是学好英文。后来,他进入培正中学就读,这使他的英文进步很快,因为这是一所双语并用的学校,课本用中文或中英对照,授课用英语,这种教学方式使崔琦受益匪浅。他后来回忆认为,华人研读科学应该中英文交错使用,才可兼容并蓄,收获真正学习之效。他说,只懂中文会令科学家无法追读最新的科研报告,而完全放弃中文则是舍本逐末。1958 年,19 岁的崔琦赴美国深造,就读于伊利诺伊州奥古斯塔纳学院。那时全校只有他一名华裔学生,由于青少年时期的崔琦在从河南辗转到香港,又从香港到美国的历程中,克服了种种挫折和困难,培养了他坚忍的性格,他很快适应了新环境。他勤奋学习，努力向上，以优异的成绩从学院毕业，为了进一步深造，1967年进入美国芝加哥大学，师从史达克教授。在这里，史达克教授风趣的物理教学、物理学广博的奥妙使崔琦对物理学产生了特别的喜好。他开始对物理学研究投入更多的精力，在获物理学博士学位后，他到著名的贝尔实验室工作，跟随罗威尔教授。这里的物理实验更使他兴趣十足，他决心投身于物理学的研究与探索。1982年起崔琦任普林斯顿大学电子工程系教授，主要从事电子材料基本性质等领域的研究。

严谨并快乐着

崔琦一方面治学严谨、专心致志，对自己钟爱的物理学研究事业非常投入，他喜爱做物理实验，常常全身心地投入研究。有时为了实验研究，他不惜四处奔波，走遍波士顿及佛罗里达州，找个强力磁场进行"量子液体实验"，并且工作时很少理会身旁其他事情，这让他的研究工作非常出色、有效率。在发现了"分数量子霍尔效应"后两年，也就是1984年，他和另外两位应届诺贝尔物理学奖得主，赢得美国科学院院士荣誉头衔及巴克利物理大奖。

而另一方面，崔琦又是一个很具幽默感、很随和的人，他常视做物理实验如玩游戏，他说："能随心所欲设计新模型，能制造一个个用钱都买不到的新产品，那种满足感难以形容，做实验又有何难？做研究报告才烦人呢！"在研究中遇到困难时，他也会说："外面天气很好，到外面玩玩再回来，不要压着自己钻进牛角尖，放松一下，将会更有利于问题的解决。"这次他与另两位科学家因发现强磁场中共同相互作用的电子能形成具有分数分子电荷的新型"粒子"而获得1998年诺贝尔物理学奖。崔琦却微笑说："我还没有资格去提如何应用这个新理论。但它是客观存在的，量子物理的电子有其新的特性。"

崔琦和斯特默在1982年对在强磁场和超低温实验条件下的电子进行了研究。他们将两种半导体晶片砷化镓和砷氯化镓压在一起，这样大量电子就在这两种晶片交界处聚集。他们将这种晶片结合体放置在仅比绝对零度高十分之一摄氏度(约零下 273 摄氏度)的超低温环境中,然后加以相当于地球磁场强度 100 万倍的超强磁场。他们发现,在这种条件下大量相互作用的电子可以形成一种新的量子流体,这种量子流体具有一些特异性质,比如阻力消失、出现几分之一电子电荷的奇特现象等。一年之后,劳克林教授对他们的实验结果做出了解释。在这一发现的基础上,科学家又陆续做出一些重大发现。公报强调说,这三位科学家的成果是量子物理学领域内的重大突破,它为现代物理学许多分支中新的理论发展做出了重要贡献。崔琦因此获得美国著名的富兰克林奖。

兴趣广泛的艺术家

崔琦是一个兴趣广泛、发展全面的人。他对很多事物均感兴趣。当年,他不仅物理、生物、化学、中英文等学科成绩都特别好,而且他还喜爱打篮球和唱歌。大学毕业时,有同学对崔琦如下评价:"六尺身材堪谓高,天赋英聪功课好,兼长国、英、数,日常小事却糊涂,五毫当一毫。写字时笔墨飞舞,笔迹字体犹如乱草,指挥音乐,南拳北腿如比武,歌声动人,姿势美妙够风度……"他还有一大爱好就是周末数小时的阅报,从不间断,无论是政治、科技,还是经济、艺术、体育,他都不放过。崔琦因此幽默地说:"自己什么新闻都爱看,但不是所有的都看得懂。"也正是他广泛的兴趣和宽阔的知识面,使他思维活跃,脑中经常涌现无穷的新想法。

崔琦喜书法,师承书法大师启功,2004 年 5 月他在北京荣宝斋举办了马季、崔琦书法展,出版了书法集《崔琦书艺》。

感恩的心

著名电视制作人杨澜去美国采访崔琦。崔琦谈到自己出生在河南农村,父母都是大字不识一个的农民,但是他妈妈颇有远见,咬紧牙关省吃俭用,在崔琦12岁那年将他送出村外读书。这一走，造成了崔琦与父母的永别。后来他到中国香港、美国，成了世界名人。

谈到这里，杨澜问崔琦："你12岁那年，如果你不外出读书，结果会怎么样？"人们一定会猜想，崔琦一定会这样回答："我永远成不了名，也许现在还在河南农村种地。"可是错了！崔琦的回答大大出乎人们的意料："如果我不出来，三年困难时期我的父母就不会死。"崔琦后悔地流下了眼泪。

杨澜也流泪了。她这时多么希望当时聘请的两位美国摄影师能推出近景，来一个特写镜头。让杨澜吃惊的是，在审片时真的出现了这一特写镜头，杨澜问两位摄影师："你们听不懂中文，你们怎么会拍下这一感人场面？"摄影师回答："你们不是在谈论妈妈吗？在全世界，'妈妈'这两个字是相通的。"

一边是无上的荣誉，一边是母子深情。崔琦选择了后者。这就是龙的传人交给亿万观众的答卷！

至仁至爱是我们中华民族的传统美德，这在崔琦身上表现得淋漓尽致。

为宣传崔琦精神，宝丰县2004年修复了崔琦旧居，建起崔琦事迹展厅，开辟了独具特色的青少年爱国主义教育基地。家乡政府和人民的举动，感动了远在美国的崔琦。2007年4月，崔琦在美国用中、英文与宝丰县政府委托的县侨联签订了宝丰县崔琦希望小学捐建协议书。6月由崔琦出资35万元捐建的宝丰县崔琦希望小学——肖旗乡范寨村小学开工奠基。这是诺贝尔物理学奖获得者、世界级科学大师为中国捐建的第一所希望小学。

崔琦一直关心着祖国的科学事业，因而不辞辛苦，前后四次飞回中国讲学，进行学术交流。他认为中国科学院的物理研究所和半导体研究所科研的氛围很好，有许多出国留学回来的年轻研究人员很有前途。他真挚地对我说："我相信中国在物理学研究方面很快就能达到世界顶级水平。"

痴迷色彩的钱永健

美籍华裔科学家钱永健,是 2008 年诺贝尔化学奖得主。除了钱永健,分享 2008 年诺贝尔化学奖的还有美国生物学家马丁·沙尔菲和日本有机化学家兼海洋生物学家下村修。他们因发现和改造绿色荧光蛋白而获奖。

1952 年生于纽约的钱永健是中国著名科学家钱学森的堂侄,现为美国科学院院士、医学院院士、美国加州大学圣迭戈分校化学及药理学两系教授。尽管头顶光环早已炫目,钱永健却坚持在科学道路上走自己的路,不论何时都要"完美地契合自身个性的深处"。

兴趣使然

钱永健儿时患有气喘,他不得不长期待在家中,无法进行耗费体力的室外活动。他因此常常数个小时在地下实验室中专注于化学实验,并开始喜欢上能产生奇妙色彩的化学。最让他难忘的一次,是在实验中引爆了自制的火药,导致家中一张乒乓球桌被烧焦。16 岁那年,凭借一个金属易受硫氰酸盐腐蚀的调查项目,钱永健在美国全国性奖项"西屋科学人才选拔赛"中获一等奖。这项比赛现名"英特尔科学人才选拔赛"(又名"英特尔科学天才奖"),是美国历史最久、最具声望的科学竞赛,参赛者以高中生为主,又称"少年诺贝尔奖"。

其后,钱永健因获得全美优秀学者奖而进入美国著名的哈佛大学,20 岁时,钱永健便携化学和物理学学士学位从大学毕业。

不过,在英国剑桥大学留学时,钱永健最终厌倦了化学,他渴望进行一些更加激动人心的研究,最初他选择了分子生物学,后来是海洋学。

"我梦想着在蓝色海洋上远航,那样一定很浪漫,但我最终发现它(海洋学研究)完全不是这样。我的研究只是在海湾中测量石油污染的程度,最终我发觉自己根本不关心海藻的高度。"就这样,钱永健转而开始专注于一项看上去永远充满神秘色彩的领域:人类大脑,他因此获得了生理学博士学位。

绿色蛋白的诱惑

早在 1962 年,下村修就从生活在美国西海岸近海的一种水母身上分离出了绿色荧光蛋白(GFP)。在 20 世纪 90 年代,沙尔菲指出绿色荧光蛋白的发光特性在生物示踪方面有极高价值。钱永健痴迷于绿色荧光蛋白的色彩,为理解绿色荧光蛋白怎么发光做出了杰出贡献。

瑞典皇家科学院诺贝尔化学奖评审委员会主席贡纳尔·冯·海涅在宣布获奖名单时,手持一支试管,内装用绿色荧光蛋白基因改造过的大肠杆菌。用紫外线照射后,试管发出绿色荧光。冯·海涅说,这种级别的发现"能让科学家的心跳比平时快上三倍"。

哈佛大学医学和放射医学副教授约翰·弗兰焦尼评价说:"这一技术彻底改变了医学研究的方式。研究人员第一次能在活体细胞和活生生的动物身上同时研究基因与蛋白。"

沙尔菲在说起自己的成果时,用词相当平实。他通过电话告诉新闻界,这一发现让研究人员"只需要看看动物体内出了什么状况,搞清楚这个基因在什么地点、什么时间被激活,或什么时候这个蛋白被造出来,它要上哪儿去。它们都打着手电筒,告诉你,它们在哪儿。"

今年获得化学奖的三人中,钱永健走出的可以说是绿色荧光蛋白开发历程的"最后一步"，他在下村修与沙尔菲研究的基础上进一步搞清楚了绿色荧光蛋白的特性。他改造绿色荧光蛋白，通过改变其氨基酸的排序，造出能吸收、发出不同颜色的光的荧光蛋白，其中包括蓝色、青色和黄色，并让它们发光更久、更强烈。

通过给两种不同蛋白打上不同颜色的荧光标记，钱永健还找到监测两种蛋白质相互作用的方法。由于绿色荧光蛋白用紫外线一照就发出鲜艳绿光，研究人员将绿色荧光蛋白基因插入动物、细菌或其他生物细胞的遗传信息之中，让其随着这些需要跟踪的细胞复制，可"照亮"不断长大的癌症肿瘤、跟踪阿尔兹海默症对大脑造成的损害、观察有害细菌的生长，或是探究老鼠胚胎中的胰腺如何产生分泌胰岛素的β细胞。

钱永健说："整体而言，荧光蛋白对生物学许多领域产生了巨大的影响，因为它让科研人员把基因和他们所见到的细胞或器官内的情况直接联系起来。"

钱永健发明的多色荧光蛋白标记技术，为细胞生物学和神经生物学发展带来一场革命。他对于颜色的迷恋为细胞生物学和神经生物学带来了革命性的变革，让其他科学家们得以"走进"活细胞，并实时观测细胞分子的活动。过去，研究生物学的有些现象只能在打碎细胞以后做，所以实际上是从"死物"上来推测生物的情况。而钱永健发明的用荧光分子标记的方法，使科学家们能在活细胞、活生物上直接观察一些生物现象。所以，可以说把"死物学"，变成了真正的"生物学"。

钱永健把开发出的各种荧光材料，广泛应用于生物和医学实验。使用这些荧光材料做出的最具代表性的实验莫过于2007年的"脑虹"。

这一实验由哈佛大学分子和细胞生物学系教授杰夫·利希曼与乔舒亚·萨内斯主持。这一小组将红、黄、青三种荧光色素嵌入老鼠基因组，随着老鼠胚胎的生长而分裂生长。随后研究人员用来自细菌的重组基因激活这些色素基因。通过在老鼠不同部位或不同发育阶段使用色素基因，他们成功为老鼠的不同细胞涂上不同颜色。

由于研究人员采用的三种基因色素相互组合，形成多种颜色。因此，最终展现在显微镜下的老鼠脑干组织切片上有近百种颜色标记,如一幅色彩绚丽的抽象画。

瑞典皇家科学院在公报中专门提到"脑虹"实验,公报说:"在一次引人入胜的实验中,研究人员成功地运用多种颜色标记老鼠大脑中不同的神经细胞。"

瑞典皇家科学院公报将绿色荧光蛋白的发现和改造与显微镜的发明相提并论:"绿色荧光蛋白在过去的 10 年中成为生物化学家、生物学家、医学家和其他研究人员的引路明灯……成为当代生物科学研究中重要的工具之一。"

快乐科研

钱永健的科研哲学是快乐科研。他常说:"你的科学领域应该完美地契合你的个性,在你的沮丧不可避免地到来时,这样的契合则为你提供最本真的愉悦。"

钱永健不仅是一个充满智慧的人,同时异常勤奋。他不仅对数学、化学、物理、生物等学科有深入、广泛的研究,并把这些学科很好地结合起来,还花费了大量时间在实验室做研究。他总能想到别人想不到的事情。他沉醉于五颜六色的世界里,感到无比的快乐。他认为世界上没有比科学研究更重要的事情了。

"以开阔的心胸去接纳他人,给他人最大的空间发挥才能",是华裔同事和学生对钱永健在学术研究上的另一评价。每一个来到实验室的人都带着自己的想法和观念,钱永健即使有时不赞同,也会聆听,并和他们沟通,让他们有空间发挥各自的智慧和创造力,这对于一个有建树的学者来说是很难得的。

大凡从事科研工作的人都不在乎衣着打扮。钱永健也是如此。他头发蓬松,有些花白。在同事和学生眼中,钱永健的外表实在很不起眼,"走在大街上,没人认为他是科学家"。他每天骑自行车上下班,拎着头盔进实验室。即使在获奖后,学校为他举行记者招待会,系里举行庆祝会,他也没穿西装,只穿一件普通短袖上衣和长裤。

获奖后，钱永健平静地说："有不少科学家都对绿色荧光蛋白的研究做出过重大贡献，他们原本也应与获奖的三人一道分享荣誉，我知道一个奖项只能同时给三个人，评审委员会决定谁得奖，一定十分艰难。"

钱永健的快乐科研中不乏幽默。在纽约出生、新泽西长大、略懂中文的钱永健几乎不说中文，但有时会蹦出来几句，让华裔同事忍俊不禁。有一次实验室里的华裔同事讨论枇杷这种水果怎么好吃，他很好奇地插话：琵琶这种乐器怎么可以吃？

博士后李文红在做论文答辩时，钱永健一边介绍李文红，一边用中文把他的名字写在黑板上说："你一闻到酒就脸红，所以叫李文红。"

钱永健闲暇时常常弹钢琴，爱好潜水和长跑。

挑战癌症

目前，钱永健是霍华德休斯医学研究所的研究员，他对荧光蛋白如何应用于神经生物学和癌症研究中兴趣浓厚。他说："我父亲得的是胰腺癌，诊断出 6 个月后，他就去世了。这是一种可怕的癌症。""我总是想在职业生涯中做一些与临床相关的事，如果可能，治疗癌症是终极挑战。"

对于癌症的诊断和治疗，钱永健十分关注。他和他的同事们已经造出了一种 U 型的缩氨酸分子———一种化学疗法药物。他不久前瞄准癌症成像和治疗，将 U 型缩氨酸用于承载成像分子或化疗药物。

U 型缩氨酸可成为某些蛋白酶和蛋白裂解酶的底物，这些酶从癌细胞中渗出，却极少出现在正常细胞中。当蛋白酶穿透 U 型缩氨酸底部时，U 型缩氨酸的双臂会分离，其中一支臂拖住有效载荷部分进入隔壁细胞。

美妙的应用前景

除了应用于科学研究，绿色荧光蛋白还应用于艺术领域。应美国芝加哥艺术家爱德华多·卡奇的要求，研究人员于 2000 年制造出了一只能发出绿色荧光的兔子。此后，研究人员造出了经过基因改造的绿色荧光猪，还产下了绿色荧光小猪崽。

绿色荧光蛋白在医学和生物化学方面得到了广泛的应用，它使人们能够直接看到细胞内部的运动情况。在任何指定的时间我们都可以轻易地找出绿色荧光蛋白在哪儿：你只需要用紫外光去照射，这时所有的 GFP 都将发出鲜艳的绿色。绿色荧光蛋白特别突出的应用是在癌症研究中，用荧光蛋白对肿瘤细胞标记使得科学家们能够观测到肿瘤细胞的成长、入侵、转移和新生等具体的过程。

这项技术还可以应用于军事领域，例如通过观察海洋动物发光的突然爆发，可以用来辨别水下军事设施等。在生化分析方面，生物发光现象可以用来检测超微量钙的存在。

钱永健发明的荧光探针技术不仅可用于生物医学领域，在其他领域也有极为重要的意义，如环境污染的实时监控、食品安全等。应该说这些看似深奥的研究工作与普通老百姓的日常生活息息相关，比如说，如果目前有一种便宜的荧光试剂或试纸，能快速、灵敏地检测出三聚氰胺，老百姓就可以在家里放心食用奶制品了。再比如，我们可以设计一种对某种糖类具有特殊识别性能的荧光探针，可以用来快速、方便地检测人体唾液中糖的含量，这样糖尿病患者就可以很方便地控制自己的饮食。

总而言之，本次诺贝尔化学奖得主的工作不但在科学上对化学、生物学、医学等领域具有重要的意义，而且也与人们的日常生活密切相关，对于提高人类的生活品质以及进一步改善人类的健康有十分重要的意义。

爱因斯坦创立狭义相对论

从事物的全局看问题,站得高,才看得远,这是大科学家才具有的气质。爱因斯坦就是这样一个大科学家,与世界另三位科学巨匠哥白尼、牛顿、达尔文齐名。

1879年3月14日上午11时30分,科学巨匠阿尔伯特·爱因斯坦出生在德国乌尔姆市班霍夫街135号。父母都是犹太人。

爱因斯坦从小就被父母认为是个低能儿,4岁才能结结巴巴地说话。但他5岁时便开始思考问题了。有一次,他生病后躺在床上玩指南针,一边玩,一边觉得很奇怪:为什么它总是指向一个方向呢?一连想了几天,百思不得其解。几天后,他突然利索地问起父亲这个问题来。父亲见儿子说话不再结巴,又会想问题了,十分高兴,便回答起儿子一个又一个连珠炮式的问题。

爱因斯坦小的时候,有一天德国军队经过慕尼黑的街道,好奇的人们都拥向窗前喝彩助兴,小孩子们则神往士兵发亮的头盔和整齐的脚步,爱因斯坦却恐惧地躲了起来,他既瞧不起又害怕这些"打仗的妖怪",并要求母亲把他带到自己永远也不会出现这种妖怪的国土去。爱因斯坦中学时,母亲满足了他的请求,把他带到意大利。爱因斯坦放弃了德国国籍,可他并不申请加入意大利国籍,他要做一个不要任何依附的世界公民……

19世纪末期是物理学的大变革时期,爱因斯坦从实验事实出发,重新考查了物理学的基本概念,在理论上做出了根本性的突破。他的一些成就大大推动了天文学的发展。他的量子理论对天体物理学,特别是理论天体物理学有很大的影响。

1905 年,阿尔伯特·爱因斯坦发表了三篇重要的论文,除其中的《光电效应定律》获得 1921 年诺贝尔物理学奖,更重要的是在《论动体的电动力学》提出了"狭义相对论",后来发展为相对论的著名公式:$E = mc^2$。

爱因斯坦的《论动体的电动力学》只是一篇朴素的短文,而且连底稿都没有留下来。爱因斯坦这几千字的论文,却从根基上动摇了牛顿的辉煌殿堂,第一次提出时间、空间与物质这三者之间的崭新观念。

牛顿力学大厦的基石是绝对时间和绝对空间。牛顿认为:时间和空间是客观存在的、绝对的,彼此没有关联,同物质运动和外界任何事物没有关系。在牛顿的体系里,万物都遵循"三大运动定律"和"万有引力定律",有条不紊地、规规矩矩地运动着。

爱因斯坦论文里指出:宇宙里不存在一成不变的绝对时间,也没有绝对空间。时间流逝的快慢和空间距离的大小,和物质的运动有着密切的关系。在物体以接近光速的高速运动时,时间会变慢,长度会缩短。爱因斯坦提出的这个新的时空观,改变了人类对世界的看法,导致了相对论的诞生。

爱因斯坦建立相对论,是从两个基本原理出发的:一是相对性原理;二是光速不变原理。

首先,爱因斯坦抛弃了多年来困扰着物理学家们的"以太说"。在他的论文第二段中,有一句名言:"'光以太'的引入将被证明是多余的,因为按照这里所要阐述的见解,并不需要有一个'绝对静止的空间'。"

爱因斯坦告诉我们:一个人坐在一列停着的火车上,当另一列火车从窗外驶过时,到底是哪一列火车在运动,坐在车厢里的人猛然间是难以判断的。这就是说无论哪一个观察者,要进行测量,首先得有个参考系——比如他乘坐的车子、地球或星系。宇宙里既然没有绝对静止的"以太",也就没有任何能供观测者确定自己位置的固定标杆。一切事物和运动都具有相对性。而不管怎样进行测量,光速总归是不变的。

爱因斯坦的观念引出一个十分有趣的结果。举例来说:假如你带着一只表,站在河岸上。河里有一艘船以极快的速度顺流而下。在那艘船上,有人相隔一分钟放出两个信号弹。当船经过你面前时,放出第一个信号弹,你立即按下秒表。而当你看到第二个信号弹时,再按停秒表,表上的时间一定比一分钟还多一点。

这是为什么呢?道理其实很简单:因为船也在动。在放那两个信号弹的时候,假如船停着不动,那么,间隔的时间,不论从船上或岸上看来,都是同样准确的一分钟,但由于船也在动,在河岸上测得的时间,便比在船上测得的要长一些了。换句话说,时间也是相对的。运动速度越快时钟就越慢。而且,一切物体会沿着它的运动方向相对缩短。

这就是相对论里著名的"钟慢尺缩"结论。

爱因斯坦相对论的第三个重要结论,是著名的爱因斯坦方程:$E = mc^2$

这个公式是爱因斯坦在随后的另一篇论文里发表的。论文同样很简洁,只有三页。公式的含义是:一切物质都含有与质量(m)乘以光速(c)的平方相等的能量(E)。

这个数字是惊人的。因为光速是一个很大的数。根据这个公式计算,一千克物体所含有的能量,就相当于3500万吨炸药爆炸时所产生的能量!起初,大多数科学家们都不相信这个结论。直到40年后,根据这一理论研制成功的原子弹,在日本广岛上空爆炸时,全世界才恍然大悟。

就这样,爱因斯坦改变了公众对宇宙的认识。相对论的发表使他从科学界一个默默无闻的小人物,一跃成为自牛顿和麦克斯韦之后世界上最伟大的物理学家。

勤于思考的卢瑟福

卢瑟福 1871 年 8 月 30 日生于新西兰纳尔逊附近的泉林村。父亲是农民和工匠,母亲是乡村教师。他在小学就对科学实验产生了兴趣。他成绩优秀,学习期间曾获一系列奖学金。

卢瑟福是 20 世纪初最伟大的实验物理学家,1908 年获诺贝尔化学奖,一生发表论文约 215 篇、著作 6 部,培养了 10 位诺贝尔奖获得者。1937 年 10 月 19 日,他患肠阻塞并发症逝世,葬于伦敦威斯敏斯特大教堂的牛顿墓旁。

卢瑟福对思考极为推崇。一天深夜,他看到一位学生还在埋头实验,便好奇地问:"上午你在做什么?"

学生回答:"在做实验。"

"下午呢?"

"做实验。"

卢瑟福不禁皱起了眉头,继续追问:"那晚上呢?"

"也在做实验。"

卢瑟福大为恼火,厉声斥责:"你一天到晚都在做实验,用什么时间思考呢?"

卢瑟福喜欢善于思索、聪明的学生。苏联来的青年彼得·卡皮查,初登卡文迪什研究室之门时卢瑟福并不准备收他,因为能当卢瑟福的研究生是年轻人的最高荣誉,这里几乎每天都有人想跻身其中。卡皮查问:"卢瑟福先生,我能来卡文迪什做一名研究生吗?"

"对不起,我这里的名额已经满了。"

"实验室里的名额允许不允许有一点误差啊?"

"一般不得超过百分之十。"

"那就好办,你们一共三十人,加我一个,还在允许范围之内。"

卢瑟福笑了,他一看就知道这是个十分聪明的青年,便高兴地说:"好,收下你。"

沃森和克里克发现 DNA 的双螺旋结构

学科交叉是当代产生重要科学发现和技术发明的重要手段。遗传信息载体 DNA 结构的重大发现就是生物学和物理学交叉、生物学家与物理学家合作的结果。

核酸分子只有头发丝的四万分之一那么小。这么个小不点儿何以能够指导如此复杂的生命活动呢？如果不把核酸分子的结构搞清楚，前面那些科学家的一系列理论都很难站住脚。然而，就算在电子显微镜下，核酸也不肯露出它那神秘的面容。科学家们为了揭开核酸结构的秘密整整徘徊了十年。

1928 年 4 月 6 日，詹姆斯·杜威·沃森出生于美国芝加哥的伊利斯一个圣公会教徒家庭，是詹姆斯家族的长子。

詹姆斯家里，书籍和知识占据非常重要的位置。大部分的书来自旧书店，较新的来自"每月读书俱乐部"；每周末沃森的父亲带领他步行一英里去公共图书馆阅读各种图书，而且每次都带回一大摞书在下周品味。父亲崇尚有思想的人，喜欢各类哲学书籍，而沃森从中挑出自己喜欢的科学类书籍读。

1943 年沃森提前两年中学毕业进入芝加哥大学，并非他特别聪明，而是很大程度上因为他的母亲。他的母亲乔安娜发现芝加哥大学校长罗伯特·哈金斯正在进行一项教育改革，她为沃森填写奖学金申请表并支付每天六美分的车费，沃森才如愿进入大学学习动物学。在芝加哥大学的最初两年，沃森的成绩并没有使他展露出在科学方面的天才。但在此期间他有机会聆听当时世界上最优秀的基因学家之一斯沃尔·莱特讲课，这是沃森崇拜的第一个科学英雄。基因的概念融入他的大脑，使他做出了一生最重要的决定——要把基因研究作为一生主要的研究目标。

1947年沃森在芝加哥大学毕业并获得理学学士，在芝加哥大学人类遗传学家斯兰德斯可夫的推荐下，印第安纳州立大学给沃森提供了一个月薪900美元的研究工作，他开始用X射线进行噬菌体研究，三年之后在那里获得动物学博士学位。

1951年秋，沃森赴欧洲的哥本哈根进行为期一年的基因转移研究，并未获得令人振奋的结果。1953年，美国年轻的生物学博士沃森身负特殊的使命来到英国，在世界首屈一指的卡文迪什研究所学习。他受命前去学习X射线衍射法的新技术，这是一种经常用来探明物质原子结构的方法。在学习中他结识了一个中年物理学家克里克。

克里克1916年6月8日出生于英国北安普敦的一个中产阶级家庭。上大学期间，克里克主修物理学，辅修数学，但并没有学到很多前沿的物理知识。而且同沃森一样，克里克成绩平平，并未见过人之处。1937年，他从伦敦大学毕业后继续攻读物理博士。一直到战后，克里克才自修了量子力学，但他在自传《疯狂的追逐》里自称对近代物理的了解只有《科学美国人》的水平。

1939年二战爆发之后，克里克在英国海军总部实验室工作了8年。二战结束后，经过选择和思考，克里克受到薛定谔《生命是什么》这本名著的影响，很快找到感兴趣的研究方向：一个是生命与非生命的界限，另一个是脑的作用。

1947年，克里克在剑桥大学工作两年之后转到以结晶技术研究巨分子结构著称的剑桥大学医学研究中心实验室。在那里，他对X射线衍射模式的解释产生了浓厚的兴趣。但直到1951年沃森到剑桥之后，才真正开始进行DNA的研究。

当时，23 岁的沃森和 35 岁的克里克这两位年轻人并不是资深的生物学专家，在 DNA 分子结构探索方面他们还有两个强有力的竞争小组：一个是伦敦大学的威尔金斯和他的助手富兰克林，另一个是美国加州理工学院的化学家鲍林。威尔金斯与富兰克林根据 X 射线衍射研究已经知道了 DNA 分子由许多亚单位堆积而成，而且 DNA 分子是长链的多聚体，其直径保持恒定不变。鲍林通过对蛋白质α-螺旋的研究，认为大多数已知蛋白质中的多肽链会自动卷曲成螺旋状。

而沃森和克里克采用了构建模型的方法来分析 DNA 分子的结构，即先根据理论建立模型，再用 X 射线衍射结构来检验模型。同时沃森和克里克最大限度地汲取了威尔金斯、富兰克林与鲍林的研究结果，特别是当他们意外地看到富兰克林所拍摄的一张高清晰度的 DNA 晶体的 X 射线衍射照片时，很快就领悟到了 DNA 的结构是两条以磷酸、脱氧核糖为骨架的链相互缠绕形成了双螺旋结构，氢键把它们连在一起，从而否定了脱氧核糖核酸的单螺旋与三螺旋模型，提出了正确的双螺旋模型。

原来，核酸很像一把螺旋状的梯子，这些阶梯是由代号为 A、T、G、C 的四种名叫核苷酸的物质组成的。核酸的分子虽然从宏观上看很小，从微观上看分子量却很大，上面有数量非常巨大的核苷酸。比如，小小的大肠杆菌的核酸分子就由 800 万个核苷酸单体组成。人的一个细胞里的核酸分子中，包含了约 58 亿个核苷酸单体。

沃森和克里克的研究工作使科学家们兴奋异常，人们可以从分子水平来揭开生命的秘密了。对于生命的规律的研究从定性走向了定量，一门全新的科学——分子生物学诞生了。这是值得人类永远纪念的一项伟大成就。

1953 年 4 月，沃森和克里克在《自然》杂志发表了不足千字的短文——《核酸的分子结构——脱氧核糖核酸的一个结构模型》，报告了这一改变世界的发现。这篇论文在科学史上矗立了一座永久的里程碑。1962 年，沃森、克里克和威尔金斯三个人因为在 DNA 结构方面研究的突出贡献共享了诺贝尔生理学或医学奖。

伦琴借助妻子之手发现 X 射线

伦琴出生在德国鲁尔的一个小镇。父亲经营着一个已传承四代的纺织品商店，到了伦琴父亲这一辈，生意一天比一天兴旺，女主人又善于持家，家境逐渐富裕，在镇上颇有名望。

小伦琴非常淘气，与其他同龄的孩子相比并没有什么特别出众的地方，只是手巧一些。老师见到他父亲时会礼貌地说："您家的孩子，性格好、聪敏，将来会有前途的。"老伦琴对儿子最大的期望就是继承祖传的商店，所以对老师的客套话心满意足。

小伦琴小学毕业后，父亲想要他留在镇上读完中学就继承家业。伦琴母亲强烈反对。她一心要儿子见世面，将来有个好前程。伦琴没有那么多的考虑，对离开家乡感到新鲜有趣。

在外祖父家，伦琴进了颇有名气的乌得勒支中学读书。正规的学校教育不仅丰富了伦琴的见识，更激活了他的思想。伦琴脑子里的问题越来越多，想动手做些什么的欲望也越来越强烈。伦琴迷上了机械制造，整天和一堆零件泡在一起，并梦想着当上科学家。他开始用科学的方法来思考：光为何能穿透，为何又能被遮挡？水为何成为蒸汽，为何又成为窗上的冰花？他觉得知识不够用了。伦琴带着许多问题进入了大学，又带着更多的问题开始了研究。祖传的店铺早已被扔在脑后。

1895 年的一天,伦琴用克鲁斯管做实验时,发现荧光板能发出荧光。他用纸和书本遮住荧光板,荧光板仍然发光。使伦琴更惊讶的是当他把手放在荧光板前时,荧光板上留下了手骨的阴影。伦琴认为从克鲁斯管中放出的是一种穿透力极强的射线,并把它命名为"X 射线"(因为伦琴并不明白这种射线的本质,故用未知数符号 X 来命名)。伦琴制成了第一个 X 射线管,并发表了一系列研究论文,但是无人信服。为了证实自己的发现,伦琴说服妻子用这种射线拍摄了她的手。这张显示出手部骨骼结构的照片立即在社会上引起了轰动。

X 射线能穿透普通光线所不能穿透的材料,这对生活和生产都很重要。1901 年第一届诺贝尔物理学奖颁给了伦琴。

屠呦呦研究团体 发现青蒿素得诺奖

　　20世纪70年代，越南战场上恶性疟疾肆虐。由于疟原虫对奎宁等抗疟疾特效药产生了耐药性，双方士兵无药可治，成千上万的人死亡。美国动用了大批人力筛选抗疟新药，试了一万多种化学药物，仍一无所获。

　　中国也组织了几百人的队伍，筛选抗疟疾新药。中国中医药研究院中药研究所的科学家屠呦呦、钟裕蓉等，决心从中药中寻找抗疟疾药物。她们在中国古籍中发现一种中药青蒿有治疗疟疾的作用，屠呦呦从古代著名炼丹家葛洪的药方中得到启发，发明了用乙醚提取青蒿中有效成分的技术。

　　屠呦呦是中药所"抗疟药物"组的组长，亲自点名将四川大学生物系毕业生钟裕蓉调来当助手。一开始，"抗疟药物"组只有三个成员，屠呦呦、钟裕蓉和崔淑莲，后来来了个倪慕云。这就是屠呦呦团队的全部人马。

　　研究开始阶段，设备简陋，困难重重。乙醚使用量很大，但实验室里没有装乙醚的密闭容器，通风设备落后，盛放乙醚浸泡青蒿的大缸时时发出刺鼻的气味，无法散去。研究人员成天泡在乙醚充斥的实验室里工作，有三个人后来都身患重病。屠呦呦得了中毒性肝炎。钟裕蓉的气管上长了一个无名肿瘤，不得不动手术将这个肿瘤连同部分气管与三分之二的肺叶一起切除，健康受到了重大伤害。崔淑莲中毒更严重，以至于早早地离开了人世。钟裕蓉和倪幕云在团队中都负责青蒿有效成分的提纯。当时，只证明了青蒿对治疗疟疾有效，但并不知道青蒿中治疗疟疾的有效成分。只有找到这种有效成分的单体，才能使研究提升到现代科学水平，也才能为以后用这种有效成分进一步开发成现代药物提供原料。

钟裕蓉在大学是学植物生理学的，现代植物生理学的实验方法，为她解决这一难题提供了扎实的专业基础。钟裕蓉选择了用离子交换柱进行层析柱分离提纯青蒿有效成分。其中关键是正确选择吸附剂。

吸附剂的种类很多。倪幕云和钟裕蓉试了许多吸附剂都失败了。于是钟裕蓉决定另辟蹊径。正当而立之年的钟裕蓉在一份有关气管炎药物研究的文献中发现硅胶分离中性物质的效果较好。钟裕蓉在层析柱上填充了硅胶，让青蒿提取液缓缓通过硅胶将组分分离，结晶出一种种不同的纯物质。

那是 1972 年的一个永远难忘的晚上，晚饭后，钟裕蓉照例从家里走到实验室加班。当钟裕蓉走进实验室时，发现盛纯化液的容器中出现了方形结晶，她当时高兴地流下了眼泪。她把这种结晶物质命名为青蒿Ⅰ，之后，又分离出呈针形结晶的青蒿Ⅱ和青蒿Ⅲ两种纯物质。通过动物实验，发现青蒿Ⅰ对疟原虫无效，青蒿Ⅲ效力很弱，只有青蒿Ⅱ有 100% 的杀疟原虫效力。于是，在其他研究人员的协作下，她搞清楚了青蒿Ⅱ这种结晶的分子结构。屠呦呦小组正式命名青蒿Ⅱ为青蒿素。古人认为青蒿有杀疟原虫效果的有效纯化学物质被发现，青蒿素至此正式诞生。从此，世界现代医药宝库中抗生素类药物中又增加了一种能杀疟原虫的新药，并拯救了数百万疟疾患者的生命。这是传统中药向现代药物迈出的重要一步，具有里程碑式的意义。

2015 年，屠呦呦团队的代表屠呦呦获得了 2015 年度诺贝尔生理学或医学奖，这是中国内地科学家第一次获得这个奖项，也是中国女性第一次获得诺贝尔奖，这不仅仅是屠呦呦的光荣，也是以屠呦呦、钟裕蓉为代表的屠呦呦研究团队的光荣、中国科学家的光荣！

科学家趣闻轶事

科 学 家 故 事 100 篇

跟国王打赌的阿基米德

古希腊物理学家和数学家阿基米德从小就很有才华。十六七岁的时候，他就下决心要把学到的知识应用到实际中去。当时国王和阿基米德家有亲戚关系，他经常邀请阿基米德到王宫去玩。国王也很喜欢同阿基米德辩论有关科学的一些重大问题。

有一天，阿基米德和国王又在进行他们所喜爱的辩论。阿基米德认为把数学应用到实际事物上去简直容易极了。他断然宣称："实际上，我已经精确地计算出来了，任何地方只要供给足够的力，不管多重的物体，我们都能移动它。我的国王，你相信不相信，只要我有另外一块地方可站，我就能挪动地球。"

国王听了哈哈大笑，说道："你这种声明是十分保险的，因为没有人能够证明它。"

阿基米德说道："我没有地方可站，所以我没法挪动地球。你不妨另外给我一个非常重的东西。我不需要任何人的帮助，独自一人就能挪动它。"

国王以为阿基米德在吹牛，便笑着说："阿基米德，这样吧，我们打个赌。我的船队里，有一艘新船非常大、非常重。船坞里干活的所有奴隶，把力气合到一块儿，也无法把它从造船架上推到水里去，你独自一人去挪动那个重东西吧。如果你真的挪动了它，我就下令全城的人都听从你的吩咐。"

阿基米德鞠了一躬，说："国王，我接受你的挑战，如果我输了，我就离开叙拉古到埃及去，终身不做希腊公民。"

国王与阿基米德打赌的消息传遍了全城，男女老少都在谈论这件事。当阿基米德宣布准备好了的时候，国王定了个日子。那一天，从凌晨开始，船坞上人山人海，连附近的屋顶上也站满了人。看上去，仿佛叙拉古全城的人都聚到这里来，观看这场表演了。

此刻，奴隶们费了近一年工夫才造好的新大船端放在造船架上。它本来就非常沉重，可是国王还额外地给它增加了重量：船上装满了货物。

阿基米德没有露出一点焦急的样子。他把一个螺旋似的东西固定在船坞上，让一杆大螺杆通向船上，用一套套又粗又长的绳索和小巧的滑轮把船和螺旋连在一起。阿基米德全神贯注地在这些东西之间忙碌着。

安装好这些东西之后，他又细心地检查了一遍。最后阿基米德握着螺杆的手柄，冷静地站着不动。

"阿基米德，你准备好了吗？"国王心急火燎地喊道，"要不要再给你一段时间？你希望别人来帮助你一下吗？也许你不好意思再说大话、开玩笑了吧？"

"现在我准备好了。"阿基米德满面春风地说。他开始摇动手柄了。

起初围观的人们忍不住笑的笑，嚷的嚷。现在，他们看到阿基米德那么严肃认真，知道阿基米德不是在闹着玩。

打赌的结果就要见分晓了，围观的人都屏住呼吸，眼睛盯着大船和阿基米德。只见阿基米德不慌不忙地摇着手柄，把绳子绕在螺旋似的东西上面，只用一只手操作。不一会儿，大船果真动了！人们踮着脚尖，想看个究竟。

十几分钟后，大船缓缓地离开了造船架，稳稳当当地滑入水里，仿佛在大海上顺风航行。人群中爆发出一阵欢呼声。

阿基米德打了个手势，请国王也来试试。国王握住手柄，神情紧张地摇动，船仍旧顺利而平稳地向前移动。他停住，不摇了，举起一只手，大声说："大家听着，我下令，从今天起，无论阿基米德说什么，都要相信他。你们也必须听从他的吩咐！"

群众又一片欢呼。

这就是阿基米德把数学应用到实际生活所发现的著名的杠杆原理！

哥白尼学说的卫士列提克

列提克说："真理必胜！勇敢必胜！让科学永远受到尊重吧！愿每一位大师都从自己的艺术中揭示一些有益的东西，并且逐步把它展示出来……我的导师在任何时候都不惧怕那些值得珍重的学者们的评论，相反，他很乐意倾听这种评论。"

1539 年 5 月，弗龙堡一位年轻的不速之客登门拜访哥白尼。

这个年轻人名叫列提克，是德国威丁堡大学的数学和天文学教授，年仅25 岁。哥白尼的《浅说》传到德国时引起了列提克的强烈兴趣。他被哥白尼日心说的思想所吸引，决定前往瓦尔米亚拜访这位大师。列提克此行其实冒着很大的风险。因为威丁堡是德国宗教改革的发源地，是路德派新教的大本营。而波兰是罗马教皇统治下的旧教区。新教和旧教水火不容，而且新教的领袖、那位名气很大的马丁·路德，对哥白尼的日心说思想颇为敌视。他曾在一篇文章中公开写道："有人提到一位新的天文学家。他想证明不是日、月、星辰在动，而是地球在动……这个疯子想把整个天文学颠倒过来！"

在一次新教派的狂欢节化装舞会上，还有新教徒打扮成神甫的模样，一边招摇过市，一边宣称哥白尼是占星学家，是他定住了太阳，转动了地球，以此拙劣的做法来嘲笑哥白尼。路德派新教一直把哥白尼视为危险人物。无论新教还是旧教，他们一致反对哥白尼把科学从神学里解放出来。列提克的瓦尔米亚之行,需要莫大的勇气。

列提克拜访哥白尼时,带了纽伦堡印刷的三本精装图书作为见面礼。这些大部头里有希腊文版的托勒密的《天文学大成》、欧几里得的《几何原本》,还有维特罗的《光学》等。列提克在每本书的扉页上都恭敬地写道:"奉献给享有盛誉的大师尼古拉·哥白尼先生、列提克的导师大人。"

哥白尼热情地接待了列提克。列提克最初计划在弗龙堡待半个月,待了解哥白尼的理论后就回去。但没有想到,他在弗龙堡一住就是两年多。他成了哥白尼的知心朋友和唯一的学生,并为哥白尼学说的公布立了大功。

哥白尼的《天体运行论》手稿,在1933年就已大体完成。但他一直下不了决心出版这本巨著。正如他后来在《天体运行论》一书的"序言"里提到的:"在漫长的岁月里,我曾经迟疑不决。"

哥白尼为什么会"迟疑不决"呢?有两个原因。一是学者的谨慎。他建立的是崭新的宇宙体系,为了使自己的理论能经受住时间的检验,他不断地对手稿进行修改,希望尽善尽美。二是离经叛道者的顾虑。他害怕教会对"日心说"这一新理论进行迫害。

早在哥白尼留学意大利的时候,教皇就重新颁布了"圣谕",禁止印发未经教会审查的书籍,可疑的图书一律焚毁。1503年哥白尼回国时曾目睹宗教裁判所对异教徒的制裁,许多人都被抓起来活活烧死。哥白尼的一生里,波兰境内至少发生过300次以上的宗教裁判活动。这些暴行必然在哥白尼心里投下浓重的阴影。舅舅瓦兹洛德生前反对哥白尼研究日心说就是担心他惹火烧身。后来,罗马教廷听闻了哥白尼的学说,感到很惊慌。他们采取种种手段阻挠新说的传播。1533年,教皇听人阐述了"日心说"的原理后,大为震惊。他决定把哥白尼的手稿控制起来,不过没有得逞。

列提克拜哥白尼为师后,仔细研读了《天体运行论》手稿,深知它包含着巨大的科学价值。他再三鼓动老师哥白尼把这部巨著出版。哥白尼的一位教会朋友海乌姆诺主教台德曼·吉兹,也鼓励哥白尼把《天体运行论》公布。

哥白尼受到鼓舞,同意列提克先写一本小册子,大概介绍《天体运行论》

的内容。1540年9月,列提克写完这本小册子,取名为《初讲》,并以献给老师扬·绍内尔的名义在波兰格但斯克出版。这本70页的小册子介绍了哥白尼的《天体运行论》前10章的内容,包含了全书的精华。

《初讲》出版的消息不胫而走,引起了轰动。弗龙堡这个"世界边缘的角落"一时成为欧洲天文学家们关注的焦点。人人都在谈论地球在运动、太阳居于宇宙中心的新学说。

1541年,在吉兹主教和列提克力劝之下,哥白尼终于下定决心把《天体运行论》付印。为了寻求保护,他想了一个办法,把写给保罗三世教皇陛下的献词作为该书的序言。希望在这位比较开明的教皇的庇护下,《天体运行论》可以顺利问世。哥白尼在"献词"中写道:"在我把此书埋藏在我的论文之中,并且埋藏了不是九年,而是第四个九年之后……我已经敢于把自己花费巨大劳动研究出来的结果公之于世,并不再犹豫用书面形式陈述我的地动学说。"

哥白尼把出版事宜交给了列提克负责。9月,列提克带着老师的拉丁文手稿返回德国,积极联系出版的事。几经周折,纽伦堡一家出版商扬·佩特赖乌斯同意出版《天体运行论》。纽伦堡的出版专业水准很高,这大约是列提克选择在纽伦堡出版的原因。不巧的是列提克这时应聘到莱比锡大学任教授。他只好把出版的具体事宜委托给哥白尼的一个旧友,路德派新教徒奥塞安德尔教士。

正是这位奥塞安德尔教士,曾经建议哥白尼把书中阐述的理论说成是未经证明的假设,以避免出版后的麻烦。但哥白尼拒绝了他的建议。然而这一次,奥塞安德尔未经哥白尼同意,假造了一篇没有署名的序言,偷换了哥白尼给保罗三世教皇的献词。这篇伪序宣称书中的理论只是假设,"并非必须是真实的,甚至也不一定是可能的",它不过是"提供一种与观测相符的计算方法"而已。这给读者造成了很大的误导,让他们以为哥白尼的《天体运行论》并不是科学理论,而只是一种假设。《天体运行论》出版后几十年内没有引起足够的重视就是这个原因。奥塞安德尔还对《天体运行论》部分原稿随意地进行了篡改。远在莱比锡的列提克发现问题时已经来不及了。他要求出版商佩特赖乌斯发行改正版，并删掉奥塞安德尔的序，可惜未能奏效。

尽管如此，《天体运行论》巨著闪耀着的真理光芒是遮掩不住的。

1542年深秋，哥白尼因脑溢血导致半身不遂。在病痛的折磨中，他翘首期盼着饱经磨难的《天体运行论》出版。弗龙堡的冬季特别寒冷。1543年春，哥白尼病情加重，已经生命垂危。他执拗地和死神搏斗着。直到5月24日，在哥白尼弥留之际，一本印好的《天体运行论》从纽伦堡送到他的病榻前。这时哥白尼的双眼已经失明，他用颤抖的手摩挲着书的封面，脸上露出一抹微笑。然后，他离开了人世。

这一部永垂不朽的巨著，正如恩格斯所说，是"自然科学的独立宣言"。因为它的问世，"从此自然科学便开始从神学中解放出来"。哥白尼引起了人类在宇宙观上的根本变革，揭开了近代自然科学革命的序幕。

科学战胜神权

　　哥白尼说:"静居在宇宙中心处的是太阳。在这个最美丽的殿堂里,它能同时照耀一切。难道还有谁能把这盏明灯放到另一个更好的位置上吗? 有人把太阳称为宇宙之灯和宇宙之心灵,还有人称之为宇宙的主宰……于是,太阳似乎是坐在王位上管辖着绕它运转的行星家族,地球还有一个随从,即月亮。反之,正如亚里士多德在一部关于动物的著作中所说的,月亮同地球有最亲密的血缘关系。"

　　哥白尼的学说不仅改变了那个时代人类对宇宙的认识,而且从根本上动摇了欧洲中世纪宗教神学的理论基础。如同恩格斯在《自然辩证法》里所指出的:"从此自然科学便开始从神学中解放出来""科学的发展从此便大踏步前进"。

　　到了 16 世纪中叶,哥白尼日心说的影响日益增大,教会察觉这是个非常危险的理论,才惊慌起来。1616 年,罗马教廷宣布哥白尼的学说是"违背《圣经》的异端邪说",将《天体运行论》列为禁书。

　　哥白尼去世五年后,一个名叫布鲁诺的婴孩在意大利诞生。

　　布鲁诺出生在一个贫穷的家庭,10 岁时被送进修道院,15 岁时成为多米尼克修道院的修士。但是布鲁诺对神学并无多大兴趣,经过刻苦自学,他成为一位博学家和勇敢的叛逆者。布鲁诺信奉哥白尼的学说,发表了大量文章,积极宣传哥白尼的宇宙观。他因此被指控为"异教徒",被迫流亡国外。但布鲁诺没有动摇,他在欧洲各国到处传播哥白尼的学说,并提出宇宙的无限性和统一性,进一步发展了哥白尼学说的体系。布鲁诺指出,太阳也不是宇宙的中心,而只是宇宙的一个单元;宇宙没有开始,也没有结束,它是一个统一的物质世界。

布鲁诺革命性的观点,引起了罗马教廷的极大恐惧。1592 年 5 月,他们以邀请讲学为名骗布鲁诺回国,立即将他逮捕入狱。在宗教裁判所长达八年的审判和折磨下,布鲁诺拒不"认罪"。最后宗教裁判所判他火刑。布鲁诺以大无畏的精神宣告说:"高加索的冰川,也不会冷却我心头的火焰,即使像塞尔维特那样被烧死,我也绝不反悔!"

1600 年 2 月 17 日,52 岁的布鲁诺被活活烧死在罗马的鲜花广场上。临刑时他高声喊道:"你们向我宣布判决比我听到判决更恐惧!"

就在九年之后,伟大的伽利略用望远镜对天体进行观测。他惊喜地发现月亮表面有山脉,木星有四颗卫星,太阳有黑子,金星有盈亏等现象,为人类揭开了宇宙的神秘面纱。

哥白尼在《天体运行论》中曾预言过:"如果我们的眼睛能看得更远更清楚,就可以看见金星像月亮一样出现盈亏现象。"

伽利略用他的望远镜为哥白尼的学说找到了最有力的证据。哥白尼 60 年前的预言终于得到了证实:太阳系的中心不是地球,而是太阳!地球和其他行星都绕着太阳运行。

1610 年,伽利略在《星际使者》一书中公布了这些发现,引起世界轰动。根据天文观测的结果,伽利略确信哥白尼的"日心说"是正确的,他积极宣传哥白尼的学说。1615 年他因此受到教会的警告:必须放弃哥白尼的学说,无论演说或是写书,都不准说哥白尼学说是真理。

但是伽利略并没有放弃捍卫真理的信念。1632 年他的新书《关于两个世界体系的对话》出版后像野火一样传播开来,引起教会的莫大恐慌。教皇盛怒之下,下令把他押解到罗马受审。

1633年6月22日，白发苍苍的伽利略被押上宗教法庭，接受审判。这位风烛残年的老人被迫跪下，在忏悔书上签字。他当着主教团面前承认："我从此不再以任何方式，去支持、维护或宣传地动的邪说……"

但是当他站起来时，嘴里自言自语道："可是，地球仍然在转动呀！"

一位哲学家说，说这话的不是伽利略，而是世界。

布鲁诺是英雄，伽利略也是英雄。贝尔纳称颂他"真正算得上是人类的救星。他是人类主宰宇宙的宣传者，自由的捍卫者，必然的胜利者和征服者"。

1757年，牛顿的万有引力学说已得到公认，日心说成了天经地义的事，罗马教廷才解除了对《天体运行论》的禁令。1822年，教皇被迫承认日心说。

科学终于战胜了神权。

德国大诗人歌德说得好："哥白尼地动学说撼动人类意识之深，从古至今没有任何一种创见，没有任何一种发明可以和它相比……因为地球如果不是宇宙的中心，那么无数古人相信的事物将成为一场空了。谁还相信伊甸的乐园、赞美的颂歌、宗教的故事呢？"

差点被特工刺杀的海森堡

简　介

　　海森堡（1901—1976），德国著名物理学家，量子力学的创立人之一。他于 20 世纪 20 年代创立的量子力学可用于研究电子、质子、中子以及原子和分子内部的其他粒子的运动，从而引发物理界的巨大变革，开辟了 20 世纪物理时代的新纪元。为此，1932 年，他获得诺贝尔物理奖，成为继爱因斯坦和波尔之后的世界级的伟大科学家。

海森堡挑战玻尔

　　1922 年秋天，一个晴朗的上午，德国哥庭根大学物理系高才生海森堡夹着一本十分厚重的原子物理书急匆匆地穿过校园去见一位来校讲学的、物理学界的泰斗人物：丹麦哥本哈根理论物理研究所所长，刚刚获得诺贝尔奖的玻尔博士。

　　玻尔先生那年 37 岁，一年前被任命为丹麦子本哈根理论物理所所长，第二年就获得诺贝尔奖，事业上可谓如日中天。由于他当时的名望，欧洲许多最著名的大学和研究所都邀请他讲演所谓的"玻尔模型"。

海森堡见过玻尔后,看着黑板上密密麻麻的数学物理公式。海森堡虽然年轻,却是物理学的高手。当时正是现代物理的初期,许多问题都不清楚,没有定论。这时的海森堡早已经开始考虑量子效应的核心问题了。他大胆地走到黑板前,凝视着一个草图——玻尔画的原子模型。可能有人刚刚和他讨论过了。仅仅几分钟的时间,海森堡已经十分迅速地看懂了公式的含义。玻尔一直注视着他的动作。

"电子出现的轨迹不可能这样。"海森堡指着黑板说,语气似乎有点狂妄。

一个 21 岁的学生试图向理论所所长、诺贝尔奖获得者玻尔博士提出挑战和质疑,而且是在第一次见面的时候。顿时,全场为之哗然,有人瞪大了眼睛盯着这个不知天高地厚的学生。他们似乎在说:你怎么可以如此直白地质疑玻尔先生,知道他是谁吗? 难道你疯了吗? 要知道,在德国,学生在教授面前一定是毕恭毕敬的,更何谈在众人面前提出否定性的质疑!

在玻尔眼里,海森堡仅仅是一个未经世面的学生。海森堡那年才 21 岁。在当时欧洲的学术界可谓等级森严。在著名教授面前当众发问,不仅需要足够的学识,而且得有极大的胆量。而今天海森堡将要面对的不仅仅是一位著名的教授,而且是物理界具有绝对统治地位的权威。

"为什么? "玻尔有点皱眉头了,尽管他仍然保持着教授的威严,但是感觉到一种十分真实的挑战。他知道来者不善,却又从内心对海森堡产生一种极大的兴趣。

"我现在一时无法证明,但是电子更应该是一种波动。这种波动应该由一种波谱来表征,而不是简单的轨迹图形。"

"嗯,好像很有道理。电子的辐射不是由于它的周期性,而是由不同能级轨道之间的越迁造成的。但是它们的轨道图解应该是什么样的呢? "玻尔似乎赞同地说道。他这时立即意识到面前这位 21 岁的德国学生可以像自己那样思维。这在他以前遇到的学生中不曾有过的。

"很难用一般的图形表示出来。也许唯一的方式是一套矩阵,或者是一组波动方程的解。但是无法用您这样的示意图画出来的。所以，嗯……您的数学表达也许有问题。"

海森堡不看玻尔，只是凝神盯着黑板。他双手抱着肘，开始显示出一种自信的坦然，虽然没有自己的结论，但是他知道玻尔模型需要一种新的理论解释，这种解释不会是牛顿力学，而是一种全新的思维和想象。

海森堡证明了他的见解

那天的讨论结束了。讨论没有任何结果。但是玻尔与海森堡的科学合作却历史性的开始。谁都未曾预料就在十年之后，海森堡也因为他著名的"测不准原理"而获得了诺贝尔奖。而他的灵感正是来自于玻尔模型！所以，他们这天的会面好像上帝早有安排。

两年之后，海森堡大学毕业。他很快收到玻尔的邀请，去玻尔那里继续他们的讨论。海森堡欣然前往，一去数年，直至1927年。在这期间，他提出了量子力学中最为著名的"测不准原理"，并因此在1932年获得诺贝尔奖。

刺杀海森堡

"二战"时，海森堡参与过裂变反应和重水实验的研究，而且他知道用此来制造核武器的可能。海森堡没有像爱因斯坦一样离开德国，参加世界反法西斯阵营，而是留在德国领导先进武器的研究。于是，美国中情局决定派高级特工伯尔格对来苏黎世讲学的海森堡进行刺杀，指令是：如果海森堡宣讲关于核武器内容，必须将其射杀。这个时候的美国和英国都十分担心纳粹德国将很快研制出核武器，而海森堡是唯一的领导者。这关系到战争的胜利、欧洲的命运。

那天讲演会场人不多。大多是苏黎世理工学院的教授和学生们。因为讲演厅不大，所以显得十分拥挤。伯尔格很早进入会场，他必须坐在最前面离讲演者几米的地方，以保证射击的准确。他知道行刺的危险，但是已经把自己的安危置之度外。作为一个犹太人，他深知美英绝不能在这场战争中失败。

伯尔格的西装上衣口袋里藏了一只意大利制造的直径 9 毫米的伯莱塔小手枪。本来他决定带自己更喜欢的比利时造的勃朗宁手枪。虽然口径一样，但是后者威力更大。但是在把手枪装进上衣兜里时，伯尔格发现这只勃朗宁太大。它的总长将近 200 毫米，整个手枪柄都露在外面。最后他只好选用总长为 150 毫米的伯莱塔，握在手里十分小巧。他估计在 5 米至 10 米的距离内射击应该万无一失。伯莱塔的缺点是弹夹较短，最多只能装 7 发子弹。而勃朗宁可以装 13 发子弹。因此，伯尔格在左右裤兜里各放一个备用弹夹。他总共有 21 发子弹。

伯尔格这时忽然感到紧张。虽然他是老特工了，曾经一个人走遍敌后。他空降在南斯拉夫山区的时候一度被德军追杀，只身躲入深山多日，忍受冬天的严寒与饥饿。但是今天，他需要在众多学者面前，拔枪射杀一位举世著名的物理学家，总有一种十分奇怪，甚至内疚、尴尬的心理。伯尔格觉得如果让他去暗杀那些残忍的刽子手，他反而会十分坦然，因为那就像在战场上一样。

由于伯尔格很多的工作与刺探德军核武器研究情报有关，他的熟人中有许多物理学家。所以，他十分熟悉科学家的性格、理念、品质。他虽然没有见过海森堡，但是已经听说过很多关于他的故事。他知道爱因斯坦和玻尔都十分欣赏海森堡。在 20 世纪初对量子力学有主要贡献的几位学者都获得了诺贝尔奖，他们是：海森堡、迪拉克、泡利、薛定谔、玻尔。其中海森堡是十分著名，也是较早获奖的一位。但是，由于战争，科学家必须选择自己的立场和阵营。爱因斯坦、玻尔、薛定谔因反对纳粹德国而来到英美，海森堡却留在德国为纳粹军队服务，而且是研究威力巨大的核武器。

伯尔格坐在第一排。周围坐满物理学家。大家交谈着，期待着海森堡的到来。在古典的欧洲，学术讲座早已经是传统。由于现代物理的发展，学术界对物理最新问题抱有极大的兴趣。而海森堡研究的正是现代物理的核心问题。更为重要的是,由于战争的需要,量子物理与核物理都为制造原子弹提供了理论基础和工程指标。比如,只有在建立了量子力学的理论之后才有可能计算出核反应中的所谓"临界质量"。这是制造原子弹的关键。海森堡曾多年致力于"临界质量"的计算问题,他还曾经就此问题当面请教过玻尔。

忽然,大家静了下来。伯尔格马上意识到:海森堡来了。他下意识地伸手摸了摸怀中的伯莱塔手枪。他转头向左侧望去,一位穿灰色西装的中年学者快步走上讲台。很快,没有等接待人介绍,伯尔格已经确定,此人就是海森堡,在这之前,伯尔格早已多次研究过海森堡的照片。

海森堡面带笑容,对于这种场景,他太熟悉了。他知道大家想听什么,因为物理界对于他最近创建的矩阵力学十分关注。量子力学中对基本粒子的描述有两种方法,一种是薛定谔的波动方程,而另一种就是矩阵。用矩阵力学可以得到玻尔模型的量子力学精确解,因而从另一个角度完美地定义和解释了量子力学。

他走上讲台,微笑着向大家致意,然后转过身,慢慢地拿起一支粉笔。他这个似乎十分习惯而简单的动作却让伯尔格出了一身汗。因为,他必须确定,海森堡演讲的内容是否关于核物理。虽然伯尔格不是物理学家,但是受过良好的教育,对数学和语言有相当的造诣。况且,在这之前,他对核物理与核武器做了充分的准备。他实在不希望海森堡讲演核武器,但是他也知道,自己重任在身。

"我刚刚与泡利博士核对过我们的计算,我们还是无法肯定电子会围绕原子核的轨道旋转。这个图像太落入古典力学的想象,绝对不是量子行为。但是电子一定是量子粒子。"海森堡用一种习惯的语气告诉听众,算是开场白。

然后,海森堡在黑板上一口气写下他量子力学的矩阵力学描述。写完之后,他向后退了一步,扫视了一遍黑板上的公式,然后拍拍手上的粉笔末,好像是讲完一个童话故事那样满意地笑了。与此同时,伯尔格大大地松了一口气,他明确地知道,这是矩阵力学,不是核物理,也不是原子弹原理。

终于，讲座结束了。就在讲座之后的酒会上，伯尔格举着酒杯来到海森堡面前，向他祝贺讲演的成功。他们甚至像老朋友那样聊起天来。伯尔格看着面前微笑的海森堡，心里想：就在一个小时之前，我很有可能向这位伟大的物理学家开枪呢！但是他全然不知。

一年之后，盟军占领德国，拘捕了海森堡，并且把他押解到英国。英美的科学家后来发现，德国根本没有力量研究核武器，他们仅仅在制造 V-2 火箭。

美军 1945 年在长崎投下一颗原子弹时，海森堡还被英军软禁。他听到这个消息之后站在窗口，很长时间没有说话。那些参与研制原子弹的主要科学家大多是海森堡过去的同事和朋友。

不久，海森堡被盟军释放。他回到德国任马普所所长。后来从别人那里听到当年伯尔格谋刺他的事情。他回答道："那是因为矩阵力学非常复杂。我在讲解这个理论的时候需要很多时间，根本没有时间讲别的内容。所以，是矩阵力学救了我。"

天文学家伽莫夫的遗传密码假说

只提出假说，而本人不做实验验证是不能获得诺贝尔奖的，但这并不能否定被证实的假说的提出者的功劳。天文学家伽莫夫提出的遗传密码假说在揭开遗传之谜上功不可没，将被永载史册。伽莫夫遗传密码模型的若干验证者获得了诺贝尔奖。伽莫夫还建立了宇宙大爆炸理论模型，其验证者获得了诺贝尔奖。这两项伟大发现，作为开创者的伽莫夫都未获奖，但这一点也不能否认伽莫夫为人类做出重大贡献。

生物学家和物理学家结合在一起，在探索生命奥秘的战斗中做出了意想不到的贡献，这鼓舞了大批生物学的外行进行生物学的研究。

就在沃森和克里克提出核酸的双螺旋结构模型一年之后，美国的天文学家伽莫夫加入了生命秘密探索者的行列。伽莫夫在研究沃森和克里克发表在英国《自然》杂志上的论文《核酸的分子结构》之后，开始苦苦地思索着这样一个问题：位于核酸分子上的这一张生命蓝图，这一曲生命之歌的乐谱如何识别，它遵循一种什么样的规律？人们能不能翻译出来，使大家都看得懂，并使大家都能根据这种规律自行设计生命蓝图，谱写生命之歌新的乐章呢？他注意到了十年前薛定谔的预言。他想，螺旋形结构的核酸分子上，有数量巨大的核苷酸单体，而这些单体的种类只有四种，这四种核苷酸是否像电报的点和线一样，是一种生命密码的组合呢？于是，他进行了一些简单的数学运算，提出了一个十分大胆的假说。他设想，生命密码是由核酸分子上的四种核苷酸组成的。A、T、G、C 四种核苷酸就像电报密码的点、线一样是一种密码符号。电报由"点点线线、点线点线"等组成四联密码子。而生命的密码则是由"ATC、TGA"等组成的三联密码子。这样的三联密码子有 64 个。生命的蓝图就是用这样的三联密码子绘制的，生命之歌的乐谱就由这 64 个三联音符谱写成的。

1954 年，伽莫夫的假说发表。伽莫夫的假说是相当简单而完美的。人们简直难以相信，如此错综复杂的生命现象竟然可以用这么简单的数学原理来解释，一个苦恼了千百万人的千古之谜，竟如此轻易地被一个生物学的"外行"解开！

乔治·伽莫夫是俄国籍的美国物理学家和天文学家。伽莫夫主要研究核物理学，1940 年，伽莫夫与他的两个学生——拉尔夫·阿尔菲和罗伯特·赫尔曼一起，将相对论引入宇宙学，提出了热大爆炸宇宙学模型。1964 年美国无线电工程师阿诺·彭齐亚斯和罗伯特·威尔逊偶然中发现了宇宙微波背景辐射，证实了他们的预言。

伽莫夫还是一位杰出的科普作家，他一生正式出版的 25 部著作中就有 18 部是科普作品。他的许多科普作品风靡全球，重要的有：《宇宙间原子能与人类生活》（1946）、《宇宙的产生》（1952）、《物理学基础与新领域》（1960）、《物理学发展过程》（1961）等。《物理世界奇遇记》更是他的代表作。由于他在普及科学知识方面所做出的杰出贡献，1956 年，他荣获联合国教科文组织颁发的卡林加科普奖。

伽利略发现惯性

导　言

　　对一个民族而言,缺失人文的科学是麻木的,缺失科学的人文是软弱的,双重缺失则是愚昧的。伽利略,意大利文艺复兴后期伟大的天文学家、哲学家、物理学家,也是近代实验物理学的开拓者,被誉为"近代科学之父"。他是为维护真理而进行不屈不挠的斗争的战士。恩格斯称他是"不管有何障碍,都能不顾一切地打破旧说,创立新说的巨人之一"。爱因斯坦曾说过"哥伦布发现了新大陆,伽利略发现了新宇宙"。伽利略的发现以及他所用的科学推理方法,是人类思想史上最伟大的成就之一,而且标志着物理学真正的开端。

　　伽利略是继布鲁诺之后积极宣传哥白尼学说的伟大斗士,也是第一个用望远镜观测天空的人。他把哥白尼的学说大大向前推进了一步。

　　公元 1609 年,伽利略利用改进的望远镜,开始了对天体的观测。他发现了月亮表面有凹凸不平的山脉,木星有四颗卫星,银河是由无数星星组成的星系,太阳有黑子,金星有盈亏现象等,为人类揭开了宇宙的神秘面纱。1610年,伽利略移居佛罗伦萨。他在《星际使者》一书中公布了这前所未有的发现,引起世界轰动。伽利略根据天文观测的结果,确信哥白尼的"日心说"是正确的,他积极宣传哥白尼的学说。1615年他受到教会的警告:必须放弃哥白尼的学说,无论演说或是写书,都不准说哥白尼学说是真理。

但是伽利略并没有放弃捍卫真理的信念。1632年他的新书《关于两个世界体系的对话》出版后,像野火一样传播开来,引起教会的莫大恐慌。教皇盛怒之下,下令把他押解到罗马受审。69岁的伽利略受尽折磨,被迫在忏悔书上签字。在孤独的幽禁中,伽利略潜心整理自己毕生的实验研究,完成巨著《关于两门新科学的对话》,为后世留下宝贵的科学遗产,从而揭开了近代实验科学的序幕。

哥白尼的学说起初遭到反对,除了与《圣经》相违背,还有一个原因就是找不到力学的解释。如果没有一个永恒的力推动,偌大一个地球为什么会如此风驰电掣地运转呢?

于是,伽利略进行了自由落体规律的研究。

意大利托斯卡纳省比萨城北面的奇迹广场上有一座闻名世界的比萨斜塔。一百多年来,这座古老而特别的建筑接受着全世界人们的注目。

1564年,这座小城诞生了一位日后为世人所仰视的科学家,他就是伽利略。伽利略来到人世时,他的家庭已经很穷了。17岁那一年,伽利略考进了比萨大学。在大学里,伽利略不仅努力学习,而且喜欢向老师提出问题。哪怕是人们司空见惯、习以为常的一些现象,他也要打破砂锅问到底,弄个一清二楚。

伽利略曾经说过:"科学的真理不应在古代圣人的蒙着灰尘的书上去找,而应该在实验中和以实验为基础的理论中去找。"也许就是因为有这样的信念,伽利略从小就认真去思考每个现象的本质,并用实践去证明自己的特殊想法,哪怕这些想法与几千年来的大家之谈是相左的,哪怕这样的行为会被人所嘲笑与不解。

事实上,还真有这样的一个故事。在伽利略之前,古希腊的亚里士多德认为,物体下落的速度是不一样的,它的下落速度和它的重量成正比,物体越重,下落的速度越快。比如说,10千克的物体,下落的速度要比1千克的物体快 10 倍。

亚里士多德自古以来在人们的眼里就是真理的象征，故而 1700 多年以来，人们一直把这个违背自然规律的学说当成不可怀疑的真理。

年轻的伽利略根据自己的经验、推理，大胆地对亚里士多德的学说提出了疑问。据传，出生在比萨城的伽利略经过深思熟虑，决定亲自动手做一次实验。他选择了比萨斜塔做实验场。年轻的伽利略一将自己的理论与想法提出来，得到的全是嘲笑与讽刺。就连一些教授也对此大为不满，一起到校长面前告状。校长听了也很生气，但转念一想，这样也好，让他当众出出丑，也好杀杀他的傲气。当伽利略爬上斜塔七层的阳台时，塔下已是人头攒动，比萨大学的校长、教授、学生，还有许许多多看热闹的市民。就连这个时候，还是没有一个人相信伽利略是对的。

但伽利略并没有受到这些不良的影响，实验照常举行。

伽利略带了两个大小一样但重量不等的铁球，一个重 10 磅，是实心的；另一个重 1 磅，是空心的。他站在比萨斜塔上面，望着塔下。塔下面站满了前来观看的人，大家议论纷纷。有人讽刺说："这个小伙子一定有神经病！亚里士多德的理论不会有错的！"实验开始后，伽利略两手各拿一个铁球，大声喊道："下面的人们，你们看清楚，铁球就要落下去了。"伽利略将身子从阳台上探出，当他两手同时撒开时，只见两只球从空中落下，眨眼之间，"咣当"一声同时落地。塔下的人，一下子都蒙了，先是安静了片刻，接着便喧闹起来。

过了一会儿，伽利略从塔上走下来。校长和几个老教授立即将他围住说："你一定是施了什么魔术，让两个球同时落地，亚里士多德是绝对不会错的。"伽利略说："不信，我还可以上去重做一遍，这回你们可要注意看着。"校长说："不必做了，亚里士多德是靠道理服人的。重东西当然比轻东西落得快。这是公认的道理。就算你的实验是真的，但它不符合道理，也是不能承认的。"伽利略说："好吧，既然你们不相信事实，一定要讲道理，我也可以讲一讲。就算重物下落比轻物快吧，我现在把两个球绑在一起，从空中扔下，按照亚里士多德的道理，你们说说看，它落下时比重球快呢还是比重球慢？"

　　校长不屑一顾地说道:"当然比重球快!因为它是重球加轻球,自然更重了。"这时一个老教授忙将校长的衣袖扯了一下,挤上前来说:"当然比重球慢。它是重球加轻球,所以下落速度应是两球的平均值,介乎重球和轻球之间。"伽利略不慌不忙地说道:"可是世上只有一个亚里士多德啊,按照他的理论,怎么会得出两个不同的结果呢?"

　　校长和教授们面面相觑,半天说不出话来。过了一会儿才突然醒悟到,他们本是一起来对付伽利略的,怎么能在伽利略面前互相对立呢?校长的脸一下子红到脖子根,气急败坏地喊道:"你这是强辩,放肆!"这时围观的学生轰的一声大笑起来。伽利略还是不动火,慢条斯理地说:"看来还是亚里士多德错了!物体从空中自由落下时不管轻重都是同时落地。"听了伽利略的这几句话,校长和那些教授再想不出一句反驳的话来,于是亚里士多德的理论就这样轻易地被这个初生牛犊推翻了。

　　此时,在场所有的人都目瞪口呆。大家都不敢相信,万能的亚里士多德正确了几千年的理论,却在顷刻间被一个毛头小子推翻。伽利略的实验,揭开了自由落体运动的秘密,推翻了亚里士多德的学说。这个实验在物理学的发展史上具有划时代的重要意义。

　　这是一个耳熟能详的故事,但是,这个故事其实只是一个传说,它的真实性一直受到质疑。伽利略在比萨斜塔做自由落体实验的故事,记载在他的学生维维安尼在1654年写的《伽利略生平的历史故事》一书中,但伽利略、比萨大学和同时代的其他人都没有关于这次实验的记载。对于伽利略是否在比萨斜塔做过自由落体实验,历史上一直存在着支持和反对两种不同的看法。事实上,伽利略推导的自由落体定律只有在真空条件下才是正确的。如果有空气阻力存在,即使重力加速度不变,两个球体受到空气阻力影响,是不会一起落下的。这也就是为什么鹅毛和铅球不会一起降落的原因。据记载,1612年有一个人在比萨斜塔上做过这样的实验,但他是为了反驳伽利略而做这个实验的,结果是两球并没有同时到达地面。

　　但这并不能推翻伽利略的自由落体规律。由于受到空气阻力,两个球体不能看作自由落体。但是伽利略的实验理论是正确的,在真空中无论多重的物体,都遵循自由落体定律。

现代研究发现,自由落体实验是 1586 年,由荷兰人斯台文使用两个重量不同的铅球首先进行的实验。但毫无疑问,伽利略后来也做过同样的实验。伽利略的自由落体实验,比斯台文实验的影响大得多。

伽利略根据对自由落体的研究,并且通过大量斜面运动实验,推出了他的著名的惯性理论。伽利略的结论是:运动并不需要力来维持。这是一个观念上的革命。

牛顿正是从伽利略的惯性理论出发,总结出惯性定律的。

牛顿发现万有引力定律

  法国伟大的生物学家巴斯德说过:"机遇只提供给有准备的头脑。"可以相信,6月的那个日子,在牛顿老家的小果园里,苹果落下来打中的正是一颗"有准备的头脑"。

  一些现在看起来理所当然的道理,在几个世纪之前却被人们认为是天方夜谭。牛顿能够在很平常的现象中挖掘出让人类社会跃变的科学定律,冲破当时人们认知自然的局限,这和他从小善于思考和勤于动手有着密不可分的联系,这样那个幸运的苹果才成了使人类社会进步的催化剂。

  17世纪早期,人们已经能够区分很多力,比如摩擦力、重力、空气阻力、电力和人力等。牛顿首次将这些看似不同的力准确地归结到万有引力概念里:苹果落地,人有体重,月亮围绕地球转,所有这些现象都是由相同的原因引起的。牛顿的万有引力定律简单易懂,涵盖面广。

  关于万有引力的发现过程有一个有趣的传说。

  1643年1月4日,在英格兰林肯郡小镇沃尔索浦的一个自耕农家庭里,牛顿诞生了。牛顿是一个早产儿,出生时只有三磅重,接生婆和亲人都担心他能否活下来。谁也没有料到这个看起来微不足道的小东西会成为一位震古烁今的科学巨人,并且活到了85岁。

  牛顿出生前三个月,父亲便去世了。牛顿两岁时,母亲改嫁给一个名叫巴顿的牧师,从此牛顿就由外祖母抚养。到了学龄期,牛顿被送到公立学校读书,少年时的牛顿并不是神童,他资质平常,成绩一般,但他喜欢读书,喜欢看一些介绍各种简单机械模型制作方法的读物,并从中受到启发,自己动手制作些奇奇怪怪的小玩意,如风车、木钟、折叠式提灯等等。

传说小牛顿把风车的机械原理摸透后,自己制造了一架磨坊的模型,他将老鼠绑在一架有轮子的踏车上,然后在轮子的前面放上一粒玉米,刚好那地方是老鼠上不去的位置。老鼠想吃玉米,就不停地跑动,于是轮子不停地转动。有一次他放风筝时,在绳子上悬挂着小灯,村民在夜里看去还以为是彗星出现。他还制造了一个小水钟。每天早晨,小水钟会自动滴水到他的脸上,催他起床。他还喜欢绘画、雕刻,尤其喜欢刻日晷,家里墙角、窗台上到处安放着他刻画的日晷,用以验看日影的移动。

牛顿12岁时进中学,寄宿在一家药铺里。后来,巴顿病故,母亲领了两个妹妹、一个弟弟回到了家。母亲希望牛顿放牧耕种,14岁的牛顿就辍学在家。

牛顿充满理想,虽停学在家,还是一心想着各种学习问题。他在自家石墙上雕刻了一个太阳钟,争分夺秒地学习,母亲要他放牧,他牵马上山,边走边想着天上的太阳,待走到山顶想骑马,可是马跑不见了,自己手里只剩下一条缰绳。母亲叫牛顿放羊,他独自在树下看书,以至羊群走散,糟蹋了庄稼。舅父叫用人陪他一起上市场熟悉熟悉生意经,可是牛顿却恳求用人一个人上街,自己躲在树丛后看书。

幸运的是,在舅父和校长的劝说下,母亲同意牛顿重返校园。这位校长对牛顿的母亲讲了一句意味深长的话:"在繁杂的农务中埋没这样一位天才,对世界来说将是多么巨大的损失。"

沉迷于科学的海洋的牛顿在1661年考入了英国剑桥大学圣三一学院。圣三一学院由国王亨利八世创立于1546年,无论是学术成就还是经济实力、学院规模,都在剑桥大学的31个学院中名列前茅,这里培养出了伟大的牛顿,后来还培养出了培根、拜伦、怀特海、罗素、维根斯坦等人,以及包括查尔斯王子在内的多位王室贵族及六位英国首相。

　　1663 年，23 岁的牛顿还是剑桥大学圣三一学院三年级的学生。看到他白皙的皮肤和金色的长发，很多人以为他还是个孩子。他身材瘦小，沉默寡言，性格严肃，让人们更加相信他还是个孩子。这时，黑死病席卷了伦敦，夺走了很多人的生命，那确实是段可怕的日子。大学被迫关闭，像艾萨克·牛顿这样热衷于学术的人只好返回安全的乡村，期待着席卷城市的病魔早日离去。

　　在乡村的日子里，牛顿一直被这样的问题困惑：是什么力量驱使月球围绕地球转，地球围绕太阳转？为什么月球不会掉落到地球上？为什么地球不会掉落到太阳上？

　　坐在姐姐的果园里，牛顿听到熟悉的声音，"咚"的一声，一只苹果落到草地上。他急忙转头观察第二只苹果落地。第二只苹果从外伸的树枝上落下，在地上反弹了一下，静静地躺在草地上。这只苹果肯定不是牛顿见到的第一只落地的苹果，当然第二只和第一只没有什么差别。苹果落地虽没有给牛顿提供答案，却激发这位年轻的科学家思考一个新问题：苹果会落地，而月球却不会掉落到地球上，苹果和月球之间存在什么不同呢？

　　第二天早晨，天气晴朗，牛顿看见小外甥正在玩小球。他手上拴着一条皮筋，皮筋的另一端系着小球。他先慢慢地摇摆小球，然后越来越快，最后小球径直飞出。

　　牛顿猛地意识到月球和小球的运动极为相像。两种力量作用于小球，这两种力量是向外的推动力和皮筋的拉力。同样，也有两种力量作用于月球，即月球运行的推动力和重力的拉力。正是在重力的作用下，苹果才会落地。

　　牛顿第一次想到，重力不仅仅是行星和恒星之间的作用力，有可能是一种普遍存在的吸引力。他深信炼金术，认为物质之间相互吸引。他断言，相互吸引力不但适用于硕大的天体之间，而且适用于各种体积的物体之间。苹果落地、雨滴降落和行星沿着轨道围绕太阳运行都是重力作用的结果。

　　人们普遍认为，适用于地球的自然定律与太空中的定律大相径庭。牛顿的万有引力定律沉重打击了这一观点，它告诉人们，支配自然和宇宙的法则是很简单的。

牛顿推动了万有引力定律的发展，指出万有引力不仅仅是星体的特征，也是所有物体的特征。作为所有最重要的科学定律之一，万有引力定律及其数学公式已经成为整个物理学的基石。

"苹果落地"故事的真实性，在当时受到质疑。不过，在牛顿20年后给哈雷的一封信里，谈到胡克曾和他提及万有引力的事，牛顿在信中风趣地告诉哈雷说："这只能是我自己花园里的果实。"

可见"苹果落地"的故事，并非编造出来的神话。

实际上牛顿那时的确一直在思考着引力的问题，也就是行星的运动规律是否能够用它们之间的引力大小与其距离平方成反比来解释。苹果垂直落地的现象，使他茅塞顿开。

受嘲讽的大数学家康托

导　言

　　无穷，往大的方向考虑是无穷大，往小的方向考虑是无穷小。对无穷的认识是人类最伟大的成就之一，无穷的概念过去和现在对于数学都是最基本的概念。人们认识无穷经历了漫长的过程，19 世纪伟大的数学家高斯也没有摆脱对无穷的偏见。

　　谈到无穷大我们就会想到宇宙，谈到无穷小，我们就会想到分子、原子、电子、基本粒子等。而人们认识无穷是从自然数开始的：

$$1,2,3,4 \quad \cdots \quad 10,11,12 \quad \cdots \quad 100,101,102 \quad \cdots$$

　　数之不尽，有了无穷无尽的感觉，但感觉这并不是数学的概念。无穷无尽也就是说它是没有界限的，可以是很大的，实际上，无穷大本身并不是一个数，它是所有自然数构成的集合的一种性质。无穷大作为数学概念就要能对无穷大进行算术运算，这种运算首先要能比较它的大小。既然不是数，怎样比较它的大小呢？

原始人最多能数到3,但你给他一堆珍珠和石头子,他还是能想法分清珍珠多还是石子多的。办法很简单,他把一粒珍珠和一粒石子放在一起,再把另一粒珍珠和石子放在一起,一直放下去。最后一种用完了,另一种有剩余,有剩余的就比用完的多;若两者同时用完,则它们是相等的。这种方法现代数学就称为一一对应,一一对应也是现代数学中最基本、最重要的概念之一。我们来比较自然数与自然数平方的对应:

$$1,2,3,4 \quad \cdots \quad 10,11 \quad \cdots \quad 100,101 \quad \cdots$$
$$1^2,2^2,3^2,4^2 \quad \cdots \quad 10^2,11^2 \quad \cdots \quad 100^2,101^2 \quad \cdots$$

从这种对应可以看出,它们谁也不多一个,谁也不少一个。也就是说,自然数和自然数的平方一样多,这是17世纪物理学家伽利略提出的。部分居然等于全体,康托百思不得其解。后来有人就把这个结论称为"伽利略悖论",悖论就是谬论。实际上伽利略是正确的,这并不是悖论,部分等于全体正是无穷大的一个重要性质。

伽利略死后100多年,德国的数学家康托创立了集合论。他提出,两个集合,即两组东西只要它们能互相一一对应就是一样多的,部分小于全体只有在有限的情况下才成立,在无限的情况下,部分可以等于全体,这正是无穷大的本质。

康托的一生迷人而又悲惨,他1845年生于俄国,后移居德国。他15岁就表现出很强的数学才能,1863年进入柏林大学,1867年得到博士学位。1872年到1897年间发表了一系列关于集合论的论文,1874年发表了关于无穷集合的论文,标志着集合论的诞生。集合论得出了许多有趣的、不可思议的、惊人的结论,像上面说的自然数和自然数的平方一样多,甚至一厘米长的线上的点与地球的点一样多。他的学说受到许多大数学家的嘲讽和批评,尤其是他的老师克罗奈克,不但攻击他,并且阻挠他,使他始终没得到柏林大学的教授职位,有的还骂康托是"疯子"。康托只能给一所私立女子学校讲数学,也在一所不大的大学——哈雷大学当助教，在那里他遇到了另一位年轻数学家戴德金，并成了亲密的朋友，他们彼此交流、互相支持。无理数的现代定义就是戴德金给出的。在重压下康托也曾得过精神病，病好后又继续研究集合论，并不屈不挠地进行了数十年的战斗，但终究经不起过度劳累的激烈论战，1884年他的精神终于崩溃了，1918年1月6日康托在精神病院去世了，享年74岁。

20世纪以来的研究表明各种复杂的数学概念都可用集合概念定义，现代数学所有的分支几乎都用到集合的概念。集合也站住了脚跟，并显示出巨大的威力，成了全部数学的基础。最坚决支持康托集合论思想的是著名的德国数学家希尔伯特，他声明"没有人能把我们从康托为我们制造的乐园中开除出去"。英国的哲学家兼数学家罗素也称赞康托的工作"可能是这个时代所夸耀的最巨大的工作"。

在无穷大的情况下部分等于全体，希尔伯特在一次演讲中，用一个通俗的故事加以说明。下面就是这个故事：

有一家旅店，只有有限的房间，所有房间都住满了客人。这时新来了一个客人，想订一个房间，店主说："对不起，所有房间都住满了。"

这个旅客又来到另一家旅店，说有无限间房间，房间也都住满了客人。店主说："没有问题。"店主把一号旅客移到二号房间，二号房间的旅客移到三号房间……这样新旅客就住进了被腾出的一号房间。即使又来了无穷多位旅客，用同样的方法也可让这无穷个新旅客住进被腾出的房间。这时将一号的旅客移至二号，二号的旅客移至四号，三号的旅客移至六号，这样就把所有的旅客移至偶数房间，从而腾出奇数房间安排新来的无穷的旅客。

康托用创立的集合论研究无穷个元素组成的无穷集合，得出了许多惊人的、意义深远的结论，解决了许多长期悬而未决的问题。他还提出无穷也有大小的区别，直线上的点就比自然数、整数、分数的数目要多。用上面一一对应的方法可以证明自然数、整数、分数、奇数、偶数等构成的无穷集合都能一一对应，因而称它们为第一级无穷大。所有的分数都能化成小数或循环小数，但还有一类小数是无限不循环小数，它们在分数中或自然数中就找不到对应的数。所以，直线上的点组成的无穷集合就比自然数组成的无穷集合大，故称为第二级无穷大。若我们把数与直线上的点对应起来，我们又发现了一组新数，它由无限不循环小数组成，被称为无理数。还可以证明平面上的点、立方体中的点和线段上的点一样多，都是第二级无穷大。各种曲线上的点构成的无穷序列又比直线上点构成的无穷序列多，所以它是第三级无穷大。迄今为止还没有发现比第三级无穷大还大的无穷大。也就是说现在有了这三级无穷大就足以把人们能想象出的任何无穷大都包括进去。

通过无穷大我们认识了无穷，下面来看无穷小。无穷小是与无限可分性和空间的连续性联系在一起的。在我们解决一些实际问题的时候，就要用到无穷小的概念，穷竭法就是一例。圆是处处弯曲的闭合曲线，如何去求圆的面积，如何去求π值呢？办法是用正多边形来代替圆，用四边形误差很大，用五边形好些，用六边形更好些。将边数无限增加，其边长就无限缩小，越来越接近圆。这就是穷竭法，它是古希腊人研究出的一种办法，在我国古代也早就有了，我国魏晋时数学家刘徽计算π值的"割圆术"就是一例。

这种越来越逼近我们想求的值的思想，是现代极限理论的核心，也是微积分学的基础。

洛伦兹的偶然发现

对天气系统、神经系统、生命现象、生态学和全球经济系统等复杂性问题的研究,域来域引起人们的重视。为研究复杂性问题,兴起了两个有力的工具——分形和混沌。

在人们心目中,混沌和秩序是对立的,是无规律可循的。到 20 世纪末人们发现混沌中也有规律。什么是混沌的数学定义?可以这样说,一些看来捉摸不定、杂乱无章、不可预测的现象背后隐藏着内在的规律,且这些规律不随外界的扰动而改变,即看起来像随机而又有它自身规律的现象就是混沌现象。混沌现象对它们的初值非常敏感,初值的微小变动就会出现意想不到的结果。

许多重要的发现都是偶然的。1963 年,那时计算机性能还很差,美国气象工作者爱德华·洛伦兹用三个公式在计算机上做天气预测的计算。他用的计算机很慢,每秒只能做 60 次乘法,那时有一台计算机已经很难了,洛伦兹只好整天开着计算机让它计算。

有一天,洛伦兹灵机一动,计算到一半时要去喝咖啡,就把计算一半的结果打印出来,回来重新接着计算。回来后他把打印出的结果输入重新计算下一半时,奇怪的现象发生了,喝咖啡前计算的结果,与过去的完全相同,而回来后计算的结果就与过去的相差很远。

洛伦兹终于找出了原因,回来后输入的初始值是 0.506,忽略了三位,精确值应是 0.506127。万分之一的误差，只相当于一阵轻柔的微风，却使天气预测变成一片混乱，真是差之毫厘，失之千里。这种"因由小，效果大"的现象，洛伦兹把它称为蝴蝶效应。可以通俗地说成："在中国一只蝴蝶扇动一下翅膀，可能会在大洋彼岸掀起一阵飓风。"这已成为混沌学的经典名言。洛伦兹的看法并不为同事所认同。后来科学家们发现许多完全不同的领域都有对初始条件非常敏感的问题：交易所的行情在几个月内都保持稳定，却在一瞬间突然崩溃；爱打猎的人放走几只兔子，几十年后几百万只兔子却将地表啃得光秃秃的；日常生活中也有这样的例子，路上一次错误的拐弯会使我们迷失方向；一次路上偶然的堵车，使我们幸运地没有赶上半途坠毁的飞机。

魏格纳病中看地图引出伟大发现

　　人们时常会用诸如"大地一样沉稳"之类的诗句,来形容人的性格或某件事情的稳定。然而,火山、地震等地质灾害一再表明,大地并没有人们印象中的沉稳。

　　大地是一直运动着的。大地的运动,其实是地壳运动的结果。只是人们一般看不见地壳运动,只看到地壳运动的结果。

　　地壳分为几大板块,大陆在漂移,海底在扩张,这些,都是地壳在运动的主要表现。它们的直接结果就是造成地球表面经常性的地震、火山爆发等。

　　最先发现大陆漂移的是德国科学家魏格纳。据说他一次生病后住在医院里。医院病床对面的墙上有一张世界地图。他天天看这张地图,一天,他突然发现,地图上的大西洋两岸,也就是欧洲和非洲的西海岸与北南美洲的东海岸轮廓非常相似,这边的凸出部分正好和另一边的凹进部分可合并。魏格纳立即敏锐地想到,现在这两块大陆当初肯定是一块,是后来才分开的。如果是这样,就证明地球大陆不是生来如此,而是变化发展的。

　　这虽然是偶然,但又孕育在必然中。魏格纳还在青春年少的时候,就想去北极探险,虽然遭他父亲反对没去成,但他拿下气象学博士学位后,就两次与弟弟驾热气球在空中连续飞行52小时,打破了当时的世界纪录。后来,他又去格陵兰岛探险,用业余时间搜集地学资料。由于这些积累,魏格纳才能从地图上看出"窍门"！

当然，只从地图上看，证据不足。他结合自己丰富的考察经历，认为地图上的景象绝非偶然的巧合，于是做出一个大胆假设：在3亿年前，地球上所有的大陆原本是一块，姑且叫它"原始大陆"或"泛大陆"。包围在它周围的是一个十分辽阔的原始大洋。后来，从距今大约2亿年起，"原始大陆"或"泛大陆"开始逐渐解体。先是多处出现裂缝，后是每一裂缝的两侧向相反的方向移动。随着裂缝渐渐扩大，海水渐渐侵入，新的海洋渐渐产生，新的大陆也渐渐形成。原始的大陆分裂成今天的几大块，渐渐离开原来的位置，中间全是今天的几大洋相隔，这就是大陆的"漂移"。

1912年1月6日，魏格纳在法兰克福地质学会上做报告，讲"大陆与海洋的起源"，提出大陆漂移假说。三年后，他出版了《海陆的起源》一书，又对自己的大陆漂移说做了系统阐述。

魏格纳这样完全创新的理论经受了强烈的质疑甚至批评。传统地学界认为大陆漂移说没有解释漂移的动力从何而来，就没法让人信服。因此有人挖苦，魏格纳的假说是"超越时代的理念"。

魏格纳顶着反对的声浪，投身到大自然中搜集证据。为此，他又多次去格陵兰岛考察，发现该岛相对于欧洲大陆仍在漂移，并且测出漂移速度约为每年1米。直到1930年，他年过半百仍奋战在冰天雪地里，并最终因冻累而死在野外。虽然魏格纳的精神很是感人，但他的假说仍然惹人争议，得不到科学家们共同的承认。

一个魏格纳倒下去，千百个魏格纳站了起来。地理学家凯里证明，两个大陆的外形在海面以下2000米等深线几乎完全可以拟合。另一位地理学家勒比雄提出，大陆不仅漂移，且漂移成欧亚板块、非洲板块、美洲板块、印度板块、南极板块和太平洋板块六大板块。还有，地理学家布拉德等人借助电脑，计算出1000米或2000米等深线拟合的结果，都证明大陆确实在漂移。

关于魏格纳学说漂移动力问题，魏格纳死后不久，地学界就有了一系列新的发现。尤其是在古地磁的研究中，科学家们找到了大陆漂移的动力源。

再说,科学家们早就发现,不仅相邻的两大洲边缘吻合,甚至植物和动物的种类也基本相同。科学家发现,各地质时代的岩石常有一定的磁性,指示其生成时期的磁极方向。根据这一发现,科学家们测定了各大陆岩石,结果发现,它们的古地磁极与现在的地磁极位置,发生了明显的变动。摆在科学家们眼前的事实是:这种摆动说明,要么是磁极发生了明显的位移,要么是大陆发生了漂移,二者必居其一。结果发现,磁极的变动几乎微不足道,倒是被磁化的岩石与大陆一起发生了显著的位移。

这个发现是一大群科学家在不同时期先后提出的。法国、英国、日本等国,都有科学家从事这方面的研究,西西里岛的埃特纳火山、法国熔岩、日本第四纪熔岩流等,东西南北许多地方的岩石,都被科学家们专门测定过。

由于后来地球科学的一系列发现,到 20 世纪 80 年代,人们就几乎不再怀疑大陆漂移了。科学家们根据大量研究确认地球上的大陆与海洋,一直是分久必合、合久必分,时而扩张、时而封闭的。从来没有一成不变,将来也不会一成不变。

美国航天局通过安装在卫星上的激光射线和精巧原子钟观测发现,大西洋东西两岸的漂移速度是每年 1.5 厘米,澳大利亚与北美大陆的距离每年扩大 1 厘米,夏威夷岛与美洲大陆之间则以每年 5.1 厘米的速度在靠近。

卡逊呼唤环保

1962 年,美国海洋生物学家蕾切尔·卡逊发表《寂静的春天》,她对于人类生存环境恶化的发现,引发美国乃至全世界对环境保护事业的重视。

卡逊在她的《寂静的春天》一书的开头先描绘了一幅让人不安的场景:"这儿的清晨曾经荡漾着乌鸦、鹎鸟、鸽子、樫鸟、鹪鹩的合唱以及其他鸟鸣的音浪;而现在一切声音都没有了,只有一片寂静覆盖着田野、树林和沼泽。"

蕾切尔·卡逊(1907—1964)是美国的海洋学家。她并非女强人,她在写作《寂静的春天》时,已身患癌症。她以自己柔弱的身体,向自称"万物之灵"的人类挑战。须知,在 20 世纪 60 年代以前,人类是没有"环境保护"这一概念的,如若不信,你去查阅那个年代及以前的书刊,你很难找到"环保"一类的词,充斥世界的是"万物之灵向大自然宣战""我们的任务不是等待大自然的恩赐"之类的豪言壮语,以及发明了众多向大自然索取的先进工具等振奋人心的消息。杀虫剂、抗生素、塑料制品的发明和应用改变了我们的生活,人们为此沾沾自喜,企业家们用此大发横财。

在这样的氛围中,蕾切尔·卡逊的呐喊自然十分不合时宜。作为一个学者与作家,卡逊所遭受的诋毁和攻击是空前的。《寂静的春天》在 1962 年一出版,一批有工业后台的专家首先在《纽约人》杂志上发难,指责卡逊是歇斯底里的病人与极端主义分子。随着广大民众对这本书的日益关注,反对卡逊的势力也空前"团结"起来。反对她的力量不仅来自生产农药的化学工业集团，也来自使用农药的农业部门。这些有组织的攻击不仅指向她的书，也指向她的科学生涯和她本人。一个政府官员说："她是一个老处女，干吗要担忧那些遗传学的事？"《时代周刊》指责她使用煽情的文字，甚至连以捍卫人民健康为主旨、德高望重的美国医学学会也站在化学工业一边。

卡逊在美国一个不大的农场出生并成长，从小在林地和田野的生活培养了她对自然的热爱，而热爱读书则使卡逊产生了成为作家的梦想。大二的一门生物必修课使她对神奇的自然着了迷，继而转修动物学专业，后来她在大学里讲授动物学课程，夏天则在马萨诸塞的林洞海洋生物实验室做实验和研究，最后供职于华盛顿渔业局。

卡逊自称是给大海作传的人，对文学的热爱使她的作品呈现诗一般的梦幻和想象。她在《我记忆中的一个小岛》中写道："夜色降临时，银铃般的声音从海的那边难以抗拒地飘过来，歌声中充满了难以形容的美和意义，不仅在此刻，而仿佛是在歌唱另一个日落，歌声穿越记忆，穿越自己的祖先知晓此地以来的千万年，从云杉飞落地面，来歌颂这美丽的夜晚。"这时候的卡逊像一个诗人，为大海写诗的人。她在自己多年的海洋科学专业知识基础上，用诗一样的语言告诉人们关于潮汐、海底火山、海洋生物等大海的秘密。

《寂静的春天》缘于卡逊的一个朋友给她的来信，信中谈到由于喷洒DDT导致小镇鸟类的死亡，希望卡逊能有所帮助，卡逊开始找朋友询问此事，可是后来她意识到自己必须做点什么。于是为此写一本书的想法诞生了。收集资料、寻找证据、查阅文献，卡逊希望用事实告诉人们真相，而此时的她正受着癌症的折磨，与病魔作战使书稿的进展非常缓慢。

终于，1962年6月16日的《纽约客》上开始连载卡逊《寂静的春天》了。从未有过的轰动产生了，不计其数的攻击和冷嘲热讽向这位柔弱的女士袭来。化工业、食品加工业及其农业部等相关部门称她为"歇斯底里的女人"，农业化学协会、营养基金会甚至美国医学学会也一起来围剿这位勇士。健康状况的恶化使卡逊无力对这些攻击一一还击，但是她尽自己最大可能阐述着"真正尊重生命,深切关注所有物种"的信念。

卡逊坚信:"我们如果只关心人与人之间的关系,那不是真正的文明,是否一切用技术发动对抗自然的战争都有权冠以文明的名义?"

"用事实写作,为自然而战",卡逊一边接受着化疗,一边在尽可能多的场合指出对污染盲目无知的后果,具有讽刺意味的是,她所患的乳腺癌在后来的研究中被证明与有毒化学品有着必然的联系,卡逊确确实实是在为生命写作,包括她自己的。她在有生之年同"万物之灵"的人类搏斗了两年,1964年4月14日蕾切尔·卡逊逝世。

　　湖上蒲草凋零

　　鸟儿再无声

　　　　——济慈

《寂静的春天》中的这首题词,也许最能表达对卡逊这个人类反思者的怀念。

异想天开的
美国画家摩尔斯发明电报

当发明的机遇出现在你的面前时,你能否舍弃一切抓住它是成功的关键。"有舍才有得,小舍小得,大舍大得。"就是讲的这个道理。美国画家摩尔斯舍弃在绘画界已有的成就,投入陌生的电报界,最终发明了摩尔斯电报机,成为名垂千古的发明家,就是一例。

19 世纪 30 年代,电磁铁的原理还鲜为人知。

1832 年 10 月的一天,"萨利"号邮船从英吉利海峡出发,驶入浩瀚的大西洋向美国驶去,船上有一位叫杰克逊的年轻医生,正在向旅客们讲述一个有趣的实验:只要在一根普通的铁棒上绕上电线,然后给电线通上电,这根铁棒就会一下子变成磁铁,能吸起铁钉和铁屑。无论电线有多长,电流一瞬间就能通过。

也许杰克逊自己不知道,他的这次精彩演说改变了其中一位旅客的后半生。这位旅客就是赴欧洲学习归来的美国画家摩尔斯,他想:既然电能在一瞬间传到千里之外,那么为何不用电来传递信息呢?

当时四十出头的摩尔斯,一夜之间毅然做出一个惊人的决定:丢下画笔,放弃为之奋斗了半辈子的事业,改而进行使用电来传送信息的研究。他还准备把用电来传送信息的方法取名为"电报"。

第二天,当摩尔斯把自己的决定告诉杰克逊时,杰克逊十分愕然:"你连电学的基础知识也不明白,就想发明'电报',这不是在异想天开吗?"

摩尔斯的决定在美国绘画界引起了不小的震动。关心摩尔斯的朋友用异样的目光审视摩尔斯的举动,都阻止他放弃为之奋斗了半生的专业。有的挚友甚至当面质问他:"摩尔斯,你做出这种愚蠢的决定,是不是发疯了?"

摩尔斯对来自各方的责难和规劝都置之一笑。他主意已定,毫不动摇。他认为,自己遇到的最大阻碍,不是人们难以理解,而是自己的电学知识几乎等于零。

怎么办?后悔吗?不!摩尔斯走进图书馆,像个饥饿的孩子吞噬面包那样学习电学知识;他走进大学的课堂,像个学生那样,聆听电磁学理论知识。很快,他掌握了电磁理论。

摩尔斯从书本上得知,早在1753年,一位叫摩立孙的人,曾经做过用静电来传递信息的实验。1800年,意大利人伏特发明了伏特电池。在此基础上,摩尔斯开始了他的电报机的研制工作。

三年过去了,实验几乎花光了摩尔斯的全部积蓄,电报机还是没有研制出来。

问题出在哪儿呢?失败的原因究竟在哪里?

失败使摩尔斯变得冷静了。他总结自己屡次受挫的经验,终于意识到:不能总跟在别人后面重复那些失败了的实验,一定要另辟蹊径。

摩尔斯最终找到了自己失败的原因。在他之前,电报的发明一直沿两条路探索:一种是采用多根导线,每根导线代表一个字母;另一种是用磁针偏转的不同位置代表不同的字母。用这两种信息传递方案来表达26个字母需要很复杂的设备。干吗不把26个字母的信息传递方法加以简化呢?

摩尔斯思考着:电流是神速的,能够在导线里很快传遍全世界。电流只要停止片刻,就会出现火花。出现火花是一种符号,没有火花是另一种符号;通过火花的有无、长短,就能够表达全部字母所包含的意义。这样,电流不就能够传递消息了吗?

但是,用一种什么样的符号来代替 26 个英文字母呢? 摩尔斯画了许多符号:点、横线、曲线、正方形、三角形。他发现,每一种符号只能代表一个字母,这使他十分苦恼。如果每一个字母都要用不同的符号代替,那么,26 个字母就有 26 种符号,这不但没有简化符号,反而使符号更为复杂了。

他苦苦思索着。意外地,他发现多种符号中,点和横线是最简单的符号。还有没有比这更为简单的符号呢? 有,那就是符号与符号之间的"空白"。

发明家终于找到了承担发报机信息传递任务的"精灵":点、横线和空白。摩尔斯用点、横线和空白的不同组合,来代表每一个英文字母和不同的阿拉伯数字。这些符号组合,就是世界电信史上最早的电码,后人把它命名为"摩尔斯电码"。

有了电码,必须再有能发送电码信号的电报机。那么,怎样将这些承载着信息的"精灵"发送出去呢?

国际标准摩尔斯电码

摩尔斯又一头扑在设计、制作、发送和接收电报装置的研究上。经过前后五年时间的努力,1837 年,摩尔斯终于研制出第一台传送电码的电报机。

这台电报机利用电磁铁的原理制成,当摩尔斯用颤抖的手指按动发报机上的电键时,导线另一端的收报机上发出了振奋人心的"嘟嘟嘟,嘟—嘟—"的声音。他设法把笔连在接收端的电磁铁上,随着电流的变化,笔尖在纸上画出了间隔着空白的点和横线,摩尔斯电码被成功地记录在纸上了。

与前人发明的各种电报机相比,摩尔斯电磁式电报机的发明是个重大突破。可是当他把这项新发明公布于众后,却不被一些人理解:用导线传递信息,这简直是天方夜谭!所以当时驿站马车送信的方式仍然很流行。摩尔斯为了争取政府的支持,他把自己发明的电报机装在皮箱里四处奔走,不断演示、游说,谁知这反而激起了美国国会中保守派的激烈反对。

经过许多周折,正当摩尔斯贫困交加、濒临绝望之际,1843年,美国国会终于给予他3万美元的资助,准许他在华盛顿与巴尔的摩之间架设一条实验电报线路。

1844年5月24日,一个人们永远纪念的日子:人类通讯史上激动人心的时刻到来了!这一天,摩尔斯在华盛顿国会大厦最高法院的会议室,用激动得颤抖的双手挥动着电报机前的电键,伴随着动听的"嘟嘟"声,几十公里外的巴尔的摩收到了人类历史上的第一份电报——"上帝创造了何等奇迹"。

人类电报通讯时代的帷幕就在这一刻被拉开了,摩尔斯梦寐以求的目标终于实现。

爱迪生发明留声机

一种发明引出另一种发明是一种科学思维方法带来的结果。这种科学思维方法叫联想思维。爱迪生在思考贝尔的电话的缺点时发明了留声机，便是一例。

伟大的发明家爱迪生由衷地钦佩发明了电话的贝尔。但是，他敏锐地感到贝尔的电话机有明显的缺点。如果改用炭精代替硫酸和炭杆制作送话器，效果要好得多。他和研究人员经过共同努力，终于发明了爱迪生炭精送话器，使贝尔发明的电话机得到了进一步的完善。

一天，爱迪生调试炭精送话器，因为右耳失聪，他用一根钢针代替右耳检测传话膜片的震动。当他用钢针触动膜片时，随着讲话声音的强弱，送话器就发出有规律的颤音。发明家灵机一动：如果使钢针颤动，是不是可以把颤音还原成讲话人的声波呢？

想到这里，爱迪生不由心中一阵狂喜："啊，上帝赋予我灵感！"

为使这台"储存声音"的机器早日问世，爱迪生几乎到了着魔的程度。经过四天四夜废寝忘食的实验，1877 年 8 月 20 日，一大早，他就来到办公室，兴奋地交给助手克鲁茨一张图纸："你快去照图纸把留住声音的机器做出来！"

尽管克鲁茨是研究所里技艺高超的机械师，但他捧着图纸看了好一会儿，也看不出什么东西："这就是会说话的机器？"爱迪生急不可耐地说："别多问了,快去做吧!"

机器终于造出来了。爱迪生和克鲁茨顾不上吃晚饭,接着就进行开机试验。整个研究所轰动了,人们好奇地围拢在爱迪生发明的"会说话的机器"面前。看起来,这台机器的结构并不复杂,有个圆筒连在金属中心轴上,金属筒上刻着纹路,并和一个曲轴相连,旁边有一个喇叭状的粗金属管,金属管的底膜板中心焊着一根钢针,钢针直对着金属筒上的槽纹。

只见爱迪生胸有成竹地把一张锡箔裹在圆筒上,接着把连着膜片的针尖对着锡箔。再用左手转动手柄,然后,对着喇叭状的圆筒唱起歌来。随着歌声的强弱起伏,唱针在锡箔上刻出了深浅不同的槽纹。这张锡箔,就是世界上第一张唱片。

歌唱完后,爱迪生停止转动手柄,然后把钢针放回开始的位置,再次摇动手柄。这时,一阵细微、清晰的歌声从机器里飘出来:"玛丽有只小白羊,它的绒毛白如霜……"

人们不禁欢呼起来:"会说话的机器真的造出来啦!"

原来,连在膜片上的金属唱针先是把声波转化成锡箔上的槽纹,当唱针再沿着槽纹重新振动的时候,被储存的声音就再现出来了。

留声机的诞生,第一次实现了人的声音的贮存和再现。这无疑是继贝尔发明电话机之后,电声学领域又一伟大的发明和创造,这使得信息也能够以声音的形式保存下来,在需要时再"释放"出来。

然而,百闻终不如一见,对于人类最重要、最可靠的获取外界信息的器官——眼睛来说,一幅图像告诉人们的信息往往胜过千言万语。既然声音可以用电来传递,那么图像是否也可以用电来传递呢?

贝尔德发明电视机

随时关注新发现，思索它能为人类做点什么，往往会产生发明灵感。当人们发现硒时，贝尔德思考了这一问题，从而有了电视机的发明。

20世纪20年代初，许多科学家都在思考一个问题：既然马可尼和波波夫能够实现长距离发射并接收无线电报，那么是否也能够利用电磁波来发射和接收图像呢？

这个问题，对于英国发明家贝尔德来说，一直充满诱惑力。他萌生了发明电视的想法，可是当他钻进图书馆里查阅资料时，却大失所望，因为几乎找不到一点可以参考的资料。

一天，贝尔德在报缝中看到一篇有趣的报道，说的是1873年有一位叫史密斯的电气工程师，发现了一个怪现象：有种叫硒的不导电物质，遇见阳光会像电池一样产生电，一旦遮住阳光，电就没有了。

史密斯的这一发现，曾引起了科学家们的极大关注，可是很少有人想到利用硒的这一特性为人类做点什么。

后来，贝尔德又从另一篇史料得知，有个叫肯阿里的工程师，运用史密斯的发现，做了一个两块金属中间夹有硒的装置。该装置一经阳光照射，金属板上就能发出微弱的电流，人们称之为"光电池"。肯阿里设想，利用硒的这种特性把图像传送到远方。他把许多小颗粒的硒密集地排列在一块板子上，又做了一个密集排列着许多小灯泡的装置,每个小颗粒硒和小灯泡各用一根导线连接。根据硒对光明暗变化的感应,产生强弱不同的电流,通过导线,传到对应的小灯泡上。这样,一幅用灯光表现硒的特性的图像就出现了。可是,肯阿里的设计并未成功。

贝尔德敏锐地感觉到,肯阿里的设计是合理的,失败的原因可能是硒所产生的电流太弱,不能使小灯泡发亮。这以后,波兰工程师尼布可也利用硒可发光产生电流的特性,设计出了"光电管",它比肯阿里设计的"光电池"的功用提高了几倍。再后来,美国人德福雷斯特发明了能把微弱电流放大的三极管。

贝尔德如饥似渴地读着这些难以得到的技术资料,按捺不住内心的激动:"太棒啦!电视将在我的手中诞生!"

散乱零碎的资料经过贝尔德的系统整理,成了他登上发明电视这个光荣殿堂的阶梯。经过几年艰苦的努力,贝尔德终于制作出一台能传递静止图像的"机械扫描电视机"。

然而,贝尔德的这项发明并没有引起社会的重视,也没有什么人肯出钱购买他的技术专利。他意识到,要获得社会的认可,必须使自己的发明不断完善。因此,他一头埋进第二代电视机的研制之中。

贝尔德把钻了许多洞洞的圆盘安装在一根织针上进行扫描,并将光投射到转动的圆盘上,他把这个装置命名为转换器。转换器按固定的顺序照亮图像的不同部位,再将其转换成电流。他将强度不同的电流发射给接收机,再转换成图像。经过改进,电视机拍摄和投放出来的影像比原来清晰逼真多了。

第二代电视机研制出来后,贝尔德组织了一次公开表演,社会各界名流都好奇地前来观看人类史上的第一次电视播映。

表演开始,助手用一束强光打在一个摇头晃脑的玩具木偶身上。贝尔德抱着一个筒式摄像机对准木偶拍着。不一会儿,灯光熄灭了。观看表演的人们个个面面相觑,不知贝尔德在搞什么名堂。贝尔德转过身来,面对观众,指着一块荧光屏说:"女士们,先生们请看——"话音未落,刚才那只玩具木偶的影像出现在屏幕上,摇摇晃晃的,十分滑稽。

"哗——"大厅里爆发出一阵热烈的掌声。这是人类看到的第一部电视短片。从此,贝尔德的名字传开了,英国政府很快承认了贝尔德发明的电视机。

1929 年,英国广播公司开始首次播放电视节目——每秒 17.5 帧图像,各个图像 50 行扫描线。然而,贝尔德的机械扫描电视还有缺点,比如扫描速度不快,精度不高,不足以传输和显示高质量的活动图像,等等。

其实,早在 1897 年,德国发明家布劳恩就发明了一种带荧光屏的阴极射线管,它的特点是受到电子束的撞击,荧光屏上就会出现亮点。1907 年到 1908 年,俄国发明家罗辛和英国工程师斯温顿分别提出了电子扫描原理。1923 年美国发明家兹沃里金提出了关于阴极射线显像管的设计思想,五年后这种器件果然被制造了出来并取代了图像再现的机械扫描。1933 年兹沃里金又发表了光电摄像管的研究成果,接着灵敏得多的电子摄像管也被研制成功。

那么,图像是怎样"发出"和"接收"的呢?

原来,在电视摄像时,摄像机采用扫描的方式,把图像每幅画面上明暗不同的光点,从左至右,由上到下,逐点逐行地变成电信号。经过调制和放大后,这些电信号再通过电视发射天线发射出去,被千家万户的电视机接收。

收到发送来的电信号后,电视机显像管里的电子束从左至右,由上到下,依次逐点逐行与摄像同步地把电信号还原成明暗不同的光点,构成整幅画面,在荧光屏上显示出来。

如今,电视机已普及到家家户户,它不再是一种"娱乐"工具了,而是人类生活中能够帮助人们扩大视野、增长知识、传递信息的必备物。桌上的"小世界",真正使人们做到了"足不出户,便知天下事"。

麦布里奇、爱迪生及卢米埃尔兄弟发明电影

　　发明是否成功是以其是否实用为标准的。因此,那些能将发明投入使用的人将得到最大的荣誉。卢米埃尔兄弟在许多前辈相关发明的基础上,发明了投入使用的电影系列技术和产品,被誉为"电影之父"是理所当然的。不过,其他奠基者的功劳也不可埋没。

　　1829年,比利时著名物理学家约瑟夫·普拉多发现"视像暂留原理",发明"运动照片"的探索就开始了。不过,人们认真探索"运动照片"的发明却是从1872年的一次打赌开始的。

　　这一天,美国加州的一家酒店里,有两个人打赌:马奔跑时是四脚腾空还是一蹄落地? 英国摄影师麦布里奇知道了这件事后,自告奋勇做裁判。他在跑道的一边安置了24架照相机,排成一行,镜头都对准跑道。在跑道的另一边,他打了24个木桩,每根木桩上都系上一根细绳,这些细绳横穿跑道,分别系到对面每架照相机的快门上。他让一匹骏马从跑道一端飞奔到另一端。当马经过这一区域时,依次把24根引线绊断,24架照相机的快门也就依次被拉动而拍下了24张照片。

　　麦布里奇把这些照片按先后顺序剪接起来。每相邻的两张照片动作差

别很小，它们组成了一条连贯的照片带。裁判根据这组照片，终于看出马在奔跑时总有一蹄着地，不会四蹄腾空。按理说，故事到此就应结束了，但这场打赌及其判定的奇特方法引起了人们很大的兴趣。麦布里奇一次又一次地向人们展示那条录有奔马形象的照片带。一次，有人无意地快速牵动那条照片带，结果眼前出现了一幕奇异的景象：各张照片中那些静止的马叠成一匹运动的马，它竟然"活"起来了！

麦布里奇突发奇想，是否能制作一组"运动照片"，让照片"活"起来呢？从 1872 年至 1878 年，他用 24 架照相机拍摄飞腾的奔马的分解动作组照，经过长达六年多的无数次拍摄，实验终于成功，接着他又在幻灯上成功放映。让人们在银幕上看到了骏马的奔跑。这就是电影的雏形。

受此启发，1882 年，法国生理学家马莱改进了连续摄影方法，成功试制了"摄影枪"，并在另一位发明家强森制造的"转动摄影器"的基础上，又创造了"活动底片连续摄影机"，1888 年 9 月，他把利用软盘胶片拍下的活动照片献给了法国科学院。

1888 年到 1895 年期间，法、美、英、德、比利时、瑞典等国都有拍摄影像和放映的实验。1888 年，法国人雷诺试制了"光学影戏机"，用此机拍摄了世界上第一部动画片《一杯可口的啤酒》。

1889 年，美国发明大王爱迪生在发明电影留影机后，又经过五年的实验，发明了"电影视镜"。他将摄制的胶片影像在纽约公映，轰动了美国。但他的"电影视镜"每次仅能供一人观赏，一次放几十英尺的胶片，内容是跑马、舞蹈表演等。他的"电影视镜"是利用胶片的连续转动，造成活动的幻觉，可以说最原始的电影发明应该是属爱迪生的。他的"电影视镜"传到我国后，被称为"西洋镜"。

1895 年，法国的奥古斯塔·卢米埃尔和路易·卢米埃尔兄弟，在爱迪生的"电影视镜"和他们自己研制的"连续摄影机"的基础上，成功研制了"活动电影机"。"活动电影机"有摄影、放映和洗印三种主要功能。它以每秒 16 画格的速度拍摄和放映影片，图像清晰稳定。

1895年3月22日,卢米埃尔兄弟在法国巴黎科技大会上首映影片《卢米埃尔工厂的大门》获得成功。同年12月28日,他们在巴黎的卡普辛路14号大咖啡馆里,正式向社会公映了他们自己摄制的一批纪实短片,有《火车到站》《水浇园丁》《婴儿的午餐》《工厂的大门》等12部影片。卢米埃尔兄弟是第一个利用银幕进行投射式电影放映的人。史学家们认为,卢米埃尔兄弟的拍摄和放映已经脱离了实验阶段,因此,他们把1895年12月28日世界电影首次公映之日定为电影诞生日,卢米埃尔兄弟自然当之无愧地成为"电影之父"。

科学家圆"飞天"梦

人类要像鸟儿一样在蓝天自由飞翔的梦想由来已久,但真正开始实现飞天梦的是飞机的发明,那是大胆的冒险家用科学为武器经历无数次失败后的成果。

风筝是中国劳动人民对人类实现飞行梦想的最杰出的贡献之一,它被传到西方后,许多航空研究和实验就是从风筝开始的。

在中国,风筝的发明大约有 2000 年的历史。

相传最早的风筝是出自楚汉相争时的韩信之手。当韩信把项羽围困在垓下以后做了一个很大的纸鸢,让身材轻巧的张良坐在上面,高唱楚歌,瓦解楚军军心。

唐代之前,我国的风筝还都称为纸鸢或风鸢,并都以丝、绸、竹为原料。到了唐代,有人发现把竹笛系在风筝上能在空中发出古筝的响声,称谓也开始变成"风筝"。到了宋代,风筝开始在民间流行,材料也改用价格低廉的纸和竹了。

经过千百年的演化,中国的风筝制作工艺已经达到很高的水平,造型多种多样,既有巨型的"龙"形风筝,又有微型的"蝶"形风筝,还有造型特殊、会发出光和声响的娱乐风筝等,观赏性极强。

风筝不仅有很好的军事用途和娱乐用途,也是一种科学工具,如莱特兄弟用它作为发明飞机的实验工具。美国著名的物理学家富兰克林在一个雷雨交加的夏天,通过高放在空中的风筝将雷电引到他自制的充电器上,完成了震惊世界的"捕捉天电"的实验,并以此发现了至今还在为人类造福的避雷针。

现在,一些国家的博物馆里,还展示有中国的风筝,英国的博物馆还把中国的风筝称为"中国的第五大发明"。

出生于1452年的意大利人达·芬奇既是著名的艺术家、科学家和工程师,又是航空科学研究的创始人。

与前人不同,达·芬奇通过对鸟类飞行的观察、解剖和实验,对鸟类的飞行原理有了深刻的认识后,才提出人类有能力仿制一种机器来模仿鸟类的全部运动。

达·芬奇对飞行问题研究的另一重大贡献是,他认为在研究鸟类飞行的同时,还必须研究鸟类飞行的环境,即流动的空气或风对鸟类飞行的影响,而空气的运动特性还可以通过水的流动来模拟研究。实际上,现代空气动力学的许多原理就是通过"风洞"和"水洞"得到的。

达·芬奇观察到鸟类都喜欢逆风飞行,鸟类在向前飞行时,翅膀总是与风的方向有一个角度,现代飞机也正是这样飞行的;而达·芬奇认为鸟类飞行时的升力是来自于鸟类翅膀对空气压缩后空气产生的反作用力,这一结论比牛顿的作用力和反作用力理论整整提前200年,可见达·芬奇的研究的超时代意义。

达·芬奇把对鸟类飞行的长期研究结果写成了《论鸟的飞行》一书,书中还有许多飞行器的设计草图,包括扑翼机、降落伞和直升机,为人类飞行器的发展描绘了十分乐观的前景。

1783年11月21日,法国的罗其尔和达尔兰德乘坐蒙哥尔费兄弟制作的热气球,实现了人类的首次升空。

德国工程师奥托·李林达尔是世界上成功地把载人滑翔机送上天的第一人。

出生于1848年5月的李林达尔和比他小一岁的弟弟古斯塔夫,自小就向往像鸟一样翱翔蓝天。两人从研究鸟类的飞行开始,制造了大量的扑翼机模型,并自己设计了旋臂机,从中得到了许多实验数据。

奥托·李林达尔于1881年设计和制造了第一架滑翔机,之后七年间共制了18种滑翔机,并亲自飞行了2500多次,其中最远可达300米,还完成了180度的转弯飞行,被人们称为"蝙蝠侠"。

1986年8月9日清晨,奥托·李林达尔用他喜欢的11号滑翔机试验一个新的操纵动作。可滑翔机由于失速,一下子栽向地面而坠毁,李林达尔的脊椎被摔断。在送往医院的途中,李林达尔对泪流满面的弟弟说的最后一句话是"牺牲是必要的"。李林达尔第二天在医院中死去,年仅48岁。

李林达尔的牺牲震动了当时还在发展初期的航空界,但滑翔机制造和飞行运动的热潮却因此在全世界扩散开来。尽管李林达尔的滑翔机结构十分简陋,必须通过自己身体的移动来操纵滑翔机的运动,但它已是世界上第一种可操纵的飞行器,为七年以后有动力飞机的成功打下了基础。

塞缪利·兰利博士是美国的一位靠顽强自学成名的学者。他一生中发表了上百篇著作,在全世界都享有盛名。

兰利52岁时才开始认真研究飞行,他自己设计了旋臂塔,进行了大量空气动力学实验,得到了许多定量的结果。他所提出的升力计算公式到今天仍然被采用。

1896年他制造了一个带动力的飞机模型,该模型飞到了150米的高度,飞行留空时间达到了近3个小时,这是历史上第一次有重于空气的动力飞行器实现稳定持续的飞行,在世界航空史上具有重大意义。

1903年10月7日,美国陆军和海军研制的一种能用于战争的载人飞机"空中旅行者"进行了首次飞行试验,这架飞机采用了前后串置的机翼布局,以内燃机做动力,采用弹射方式起飞。但当弹射装置将飞机弹出时,飞机却一个倒栽葱掉在了河里,驾驶员死里逃生。经过修复后再次试飞的"空中旅行者"又发生了机尾折断,飞机垂直落入水中的事件。两次试飞失败引起舆论的一片哗然，兰利的自尊心受到了极大的伤害。两年后，这位伟大的航空先驱溘然而逝，享年 72 岁。

从 1899 年开始，美国俄亥俄州的自行车制造商莱特兄弟先后研制了三架滑翔机。由于机翼升力和助力数据不够准确，因此这两架滑翔机的飞行性能不高。于是他们又进行了多次实验，以获得更准确的数据用以指导飞机设计。这些实验是利用自行车轮加装实验件旋转进行的。而后他们又自制了风洞进行精确实验。1901 年 9 月到 1902 年 8 月间，他们共进行了几千次实验，开展了大量有关机翼升力、助力、翼形的实验研究。

利用自己获得的精确数据，他们制成第三号滑翔机。它在实验时取得了极大成功。莱特兄弟利用它共进行 700 次滑翔飞行，并能保持稳定和安全。即使在每小时 36 千米的强风下也能照常进行。第三号滑翔机的研制成功为他们研制动力飞机提供了直接依据，并使他们增强了取得最终成功的信心。

在第三号滑翔机的基础上，1903 年莱特兄弟研制了第一架有动力的飞机"飞行者一号"，这是一架双翼机，操纵索集中连在操纵手柄上。翼展达 12.3 米，翼面积 47.4 平方米，机长 6.43 米，连同驾驶员在内总重约 360 千克。发动机由莱特自行车公司技师查理·泰勒设计制造。

"飞行者一号"采用了一副前翼和一副主机翼，并且都是双翼结构，用蒙皮木支柱和线联结而成。机尾是一个双翼结构的方向舵，用来操纵飞机的方向，而飞机上下运动则由前翼来操纵。飞机没有起落架和机轮，只有滑橇。起飞时飞机装在滑轨上，用带轮子的小车拉动和辅助弹射起飞。驾驶员俯伏在主机翼的下机翼中间拉动操纵绳索的手柄，以操纵飞机。

1903 年 12 月 17 日，这是一个被载入史册的日子。这天清晨，天气阴冷。在美国北卡罗来纳州的基蒂·霍克的一块空地上，莱特兄弟正在准备对他们制造的一架结构单薄、样子奇特的双翼飞机"飞行者一号"进行第一次试飞。除了一名见证人和几个救生人员和帮手，没有任何观众。这是人类历史上第一架能够载人自由飞行，并且完全可以操纵的动力飞机。这一天成了飞机诞生之日。

上午 11 时左右,弟弟奥维尔·莱特在飞机上俯伏就位。发动机启动后,飞机开始向前滑动,最后晃晃悠悠地升到了空中。

这次飞行的留空时间只有短短 12 秒,飞行距离只有微不足道的 36 米,但它是人类历史上第一次有动力、载人、持续、稳定和可操纵的,重于空气的飞行器的首次成功升空并飞行,为人类征服天空揭开了新的一页,也标志着飞机时代的来临。11 时 20 分,威尔伯·莱特又驾驶"飞行者一号"做了第二次飞行,也取得了成功,留空时间约 11 秒,飞行距离约 60 米。奥维尔做了第三次飞行,留空时间 15 秒,飞行距离 61 米。第四次,也是当天最后一次飞行由威尔伯进行,取得了成功并达到当天的最好成绩:留空时间 59 秒,飞行距离 260 米。这一天被世界航空界公认为世界航空时代的第一日。

布劳恩领导实现人类"登月"梦

在火箭、导弹乃至载人宇宙飞船和登月技术的发明中，有一个重要的科学家，那就是德国人韦纳·冯·布劳恩。他为德国法西斯成功研制出 V-2 导弹，二战后服务于美国，领导了美国的宇航技术研究。是罪？是功？

冯·布劳恩的母亲埃米·冯·布劳恩男爵夫人是一个出色的业余天文学爱好者。她出身于瑞典—德国贵族世家，是一位很有教养的女士，能熟练地用六种语言说话。当儿子在路德宗教堂行坚信礼时，她不是按惯例给他金表，而是给了他一个望远镜。冯·布劳恩说："于是，我也成了一个业余天文爱好者，对宇宙产生了兴趣，并进而对有朝一日能把人送上月球的飞行器产生了好奇心。"

从此，布劳恩立志要为人类登上月球做出贡献，毕生矢志不移。1934 年，布劳恩在 22 岁时以物理学博士学位毕业于柏林大学。毕业后，他参加了德国佩内明德火箭研制班。火箭是宇宙探索的重要工具，这是布劳恩实现理想的一个机会。不过，那时研究火箭并非为了宇宙探索，而是作为强大的武器为纳粹德国征服世界服务。1936 年，这个研究机构用导向火箭技术成功研发出 V-2 导弹。

事物总有两面性。导向火箭——导弹，可以作为武器；运载火箭，则可以作为工具，把宇宙飞船送上月球、火星，及外太空，为人类实现"飞天梦"服务。

二战后期，德国一步步崩溃，同盟国节节胜利，布劳恩四处奔走，一手策划了整个德国佩内明德火箭研制班向美国人的投降行动。他认为自己有义务把对将来征服宇宙空间极其宝贵的火箭研究资料及研究人员拯救出来，以实现人类向太空进军的梦想。

布劳恩在美国政府的支持下，大胆地实行他的航天计划。他终于成功地用丘比特-C火箭把"探险者号"送入太空。艾森豪威尔总统向布劳恩颁发美国公民服务奖，布劳恩成了一位民族英雄。

后来，布劳恩博士的班子转到美国国家航空航天局，发展大型"土星号"航天火箭。有了"土星号"这样巨大的运载火箭，布劳恩对月球，甚至对火星进行载人探险的幻想就有可能实现了。

布劳恩领导的"阿波罗"载人登月飞行工程是人类载人航天活动中最为宏大的工程。美国动员了2万多家工厂、200多所大学和80多个科研机构，约42万人，历时8年艰苦奋战，并在发射了10艘不载人的"阿波罗"飞船进行登月飞行实验后，开始了载人登月飞行。

1969年7月16日清晨，美国的"土星"5号巨型运载火箭托举着"阿波罗"11号飞船和三名航天员从肯尼迪航天中心发射升空，踏上了奔向月球的征程。首次飞行的指令长是阿姆斯特朗，指挥舱驾驶员科林斯，登月舱驾驶员奥尔德林。20日16时17分，登月舱在月面"静海"附近平安降落。22时56分，阿姆斯特朗踏上了人类向往已久的月球，这是人类第一次在地球以外的天体上留下足迹。阿姆斯特朗深情地说："这是个人迈出的一小步，却是人类迈出的一大步。"

人们在记住阿姆斯特朗的同时，也应该记住布劳恩的名字，是他使人类登上了月球，许多人评论这是历史上最伟大的成就，人类最美妙的时刻。

1977年6月，布劳恩因肠癌逝于华盛顿，终年65岁。

科学家圆凡尔纳的"潜艇"梦

　　近现代,征服海洋、争霸世界的角逐从浅海发展到深海。凡尔纳的科幻小说《海底两万里》就是人类征服深海理想的艺术再现。

　　关于利用潜水艇探索深海秘密的梦想,最早可追溯到莱昂纳多·达·芬奇。据说他曾构思"可以水下航行的船",但这种能力因为被视为"邪恶的",所以他没有画出设计图。直至一战前夕,潜水艇仍被当成"非绅士风度"的武器,被俘艇员可能被以海盗罪论处。

　　16世纪,真正意义的潜水艇出现了。1578年,英国数学家威廉·伯恩著书《发明与设计》描述潜水艇。1620年,首艘有文字记载的"可以潜水的船只"由荷兰裔英国人科尼利斯·德雷布尔建成,主要依据威廉·伯恩的设计,推进力由人力操作的橹产生。但有人认为那只是"缚在水面船只下方的一个铃铛状东西",根本不能算潜水艇。

　　"可以潜水的船只"的军事价值很快就被发掘了。1648年,切斯特主教约翰·维尔金斯著书《数学魔法》,指出潜水艇在军事战略上的优势:私密性,前往世界任何海岸附近,并且不被发现或被控制;安全性,海盗和劫匪无法抢劫水下船只,无常的潮汐和强烈的风雨无法影响海面下5米至6米的地方,即便在南北极海域,冰和霜冻也无法危及潜水艇乘员;攻击性,有效抵抗敌人的海军,破坏和击沉水面的船只,支援被水环绕或接近水的营所,无声无息地运送补给品;科学性,本身还可作为有益的水下试验场所。

史上第一艘用于军事的潜水艇出现在美国独立战争时期。史上第一艘成功炸沉敌舰的潜水艇诞生在美国南北战争期间。何瑞斯·洛森·汉利建成"汉利"号潜水艇,艇员八人,手摇柄驱动。潜水艇前端外伸一个炸药包,碰触敌舰即爆炸。1864年2月17日晚上9时许,它成功炸沉北方联邦的豪萨托尼克号护卫舰,但自己也因爆炸产生的旋涡而沉没。

约翰·菲利普·霍兰,爱尔兰人,他研制了世界上第一艘可用于实战的潜水艇。

1893年,法国建成了"古斯塔夫·齐德"号潜水艇。这艘当时最先进的潜水艇的诞生促使美国海军部举行了一次潜水艇设计大赛,从而使霍兰有了翻身的机会。他不仅在大赛中夺魁,而且还于1895年得到了一笔15万美元的经费,用于设计和制造能用于实战的潜水艇。霍兰在几经修改设计后,制出了一艘长约26米、拥有双推进装置的潜水艇——"潜水者"号潜水艇。

1897年5月17日,56岁的霍兰终于成功地制造出了一艘全新的潜水艇。这艘潜水艇长约15米,装有蓄满汽油的发动机和以蓄电池为动力的电动机。它采用双推进系统,在水面航行时,以汽油发动机为动力,航速可达每小时7海里,续航力达到了1000海里,在水下潜航时,则以电动机为动力,航速可达每小时5海里,续航力为50海里。该艇共有5名艇员,武器为一具艇艏鱼雷发射管(有3枚鱼雷)和两门火炮,一门炮口向前,一门炮口向后,火炮的瞄准要靠操纵潜水艇自身去对准目标。它能在水下发射鱼雷,水上航行平稳,下潜迅速,机动灵活。这就是"霍兰-6"号,也是霍兰一生中设计建造的最后一艘潜水艇。

"霍兰-6"号在潜水艇发展史上获得了前所未有的成功,被公认为"现代潜水艇的鼻祖"。但是,"霍兰-6"号潜水艇的成功没有给霍兰本人带来任何好处。由于美国海军部一些官员的偏见和挑剔,这艘潜水艇不仅没有被美国海军采用,反而使这位大发明家受到了恶毒的嘲讽。在一片讽刺声中,霍兰愤然辞职,放弃了心爱的事业,并最终于73岁时积劳成疾,因肺炎病逝。那时正是 1914 年 8 月,一战已经爆发。

一个多月后,德国潜水艇"U-9"号,一天之内击沉了英国的"亚博克"号、"克雷塞"号和"霍格"号三艘巡洋舰,震惊了全世界。德国人正是根据霍兰的潜水艇结构和原理,建造出了使世界为之震惊的潜水艇的。

第一次世界大战前,各主要海军国家共拥有潜水艇 260 余艘,潜水艇成为海军重要作战兵力之一。第一次世界大战一开始,潜水艇就被用于战斗。1914 年 9 月 22 日,德国"U-9"号潜水艇在一个多小时内,接连击沉三艘英国巡洋舰,充分显示了潜水艇的作战威力。在战争期间,各国潜水艇共击沉 192 艘战斗舰艇。

使用潜水艇攻击海洋交通线上的运输商船,战果更为显著,各国潜水艇共击沉商船 5000 余艘,排水量达 1400 万吨。其中被德国潜水艇击沉的商船排水量约 1300 余万吨。同时,反潜战开始受到重视,战争期间潜水艇被击沉 265 艘,其中德国就损失 200 余艘。

第一次世界大战后,各主要海军国家更加重视建造和发展潜水艇。潜水艇的数量不断增加,种类增多,到第二次世界大战前夕共有潜水艇 600 余艘。

第二次世界大战期间,潜水艇战术技术性能有很大改进。排水量增加到 2000 余吨,下潜深度 100 米至 200 米,水下最大航速 7 节至 10 节,水面航速 16 节至 20 节,续航力达 1 万余海里,自给力 1 至 2 个月,装有 6 个至 10 个鱼雷发射管,可携带 20 余枚鱼雷,并安装 1 门至 2 门火炮。战争后期,潜水艇装备雷达、雷达侦察仪和自导鱼雷,德国潜水艇还安装了便于柴油机水下工作的通气管。潜水艇战斗活动几乎遍及各大洋,担负攻击运输舰船、水面战斗舰艇和侦察、运输、反潜、布雷和运送侦察、爆破人员登陆等任务,共击沉运输船 5000 多艘(排水量 2000 多万吨),大、中型水面舰艇 300 余艘。

由此可知,潜水艇已经成为一种具有战略威慑力量的武器。

同时,战争中反潜的兵力和兵器也得到很大的加强和发展,被击沉的潜水艇达到 1100 多艘。潜水艇作战与反潜作战,已经成为海战的新模式。

中国的玩具——竹蜻蜓引出的重大发明——直升机

一般认为,直升机的发明人是美籍俄国人伊戈尔·伊万诺维奇·西科斯基。

1889 年 5 月 25 日,西科斯基出生于俄罗斯的基辅。一天,母亲从街上买回一个来自中国的玩具——竹蜻蜓,他对这种精巧的玩具很入迷。这种中国的竹蜻蜓,玩时,双手一搓,然后手一松,竹蜻蜓就会飞上天空。它旋转一会儿后,才会落下来,与现代的直升机升空原理相似。12 岁那年,小西科斯基根据竹蜻蜓的原理制作了一架橡皮筋动力的直升机模型,从此迷上了飞翔事业。

1908 年,威尔伯·莱特驾机来到巴黎做飞行表演,西科斯基有幸目睹前辈们的英姿,便决定自己动手制造一种能直接升空的"会飞的机器"。1909 年,他开始研制直升机,但在当时的发动机研制和飞行理论的水平下,研制直升机根本不可能成功。经过多次失败后,西科斯基不得已停了下来,转而研制固定翼飞机,这一停,就是 30 年。

1919 年,西科斯基移居美国,1923 年他组建了西科斯基航空工程公司,但公司很不景气。1928 年他加入了美国国籍,并于次年组建了西科斯基飞机公司,开始研制水上飞机。

在积累了无数教训和经验，创造了多次辉煌后，西科斯基仍没有忘记儿时的梦想，又回到了直升机的研制中。由于当时已有德国人根据竹蜻蜓原理研制的螺旋式发动机的基础，他用了不到三年工夫，解决了直升机最大的难题——直升机在空中打转儿的毛病。他巧妙地在机尾装了一副垂直旋转的抗反作用力的小型旋翼——尾桨，终于使直升机飞上了天空。

1939年9月14日，西科斯基身穿黑色西服，头戴鸭舌帽，爬进座舱，轻松地把一架直升机升到空中二三米的位置，平稳地悬停了10秒钟之久，然后轻巧地降落回地面。这在航空史上是崭新的一章，他成功地让世界上第一架真正的直升机——VS-300升空了。

20世纪40年代，工程师们开始了在直升机上加装武器的实验。1942年，德国人在Fa-223运输直升机上加装了一挺机枪，这可算是武装直升机的萌芽。20世纪50年代，美、苏、法等国分别在直升机上加装武器，开始主要用于自卫，后来也用来执行轰炸、扫射等任务。不过，研制专用武装直升机，却是在20世纪60年代初的越南战争时期。战争中，美国主要用于运输的直升机损失惨重，因而决定研制专用的武装直升机。第一架专门设计的武装直升机是美国的AH-IG，1967年开始装备到部队，并用于越南战场。

马丁·库帕发明移动电话
——手机

信息载体是衡量信息交流水平的重要标准。信息载体的演变,推动人类信息活动的发展。从某种意义上说,信息革命就是信息载体的革命。人类在原始时代就开始使用语言,现在世界上口头语言约3500种,语言是人类传递信息的第一载体。随着生产力的发展和社会的进步,出现了信息的第二载体——文字。现在世界上有500多种文字在被使用。文字的发明为信息的存贮(记载)和远距离传递提供了可能,是人类一大进步。电报、电话、无线电的发明,使大量信息以光速传递,建立了整个世界的联系,人类信息活动进入新纪元,电磁波和电信号成为人类的第三信息载体。

智能手机的发明使手机更上一层楼。智能手机正在改变世界和人们的生活方式,冲击着新闻出版、商业、影视、交通、通信等许多传统产业。然而,智能手机的发明者——摩托罗拉公司,却在与三星、苹果等公司智能手机的市场竞争中败北,被谷歌公司收购,其中的故事令人深思。

手机的发明,是第三信息载体的一次革命。

普通电话都是放在某个固定的位置上,当人们要打电话或接电话时,都必须走到这个位置。这在有些时候就显得不方便了,甚至还可能因为我们远离话机听不到铃声而接不着电话。

那么可不可以摆脱电话线的束缚,使电话获得"自由"呢?无线电话,也叫移动电话,即手机这个概念,早在20世纪40年代就出现了,是美国最大的通讯公司贝尔实验室开始试制的。1946年,贝尔实验室造出了第一部所谓的"无线"电话。但是,由于体积太大,研究人员只能把它放在实验室的架子上,渐渐地人们就淡忘了。

美国著名的摩托罗拉公司的工程技术人员马丁·库帕坚持研究移动电话,终于在1974年研制出世界上第一部移动电话。

马丁·库帕1928年出生于美国芝加哥,来自于一个乌克兰移民家庭,1956年获得伊利诺伊州科技学院的硕士学位。毕业以后,库帕加入了美国海军。退役后,29岁的马丁·库帕开始在摩托罗拉公司个人通信事业部门工作,这一干就是15年。

马丁·库帕在担任摩托罗拉通信系统部门总经理时,致力于推动移动电话,即手机的研发。他发明手机的灵感来自于科幻电影《星际迷航》,他回忆说:"当我看到剧中的考克船长在使用一部无线电话时,我立刻意识到,这就是我想要发明的东西。"

考克船长的那部无线电话,成为库帕和他的团队发明的手机的原型。三个月以后,第一部手机诞生了。

"我们成功了!"实验室里的研究人员欢呼雀跃。研究团队的领导者马丁·库帕举着他们的研究成果——世界上第一部手机,激动地问道:"我亲爱的朋友们,我就要走上大街,用这部手机给一个人打电话,你们猜是谁?"

"您的家人?""您的朋友?"在场的人纷纷猜测。

"不,你们都猜错了。"库帕神秘地笑着。随后,他走出实验室,来到曼哈顿的大街上。从他身边经过的人,无不停下脚步,盯着他手上那个没有线,体积有两个砖头大的电话。在此之前,人们从来没见过没有线的电话。

在众人的注视下,库帕按下了一串电话号码。电话通了,那头传来了一个男人的声音:"这里是尤尔·恩格尔。"库帕兴奋地用几乎颤抖的声音说道:

"尤尔，我正在用一个真正的移动电话和你通话，一个真正的手提电话！"

手机那头沉默了。接电话的不是别人，正是库帕长期以来的竞争对手——贝尔实验室的一名科学家尤尔·恩格尔。库帕后来回忆道："我打电话给他说：'尤尔，我正在用一个真正的移动电话和你通话……'我听到听筒那头的'咬牙切齿'——虽然他已经保持了相当的礼貌。"

和今天的手机相比，这部手机显得又笨重又误事——内部电路板数量达30个，通话时间只有35分钟，而充电时间却要10小时，仅有拨打和接听电话两种功能。可在当时，这部手机的诞生意味着一个新时代的开始——无线通信的诞生。

袁隆平与杂交水稻

用传统生物技术,也可以研究出高产农作物品种,袁隆平的杂交水稻研究证明了这一点。

1981年6月,我们国家将第一个特别发明奖颁发给以水稻专家袁隆平为首的科研协作组。袁隆平做出了什么特别的贡献,使他受到国家如此重视呢?

20世纪50年代初期,袁隆平从西南农学院毕业,离开了美丽的山城重庆,来到山清水秀、环境优美的湖南省黔阳农校教书。在教遗传学的过程中,他对研究水稻发生了强烈的兴趣。他想,人们都爱吃大米,能不能找到一个好的水稻品种,使水稻大幅度增产呢?这种想法一旦占据了他的心,他便坚持不懈地在探索水稻秘密的道路上走了20年。

1960年春天,袁隆平发现了一株水稻长得格外健壮,穗大粒饱,他欣喜若狂。第二年,他将珍藏的这穗种子播种在试验田里,谁知长出的稻苗参差不齐,没有一株能超过它们的父代或母代。这是怎么回事呢?他沉思起来。他发现,用古老的人工选择的方法来创造水稻的新品种,要在目前各种已选出来的良种的水平上有大的突破,是比较困难的。必须借鉴现代遗传学理论。于是,他找来大批有关细胞遗传学的参考书,向孟德尔、摩尔根等经典遗传学的研究者请教。袁隆平在查阅资料的过程中,深深地被孟德尔、摩尔根的理论折服。孟德尔的豌豆杂交实验摩尔根的果蝇杂交实验,都具有严密的科学性。从这些杂交实验出发，育种工作者们创造的利用杂种优势育种的技术，在实践中创造了许多奇迹。根据细胞遗传学的原理，一个品种的纯种后代，与它们的父母相似，不容易产生优于父母的特性。但是两个品种的纯系后代，互相杂交，再产生的后代，则能集中两个品种的优点，生存能力特别强，以致超过两个品种的父母。这就是杂种优势现象。

袁隆平想，能不能选择两个水稻的纯种，让它们杂交，使杂交的后代产生大量的种子，大幅度地增产呢？于是，他开始了培育杂交水稻的研究工作。

杂交水稻的培育是一项十分复杂的研究工作，全世界许多学者在进行研究时都没能取得重大的突破。其中，难度最大的是要寻找一种稻花中只有母亲能够生育、父亲不能生育的水稻品种。我们知道，水稻的每一朵花，就是一个水稻家庭，里面住着儿子、女儿，它们在稻花中结婚，生儿育女。如果另一个品种的另一株稻花中的男儿，想闯到这个稻花封闭的家庭里和里面的女儿结婚，生儿育女，几乎是不可能的，除非封闭的稻花家庭中的男儿不能生育，但是，自然界里存不存在这种男儿不能生育，术语称为雄性不育的稻花家庭呢？袁隆平开始寻找。1964年夏季，黔阳农校农场里的水稻又扬花了。他头戴草帽，手拿放大镜，一朵花一朵花去找。一千朵、一万朵、十万朵……在第十四天早上，他终于发现了一株雄性不育的水稻！他小心翼翼地把它移栽在花盆里，用别的稻花和它杂交，使它留下种子。经过一代、两代的培育，果然成功了。他手中有了雄性不育的种子，杂交实验可以开始了。

袁隆平的实验引起了国家科委的重视，国家科委给他配备了两名助手，拨了研究经费。师生三人在荒芜的土地上开出试验田。他们脚踩烂泥，头顶烈日，每天都要轮番到试验田里看几遍。可是，十年动乱开始了。"文化大革命"给实验带来了灾难。1967年春季的一个清晨，袁隆平来到试验田边，不由惊呆了，实验秧苗全被拔光了！意外的灾难，并没有动摇他那要培育出高产水稻的坚强决心，他在污泥里一寸寸地寻找，终于在烂泥中找到了五株秧苗，又从水井里捞上了五株，把它们移栽到试验盆里，坚持实验下去。

不久，袁隆平被调到湖南省农业科学院研究院工作。有一年，他带着学生到云南育种,不巧碰上了地震。他们毫不畏惧,把塑料布往篮球架上一搭,支起小棚当作新居。白天,他们在试验田里工作,晚上钻进棚里写观察记录,进行研究。

育种工作并不是一帆风顺的。他们培育的杂交水稻最初产量并不高,与一般良种比较,看不出有什么优势。困难、挫折、失败,并没有使袁隆平丧气。经过苦苦思索,他决心应用遗传学的另一个原理:远缘杂交优于近缘杂交。他们决心寻找野生稻。他们兵分几路,四处寻找。第二年,袁隆平的助手在海南岛发现一株雄性不育的野生稻,他们将这株野生稻取名叫"野败"。袁隆平精心培育"野败",并且毫无保留地把它的种子分送给各地的杂交水稻研究者,他要用社会主义大协作的力量,把杂交水稻的研究工作迅速向前推进。

1960年,当袁隆平发现一株天然的杂交稻并开始研究时,许多人嘲笑说提出杂交水稻这一课题是对遗传学的无知。当时,美国著名遗传学家辛诺特和邓恩的经典著作《遗传学原理》中明确指出:"自花授粉作物自交不衰退,因而杂交无优势。"但是1973年,这位提出外行言论的袁隆平却成功选育出了高产杂交水稻组合"南优2号",亩产达到623公斤。著名的农业经济学家唐·帕尔伯格给予了袁隆平最高评价:"袁隆平为中国赢得了宝贵的时间,他增产的粮食实质上降低了人口增长率……他正引导我们走向一个丰衣足食的世界。"袁隆平成为举世公认的"杂交水稻之父"。

2006年末,袁隆平针对我国人增地减的严峻形势和超级杂交稻取得的重大进展,又提出了"运用超级杂交稻的技术成果,用3亩地产出4亩地的粮食,大幅度提高现有水稻单产和总产,提高农民种粮经济效益"的"中国超级稻育种"项目。项目计划分四期进行。

超级水稻被誉为水稻的"第三次革命"。2003年10月9日,30多年前颠覆了国际经典水稻理论的袁隆平再次让世界注意到了他。湖南省湘潭县泉塘子乡的超级杂交稻百亩示范片平均亩产达到807.46公斤,通过了国家专家组的验收,这说明超级杂交稻的第二期目标已经有了重大突破,他又一次站在成功的门槛边。

水稻亩产从 600 公斤提高到 800 公斤是一个世界性的难题，而袁隆平从 1997 年提出"超级杂交稻计划"后，几乎每三年就能让杂交稻单产潜力成功提高 100 公斤，他的研究似乎是一株最为优良的作物——多产、稳定。

2013 年，在湖南省隆回县羊古坳乡牛嘴形村，农业部专家组对由袁隆平院士创新团队成员选育的第四期超级杂交稻苗头组合"Y 两优 900"的 101.2 亩高产攻关片，进行现场测产验收。一类田，亩产 1045.9 公斤，百亩片平均产 988.1 公斤，创造百亩连片平均亩产最新世界纪录，逼近亩产 1000 公斤的超级杂交稻第四期研究目标。

几年前，美国经济学家布朗发出了"未来谁来养活中国"的疑问，引起世界性的恐慌。袁隆平以自己的研究成果，乐观而且自信地回答了这个问题：依靠科技进步和国人的努力，中国人完全有能力养活自己！而且将为解决世界粮食问题做出贡献！

现在全国已经有两亿多亩稻田种植了袁隆平的杂交稻，其粮食总产量占全国稻米产量的 90% 以上。可以说，袁隆平创造的财富比微软要多得多。

除杂交水稻，已经在我国大面积推广的双杂交玉米，能增产 20%～40%。此外，杂交高粱、杂交家蚕，在我国也已普遍推广。杂交猪、杂交鸡、杂交葱、杂交茄子等家畜、家禽、蔬菜新品种，层出不穷，为人类带来巨大的物质利益。

可爱的纳米机器人

1986 年，美国科学家埃里克·德雷克斯勒出版了《创造的发动机》一书，阐释了他创造微型机器人的理想，他说："我们为什么不制造出成群的、肉眼看不见的微型机器人，让它们在地毯或书架上爬行，把灰尘分解成原子，再将这些原子组装成餐巾、电视机呢？"

这也许还不够刺激，于是疯狂的德雷克斯勒继续预言："这些微型机器人不仅是一些只懂得搬运原子建筑的'工人'，而且还具有绝妙的自我复制和自我维修能力，由于它们同时工作，因此速度很快，而且十分廉价。"

这就是最初的关于纳米机器人的构想。

1990 年的一天，在美国麻省理工学院举办的科技展览会开幕之前，当与会的科学家们进入展览大厅时，他们忽然被一个小东西吸引。只见这个仅有跳蚤大小的东西从眼前光滑的地板上一溜滑过去，科学家们在展览会工作人员的协助下，才捉住这个不速之客——纳米机器人。令人惊奇的是这么个小不点儿，竟然五脏俱全，它的"身体"是由许多齿轮、涡轮机和微型电脑组成，其齿轮或零件小得竟如空气中飘浮的尘埃，需要借助电子显微镜方可看清其真面目。就在这一年，美国成功地举行了首届纳米科学技术大会，正式创办《纳米技术》杂志。这一切向全世界宣告：纳米科技、纳米机械诞生了！

之后，瑞典开始制造微型医用机器人。这种机器人由多层聚合物和黄金制成,外形类似人的手臂,其肘部和腕部很灵活,有两到四个手指,实验已进入能让机器人捡起和移动肉眼看不见的玻璃珠的阶段。科学家希望这种微型医用机器人能在血液、尿液和细胞介质中工作,捕捉和移动单个细胞,成为微型手术器械。

纳米机器人的研制和开发将成为21世纪科学发展的一个重要方向,对各行各业将产生巨大影响。

纳米机器人十分微小,能组成上百万"人"的集团大军在人体内游荡,消除血栓,群歼病毒和细菌,清除血液中的毒素,修复受损血管,替代医生做极微小的手术,修复基因甚至完成医生梦想不到的许多治疗。

将特殊的纳米机器人倾倒入泄漏的原油、有害废弃物场地或受污染的水流中,它们能搜寻到有害分子,并将这些分子逐一去掉或改变其结构,使有害分子无害甚至有利于环境。

火柴盒大小的超微计算机速度更快、容量更大,但无法利用常规方式生产制造。纳米机器人能轻而易举地从原子级尺寸开始,完整地构造电子器件,丝毫不差地将用纳米管制作的电路逐一连接起来。

钻石具有极高的透明度和超级强度,是理想的建筑材料,但加工处理它极为困难。然而,纳米机器人能将钻石雕琢成任意形状,如厚度仅为几毫米的防划玻璃。更有意义的是,由于钻石的基本原料为普通碳原子,因此用纳米机器人制造出的钻石价格像玻璃一样便宜。

纳米机器人是纳米科技最具诱惑力的重要内容,其关键在于纳米尺度上获得生命信息。第一代纳米机器人是生物系统和机械系统的有机结合体,如酶和纳米齿轮的结合体,这种纳米机器人可注入人体血管,帮助人做全身健康检查、疏通脑血管中的血栓、清除心脏动脉脂肪淀积物、杀死癌细胞等。第二代纳米机器人是直接从原子或分子装配成具有特定功能的纳米尺度的分子装置。第三代纳米机器人将包含纳米计算机,这种可以进行人机对话的装置一旦研制成功,可在1秒钟内完成数十亿次操作。这种军用机器人一旦投入作战,将使未来战场模式与格局产生根本性变革。

纳米机器人是纳米世界负责生产和制造的劳动大军。顾名思义,这些机器人的大小为纳米量级。它们用微小的手臂拾起并移动原子,靠超微电脑指导自己的行动。纳米机器人基本分为两种:普通装配工和自我复制工。

这些分子大小的机器人可能安装有手指来操作原子,安装有探针来区别不同的原子或分子,并输入程序指挥机器人的行动。

制作任何东西,无论其尺寸多大,都需要大量的装配工。举例来说,如果要建设一幢摩天大楼,首先让一小群装配工大量复制自己,当数量达到万亿后,再开始大楼的建造工作。

纳米机器人将使我们拥有一个美好的明天,但不可否认,纳米机器人也许会给我们带来另一个令人难以想象的世界。德雷克勒斯在《创造的发动机》中也提到了纳米技术潜在的威胁:纳米机器人无限度地复制自己,吃掉了阻挡在它们面前的所有一切,包括植物、动物以及人类。事实也存在这种可能:要是纳米机器人忘记停止复制怎么办?快速复制的机器人扩散的速度可能比癌细胞还要快,从而挤掉正常组织;调皮捣蛋的食品机器人有可能将地球的整个生物圈复制成一个巨大的面包;纸张再生机器人可能将世界上的所有东西变成瓦楞纸。不断有科学家对这种可能的危险性提出警告,但纳米专家们相信他们能够对付这种情况。一种办法是对纳米机器人的软件进行设置,使机器人在经过一定次数的复制之后自行毁灭。另一种解决方法是设计在特定环境下工作的纳米机器人,如仅存在于高浓度有毒化学物环境下工作的机器人,这也是大自然用来控制细菌生长的方法。不过,在市场运行模式下,也许不排除这种可能:给不同的人植入不同的“纳米机器人”,让这些人执行不同的使命,或者制造某种纳米技术武器,消灭某一种族的人。也许,世界最终会达成协议:由纳米机器警察不断与破坏的“敌人”展开微观世界的斗争,就像今天需要网络防毒软件或网络警察一样。

不过,也有科学家认为这些都是杞人忧天。科学家布朗克指出:生物系统可以自我复制,但它们远远大于纳米尺度,而且也更为复杂。它们具有独立的系统来储存和复制遗传信息、产生能量、合成蛋白质、运送营养物质等等。

华盛顿大学的纳米科学家霍拉·佛吉尔指出：与此相比，病毒虽是纳米尺度的，但它们的自我复制必须借助于其他有活性的细胞。即使大自然也没能创造出纳米尺度的自我复制结构来，因此，认为纳米机器人会自我复制是不可能的。

发现布基球的科学家斯莫利认为，可以用微型机器来操纵原子，把它们排列成想要的形状。

太阳微系统公司的创办人之一乔伊认为，现在不可能制造出纳米机器人，但是在这样一个技术飞速发展的时代，暂时造不出来并不能使我们高枕无忧。他指出，20年或30年之后，那些拥有自组织化学过程的系统与某些受控的原子进行组合后，就可以产生人造生物，这些生物可以像病毒那样对细胞进行侵害。

不管怎么样，纳米机器人未来的发展确实应该引起人类的高度重视，不要一味乐观，至少，现在应用于战场上的纳米机器虫已经给我们的生活带来了潜在的危险，谁敢保证现在做不到的事，将来也不会发生呢？

可怕的纳米武器

任何技术从来就不是只有光彩照人的一面,纳米技术也不例外。在造福人类的同时,我们会不会在不经意间打开潘多拉的盒子呢?

在未来战争中,纳米技术也将与机器人技术和基因技术一样发挥着不可估量的作用。无论是在打击手段还是打击精度上,都将向着更为理想的方向发展,一些具有超性能的武器装备将逐步走向高技术战争的舞台。

超高音速武器将被广泛投入战场。所谓超高音速武器是指飞行速度大于 5 马赫、以喷气式发动机为动力、以液态氢或核燃料为推动剂,能在空中、大气层和跨越大气层实现超高音速飞行的武器。超高音速武器的出现不但省去了飞机远距离作战的空中加油过程和作战时间,更重要的是它将对那些投入巨大资金的海战武器提出严峻的挑战,昔日海上的巨无霸将不复存在,取而代之的将是一些超高音速飞行的武器,无论作战方式,还是体制、编制都将随之改变。

在纳米技术的作用下,无人机将得到进一步发展。一大群无人机像成千上万只蚂蚁一样协同作战,使大型武器手忙脚乱,疲于应付。

红外、等离子等隐身技术不断提高,离实现武器装备真正的隐身的目的已越来越近。到那时战场上不仅有隆隆的枪炮声,一些隐形飞机、隐形坦克、隐形士兵等武器将会神出鬼没地出现于战场的不同角落。

　　精确打击一直是作战双方摧毁对方的重要方式,从第一枚激光制导炸弹到今天的"战斧"系列导弹,世界各国为它的研究与发展耗费了大量资金。在纳米技术的作用下,精确制导武器的计算机系统、卫星导航系统和推进系统将得到全面的改观,从而赋予制导武器前所未有的打击精度,导弹在发射升空后具有精确计算能力的计算机系统和全球定位系统等将赋予导弹准确的飞行路线,在超高音速和隐形技术的作用下,导弹能在对方毫无反应的情况下完成攻击任务。

　　目前,一些发达国家正在研制的微型武器主要用于执行任务,并正向着袖珍化和智能化方向发展。当导弹像一只蜜蜂一样大时,整个军队的防空系统,可以放在一个桌子上。全面的、大容量的信息处理能力,将使强权更为强权,富国更富,穷国更穷。在这一领域中,更具有发展潜力的还要数那些能破坏敌方电脑网络、信息系统、制导系统的纳米间谍和微型攻击性机器人,届时,这些武器将让人防不胜防。

　　隐形飞机是隐形武器装备研制、发展最快,成果最多的领域。除了隐形飞机,其他的隐形武器还有隐形导弹、隐形雷达、隐形舰船、隐形坦克等,据称,一种供特种部队用的军服正在试验。它能随着环境变化改变颜色和温度,防御雷达、红外侦察仪的探测。士兵如在面部也涂上抑制热辐射的涂料,就成了真正的"隐形人"。

　　在未来,作战样式将发生根本改变,未来战争极可能由数不清的各种纳米微型兵器担纲。

　　如,"蚂蚁"士兵,这是一种被声波控制的纳米型机器人,这些机器人比蚂蚁还要小,但具有惊人的破坏力,它们可以通过各种途径钻进敌方武器装备中,长期潜伏下来。一旦启用,这些纳米士兵就会各显神通:有的专门破坏敌方电子设备,使其短路毁坏;有的充当爆破手,用特种炸药引爆目标;有的放出各种化学制剂使敌方金属变脆、油料凝结,或使敌方人员神经麻痹,失去战斗力。

　　"苍蝇"飞机。这是一种如同苍蝇般大小的袖珍飞行器,可携带各种探测设备，具有信息处理、导航和通讯的能力。其主要功能是秘密部署到敌方信息系统和武器系统的内部或附近，监视地方情况。这些纳米飞机可以旋停、低飞、高飞，敌方雷达根本发现不了它们。据说它们还适应全天候作战，可以从数百公里外，将其获得的信息传回己方导弹发射基地，直接引导导弹攻击目标。袖珍遥控飞机：这种由美国研制并将批量生产的遥控飞机，只有五英镑纸钞大小，装有超敏感应器，可在夜暗条件下拍摄出清晰的红外照片，并将敌方目标告知己方导弹发射基地，指引导弹实施攻击。

"麻雀"卫星。美国于1995年提出了纳米卫星的概念，这种卫星比麻雀略大，重量不足10公斤，各种部件全部用纳米材料制造。一枚小型火箭就可以发射数百颗纳米卫星。若在太阳同步轨道上等间隔地布置648颗功能不同的纳米卫星，就可以保证在任何时刻对地球上任何一点进行连续监视，即使少数卫星失灵，整个卫星网络的工作也不会受影响。

"蚊子"导弹。纳米器件比半导体器件工作速度快得多，可以制造出全新原理的智能化微型导航系统，使制导武器的隐蔽性、机动性和生存能力发生质的变化，利用纳米技术制造的形如蚊子的纳米型导弹，可以起到神奇的战斗效能。纳米导弹直接受电波遥控，可以神不知鬼不觉地潜入目标内部，其威力足以炸毁敌方火炮、坦克、飞机、指挥部和弹药库。

这些纳米武器还会造就现代战争中的一种特殊的军种——微型军或称微型兵团。这些微型军是间谍草、蚂蚁兵、苍蝇间谍、蝎子机器、针尖炸弹、微型无人侦察机等。

用纳米技术制造的微型武器系统，成本将很低，而使用也会极为方便。

纳米时代将是一个全新的时代，纳米级战争也将是全新样式的战争，我们不应只是想如何阻止这样的战争发生，还应努力学习科学技术，以全新的姿态迎接这一场全新的军事技术变革。

向深海进军的"深潜器"

人类对 1000 米以下的深海知之甚少。

光线平均只能穿透 200 米海水，海洋学上称这种最上层的海水为"真光层"。它不仅能透过阳光，也聚集着绝大部分海洋生物，算是我们熟悉的这个世界的延伸。从那里再往下，那个高压、低温、黑暗的极端环境，可以说是"另一个宇宙"了。

1960 年 1 月 23 日早晨 8 点 15 分，在太平洋马里亚纳海沟的上方，杰昆斯·皮卡德博士和美国海军的当·沃尔什上尉与同伴——告别，进入"的里雅斯特"号深潜器。起重机将工作舱吊出船外，放入漆黑一片的太平洋中。他们要去的地方是世界最深的海沟。这是一次前无古人的行动，没有人知道这次是否会成功。

下午 1 点，经过 4 小时 48 分钟的漫长下潜，"的里雅斯特"号终于触到布满淤泥的沟底，完成了对马里亚纳海沟最深处查林杰深渊的挑战。下潜深度为 11034 米，这个纪录至今无人打破。

2012 年 3 月 26 日，加拿大导演詹姆斯·卡梅隆乘坐"深海挑战者"号深潜器抵达太平洋马里亚纳海沟最深处，下潜深度 10898 米，接近皮卡德父子创造的深潜器纪录，成为全球第二批到达该处的人类，第一位只身潜入万米深海底的挑战者。

"深海挑战者"号是一艘由澳大利亚工程师打造、仅能容纳一人的深潜器，高7.3米，重12吨，承压钢板有6.4厘米厚。该深潜器安装有多个摄像头，可以全程3D摄像，同时具有赛车和鱼雷的高级性能，还配有专业设备收集小型海底生物，以供地面的科研人员研究。深潜器的行进路线被设计成"直上直下"，它一头扎向海沟底部，然后直直地上升。"深海挑战者"号下潜的速度可以达到每分钟150米，在深海中这一速度是非常惊人的。

深海潜水器大体分为两种。

一种是探险型深海潜水器，刚才提到的"的里雅斯特"号和"深海挑战者"号都属于这种类型。其特点是，单纯追求下潜深度，没有自主动力。以"的里雅斯特号"为例，它重150吨，结构上非常简单，仅能供两人在里面蹲坐。下潜的时候，轮船用钢缆吊着它沉到海底。当时，探险家在海底待的时间不过20分钟。在这20分钟里，他们也只能透过19厘米厚的玻璃舷窗向外观看，其实外面一片漆黑，他们什么都没有看到。整个过程，他们没有拍摄到一张海底照片，没有采集一份海底矿物样本，没有制作一件海底生物标本。卡梅隆乘坐的"深海挑战者"号技术上比"的里雅斯特"号先进得多，但依然是探险型深海潜水器，缺乏较好的海底活动能力。当它下潜到海底时，一度陷进淤泥里，激起的泥浆烟云久久不能散去，导致卡梅隆此行的最大目的——亲自拍摄深海生物——都没能完成，只待了三个小时就匆匆忙忙地上来了。

综合来看，探险型深海潜水器的下潜能力强，可深入11千米的海底，但活动范围有限，下潜时间较短，不能在水下进行操作和科学研究，而且下潜次数有限，仅能下潜几次，有的甚至只有一次。此种类型的深海潜水器仅能作为探险、摄影和打破深潜纪录等用途。

第二种是作业型深海潜水器。这种类型的深海潜水器最大的特点是具有自主动力，具备水下观察和作业能力，主要用来执行水下考察、海底勘探、海底开发和打捞、救生等任务，并可以作为潜水员活动的水下作业基地。其下潜可带来较大经济回报。这种潜水器设计寿命长，经过维护，能够反复下潜数千次。

美国是较早开展自航式载人深潜的国家之一,1964 年建造的"阿尔文"号载人深潜器是他们的代表作。

1977 年,美国《国家地理》杂志报道了美国地质学家的一个惊人发现。他们乘坐"阿尔文"号在东太平洋加拉帕戈斯海底裂谷航行时,发现了一个充满生命的热泉口。

20 世纪 80 年代,世界上不少发达国家紧随美国之后,研制载人深潜器。1985 年,法国研制成的"鹦鹉螺"号深潜器,最大下潜深度达到 6000 米,累计下潜了 1500 多次,完成过多金属结核区域、深海海底生态等调查,以及沉船、有害废料等搜索任务。

1987 年,俄罗斯"和平一号"和"和平二号"深潜建成,最大下潜深度为 6000 米,带有 12 套检测深海环境参数和海底地貌设备,可以在水下待 17 至 20 个小时。

1989 年,日本建成了下潜深度为 6500 米的深海潜水器,名字就叫"深海6500"号。水下作业时间 8 小时,曾下潜到 6527 米深的海底,创造了当时自航式载人深潜器深潜的新纪录。"深海 6500"号对 6500 米深的海洋斜坡和大断层进行了调查,并对地震、海啸等进行了研究,至今已经下潜了 1000 多次。

在中国的"蛟龙"号出现之前,全世界就这 5 艘深潜器能潜到 6000 米的深度,足见潜入深海的难度之大。

"外行"——物理学家薛定谔在发现遗传密码上的贡献

　　人们往往鄙视"圈外"人士的意见,殊不知,"旁观者清",有时"外行"能从独特的角度,解决"圈内"人士百思不得其解的难题。遗传密码的发现,就是从一个生物学的"外行",量子力学的奠基人之一——薛定谔的预言开始的。

　　在一些科学家寻找那些基因下落的时候,还有一些科学家在探索另一个问题:生命之歌和遗传之歌的乐谱是什么样的? 音乐家们凭着七个音符创作出那么多动人的交响乐,那么多美妙的歌儿。那么五光十色的生命之歌同音乐家谱写的交响乐是否有某些共同的地方呢? 科学家们思索着,实践着。

　　最先企图回答这个问题的是一个生物学的"外行",奥地利出生的著名物理学家、近代量子力学的奠基人之一薛定谔。第二次世界大战中,他从奥地利流亡到英国。坎坷的生活并没有中断他的科学研究。他用一双善于观察物质微观世界的慧眼,观察了千姿百态的生物界。他对生物界的遗传现象产生了莫大的兴趣。生命体一代接一代地复制着自己的模型,培育出忠实于自己形象的新的生命体,这种复制过程是那么精确,就像工厂里的工人按照工程师设计绘制的蓝图制造机器一样。复制生命的工程师遵循着一种什么样的思维规律在设计生命的蓝图呢? 这种规律能不能被人类认识呢?

薛定谔想到了电报。

1844年5月24日，在美国华盛顿国家大厦的联邦法院会议厅里，人们相互低声地交谈着，兴奋而又焦急地等待着一个奇迹的出现。画家摩尔斯万分激动，他用颤抖的手揿动着发报机的按键，把自己发明的，用"点点，线线"等符号组成的电文，发往40英里外的巴尔的摩城。那里的收报机收到了摩尔斯的电码，按摩尔斯编制的电码本翻译出了电文。世界上第一份载着文明信息的电报诞生了。之后，电报广泛应用到生活和军事上。在军事上，为了保密，人们编制了形形色色的密码电报。点、线两种符号，收报机里听到的长、短两种声音，竟然能够传递十分复杂的思想，这比音乐家用七个音符写乐谱还要便捷得多。

那么，在生物界，是否也是用某种我们至今还没有破译的密码在传递生命设计者的信息呢？薛定谔在《生命是什么》一书中，做了大胆的预言："遗传物质有如摩尔斯电码的点和线那样，可取几种不同的状态，像用摩尔斯电码可以记述所有的语言那样，状态变化的顺序大概是表示着生命的密码文。生命的密码被复制，并无误地传递给子孙。"

这一新颖的假设，究竟是一位伟人对于自己陌生领域的无知妄言，还是投入生物学的一丝新的曙光？科学家们思索着、试验着，久久没有做出回答。

富兰克林发现雷与电的关系

　　科学家并不是都受过高等教育。美国大政治家兼大科学家本杰明·富兰克林只读过两年书,就是一例。但是,学历低并不等于知识基础差,富兰克林刻苦自学,他拥有的知识的广度和深度,超过了许多"博士"。

　　雷电是什么东西? 千百年来,我们的祖先都没法说清楚。中国人认为是雷公、电母在施威,古希腊人认为是奥林匹斯山上的神在发怒,欧美人认为是上帝在行使他的权力。

　　到了 18 世纪, 有的科学家们想揭开雷电的奥秘。美国的富兰克林就是其中一个。

　　本杰明·富兰克林于 1706 年出生在北美波士顿的一个漆匠家庭, 在全家 17 个孩子中排行十五,家境贫困。他在 10 岁时辍学,12 岁当印刷所学徒。富兰克林一生中做了许多大事,后人说,富兰克林从苍天那里取得了雷电,从暴君那里取得了民权。

　　本杰明·富兰克林后来成了一个大政治家,是美国《独立宣言》的起草者。富兰克林后来还成为大科学家,发现了雷与电的关系。

　　富兰克林一生只在学校读过两年书,8 岁入学读书,虽然学习成绩优异,但由于他家中孩子太多,父亲的收入无法负担他读书的费用。所以, 他 10 岁时就离开了学校,回家帮父亲做蜡烛,12 岁时,他到哥哥詹姆士经营的小印刷所当学徒，自此他当了近十年的印刷工人。

富兰克林在做印刷工时，学习从未间断过，他从伙食费中省下钱来买书。同时，利用工作之便，他结识了几家书店的学徒，将书店的书在晚间偷偷地借来，通宵达旦地阅读，第二天清晨便归还。

富兰克林阅读的范围很广，他大量阅读科普读物和文学名著，这增加了他的知识的广度，他又阅读著名科学家的论文，有了知识的深度。

富兰克林从政后，虽然工作越来越繁重，可是他每天仍然坚持学习。为了进一步打开知识宝库的大门，他孜孜不倦地学习外文，精通除了母语英文外的法文、意大利文、西班牙文和拉丁文。

在科学研究上，富兰克林大器晚成。他40岁时，观看了电学实验，对电有了兴趣。他常常想，天上的电和地上的电是一样的吗？

1752年7月的一天上午，乌云密布，远处不时传来阵阵轰隆的雷声。富兰克林就想把天上的雷电"捉"下来，看看它是什么样的。于是他用丝绸做了一只大风筝，在风筝顶上安上尖细的铁丝，用来捉天电，并将麻线和这根铁丝连起来。麻线下面系着铜钥匙，这个铜钥匙放在一个能收集电的内外贴着锡箔的莱顿瓶里。为了防止触电，铜钥匙上面还系着丝绸做的带子。他和儿子乘着风势把风筝放到了很高很高的天空。雷雨来了，打湿了麻线，富兰克林感到手一阵麻木，他高兴地大叫："有电了！有电了！"然后赶紧用丝带把麻线裹起来用手拿住，继续"捉"天电。

这时，莱顿瓶里的铜钥匙叮叮当当地响了起来，同时冒出了蓝白色的火花，这和两种物体摩擦时起的电一模一样。啊，富兰克林明白了，雷电是由于乌云和空气摩擦引起的。

由于这个实验，富兰克林发明了避雷针，它可以把天上的电引到地下，避免建筑物遭到雷击。不过你可千万别去做这个实验，它太危险，第二年俄国一位科学家做这个实验时就被雷击死了。

法拉第发现电磁感应现象

　　科学发现往往是由那些善于观察不寻常事物,并努力寻找其中原因的人实现的。电与磁关系的发现,就是一例。

　　17世纪时,人们曾碰到过这样一桩怪事:一天,闪电击中了一家制造皮鞋的作坊。暴雨停止后,店主人回到作坊里,发现钉子和缝针都粘到铁锤和砧子上去了,就像磁石把钉子和缝针吸起来那样。

　　又有一次,雷电击中了一个古老的城堡,挂在墙上的宝剑竟带上了很强的磁性。雷电使铁器磁化的事情也时有发生,富兰克林在研究避雷针的时候,用钢针在莱顿瓶上放电,发现钢针也带上了磁性。

　　这种种现象启发着一些善于观察的人,其中就包括丹麦哥本哈根大学的教授奥斯特。他发现,电的吸引和磁的吸引太相似了,电有正极和负极,磁铁有南极和北极,它们之间一定有某些共同的东西,得想法把这些共同点给找出来。

　　1820年4月的一天,奥斯特教授在一个小伽伐尼电池的两极之间接上一根很细的铂丝,铂丝正下方放置一枚磁针,然后接通电源,小磁针发生了偏转,这证明了电流能使磁发生感应。奥斯特的实验轰动了整个欧洲,标志着电磁学时代的到来。

　　电能产生磁性,那么磁铁能不能产生电流呢?

1831 年 10 月 17 日，法拉第在一个长筒外面绕上铜线，铜线的两端连接着一个灵敏的电流表，当他将磁石棒插入线圈时，电流表的指针摆动了一下，当他抽出磁石棒时，指针又摆动了一下。"这是怎么回事呢？"法拉第很奇怪，插入或抽走磁石棒，指针都能摆动，说明产生了电，但将磁石棒抽出或放进去不动，指针也不动。法拉第边想边不停地将磁石棒插进，抽出，动作越来越快，忽然他发现电流表的指针始终显示着有电的状态。由此，法拉第明白了，是运动使磁石棒和铜线圈之间产生了电流。电可生磁，磁也可生电。

法拉第同富兰克林的经历有些相似，也是典型的自学成才的人物之一。他于 1791 年 9 月 22 日生于英国萨里郡的一个铁匠家庭，13 岁就在一家书店当送报和装订书籍的学徒。他在这家书店待了 8 年。这 8 年中，他挤出一切休息时间贪婪地试图把他装订的一切书籍内容都从头到尾读一遍。读后他还临摹插图，工工整整地做读书笔记。法拉第的知识基础主要是读《大英百科全书》和科普读物奠定的，特别是马塞夫人的《化学对话》，对他帮助很大，使他掌握了化学这门课的科学基础。

法拉第还将自己居住的阁楼变成了小实验室，用一些简单器皿照着《大英百科全书》上记载的方法进行实验，仔细观察和分析实验结果。法拉第后来成为 19 世纪伟大的实验物理学家，就是在小阁楼的实验室奠定基础的。

法拉第最出色的工作是电磁感应的发现和场的概念的提出。他并不满足于现象的发现，还力求探索现象后面隐藏着的本质。他既十分重视实验研究，又格外重视理论思维的作用。1833 年，他总结了前人与自己的大量研究成果，证实了当时所知摩擦电、伏打电、电磁感应电、温差电和动物电等五种不同来源的电的同一性。他在 1833 年至 1834 年发现电解定律，开创了电化学这一新的学科领域。他所创造的大量术语沿用至今。

中国自己的植物志

中国有个大植物学家方文培，在槭树科、杜鹃科的分类研究上有重要建树，他为调查中国植物资源、积累标本资料做出了贡献，发现植物新种100多个，撰写了不少植物学专著，培养了大批植物学专业人才。1950年英国皇家园艺学会授予方文培教授银质奖章，以表彰其对植物学的贡献；1990年世界名人传记中心（剑桥）授予他金质奖章，并为他立传；1991年美洲名人传记研究所又颁给他"突出贡献金质奖"，以表彰他的学术成就。

方文培是四川忠县人。他8岁入私塾，1916年考入忠县中学学习。他学习十分努力，晚间常独自用百步灯照读至深夜。1921年，方文培中学毕业了，考入南京东南大学生物系，来到南京。

南京大学位于南京的北极阁下，环境幽雅，一棵巨大的六朝古松耸立在校园内，蔚为壮观。这所全国当时唯一设有生物系的大学，汇聚着我国第一代植物学家秉志、钱崇澍、胡先骕、陈焕镛等著名教授。方文培在大学里刻苦学习，努力钻研植物学，很快得到教授们的赏识。

有一天，北风呼号，大雪纷飞，滴水成冰，方文培一头扎进图书馆，哈着手，在书架上翻着一本本厚厚的科学书。不一会儿，他就在书架上查到了两部英文版的有关中国植物的著作，一部叫《中国植物名录》，一部叫《华西植物志略》。他怀着敬佩的心情想看一看这两部书的作者是谁。不看则已，一看就气坏了。多么奇怪呀,这部《中国植物名录》的编著人竟是英国植物学家西门列斯。那部《华西植物志略》是研究自己家乡四川的植物的,作者却是美国学者佘建德。中国的植物,中国人没有注意,不去研究它,不去著书立说,反而是外国人对中国的植物感兴趣,不远万里跑到中国来研究,为它著书立说,这多么有伤我们这个文明古国的尊严啊!方文培望着这两部外国人编著的中国植物志,双眉紧皱,怒火中烧,他愤愤地拍了拍书桌,自言自语地说:"中国应该有自己的植物志!"

方文培拿着这两部书,走进教员休息室,去找他的老师陈焕镛教授。陈教授听了方文培慷慨激昂的陈述后,夸奖道:"现在的年轻人崇尚'学而优则仕',一个个都想'读书做官',你却立志献身中国的植物学研究,写出中国人自己写的中国植物志,好!"

陈教授从办公桌的抽屉里取出一本厚厚的书,交给方文培,对这位勤学爱国的得意门生说:"这是拙作《中国经济树木学》,送你一本做参考吧!我们中国植物资源非常丰富,明代就有李时珍著《本草纲目》予以记载,大约与西方的植物学鼻祖林奈同时代。现代,我们落后了。希望你努力学习,早日成才,为保护并开发、利用中国的植物资源服务,为祖国的科学事业做出贡献。"

方文培仔细地研读了陈教授送给他的《中国经济树木学》,看不懂的地方,就去向陈教授请教。陈教授非常乐意帮助这个勤奋的学生。在假期中,他单独给方文培讲课,耐心地传授研究植物学的方法。方文培从陈教授那里,掌握了几百种植物的习性,学会了林奈的植物分类方法,为以后的研究工作打下了坚实的基础。

从此,方文培走上了终身从事植物学研究的艰难历程,写作出版了《峨眉植物图志略》《四川植物志》,以及《中国植物志》中的第46卷、第52卷、第56卷等数百万字的经典植物学著作,圆了他青年时代的梦想,为中国和世界的植物学事业做出了举世瞩目的贡献。

科学家与科学发现

牛顿三大定律的发现

在牛顿划时代的著作《自然哲学的数学原理》的"公理"部分,牛顿提出并论述了"运动的定律",也就是著名的牛顿三大定律。其中第一定律,也叫惯性定律:"每个物体继续保持其静止或沿一直线做匀速运动的状态,除非有力加于其上,迫使它改变这种状态。"第二定律为:"物体加速度的大小和所加的动力成正比,并且发生在所加的力的那个直线方向上。"第三定律,也叫作用和反作用定律:"每一个作用总是有一个相等的反作用和它对抗;或者说,两个物体彼此之间的相互作用永远相等,并且各自指向对方。"

1665年,一场大瘟疫使牛顿回到乡间隐居。1667年3月,大瘟疫的噩梦过去之后,牛顿从伍尔斯索普老家返回剑桥的三一学院。

在乡间隐居的18个月,成了牛顿人生的分水岭,他发现了万有引力。

此时此刻,跨进三一学院拱形大门的牛顿已经"焕然一新",不可同日而语。但是他丝毫没有张扬自己在家里捡到了"金娃娃",而是继续深入研究,以确认自己的新发现正确无误。

后世不少研究者对牛顿的缄默感到迷惑不解,不明白为什么等待20年之后,也即到1686年,他才在《自然哲学的数学原理》中公布自己的重大发现。牛顿生性内向、谨慎,而且带点神秘感。可以想象,没有绝对把握的事,他是不会贸然宣布的。

1667年，牛顿返回剑桥大学不到半年，当选为三一学院的研究员。牛顿绝大部分时间还是沉浸在他的科学研究中。他全身心投入实验，到了废寝忘食的程度。他平日吃得非常简单，穿着也很随便。他的头发总是乱糟糟的，脚上趿一双随时可能穿帮的旧鞋。

牛顿教授的不拘小节，在学院中闹了不少笑话。据说有一次女仆要他帮着煮鸡蛋，叮嘱他等水开了再把鸡蛋放下去。可是牛顿忘记了时间。最后女仆回来，揭开锅盖时，发现里面煮的竟是牛顿的怀表！

1684年1月的一天，在伦敦，有三位学者举行了一次很轻松的聚会。聚会的准确地点已无资料可考，也许是在一间普通的咖啡馆，也许在皇家学会的小屋里。但正是这次随意的会晤，后来成了科学史上的一次历史性的聚会。

这三位学者，一位是大物理学家、皇家学会秘书胡克，一位是天文学教授雷恩，另一位是青年天文研究者哈雷。三位谈友中有两位是天文学家，他们的话题自然离不开宇宙和行星。哈雷说，他仔细研究了开普勒第三定律，发现其中有个奥妙——引力和距离的平方成反比。胡克则说："这就是平方反比关系嘛！"

当时的学者大多确信存在一种与距离的平方成反比的力。可是要证明这一点，却很难。哈雷也不能证明这点。胡克表示，他能证明这一点，不过现在不能公布。雷恩宣布："如果有人在两个月内给出证明，我愿出40先令作为奖励。"

两个月过去了，雷恩的悬赏没有结果。又过了两个月，哈雷于1684年5月专程去剑桥拜访牛顿，向他请教。

哈雷的来访，给牛顿的寓所带来一股清风。牛顿对哈雷的来访显然是高兴的。这位青年学者厚道热诚，充满活力，牛顿对他的印象不错。

"根据开普勒第三定律，天体运行的引力大小似乎应和距离的平方成反比，不知先生的看法如何？"哈雷恭敬地问。

"那是对的。这就是平方反比关系嘛！"牛顿的回答竟和胡克完全一样。

"那么，先生！"哈雷十分兴奋，穷追不舍地问道，"如果反过来，假定引力和距离的平方成反比,那么行星运行的轨迹应该是什么曲线呢?"

"应该是椭圆。"牛顿立即回答。

哈雷听见"椭圆"两字,一下子怔住了。

"您怎么知道的?"他惊喜得两眼闪闪发光。

"我计算过。"牛顿答道,态度很平静。

"哦!先生能否把计算结果给我看看?"哈雷竭力克制住内心的激动。

"这没问题。"牛顿说着,起身打开一个抽屉,在里面随意翻找起来。

牛顿忙乱地翻了一阵,似乎没有找到。但他答应三个月后,给哈雷重新计算结果。

三个月后,哈雷不等牛顿寄稿,再次亲自到剑桥登门造访。

牛顿履行了约定,交出一篇九页的计算结果给他——这就是那篇著名的《论运动》(全名为《论在轨道上物体的运动》)。在这篇论文中,牛顿完成了发现引力平方比定律的关键步骤,并且证明了在与距离的平方成反比的引力作用下,物体的轨道是椭圆的。更重要的是,牛顿还得出了一个更普遍的结论:与距离的平方成反比的作用力使物体做圆锥曲线运动,椭圆只是圆锥曲线的一个特例。如果物体的速度超过一定限度,运动轨迹可能是抛物线或双曲线。这篇《论运动》,就是后来牛顿的辉煌巨著《自然哲学的数学原理》的前身。哈雷读了《论运动》,赞叹不已。他多年来苦苦探寻的科学奥秘,终于在牛顿这里找到圆满的答案。牛顿不仅解决了天体运行的动力学问题,而且提示了一个更带普适性的基本原理。天上的行星和地面的物体,可能遵循同一个规律在运动。实际上牛顿提出了一个建构新世界体系的方案。

这简直是一个伟大的奇迹啊!哈雷意识到自己发现了一座壮丽的冰山,而《论运动》只是这座冰山露出海面的一角。于是哈雷鼓动牛顿把他的力学研究成果整理出"全书"出版。但是牛顿没有被他说服。

"先生,我有一个宏大的计划。"哈雷灵机一动说,"我正准备出版一本大部头书,汇集朋友们私下提出的各种观点,我认为先生的著作是最佳选题。"

见牛顿没表态,哈雷一脸虔诚地说:"这本书我愿意出资印刷并亲自督校。"

哈雷的才干和人品,牛顿信得过,但是出版哈雷策划的专著就像作家出全集一样,有点把自己的想法盖棺定论的意味。牛顿仍有点犹豫。

机灵的哈雷看出这点,立即趁热打铁,连哄带骗地说:"先生,此事务必当机立断哟！否则其他人可能捷足先登,那就后悔莫及啦！"

"好吧,"牛顿终于被说服了,他问哈雷,"你要我怎么做？"

"让我把您这几十年发掘的科学宝藏公布于世。"哈雷兴奋得脸上容光焕发。

"行。"牛顿一诺千金。

正是哈雷杰出的公关才能,或者说,是他的机敏和诚意,最后打动了牛顿。牛顿向哈雷承诺,他将投入全身心,把自己最重要的科学发现整理成书。这就是两年后写成的划时代巨著——《自然哲学的数学原理》。

从1685年初算起,到1687年春天全书脱稿,牛顿用了整整两年时间,终于完成了这部巨著。书的全名为《自然哲学的数学原理》,通常简称为《原理》。

在《原理》第一版序言中,牛顿写道:"我讨论的是哲学,而不是技艺;我写的不是关于人手之力,而是关于自然力方面的东西,而且主要是探讨那些与重力、浮力、弹性力、流体阻力,以及诸如此类的不论是吸引或是排斥的力有关的事物。因此,我把这部著作叫作哲学的数学原理。"

《原理》的主要内容分为三篇,加上第一篇之前的一个导论,总共为四个部分。在有"定义"部分,牛顿提出了一个假设实验:"在高山之巅放射炮弹,炮力不足,炮弹飞了一阵便以弧形曲线下落至地面。假如炮力足够大,炮弹将绕地球环行,这是向心力的表演。"这真是绝妙的向心力。在三百多年前,牛顿就天才地提出了人造卫星的设想！

牛顿的运动定律,是他对物理学最重要的一项贡献。

麦克斯韦创立电磁理论

　　数学是一切学科的基础。数学基础好的科学家，与其他科学家相比，有显著的优势。法拉第发现了电磁现象，但由于数学基础较差，只能做定性描述，而数学基础深厚的麦克斯韦，则进行定量研究，创立了精密的电磁理论，为科学做出了更大的贡献。

　　詹姆斯·克拉克·麦克斯韦是电磁理论的奠基人之一。他在法拉第等科学家的电磁理论的基础上，用数学方法导出高度抽象的微分方程式，总结了电磁现象的规律。这个方程式，就是著名的麦克斯韦方程式。他发现电磁波的传播速度同光速一致，断定光电与磁有关系，但到底是什么关系，做出定量分析结论的是英国科学家麦克斯韦，那就是电磁波。麦克斯韦除了建立电磁理论，在分子物理学、气体动力论方面还有许多卓越的贡献。麦克斯韦的数学较之法拉第更好，这使他能够用定量的方法解决法拉第用定性方法解决不了的那些问题。

　　麦克斯韦的父亲是一位极聪明、极不受传统约束的工程师。有一次，他在桌上摆了一瓶花，教儿子写生。不想麦克斯韦交来的卷子，满纸都是几何图形，花朵是些大大小小的圆圈，叶子是三角形，花瓶是个大梯形。他认为麦克斯韦是个数学天才，从此开始教麦克斯韦几何、代数。

　　麦克斯韦确实是个天才，15岁那年，他中学还没毕业就写了一篇讨论二次曲线的论文,居然还发表在《爱丁堡皇家学会学报》上。

1847 年,麦克斯韦进入爱丁堡大学学习,那年他才 16 岁,是班上年纪最小的学生,但考试成绩总是名列前茅。他在这里专攻数学、物理,并且显示出非凡的才华。他用功读书,爱好广泛,在学习之余写诗,不知满足地读课外书,积累了相当广博的知识。在爱丁堡大学,两个教授对他影响最深,一个是物理学家和登山家福布斯。他是一个实验家,培养了麦克斯韦对实验技术的浓厚兴趣,一个从事理论物理的人很难有这种兴趣。他强制麦克斯韦写作要条理清楚,并把自己对科学史的爱好传给麦克斯韦。另一个是逻辑学和形而上学教授哈密顿。哈密顿教授则用广博的学识影响着他,并用出色的、另类的批评能力刺激麦克斯韦去研究基础问题。在这些有真才实学的人的影响下,加上麦克斯韦个人的天才和努力,他的学识一天天增长,用三年的时间就完成了四年的学业,相比之下,爱丁堡大学这个摇篮已经不能满足麦克斯韦的求知欲。为了进一步深造,1850 年,他征得了父亲的同意,离开爱丁堡,到人才济济的剑桥大学去求学。四年之后,他以数学优等第二名的成绩毕业,又立即对电磁学产生了浓厚的兴趣。第二年就发表了《论法拉第的力线》。

后来,在伦敦的英国皇家学院,麦克斯韦又开始了电磁学的研究。那时,法拉第证明了磁能产生电流和电场,但电流和电场不同,法拉第经过多年的研究也没找到它们之间的联系。1865 年麦克斯韦发表了一组描述电磁场运动规律的方程,他把它们的关系用数学的公式推导出来了,这就是著名的麦克斯韦方程,从此科学史上的电磁理论正式诞生了。

麦克斯韦这样一位对人类做出杰出贡献的伟大学者,在生前却未受到世人的重视。他在科学上取得了许多卓越的成就后,不仅没得到应有的名誉,还有人将他当丑小鸭嘲弄。1873 年,麦克斯韦的名著——《电磁学通论》发表了。虽然《电磁学通论》被一抢而空,但是麦克斯韦方程太深奥了,真正能读懂的人寥寥无几。电磁波的存在还来不及被实验验证,而这正是检验麦克斯韦理论的关键。于是,一股怀疑麦克斯韦理论的暗潮在全世界涌动起来。麦克斯韦的声誉下降了,来听他的课的学生日渐减少,课堂上只坐着稀稀拉拉的几个人。

1879 年,49 岁的麦克斯韦身患重病,已到了生命的最后关头。麦克斯韦坚信自己发现的真理,带病坚持工作,坚持讲课。这时,来听他的讲座的学生只剩下两个人了,一个是美国来的研究生,一个是后来发明电子管的弗莱明。面庞清瘦、目光炯炯的麦克斯韦站在神圣的讲台上,面对着坐在前排的两名忠实的学生,表情严肃而庄重,认真地讲着他那伟大的电磁理论。

麦克斯韦去世后,1888 年,德国物理学家赫兹发现了人们怀疑与期待已久的电磁波。这时,人们才意识到麦克斯韦方程划时代的意义,并将他誉为"自牛顿以后世界上最伟大的数学物理学家"。

惠勒、霍金与黑洞

天文学上，黑洞是指宇宙中的一种极为神秘的天体，其基本特征是具有一个封闭的边界，外界的物质和辐射可以进入，边界内的一切都不能到外面去。

什么是黑洞呢？我们知道，卫星离开地球至少需要达到每秒 11.2 千米，才能摆脱地球引力场的束缚，这一速度被称为地球的逃逸速度。太阳的引力场比地球强得多，它的逃逸速度为每秒 17.7 千米。中子星密度大，半径小，逃逸速度可达光速的一半。如果有一个天体密度更大、半径更小，逃逸速度大于光速，那么任何物体包括光在内都不能逃逸出它的引力场。因此我们将无法看见它，仿佛它是绝对"黑"的，而且任何物体只要进入它的"势力范围"，就必将被它的引力场吞噬，像一个无底的"洞"，人们把这种具有极强引力场的特殊天体称为黑洞。

黑洞这个名词是由美国科学家约翰·惠勒提出的。1911 年 7 月 9 日，惠勒出生在美国佛罗里达州，是家中的老大，下面有三个弟妹。4 岁时，惠勒就对宇宙产生了浓厚的兴趣，一天他问母亲："宇宙的尽头在哪里？在宇宙中我们能走多远？"母亲的回答当然不能满足他的好奇心。于是惠勒向书本请教，英国著名生物学家兼科普作家汤姆望的《科学大纲》曾让他爱不释手。

跟随父母几次搬家后，惠勒入读霍普金斯大学，并获博士学位。1933 年，他来到丹麦哥本哈根,在玻尔的指导下从事核物理研究。早在1939年,后来成为"曼哈顿计划"负责人的奥本海默告诉他,爱因斯坦的方程做出了一个天启式的预言:一颗足够重量的死恒星将会崩裂,它将制造出极密的堆积,以致光都无法穿越。这颗恒星会一直分裂下去,而宇宙空间则会像个黑斗篷一样将其包裹。在这个堆积中心,空间会无尽地弯曲,物质无穷密集,形成一种既密实又单一的矛盾景象,也就是我们现在说的物质为零的"黑洞中心"。

惠勒最先是反对这个结论的。1958年在比利时的一场会议中,他与奥本海默辩论。惠勒说:"物质怎么可能发展到无物质呢?"毕竟,物理法则怎么可能发展到违背自己以达到"无物理"的地步呢?但是很快,当解释这颗崩裂行星的内部和外部的数学公式出现时,惠勒与其他一些学者都被说服了,成了崩溃理论的支持者。1969年,在纽约的一次会议上,为了说服场下听众,惠勒灵机一动,冒出了"黑洞"这个词,以描述这些恒星可怕而充满戏剧性的命运。"黑洞"一词,从此流传开来。

在惠勒1999年的自传中,他写道:"黑洞教育我们,空间可以像纸一样被揉捏成一个无穷小的点,小到时间会像火焰一样被熄灭,而我们之前所认为的神圣的、不可变的物理法则也不再是那样了。"

1972年,英国著名科学家史蒂芬·威廉·霍金考查黑洞附近的量子效应,发现黑洞会像天体一样发出辐射,其辐射的温度和黑洞质量成反比,这样黑洞就会因为辐射而慢慢变小,而温度却越变越高,最后以爆炸而告终。霍金和詹姆斯·巴丁、布兰登·卡特提出等同于热力学定律的黑洞定律。黑洞辐射(或称霍金辐射)的发现具有极其重要的意义,它将引力、量子力学、统计力学统一在一起。

2004年7月,霍金承认了自己原来的"黑洞悖论"观点,《时间简史》的副题是"从大爆炸到黑洞"。

坐在轮椅上的伟大理论物理学家霍金从小就拥有对自然科学的强烈兴趣,在还未患病的大学时代,他就意识到,肯定会有一套能够解释宇宙的万物理论,并陶醉于对它的思索之中,把它当作自己的信仰,并具有极强的使命感。

21岁时，霍金得知自己患上了不治之症后，也消沉过一段时间。医生当时预测他最多只能活两年，但两年过后情况并不是非常糟糕。后来他又想到以前曾和自己一个病房的男孩，那个男孩第二天就死去了。他似乎明白了什么，觉得自己还不算倒霉，不应该就这样放弃，自己17岁就考上剑桥大学，拥有异乎常人的头脑，不能浪费了。他勇敢地"站了起来"，坐在轮椅上继续自己的研究。霍金并不认为疾病对他有多大影响，每天都陶醉在自己的世界之中，努力不去想自己的疾病。同时，他又努力证明自己能够像常人那样生活！霍金在生活中，只要自己能做到的事情绝不麻烦别人，他很憎恨别人把自己当残疾人。他说："一个人身体残疾了，决不能让精神也残疾。"

霍金的意志力是非常顽强的，同时他又是一个对生活很有主见的人。他对生活永远充满了乐观和幽默的态度。他患病后，曾有六次非常近距离地和死神交手，但都顽强地活了下来。

有一次霍金演讲结束后，一位女记者冲到演讲台前问道："病魔已将您永远固定在轮椅上，您不认为命运让您失去太多了吗？"霍金的脸上充满了笑意，用他还能活动的三根手指，艰难地叩击特制的键盘后，显示屏上出现了四段文字："我的手指还能活动，我的大脑还能思维，我有终生追求的理想，我有爱我和我爱的亲人和朋友。"在他回答完那个记者的提问后，又艰难地打出了第五句话："对了，我还有一颗感恩的心！"现场顿时爆发出雷鸣般的掌声。

用霍金自己的话来说，活着就有希望，人永远不能绝望！即使病魔把霍金关在轮椅上，他也是无限空间之王！

这个空间之王一生中最大贡献是在经典物理的框架里，证明了黑洞和大爆炸奇点的不可避免性，黑洞将越变越大。但在量子物理的框架里，他指出，黑洞因辐射而越变越小，大爆炸的奇点不断被量子效应所抹平，而整个宇宙正是起始于此。

可是，在2014年1月24日，霍金再次因其与黑洞有关的理论震惊物理学界。他在一篇论文中指出，黑洞其实不存在，不过"灰洞"的确存在。霍金指出，由于找不到黑洞的边界，因此黑洞是不存在的。黑洞的边界又称"视界"。经典黑洞理论认为，黑洞外的物质和辐射可以通过视界进入黑洞内部，而黑洞内的任何物质和辐射都不能穿出视界。霍金的最新"灰洞"理论认为，物质和能量在被黑洞困住一段时间以后，又会被重新释放到宇宙中。他在论文中承认，自己最初有关视界的认识是有缺陷的，光线其实是可以穿越视界的。当光线逃离黑洞核心时，它的运动就像人在跑步机上奔跑一样，慢慢地通过向外辐射而收缩。

不过，黑洞不会因为霍金的"变脸"而消失，1970年，美国的"自由"号人造卫星发现了与其他射线源不同的天鹅座X-1，位于天鹅座X-1上的是一个比太阳重30多倍的巨大蓝色星球，该星球被一个重约10个太阳、看不见的物体牵引着。天文学家一致认为这个物体就是黑洞，并且是人类发现的第一个黑洞。

科学家们近年来不断发现近到几十光年，远到一百多亿光年的黑洞。

而且，科学家们还成功地制造出了人工黑洞，证明黑洞理论的正确性。2005年3月，美国布朗大学物理教授霍拉蒂·纳斯塔西在地球上制造出了第一个"人造黑洞"。美国纽约布鲁克海文国家实验室1998年建造了20世纪全球最大的粒子加速器，将金离子以接近光速对撞而制造出高密度物质。虽然这个黑洞体积很小，却具备真正的黑洞的许多特点。纽约布鲁克海文国家实验室里的相对论重离子对撞机，可以以接近光速的速度让大型原子的核子（如金原子核）相互碰撞，产生相当于太阳表面温度3亿倍的热能。纳斯塔西在纽约布鲁克海文国家实验室里利用原子撞击原理制造出来的灼热火球，具备天体黑洞的显著特性。比如：火球可以将周围10倍于自身质量的粒子吸收，这比所有量子物理学所推测的火球可吸收的粒子数目还要多。

人造黑洞的设想最初由加拿大不列颠哥伦比亚大学的威廉·昂鲁教授在20世纪80年代提出，他认为声波在流体中的表现与光在黑洞中的表现非常相似，如果使流体的速度超过声速，那么事实上就已经在该流体中建立了一个人造黑洞。然而，利昂哈特博士打算制造的人造黑洞由于缺乏足够的引力,除了光线,它们无法像真正的黑洞那样"吞下周围的所有东西"。然而,纳斯塔西教授制造的人造黑洞已经可以吸收某些其他物质。因此,这被认为是黑洞研究领域的重大突破。

2013年11月30日,两名中国科学家首次制造出可以吸收周围光线的人造电磁"黑洞"。这个黑洞可以在微波频率下工作,预计不久后它就能够吸收可见光,一种把太阳能转化为电能的全新方法可能因此产生。

布兰德解"鬼火"之谜

酷热的盛夏之夜,如果你耐心地去凝望野外坟墓较多的地方,也许会发现有忽隐忽现的蓝色的星火之光。当你接近它的时候,它会躲闪;当你离开它时,这蓝火又重新出现。于是,迷信的人们就会说:"那是死者的阴魂不断,鬼魂在那里徘徊。"即所谓"鬼火"。有的人还说,如果有人从那里经过,那些"鬼火"还会跟着人走呢。清代文学家蒲松龄的《聊斋志异》里,也常常谈到"鬼火"。

那么,世界上真的有"鬼火"存在吗?其实,这都是磷元素作怪。磷有白磷、红磷、黑磷三种同素异构体。白磷又叫黄磷,为白色或黄色的蜡性固体,熔点44.1℃,沸点280℃。白磷活性很高,极易燃烧,所以必须储存在水里。

经科学实验证明,"鬼火"实际上是有机体分解所产生的气体与空气中的氧气发生化学反应的结果。其构成中最主要的"可疑分子"就是磷化氢。这是一种无色的气体,其分子由2个磷原子和4个氢原子组成,也称联磷,属于磷化氢的一种,是在有机物腐烂的过程中产生的(这就是墓地或者沼泽地是其出没的主要场所的原因)。磷化氢发出一种烂鱼味,一旦释放到空气中,就同氧气发生反应,燃烧起来。

那么,这种磷化氢来源何处呢?原来,人类与动物身体中(死后就是郊野中的兽骨、坟墓中的人骨)含有磷,这些磷既不是白磷,也不是红磷,而是以磷的化合物的形式存在。当人、兽死后被埋在地里，尸体腐烂，磷化合物长期被烈日灼晒、雨露淋洗后逐渐渗入土中，发生分解形成磷化氢气体中的联磷。这种气体从地里泄漏出来，与空气中的氧气接触，由于夏天的温度高，易达到磷化氢气体着火点而自燃，产生蓝绿色的微弱火焰，于是"鬼火"出现了。其实，不管白天还是黑夜，都有磷化氢冒出，只不过白天日光很强，看不见"鬼火"罢了。这就是为什么夏夜在墓地里常看到"鬼火"了。

那为什么"鬼火"还会追着人"走动"呢？大家知道，在夜间，特别是没有风的时候，空气一般是静止不动的。由于磷火很轻，如果有风或人经过时，带动空气流动，磷火也就会跟着空气一起飘动，甚至伴随人的步子，你慢，它也慢，你快它也快；当你停下来时，由于没有任何力量来带动空气，所以空气也就停止不动了，"鬼火"自然也就停下来了。这种现象绝不是什么"鬼火追人"。

关于磷元素的发现，还得从欧洲中世纪的炼金术说起。那时候，盛行着炼金术，据说只要找到一种聪明人的石头——哲人石，便可以点石成金，让普通的铅、铁变成贵重的黄金。

炼金术士仿佛疯子一般，采用稀奇古怪的器皿和物质，在幽暗的小屋里口中念着咒语，这些东西放在炉火里炼，在大缸中搅，朝思暮想寻觅点石成金的哲人石。

1669年，德国汉堡一位叫布朗特的商人在用高温蒸发人尿的过程中，没有制得黄金，却意外得到一种像白蜡一样的物质，在黑暗的小屋里闪闪发光。这从未见过的白蜡模样的东西，虽不是布朗特梦寐以求的黄金，可那神奇的蓝绿色的火光令他兴奋地手舞足蹈。他发现这种蓝火不发热，不能引燃其他物质，是一种冷光。于是，他就以"冷光"的意思命名这种新发现的物质为"磷"。磷的拉丁文名称Phosphorus就是"冷光"之意，于是磷的化学符号就是P。

磷酸是组成生命的重要物质，促进身体生长及组织器官的修复，参与代谢过程，协助脂肪和淀粉的代谢，供给能量与活力，参与酸碱平衡的调节。

迪亚士发现好望角

13 世纪末,威尼斯商人马可·波罗的游记把东方描绘成遍地黄金、富庶繁荣的乐土,引发西方人到东方寻找黄金的热潮。然而,奥斯曼土耳其帝国的崛起,控制了东西方交通要道,对往来过境的商人肆意征税,加上战争和海盗的掠夺,东西方的贸易受到严重的阻碍。到 15 世纪,葡萄牙和西班牙完成了政治统一和中央集权化的过程,他们把开辟到东方的新航路,寻找东方的黄金和香料作为重要的收入来源。这样,两国的商人和封建主就成为世界上第一批殖民航海者。

15 世纪 80 年代以前,很少有人知道非洲大陆的最南端究竟在何处。为了弄明白这一点,许多人雄心勃勃地乘船远航,但都没有结果。作为开辟新航路的重要部分,西欧的探险者们对于越过非洲最南端去寻找通往东方的航线产生了极大的兴趣。

因此,迪亚士受葡萄牙国王约翰二世委托出发寻找非洲大陆的最南端,以开辟一条去东方的新航路。经过十个月时间的准备,迪亚士找来了四个相熟的同伴及他们的兄长,一起踏上这次冒险的征途,并于 1487 年 8 月从里斯本出发,率领两条武装舰船和一艘补给船,沿着非洲西海岸向南驶去,以弄清非洲最南端的秘密。

迪亚士是哥伦布之前最著名的航海探险家,出生在航海世家,时年 27 岁。

迪亚士船队还带上了几个非洲黑人男女,让他们带上金、银、香料,在沿途把他们分别派上岸,以便让有关葡萄牙人的消息传开。

迪亚士船队首先到达埃尔米纳,接着又到了前人航行的最远点南纬22°的地区。迪亚士很快越过南回归线,在今纳米比亚的吕德维茨立起第一根石柱。这根石柱的残部至今还在那里迎风伫立。迪亚士继续向南航进,在南纬33°的地区遇到了风暴,迪亚士为避免触礁,把船驶入深海。但因为供给船在风暴中掉队,而失去了联系。风暴把迪亚士指挥的两条船向南推去,当大海稍微平静一些后,迪亚士掉转船头向东航行,但几天后仍没有见到消失了的非洲海岸。迪亚士估计自己可能已绕过了非洲最南端,便果断决定掉头向北航行。果然不出所料,两三天后他们又看到了海岸线,不过现在的走向是从西向东了,时间是1488年2月3日。

迪亚士船队继续东进入了阿尔戈阿湾,从这里起海岸线又从东西方向转为东北方向,朝印度缓缓延伸。迪亚士船队已绕过非洲的全部南海岸,进入了印度洋。

迪亚士在阿尔戈阿湾的帕德龙角竖起了第二根石柱。船员们经过长途航行已疲惫不堪,纷纷要求返航。加上供给船失踪,粮食不继,又怕遇到海盗,迪亚士只得在前进到大鱼河河口后返航。这里是迪亚士航行的最远点。返航途中,迪亚士在从前遭受过两周的风暴的地方发现了一个凸出于海洋的海角。他把这个海角叫风暴角,在此立下了第三根石柱。此后他们又意外地碰到了失散很久的供给船,但船上的九人中只有三人还活着,其他的人因病或因上岸与土人冲突而死去。海员们把供给转移出来,把破烂的供给船烧毁。他们于1488年12月,回到里斯本。

约翰二世听取迪亚士的报告后,下令把那个大海角改名为好望角,因为发现它给葡萄牙人带来了通过海路前往印度的良好希望。需要强调的是,世人一般以为好望角是非洲的最南端,是大西洋和印度洋的分水岭。实际上它是大西洋中的一个大海角。非洲最南端、两洋分水岭是南纬34°52′,东经20°的厄加勒斯角;而好望角的位置在南纬34°21′,东经18°28′,厄加勒斯角比好望角更向南延伸了整整半个纬度。迪亚士返航时也发现了这个海角，并命名为圣布雷顿角，但不久改称为针角，因为在该海角附近的海上出现了磁反常，罗盘指针到这里没有了摆动。今日的厄加勒斯角便是葡语"针角"的音译。

迪亚士这次远航历时一年零四个月，单向航程上万千米，往返2万千米。他一下子向南推进了约13个纬度，航绕过了整个非洲南部海岸，发现了长达2500千米的前人未知的海岸线，带回比较准确地反映这个地区的地图。这为最后达伽马开辟从葡萄牙到印度，从西欧地中海经大西洋、印度洋到东方的新航路打下了重要的基础。然而，葡萄牙政府并不特别急于把迪亚士带回的"良好希望"变成现实，而是一方面对迪亚士的发现严格保密，以防他人插手，一方面为直航印度做各种准备。

1497年，迪亚士受命于国王曼努埃尔一世，再次率领四条大船远航。他绕着非洲古岸，沿途进行殖民贸易，并开发黄金输出港口。1500年5月12日，船队在海上见到彗星。迷信的船员认为这是灾难降临的预兆，都不禁惊慌失色。无巧不成书，5月24日，船队在好望角附近的洋面上遇到大西洋飓风。四条大船被冲天恶浪掀翻，年仅50岁的迪亚士及其伙伴葬身大西洋海底。然而，新的航路已被打通，西方殖民的势力从此也就从非洲伸向亚洲。

第一个拥抱地球的人

麦哲伦环球航行是世界航海史上的一大成就，不仅开辟了新航线，还通过他的探险船队进行的探险航行证明了地球是圆的。

1480 年，葡萄牙航海家麦哲伦生于葡萄牙北部的一个破落的骑士家庭。他 10 岁左右进入王宫服役，充当王后的侍从。16 岁时麦哲伦进入葡萄牙国家航海事务厅，因而熟悉了航海事务的各项工作。25 岁那年，麦哲伦参加了对非洲的殖民战争。之后，他又与阿拉伯人为争夺贸易地盘开战。麦哲伦 30 岁离开印度回国。但是，他在归国途中触礁，被困在一个孤岛上。麦哲伦和他的海员们等了很长时间才等到救援船只。上级了解这一情况后，将他升任为船长，并让他在军队里服役。

那时候，欧洲人发现了新大陆，并对大西洋上的船线十分熟悉，但是，欧洲人不知道太平洋的存在，这个比大西洋古老得多的地球上的最大的水域，卧伏在亚洲之东、美洲之西的巨大海盆上，那时还不曾有一个欧洲人闯入过。16 世纪初，西班牙探险家从巴拿马西岸的高山上，发现了新大陆和亚洲之间，有一个宏伟的大洋，欧洲人叫它"大南海"。

同时，那时候人们还不知道地球是圆的。古代中国人认为天圆地方；虽然古代巴比伦人认为地球是圆的，但他们说圆的大地周围是河流；古代欧洲人认为大地是一个平面，海的尽头是无底洞。在古希腊人绘制的地图上，海

353

的尽头绘有一个巨人,巨人手中举着一块路牌,上面写着:到此止步,勿再前进。也有些古希腊哲学家认为大地是球形的。但是,15世纪的欧洲,大多数人认为,大地是平的,海洋的尽头是无底深渊。

麦哲伦在东南亚参与殖民战争时了解到,东方有一个香料群岛,那里神奇的热带风光十分美丽,还有数不尽的财富。香料群岛的东面有一片大海。他的朋友占星学家法力罗还计算出香料群岛的位置。他猜测,大海以东就是美洲。

同时,麦哲伦坚信地球是圆的,大洋是相通的。他制订了一个环球航行的计划,根据这个计划,组织一支船队一直向西走,就能回到原地。如果这样走能回到原地,无疑证明了地球是圆的。同时,麦哲伦认为,只要在美洲找到那条通向大南海的海峡,进入神秘的大南海,再向西一直航行下去,就能到达香料群岛。

1517年,麦哲伦来到葡萄牙国王曼努埃尔面前,讲述自己伟大的梦想,提出了环球航行的计划,可国王傲慢地拒绝了。

1518年3月,麦哲伦来到西班牙,西班牙国王卡洛斯一世接见了麦哲伦,麦哲伦再次提出了航海的请求,并献给国王一个自制的精致的彩色地球仪。西班牙国王立刻答应为这个被祖国抛弃的葡萄牙人组建远航船队。麦哲伦被授予海军上将、舰队统帅和未来他所发现的全部岛屿与大陆的总督之职。

1519年9月20日晨,在西班牙塞维利亚城外的桑卢卡尔港,麦哲伦率船队开始了远航,隆隆的礼炮声送走了人类有史以来最奇异的远航。

麦哲伦率领的这支船队由5条海船,约270人组成。这支船队的旗舰"特立尼达"号是一条大型的帆船,排水量110吨,其他3艘不足百吨。船队里最大的船是"圣安东尼奥"号,船长为胡安·德·卡尔塔海纳;"康塞普西翁"号的船长是加斯帕尔·凯塞达;"维多利亚"号由船长路易斯·德·缅多萨指挥;"圣地亚哥号"的船长是若奥·谢兰。每条船都配备了火枪大炮,每个人都带着尖刀短剑,船上满载着各种商品。

但是,葡萄牙国王很快知道这件事,他害怕麦哲伦的这一次航行会帮助西班牙的势力超过葡萄牙。于是，他不但派人制造谣言，还派了一些奸细打进麦哲伦的船队，准备伺机进行破坏、暗杀。这一切，让麦哲伦的这一次环球探险困难重重、惊险万分。

1520年3月底，麦哲伦率船队准备驶入圣胡安港过冬。由于天气寒冷，粮食短缺，船员十分颓丧。船员内部发生叛乱，三个船长联合起来反对麦哲伦，不服从他的指挥，并责令麦哲伦谈判。麦哲伦便派人假意送去一封同意谈判的信，并趁机刺杀了叛乱的船长、船员。

不久，麦哲伦在圣胡安港发现了大量的海鸟、鱼类、淡水，饮食问题终于得到解决。可船队一连走了几个月，所到之处仍然是坚固的陆地，根本没有海峡的影子。而麦哲伦的固执简直令人不可理喻，他命令船队放慢速度贴着海岸航行，不放过任何一个海湾，对它们进行仔细勘测，想在冬天来临之前找到海峡。冬天就在这缓慢的航行中到来了，吼叫的寒风连同翻卷起来的刺骨的大浪一起击打着舰船，海岸荒凉得不见一只野兽。

春天到来时，船队向南进发，人们默默无言，不知前方等待着他们的是什么。船队行到南纬52°，进入一个深远的海湾，船员们的眼前一亮，半年以来，他们看到的一直是荒寂的海岸，凄冷昏暗的海湾，而这里完全是另一番天地。两旁起伏的群山覆盖着皑皑白雪，显得壮丽无比，这岩石峭壁夹峙的昏黑的水道是通向大南海的入口吗？麦哲伦站在甲板上，整个人沐浴在冰雪气息之中，仿佛又听到那鲸歌一般悠扬的召唤声，船队踏上了前所未有的希望之路。

他们在那处大海湾里走了一个多月，1520年11月22日，一条海峡闪现在前方，这就是他们历尽千辛万苦找到的神秘海峡，后人称它为"麦哲伦海峡"。

船队平静地驶过海峡，他们的眼前忽然出现了一片巨大的水域，一片开阔无比的大洋，这是欧洲人从未莅临的地球上的另一个海洋，最大最古老的海。舰船升起西班牙国旗，向着大洋鸣礼炮致意。从这一天起，人类终于弄清了自己星球的模样，在这颗星球上，世界上的大洋都是相连的，陆地不能也不可能分割它们。麦哲伦船队驶入一望无际、一无所知的大洋，海上风平浪静，多么太平的一片大洋！麦哲伦于是亲切地将这片大南海称为"太平洋"。

这便是太平洋名称的由来。

在这辽阔的太平洋上，麦哲伦和船员们看不见陆地，遇不到岛屿，食品成为最棘手的难题，一百多个日日夜夜里，他们没有吃到一点新鲜的食物，只有面包干充饥，后来连面包干也吃完了，只能吃生了虫的面包碎屑，这种食物散发出老鼠尿一样的臭气。船舱里的淡水也越来越少，最后只能喝带有臭味的混浊黄水。为了活命，连盖在船桁上的牛皮也被当作食物，由于日晒、风吹、雨淋，牛皮硬得像石头一样，要放在海水里浸泡四五天，再放在炭火上烤好久才能食用。甚至有时，他们还吃木头的锯末粉。

1521年3月，船队终于到达了三个有居民的海岛，这些小岛是马里亚纳群岛中的一些岛屿，岛上的土著皮肤黝黑，身材高大，赤身裸体，却戴着棕榈叶编成的帽子。热心的岛民们给他们送来了粮食、水果和蔬菜。在惊奇之余，船员们无不对居民们的热情感到由衷的感激。但由于土人们从未见到过如此壮观的船队，对船上的任何东西都表现出新奇感，于是从船上搬走了一些物品，船员们发觉后，便大声叫嚷起来，把他们当强盗，还把这个岛屿改名为"强盗岛"。当这些岛民偷走系在船尾的一只救生小艇后，麦哲伦生气极了，他带领一队武装人员登上海岸，开枪打死了七个土著，放火烧毁了几十间茅屋和几十条小船，在麦哲伦的航行日记上留下很不光彩的一页。

船队再往西行，来到现今的菲律宾群岛。这一天，船队向西南航行，在棉兰老岛北面的小岛停泊下来。当地土著的一只小船向"特立尼达"号船驶来，麦哲伦的一个奴仆恩里克用马来语向小船的桨手们喊话，他们立刻听懂了恩里克的意思。恩里克生在苏门答腊岛，是12年前麦哲伦从马六甲带到欧洲去的。两个小时后，驶来了两只大船，船上坐满了人，当地的头人也来了。恩里克与他们自由地交谈。这时，麦哲伦才恍然大悟，现在来到了说马来语的人群中，离他们熟知的亚洲的香料群岛已经不远了，他们快要完成人类历史上首次环球航行了。麦哲伦和他的同伴们快要完成横渡太平洋的壮举，证实美洲与亚洲之间存在着一片辽阔的水域。这个水域要比大西洋宽阔得多。哥伦布首次横渡大西洋只用了一个月零几天的时间，而麦哲伦在天气晴朗、一路顺风的情况下,横渡太平洋用了一百多天。

可惜,在环球航行的最后阶段,麦哲伦在与菲律宾群岛中的马克坦岛土著发生冲突时丧生。

麦哲伦为了推行殖民主义的统治,插手附近小岛首领之间的内讧。1521年4月27日夜间,他带领60多人乘三只小船前往马克坦岛,由于水中多礁石,船只不能靠岸,麦哲伦和船员50多人便涉水登陆。不料,反抗的岛民们早已严阵以待,麦哲伦命令火炮手和弓箭手向他们开火,可是攻不进去。接着,岛民向他们猛扑过来,船员们抵挡不住,边打边退,岛民们紧紧追赶。麦哲伦急于解围,下令烧毁整个村庄,以扰乱人心。岛民们见到自己的房子被烧,更加愤怒地追击他们,射来了密集的箭矢,掷来了无数的标枪和石块。当他们得知麦哲伦是船队司令时,攻击更加猛烈,许多人奋不顾身,纷纷向他投来标枪,射来毒箭,或用大斧砍来,麦哲伦就在这场战斗中中箭死去。

这之后,失去麦哲伦的船队几乎全军覆没,仅剩的一只"维多利亚"号于1522年9月6日返抵西班牙,9月8日,回到出发时的桑卢卡尔港。麦哲伦和他的船队,终于完成了历史上首次环球航行。当"维多利亚"号返回西班牙时,船上只剩下18人了。

麦哲伦环球航行是世界航海史上的一大成就,不仅开辟了新航线,还通过探险船队进行的探险航行证明了地球是圆的,证明地球表面大部分的地区不是陆地,而是海洋,世界各地的海洋不是相互隔离的,而是一个统一的完整水域。这为后人的航海事业起到了先锋的作用。为此,人们称麦哲伦是第一个拥抱地球的人。

鄂新登字 04 号

图书在版编目（ＣＩＰ）数据

科学家故事100篇 / 董仁威著.—武汉：长江少年儿童出版社，2015.12
（中国少儿科普经典.小品文名家精选）
ISBN 978−7−5560−3714−8

Ⅰ.①科…　Ⅱ.①董…　Ⅲ.①科学小品—作品集—中国—当代
Ⅳ.①I267.3

中国版本图书馆 CIP 数据核字（2015）第 302490 号

书　　名	科学家故事 100 篇		
ⓒ	董仁威　著		
出版发行	长江少年儿童出版社	业务电话	（027）87679199 （027）87679179
网　　址	http://www.cjcpg.com.cn	电子邮件	cjcpg_cp@163.com
承 印 厂	永清县晔胜亚胶印有限公司		
经　　销	新华书店湖北发行所		
印　　次	2015 年 12 月第 1 版，2017 年 2 月第 2 次印刷	印张	23
规　　格	720 毫米 × 1000 毫米	开本	16 开
书　　号	ISBN 978−7−5560−3714−8	定价	29.00 元